The Mystery Collection

TALL, DARK, AND DEADLY

闇に潜む眼

ヘザー・グレアム／山田香里 訳

二見文庫

いまは亡きエルダ・K・ブラッドベリに、愛をこめて捧ぐ。
そして彼女の家族である、ジョー、マイケル、ベス、ジェフ、フェイス——身も心も
真の意味で美しく、いつもエルダとともにある、彼らにも。

闇に潜む眼

主要登場人物

サマンサ（サム）・ミラー……スポーツジムのオーナー。理学療法士
マーニー・ニューキャッスル……弁護士。サマンサの親友
ローラ・ヘンレー……サマンサの従姉妹
エイダン……ローラの息子。ミュージシャン
レイシー……ローラの娘
ローワン・ディロン……引退したロックスター
フィル・ジェンキンズ……改築業者
ジョー・テイラー……サマンサのスポーツジムの共同オーナー
グレゴリー……サマンサの顧客ラカータ夫妻の息子
テッド（テディ）・ヘンレー……刑事。ローラの前夫
ロレッタ・アンダーソン……マーニーの秘書
ケヴィン・マディガン……マーニーの同僚の弁護士
ローレンス・デイリー……マーニーが勤める法律事務所の最高幹部
セイヤー・ニューキャッスル……マーニーの弟
ベス・ベラミー……レポーター
リー・チャップマン……殺人事件の容疑者

プロローグ

沼は恐ろしい。

だがいくらでも罪を隠してくれる。

男は小さなボートをこぎ出し、後ろに横たわる女を見やった。ひどくはかなげで美しい。しっかりと男を見すえ、こちらに微笑みかけている。男も笑みを返した。あたりは暗く、人《ひと》気《け》もない。ここにはふたりだけ。ふたりきりになれるのは珍しい。ここに来ることは男が決めた。だからいま、ふたりはここにいる。おれの思いつき。おれの愛。おれの夜。

なんといっても、夜の闇は罪を隠してくれる。そう、沼地と同じように。おれは沼を愛している。この女を愛している。そして女のほうもとうとう、おれを愛していると思い知った。

「もうすぐだよ」男が声をかける。「もうすぐだ」

女は決して、男といっしょにここへ来ようとはしなかった。だが今夜は黙って承知した。この女はなにひとつ、男の言うことをきこうとはしなかった。だが今夜は有無を言わさなかった。ああ、最高に気分がいい。力がみなぎる。喜びがわく。女がここに横たわり、美しい唇の端をあげておれに微笑みかけている。今夜は思いのままだ。なにもかも思いどおりだ。

女がここにいる。自分といっしょに。このまま最後まで、この目で見届けてやる。

ふしぎな空模様だった。天空には数えるほどしか星がない。雲に隠れたかと思えば、鮮やかにきらめいたりする。ふっくらとした美しい月も、黒っぽい雲の流れに見え隠れする。見惚《ほ》れるほどの月が水面に浮かびあがり、自然の静寂のなかで漂うふたりを皓々《こうこう》と照らしだす。見かと思うと月は雲に覆われ、ふたたび闇がおりる。男は妙に心やすらぎ、自信がわいた。おれは夜の闇も沼地も知りつくしている。ここでは知識のあるなしが生死を分ける。おれは大丈夫だ。

静かだ。これほど美しい世界が死と隣り合わせにあることを、ちゃんと知っている。

静かだ。ときおりわずかに、吐息ほどの空気が揺らめくだけ。のしかかるようなこの静けさ……だが男は知っていた。ふたりが見られていることを。夜の闇に棲む生き物たちが、ふたりを追ってきている。そう、男は自分でも〝見る〟ことが好きだった。まわりの人間をじっくり観察することが。だからわかる。男はオールを握る手にあらんかぎりの力をこめた。男の耳に、オールの音が大きく響く。夜の闇のなかで、ドラムがリズムを刻むかのように……。

野性のリズムだ——と男は思った。野性の大自然に響く、野性のリズム。こんなに薄暗くても、男には水の下にある石のようなものが見てとれた。だがそれは石ではない。しかるべき理由があって、体を水面下に沈めているもの。目と鼻先だけを水面に出し、音もなく滑るように近づき、殺戮《さつりく》に向かう……

ワニ。ぞくぞくする生き物。だがこのあたりには少ししかいない。もう少し奥へ進めば数が増える。そして沼マムシも。あれは妙に美しい生き物だ。ぬらぬらとなめらかで、動きがエレガントで、陸も水中をも制する。沼地にはほかにも危険な生き物がいる。サンゴヘビ、菱形模様のガラガラヘビ、それに小型のガラガラヘビ《ピグミーラトラー》。ガラガラヘビは湿った肥沃な台地《ハンモック》を好む。沼マムシは水路に棲む。だがどんなに危険な生き物がうようよしていようと、ここはとにかく美しかった。咲き乱れる蘭の花。どんな画家にも出せないような色彩の鳥たち。それに夕暮れの眺めも、夜の闇も……。

そう、この夜の闇。

「寒いか？」男が女に訊いた。だが寒いか、などと訊くのも変な話だ。ここは息苦しいほど暑くなる場所なのだから。しかし夜のせいか、いまは少し涼しい。男には、女が震えたように見えた。

「寒いのもあたりまえか」男はそう言い、自分の上着を車に置いてきたことに気づいた。「ああ、悪い……上着を忘れてきたよ。おまえはなんにも着ていないのに、もっと気をつけてやればよかったな……ほんとに悪かった。でももうすぐだから」

オールが水を掻《か》く。ふたりは闇のなかを進んでいく。やがて前方に、男の捜していた場所が広がった。どこか闇のなかに、待ちかまえているような気配が漂う。あたりは静まり返っている。動くものはない。

だがこの静寂の下には……

今年は乾燥した日が続いた。珍しいことではない。しかしそれでもこのへんは水が深く、葉も生い茂っている。何百もの鳥がここへ来る。水を飲むため、巣を作るため、魚や虫を捕るために。

小動物もやってくる。フクロネズミ。リス。キツネ。ときにはアメリカライオンまで——

ただし密猟者のせいで、貴重なネコ科の動物は絶滅寸前に追いこまれているが。で、そういう動物たちのやってくる場所なら……。

結局、命というものは大きな食物連鎖のなかでめぐっているにすぎない。

「ああ、ほら、着いた！」男は女に言った。オールを置き、慎重に移動して女の前にしゃがみこむ。そしてすぐそばの水面を見つめた。「こいつらはすばらしい」崇めるようにささやく。「自然の生み出した、奇跡の機械《マシン》だ。そうだろう？　恐竜が棲んでいたのと同じ時代から、何百万年ものあいだ地上で生きているんだから」その場の雰囲気に恍惚《こうこつ》として、男はため息をつく。

そしてはっとわれに返り、目的を思い出した。

「さて、と」急に冷めた声になる。感動する時間は終わった。男がふたたび女を見る。

これが初めてだな、こいつがおれに笑いかけるのは。前にもむりやり笑わせたことがあった。しかし今回は、女の口紅を使ってこのいまいましい笑顔を描いてやった。高慢ちきなこの顔に。つい最近まで、こいつは〝あんたなんかに私はもったいない〟というような顔ばかりしていた。こいつのほうこそ、見知らぬ男の前で服を脱ぐ尻軽女だったくせに。

男は女の肌に触れた。思ったとおり、冷たかった。

石のように冷たい。

そして――死んでいる。

惜しいことをした。ここにはワニがたくさんいる。もしこの女が生きていたら、生きながらにしてあっと言う間に喰いちぎるほど、腹をすかせたやつらが。さぞ見ものだったろうに。

女が悲鳴を上げるさまを想像し、男は口もとをゆるめた。

だが、まあいい。十分に楽しんだし、十分に待った。そろそろやばくなったことだし……。

そう、おれはワニにちゃんと教わった。殺せ。殺しておくんだ。獲物が抗《あらが》わないように。

この女は反吐《へど》が出るほど高慢だった……。

だがそのうち、言うことをきくようになった。おれに従うようになった。こいつを手放さなきゃならないのは本当に残念だ。やっといい子になりはじめたところだったのに。こいつはいつもめそめそ泣いていた。実際、哀れなくらいだった。だから殺すのはわけなかった。

あんなにプライドが高くて、高飛車だった女が……

抗いもしなかった。

おれは頭がいい。捕まるなんてまっぴらだ。いつだってじっくりと待ち、慎重に時間をかけてきた。ケーブルテレビで法医学の番組も見た。遺体を解剖されたら、犯人を割り出される確率が高くなる。だが遺体が腐敗していれば、解剖はむずかしい。

「おまえとはおさらばだ！」男はいらだった声で言った。夜の闇も沼も、もう十分だ。男は高らかに笑い出した。「続いてるあいだは楽しかったけどな。もう終わりだ」

女の死体をボートから放り出す。

女の体は、すぐには沈もうとしなかった。男は女の腕を一本ゆすって、水のなかに突っこんだ。

ワニもすぐには動きを見せない。

「おい！　おまえらどうした！」男は叫ぶ。

悪態をつき、上等なシャツがぬれるのもかまわず身を乗り出して、女の死体をもっと激しく水のなかでゆすった。

ぱしゃん、と水音が聞こえた……ワニが一匹、水に入ってきたのだ。ぱしゃん……さらにもう一匹。

男の手から、死体がぐい、と引き剝《は》がされる。

男が微笑む。

そして眺める。

目の前では、壮絶な光景が繰り広げられた。巨大な尾がぶんぶん振りまわされる。あごがガッとひらき、大きな頭が左右にゆれる。

やがて、女の体は水中に引きこまれていった。ワニは自分の命の守り方をよく心得ている。まず獲物を水中に引きずりこみ、溺《おぼ》れさせて抵抗できなくするのだ。だがそれは、ワニが弱いからではない。皮は硬いし、あごは鉄の罠よりも強力だ。しかし優秀な捕食動物はみな、敵の動きを封じてから襲いかかるものなのだ。

さて、と……

これであの女は消えた。

もうしばらくすれば、ワニがあいつを喰ってしまうだろう。

なにが残る？　ばらばらに引きちぎられた肉片か？　いや、それは小魚どもが片づけてくれるだろう。じゃあ骨……骨は喰われて排泄《はいせつ》されるだろうか。おそらく。だがその骨は見つかるか？　いや、それはなさそうだ。衣類の切れ端や髪の毛は？　そういうものは残るかもしれない。だがいったいそれがなんの証拠になる？　なんにもならない——ただあの女が死んだという、そのことを証明する以外は。

あの女は死んだ。

そう、死んだんだ。

たしかに沼は恐ろしい。

しかしいくらでも罪を隠してくれる。

そして外にはまだまだ、罪を贖《あがな》わねばならない女が大勢いるのだ——。

1

家はきれいに仕上がっている。マーニー・ニューキャッスルは、うれしそうにほっと息をついた。玄関のドアを開け、改装中の古い屋敷をのぞきこむ。もうほとんどできあがっていた。まだ最後の仕上げがあって、改築業者の手配した者がペンキ塗りや工事には来ているが——それでもマーニーは浮かれていた。とうとう自分の家ができたのだという気がする。ここまでくるのは大変だった。業者との仲が険悪になったこともある。けれどやっと、すべてが片づいた。

マーニーは玄関ホールに足を踏み入れ、無意識に後ろ手でドアを閉めてなかを見まわした。床はベージュと琥珀《こはく》色の大理石。壁はアイボリー。アンティークのシャンデリアは天井をシンプルにしてあるので引き立ち、自然と目が吸い寄せられるようになっている。向かって左手はリビングルームで、立派な暖炉が見える。暖炉の両側には女神像が据えられている。右側がアテナ、左側がヘラ。向かって右手の書斎は、すでに彼女の本でいっぱいだ。そして正面には、二階に上がるらせん階段。その階段をまわって玄関ホールを奥に進めば、ぴかぴかに改装されたキッチンに行ける。

そう、ここまでくるのは大変だった。改築業者から配管工にいたるまで、工事に携わっている男たちがみな彼女の陰口をたたいていることは知っていた。もちろん、報酬はきちんと受け取っていながら、だ。しかしそんな彼らでさえ、この家の出来ばえには胸を張るだろう。これだけの傑作をよみがえらせたのだから。

マーニーは玄関ホールの中央に進み出て、くるりと身を躍らせた。そう、これが私の家なのよ。

そのとき電話が鳴りはじめた。マーニーはとっさにハンドバッグに手を入れ、携帯電話をさぐった。しかし、ない。眉をひそめ、どこへ置いたのだろうと考える。オフィス？　それとも車のなか？　けれど結局、鳴っているのは携帯電話ではなく家の電話だった。いま電話線はどこに来ているのだったっけ？　まだここには数日しか寝泊まりしていない。電話はたしか……一台はベッドルームで、もう一台は奥のキッチン……そう、キッチンの電話がいちばん近い。

マーニーはうきうきしたまま、廊下を進んでいった。キッチンの真んなかには厚板の調理台が置かれ、ステンレス製の最新の調理器具が並んでいた。こういうものが、マーニーはほしくてほしくてたまらなかった。そしてやっと手に入れた。身を粉にして働き、犠牲を払い、そうして勝ち取った。わき目もふらずによくやる、といつも友人に言われながら。マーニーはふと足を止め、唇を嚙《か》んだ。そう、自分はたしかに〝欲のかたまり〟だ。でもみんな、彼女がこんなふうになった背景を知らないからそんなことが言えるのだ。

マーニーのなかにふと、昔の苦い思いがよみがえった。ふん、アル中で暴力をふるう父親のもとで育ったら、だれだってすぐにわかるでしょうよ。

彼女はそこでふっと口もとをゆるめた。自分はうまくやってきた。大変な事件を好んで引き受け、人間的にはどうあれ、金持ちの弁護ばかりしてここまでのしあがった。自分は現実主義者《リアリスト》だ。結局だれかがその事件を担当し、金をせしめることになる。それをみすみす逃す手はない。上にいくためには、自分の手を汚さなくてはならない――それを友人たちにもわからせようとした。みな、弁護士はサメだという。そうかもしれない。でも、そうでなければならなかった。彼女は女だ。そして法律事務所には、いつでも彼女を踏みつけてパートナー（法律事務所の正式メンバー）になろうと待ちかまえている同僚が山ほどいる。彼らはつねに、牙をむき出しにして泳いでいるのだ。

電話が鳴りつづけている。彼女がここにいることを、いったいどうして知っているのだろう。いや、それも当然か――ここに来ることは秘書に話してきた。それに、もうここが私の家なんだものね――マーニーは自分にそう念を押した。

手を伸ばして受話器をとり、息を切らして出る。「もしもし？」

「マーニー？」

「ええ、そうですけど？」

知らない声だ。とても低くかすれていて、ささやいているような。改築業者だろうか？いや、彼はいつもぶっきらぼうで、怒ったような話し方をする。

「やあ、マーニー」

「どなた？」

「家は気に入ったかい？」

やっぱり改築業者なの？　そうにちがいない。風邪を引いたか、二日酔いなのかも。

「すごくすてきよ。フィル？」フィル・ジェンキンズ&アソシエーツというのが、この家の改築を任せている業者だった。

低い笑い声が響く。

「答えになっていないな。家は気に入ったかい？」

「ええ、もちろんよ。すてきだわ。あのね、フィル。今日はもう疲れているの。申しわけないんだけど、こうして時間を――」

「時間か、マーニー。そう、時間だ。きみの時間はとても限られている。きみが思うより、ずっと貴重だ」

「ええ、私の時間は貴重なのよ！」マーニーはいらついた。やれやれ。フィルには少しかまいすぎたかしら。だんだん独占欲が強くなってきている。男って、感情に流されない女もいるってことがわからないのよね。男と女がかならずお互いにのめりこむってわけじゃないのに。「あのね、フィル。いまは家をゆっくり見たいの。また用のあるときにかけなおしてくれない？」

マーニーはむっとして受話器を置いた。しかし一瞬、本当にフィルだっただろうかと考える。

そしてふたたびキッチンを見まわした。キッチンの向こうはファミリールーム。さらにその向こうはプールとパティオ。太陽が沈みかけている。空が金色だ。昼から夜へと変わりはじめるころの色。プールの水がまるでアクアマリンのように見える。プールのなかには小さな噴水がある。そしてプールの向こうには、湾が広がっている。キー・ビスケーンまで、ここからずっと見通せる。二階の彼女のベッドルームからも、これと同じすばらしい眺めが一望できるはずだ。ああ、待ちきれない。ここで眠り、ここで初めてのパーティをひらき……ここで男性をもてなすのが。マーニーは自分の美しいベッドルームのことを思った。一瞬、うっとりと物思いに浸ってみる。特別な相手を見つけるのも悪くない。本当に特別なだれかを。

そこでまた電話が鳴り出し、マーニーは現実に引き戻されて腹立たしくなった。またフィルかしら。いまいましい。それともだれか友だち？　隣りに住むサマンサ（サム）・ミラーの家からは、彼女の車が難なく見えるはずだ。サムが家を見にこようとしているのかもしれない。サムと彼女は、この造成された小さな岬で軒を並べたお隣りさんなのだから。

マーニーはまた心を弾ませて受話器を取った。「もしもし？」

「おれの電話を切ったりするな」

さっきと同じ声。だがさっきよりも口調がきつい。怒っている。

「あら、そう？　いったい何様だと思ってるのよ。私は相手がだれだろうと、切りたい人は切るわよ、このくそったれ！」

マーニーは受話器をたたきつけて頭を振った。キッチンから出て、階段口へと戻る。だれだか知らないけど、あの男のせいで気分が台なしだ。完成間近の美しい新居を、初めて堪能している日だというのに。この日のために、いままで働いてきたというのに。

マーニーは顔をしかめて階段を上っていった。あのばかフィルは、新聞を読んでいないのだろうか。彼女は〝美しく聡明で――そして氷のように冷たく、鋼のように堅い女〟と書かれてあった。もう少し気の利いた表現はできないものかと思うけれど、それでもマーニーはあの記事が気に入っていた。あの記事のおかげで、彼女の法律事務所には依頼が殺到している。美しく聡明で、氷のように冷たく、鋼のように堅い女――つまり彼女は、ふざけた電話の相手などしていられない女ということだ。

もう忘れるのよ、家を見なくちゃ！　マーニーは自分に言い聞かせた。これが私の家。私の成し遂げたものなんだから。

隣家のキッチンの窓から、サマンサ・ミラーが友人の家を見やった。そしてオーブンに向きなおる。魚をひっくり返す時間だった。とてもくずれやすい魚。今日の午後、クライアントのアン・ラカータとハリー・ラカータ夫妻が届けてくれたばかりの、活きのいいマヒマヒ。サムはハリーが心臓発作のあとリハビリするのを手伝ったのだが、いちばん大切な関係を築いているのは、ふたりの息子であるグレゴリーとだった。彼女はグレゴリーのことを〝運命の人〟と呼んでいた。いま九歳のグレゴリーは、これまで見たこともないほどきれいな子どもだった。しかし自分だけの世界にこもって生きている。外へもあまり出ない。たまにうまくなだめて連れ出せたこともあったが、そういうことをしているうちに、少しばかり彼に恋してしまったらしい。開け放したキッチンのドアから、サムはガラス張りのフロリダルームを見やった。グレゴリーが真っ黒な髪が目にかかるのもかまわず、『ライオンキング』のビデオに見入っている。彼は何時間でも同じビデオを見る。何度も何度もくり返し。名前を呼んでも反応しないことがよくあった。しかしピアノの前に座ると、どんな音楽でも一度耳にしたものは、一音たりとも逃さず再現することができた。

　ほらほら、気をそらさないように。サムは自分に注意した。せっかくの活きのいい魚。うまく料理すれば、とてもおいしいんだから。そうよ、マヒマヒは魚で、哺乳類じゃないわ――無意識のうちにそう考える。魚を食べつけていない北部の人たちに、いつも言っているせりふだった。今夜のディナーはとても大切なもの。彼女は腕のいいグルメじゃないんだから、慎重に料理しなくては。

「ローラ！」サムは、キッチン・カウンターのスツールに腰かけている従姉妹に声をかけた。

「マーニーがもう帰ってると思うの。彼女に電話して、来ないかって訊いてみて」

　ローラはちょうど、生のにんじんの先をラズベリーとビネガーのディップに丁寧につけているところだった。彼女が驚いて顔を上げる。「マーニーを呼ぶって――今日？」

「そうよ。魚がたくさんあるもの」

　ローラが躊躇《ちゅうちょ》した。「でも――」

「マーニーは引っ越してきたばかりでしょ。お願い、電話して」

　ローラがため息をつく。「でも、ただ……今日はエイダンのお祝いだし」

「エイダンはマーニーのこと好きでしょう」

「嫌いな男がいるかしら」ローラがつぶやく。

「もう、自分の息子をそんなふうに言って」サムがローラをたしなめる。

「あーあ、マーニーって若くて純真な子が好きなのよね」

「だって今日は家族の集まりなのよ。なのにもうグレゴリーがいるし」

「ローラ……」

「エイダンはグレゴリーと仲がいいでしょ。グレゴリーもエイダンに会うと喜ぶし」

それは本当だった。もう大人と言ってもいいエイダンと九歳で自閉症のグレゴリーは、どういうわけか心が通い合っているらしい。ふたりは音楽を使って会話しているのだ。

「私だってグレゴリーのことは好きなのよ」ローラが少し言いわけがましく言った。

「ええ、わかってるわ。あなたはただ、マーニーに電話しなくてすむ理由を見つけようとしてるだけなんでしょ」

「はいはい、わかったわ。電話するわよ。エイダンの著作権とかそういうことで法律のお世話になるとき、無料《ただ》にしてもらえるかもね。電話しますとも。どうせ彼女は来られないかもしれないし！」ローラが明るい声を出す。しかしすぐに真顔になって、にんじんとディップを見つめた。

サムは大きなため息をついた。「ローラ、思いきって食べてごらんなさいよ。そのディップはヘルシーフード・ショップのものじゃないわ。〈パブリックス〉で買った〈マリー・カレンダー〉のだから」

ローラが気まずそうな顔を上げた。「わかった、わかりました！」にんじんのスティックを口に放りこみ、電話をかけはじめた。そのとたん手が止まる。「わあ！　このディップおいしい！」

「ね、思いきって食べてみてよかったでしょ？」

「ああ、そうねえ、でも思いきって食べたら、激辛ってこともあるかもよ！」ローラはわかったような口をきいてやり返した。「マーニーの電話番号は何番だっけ？」

二階に上がったマーニーは、先にどちらを見ようか迷った。ああ、やっぱりゲスト用のスイートルームにしよう。家の南側にはゲスト・スイートが二部屋あり、奥のほうの部屋からは東にキー・ビスケーンが臨める。マーニーは奥のゲスト・スイートの南側バルコニーに出てみた。サムの家が見える。とても可愛らしい家だが、マーニーの家とは比べものにならない。サムにはマーニーのような収入がない。つまり、サムの家族が昔から住んでいた家なのだ。だからあちこちガタがきている。多くの不動産屋がサムの家を見て、売りに出されるのを待っていた。そうすれば改築して新築同様にし、その費用もまかなえるほどの高値で売る。サムの家には、金があったためしがない。彼女の父親はこともあろうに教師だった。しかし祖父がたまたま、ハリケーンに襲われた直後に湾岸沿いの家を買う機会に恵まれた。もちろん、いちばん値の安いときだったことは言うまでもない。そういういきさつで、サムは世界でも指折りのすてきな場所に住んでいられるのだ。こういう海沿いの物件はどんどん少なくなってきている。これほどダウンタウンに近いところでは、もう出物がないくらいだった。

マーニーはゲスト・スイートから、自分のベッドルームに行った。マホガニー材の天蓋《てんがい》付きベッドと、お揃いのドレッサー・セットはとても気に入っている。この家具のおかげで部屋に統一感が出ている。うん、すてき――マーニーは思わず笑みを浮かべた。彼女はすべてが整っていないと気がすまない性質《たち》だ。秩序にはそれなりの良さがある。マーニーはにっこり笑って、ドレッサーに歩いていった。美しい飾り彫りの施された銀のトレイに、化粧品が完璧な順序で並べてある。ファンデーション、チーク、アイライナー、アイシャドウ、マスカラが一列に。そしてトレイの横には、口紅とマニキュアが並んでいる。赤系、ブラウン系、モーヴ系……とそれぞれ色でまとめてある。こうせずにはいられない。彼女は秩序が好きだった。秩序があれば、時間にゆとりもできる。

そこでまたもや電話が鳴り出した。マーニーはためらったが、ベッドサイド・テーブルまで行くと、〝もう勘弁ならない〟という態度で受話器を取った。「このくそったれ、いい加減にしてよ」

相手がひるむ。「マーニー?」

マーニーはふうっと長い息をついた。「ローラ?」声の主はすぐにわかった。サムの従姉妹だ。ちょっと顔をしかめたが、もちろんローラには見えない。ローラはときどきいやなことを言うのであまり好きではなかったが、サムと親しい人間のことを悪く言うとサムが黙っていない。サムは自分を好きになってくれるなら飼い犬まで好きになってね、というタイプで、とにかくこちらは彼女のまわりにいる人間も含めて好きにならなくてはいけない。いや、少なくとも受け入れるくらいはしなければならない。それに正直言って、マーニーはサムが好きだった。彼女は変わっているというか、岩のようにしっかりした人間だった。大学生のときでさえ、同級生たちの意見に決して流されなかった。ああいうのが本当の友だちというものだろう——いまどき珍しい存在だ。

「そうよ、私よ」ローラが不機嫌な声で言った。「どうしてくそったれなんて言うわけ?」

「あなたに言ったんじゃないわ。その——ほかの人だと思ってたから。ごめんなさい。どうしたの?」

「いまサムのところに来てるの。それで、あなたの新しいおうちにだれかいるように見えたもんだから」

「ええ、そう、そうなのよ。いま家にいるの」マーニーのなかでプライドと興奮が大きくふくらむ。「うちを見に来ない?」

「いまはだめ——サムがディナーを作ってるところなの。それにグレゴリーも両親が出かけるからって預かってるし、私もエイダンが来るのを待ってるし——エイダンはサムのフィッシュ・アンド・チップスを食べに来る約束なのよ。まったくいまどきの若者ったら! 自分の息子なのに顔もあんまり見てないわ。それで、あなたもいっしょにディナーをどうかしら。それにもしかしたら、このあいだあなたの隣りの家を買った、背が高くて黒髪でハンサムな人も連れてこられるんじゃない?」

「背が高くて黒髪でハンサムだなんて、どうして知ってるの?」

「このあいだ、その人が家に入っていく後ろ姿を見かけたのよ。たしかに背が高くて黒髪だったわ。顔は見なかったけど。だからめちゃくちゃ不細工だったりして」

「そんなことないわ」

「もうその人と会ったの?」

「え……ええ、もちろん会ったわよお」マーニーは意味ありげに女っぽい声を出した。

「で?」ローラがせっつく。

「そうねえ。うん、すごく背が高くて、黒髪で、ハンサムよ。とってもすてき。それにねえ、じつは彼って、ゲインズヴィルにいたころの私たちの知り合いなのよ。ああ、もちろんあなたはずーっと年上だから、サムや私とはいっしょじゃなかったけど。あなただって彼に会ったことはあるんじゃないかしら」

「わかったわよ。もうそれくらいで――で、だれなのよ？」

マーニーは口をひらき、そこで止まった。まだローラに言うわけにはいかない。ローラに言えば、そのままサムの耳に入る。ちゃんと準備をしなくては。たしかにサムは友だちだけど、ときどき妬《ねた》ましく思わずにはいられないこともある。マーニーが二十分もかけて男にちやほやしなければできないことを、サムはひとこと言うだけ、眉をちょっと上げるだけ、なにげない表情を見せるだけでやってのける。サムの品の良さ、女らしさは、まるで呼吸と同じように自然に身についているのだ。

新しく越してきたあの住人も、サムが隣りに住んでいると知ると、昼と夜みたいにがらりと態度が変わってしまった。あの様子ではなにか起こるにちがいない。でも自分がそのきっかけになるなんて、マーニーは絶対にごめんだった。

「ああら、聞かなくてもすぐに会えるわよ。そう、彼って背が高くて黒髪でハンサムで――チャーミングよ。これからもっとおつきあいして、また一からお知り合いになるのが楽しみ」そこでマーニーは少し考え、ほくそ笑んだ。ローラをからかって、今夜一晩、その男性がだれなのか悩ませてやることにしよう。「ごめんなさい。いまはまだ言えないわ。もうしばらくやきもきしてちょうだい。それから今夜のことだけど、せっかくディナーに誘ってもらって悪いけど予定があるのよ。ごめんなさい」マーニーはそう言った。予定ねえ。本当は予定なんかないけど。だから行こうと思えば行ける。家を見るのをやめにすれば……。でも退屈な家族ごっこなどしたくはなかった。それにサムは、あの変わった子どもを預かっているという。ふつうとちがうだけだというのはわかっているが、あの子といると落ちつかない。あの子はいつも、マーニーのなかにあるほんのわずかな邪心でさえ見透かすような目をしている。

「ああ、ローラ！ ほんと、うちを見にきてほしいわ。すごくすてきなのよ。今日でほとんど仕上げも終わったの。サムにもぜひ見てもらわなくちゃ。サムのところを直すときのために、参考になる話をしてあげられるわ」

「まあね、近いうちにきっと行くでしょうね。それで——」

そのとき割りこみ通話の音がして、ローラの声をさえぎった。キャッチホンだ。現代のテクノロジーというのはすばらしい。

「ちょっと待って。電話が入ったわ。たぶん今夜のデートの相手じゃないかしら——背が高くて、黒髪で、ハンサムな人」マーニーはローラにそう言い、電話のボタンをクリックした。

「もしもし？」

「やあ、マーニー。ベッドルームはどう？」

またあの声だ。低くてよく響く、ささやくような声。今度はそのかすれ具合が、マーニーの癇《かん》にさわった。「いったいどうしてベッドルームにいるなんてわかるのよ」考える前に口が動いていた。

「ああ、きみのいる場所はわかるんだよ、マーニー。きみのことはよく知ってる。〝氷のように冷たくて、鋼のように堅い〟んだろ。それって本当は、きみがとんでもない女だってことだよな」

「この次電話してきたら、警察を呼ぶわよ」

「ああ、この次はないよ、マーニー。心配しなくていい。だっておれには、きみがどこにいるかわかってるんだから。はっきりとね」

今度は相手が電話を切った。「変なやつ！」マーニーはそうつぶやき、またクリックしてローラに戻った。「あのね、私——」はっとして口をつぐむ。今度は一階でノックするような音が聞こえた。「業者の人がうろうろしてるみたい」ローラに言う。「ちょっと怒鳴ってやらなくちゃ」

そして受話器を置こうとした。そのときまた割りこみ音が鳴る。とっさにマーニーはクリックした。

「もしもし？」

「やあ、マーニー」低い、低い声。ぞっとするような声。なんだか電話が変だ。すごく声が近い。まるで隣りの部屋にいるみたいに。マーニーは恐ろしくなりはじめた。そんな自分がいやで、さらに怒りを爆発させた。

「もう電話しないって言ったじゃないの」

かすれた笑い声が電話線いっぱいに響き、マーニーのまわりの空気まで満たしていくかのようだった。そしてまた、あのかすれたささやき声。「まあな。さっきのは嘘だ」黒板を釘で引っかくようなその声音が、背骨を裂くように思える。

「とても我慢できなくてね。なあ、ベッドルームはどうだい、マーニー？　電話せずにはいられなかった。来ないではいられなかったよ。どうしてもきみに会いたかったんだ。ここでね」

マーニーは思わず受話器を握りしめて振り返った。この電話の男は、ずっとそばにいたのだ。そしていまはここにいる。彼女に微笑みかけながら、携帯電話で話をしている。どうしてこの声がわからなかったのだろう？　そう、相手の男は顔見知りだった。それも、よく知っている相手だ。

「いったいなにをしてるの？　電話でゲーム？　こんなところまで来て？」怒りを込めてマーニーは訊いた。

「おやおや、マーニー。おれは話をしにきたんだよ」

マーニーは男を見つめたまま受話器を乱暴に戻そうとして失敗した。

「ここまで？　しかもこんなばかげた電話までして？　冗談じゃないわ」

「そうだよ、マーニー。これは冗談なんかじゃない」

男はぽい、と携帯電話をベッドの上に投げ捨てた。彼女の携帯電話だ。マーニーがそれに気づくあいだにも、男は近づいてくる。男は手袋をはめていた。それを見て、腹立たしいながら最初マーニーは好奇心をそそられた。

だが男の眼を見る。

そして彼女は悟った。

そうよ、マーニー。これは冗談なんかじゃない！

悲鳴を上げようと口を開ける。一瞬にして戦慄《せんりつ》が駆け抜けた。これはゲームなんかじゃない。

氷のように冷たく、鋼のように堅い女。マーニーは恐怖で凍りついた。豚が串刺しになったときと同じように、彼女だって血を流す。殺される豚と同じように、彼女だって恐怖を感じる。危険の匂いが嗅ぎ取れる。私は鋼なんかじゃない、氷なんかじゃない。私は……

死ぬの？

まさか。そんなはずはない。この男は脅しているだけ。私を怖がらそうとしているだけ……

本当に？　こんなに震え上がっているのに？

マーニーは叫ぼうと口を開けた。嘘！　嘘でしょう！　声が出ない。

男の手が伸びる。彼の手――手袋をはめたその手が、マーニーに触れる。彼は喜んでいる。楽しんでいる。眼がマーニーをあざ笑っている。そんなときでも、またあのかすれた笑い声が聞こえる……。

男に殴りかかることはできなかった。もがくマーニーを男はドレッサーにたたきつけた。銀のトレイが落ちる。口紅もマニキュアもアイライナーもアイシャドウも、散らばった。

「こいつ！」男がつぶやく。「これじゃ全部拾わなくちゃならないじゃないか！」

男はマーニーをドレッサーから引きずり離した。男の両手がマーニーに食いこむ。それでやっと、彼女は音らしきものを出した。鋭い痛みに思わず出た声。まるで悲鳴のような……。

「ああ、そうだよ。きみには今夜デートがあるんだ。おれとのデートがね」男が小声でささやきかける。その声は、はっとするほど淫《みだ》らに響いた。

隣りのサムの家では、ローラが指をとんとんやりながら、いらついて待っていた。また一本にんじんをほおばる。

「どうしたの？」サムが前かがみになって、オーブンのドアを開けながらたずねた。そのときハニーブラウンの髪が一房前に落ち、あわててつかんで後ろへやった。危うくオーブンのなかに入るところだった。そのせいで火事になったところを、思わず想像する。翌朝の新聞にはこんな見出しが出るかもしれない。〝理学療法士、ヘルシーメニューを料理中に焼死！〟それに新しいテレビ番組までできるかも。〝コゲコゲ・グルメ〟とか、〝メラメラ・グルメ〟とかのタイトルで。

いやね、たかがディナーじゃないの。サムはそう自分に言い聞かせた。いつもは食べ物や料理にこれほど気を遣ったりしない。でも今夜は、息子に会えるというのでローラがわくわくしている。ローラの息子エイダンは二十一歳で、一応家に住んでいることになっているが、実際はほとんど家にはいない。ローラの娘のレイシーは二十歳で、マイアミ大学に通っている。サムは従姉妹の子どもたちがふたりとも大好きだったし、今夜がローラにとってどれほど大事かもわかっているつもりだった。それにサム自身、ずっと家族が少なかったせいか、とくに父を亡くしてからは、数少ない身内がとても大切になっていた。

「ローラ、どうしたの。マーニーは来るって？」サムは魚をオーブンから出し、従姉妹をちらりと見た。

「知らないわよ！」腹立たしげにローラが言い、電話に向かって頭を振った。「マーニーにちょっと待ってって言われて保留になったんだけど……また線がつながったみたいで、彼女がだれかに叫んでるのが聞こえたわ。まったく、改築業者や職人たちが辞めないでいるのがふしぎよ。私がフィルだったらとっくにマーニーを殺してたかも……あっ、ちょっと！」ローラは受話器を見つめてゆすった。「来るか来ないかは、もうマーニーにまかせておいたら？　いまは取りこみ中で、こっちのことなんか眼中にないわよ。今夜はお熱い相手がいるんじゃないの。たぶんその人が来たのね」

「そのお熱い相手に叫んでたわけ？」サムがにやにやして訊く。

「さあ、どうだか。なにせマーニーですからね！」

「まあ、もうしばらく待ってみたら。それでもし戻ってこなかったら――ま、とにかく誘ってはみたわけだし」サムが間をおく。「来てほしかったってことは伝わったでしょ」

「ええ。まあね」ローラは渋い顔をした。

そんなローラに、サムは〝またその顔〟と言われる顔をして見せた。たしなめるときの表情だ。マーニーのこととなると、ローラはあまり寛大ではなくなる。

ローラがかぶりを振った。「こんなことを言って怒らないでね。でもときどきマーニーって、とにかく失礼なのよ。彼女、あなたに家を見に来いなんて言ってたわ。自分のとこがどんなにあなたの家よりすごいか、見せたいだけに決まってる。彼女ってあなたを妬んでるからね」

「マーニーはいままで自分のお金っていうものを持ったことがなかったのよ。ずっと貧しい環境で育ってきたから」

ローラが顔をしかめる。「私たちだってみんな貧乏じゃない」

「たしかにお金持ちではないけど、ちゃんと仕事があるわ。でもマーニーのお母さんは彼女を置いて出ていったし、お父さんは飲んだくれだった」そこで言いよどむ。「たぶんお父さんから暴力も受けていたと思うのよ、ローラ。私たちはそういう目に遭ったことはないでしょ。どんなに強そうに見えても、私はマーニーが気の毒なの。彼女は他人にも自分にも、なんでも認めさせてこなくちゃならなかった」サムは率直に言った。「でもあなたや私は、そんなことをする必要はなかったわ」

「そうね。マーニーには挽回しなきゃならないことが山ほどあるわね」

「私たちだって、ほめられたことばかりしてるわけじゃないでしょう」

ローラは眉をつり上げた。「そんな甘いこと言って、まるでメリー・ポピンズね！　人より根性の曲がってる人間だっているってことよ。マーニーみたいにね。彼女がジョーを狙ってたこと、あなただって知ってるでしょ」

ジョーというのは、リハビリセンターを兼ねたスポーツジムのパーソナル・トレーナーで、サムとはそこの共同オーナーだった。前のオーナーが北部に引っ越すため売りに出したとき、彼女といっしょに買ったのだ。めったにいないハンサムで、筋肉を目いっぱい鍛え上げている。サムと彼は友人だから、いっしょに出かけたりもしていた。それでローラは、ふたりのあいだに特別なものが芽生えつつあると思ったらしい。そこへマーニーが入ってきたというわけだ。いくらサムがジョーとはただの友だちでそれ以上のことはないと言っても、ローラは信じようとしなかった。ローラはやはり従姉妹だから、どんな状況でもサムの立場でものを考えてしまうのだろう。サムは、べつにジョーのことはなんとも思っていないとローラにわからせようとした。自分にとっては仕事上の関係のほうが大事だから、マーニーがジョーに興味を持ったことはうれしいのだ、と。

「ローラ、いい加減に信じてちょうだい。マーニーがジョーを好きになってくれて、私ほっとしてるんだから。ジョーは仕事の同僚としてはとってもいい人よ。彼がいなくちゃやっていけないわ。でも恋人としてはちょっとね……彼と出かけたのだって、デートって感じじゃなかった。ジョーはたしかに素敵な人だけど、いつも鏡ばっかり見てるもの」サムはにやりと笑った。「ジムをリニューアルオープンしたころの話、したかしら? スタッフが全員辞めちゃうところだったのよ。女の子なんかひとり泣いちゃって……ウエイト・ルームの大きな鏡をちゃんと磨けてないって、ジョーがいつもきつく言うものだから」

たしかにジョーには少しナルシストの気《け》があるかもしれないわ、とローラは肩をすくめた。

「まあね。でもマーニーはそれでも彼をものにしようとしてたわ」

「ああ、かわいそうなマーニー! ジョーのナルシストぶりが、ほかの長所を帳消しにしておつりがくるくらいだってわかったんだから。それにあのふたり、ぜんぜん相性がよくなかったわ」

「あのね、前にマーニーが私に言ったことがあるんだけど」ローラがぼそりと言った。

「へえ、なにを?」

「あなたといっしょにいるといいことがあるって。まるで人に点数でもつけてるみたいな言い方でしょ。あなたの琥珀色の髪や瞳はきれいだし、一六三センチの小さめの体は引き締まっててラインも完璧だって。もうちょっと背が高くてもいいけど、いいものっていうのは小さいなかに詰まってるものなんですってさ。それにあなたは頭の回転も速くてチャーミングで、あなたの紹介で人に会うと、いい人に出会えるってよ」

サムはけらけら笑った。「マーニーが本当にそんなことを言ったの？」

「怒らないわけ？」

「ほめてくれたんだと思うけど」

「でも彼女、人と出会うのにあなたを利用してるって認めたのよ」

「ローラ、彼女はきれいで才能もあって、いくらでも出会いのあるすばらしい仕事に就いてて――」

「出会うったって犯罪者じゃない！　殺人犯とかレイプ犯とか泥棒とか」

「頭のおかしい人ばかりじゃないでしょうよ。本当に罪を犯したかどうかだってわからないわ。ローラ、大声で受話器に叫んでみたら。ほかの用事に気を取られて、あなたのことを忘れてるのかもよ」

「はいはい、わかったわ。あなたの電話ですものね。ただ私が忠告したってことは忘れないでよ。おきれいでやさしいお隣りさんが、あなたの背中に刃物を突き立てるかもしれないってこと」

「ローラ、言葉に気をつけて」

「はいはい、そうしますとも」ローラは送話口を手で覆い、目をきょろりとさせた。そして受話器にがなりたてた。「マーニー、ちょっと！　マーニー！　聞こえてるの、返事して！」

　マーニーを呼びながらローラは、グレゴリーが窓辺に立って暗い外を見つめているのに気がついた。湾を見ているのだろうか？　いや、彼が立っているのはマーニーの家に面したガラス窓だ。じっと立って体を前後に小さく揺らしている。ブルーの瞳に黒い髪。グレゴリーはきれいな子どもだった。担当の理学療法士《サム》のおかげで、行儀はとてもいい。ナイフもフォークもスプーンもきちんと使える。それに潔癖なくらい清潔で、髪にはくしを入れ、歯の手入れも行き届いている。物静かでやさしげな子だ。そして、他人とはちがう世界に住んでいる。ローラは思わず唇を嚙み、自分のふたりの子どもが心身ともに健康なことをふと神に感謝した。グレゴリーの家族を思う。彼の両親はことあるごとに絶望を味わっていた。なにを学ぶにも、グレゴリーには気の遠くなるほどの時間と忍耐が要る。ただし、音楽だけはべつだった。音楽は彼の内側から湧き出ていると言ってもいい。

「グレゴリー？　ビデオは終わったの？」ローラは声をかけた。そのとき、電話からなにか音が聞こえたように思った。「マーニー！　マーニー、電話に出てちょうだい！　ちょっと、マーニー？」

　マーニーの返事はなかった。そして、グレゴリーも答えなかった。

　マーニーは自分の名前を聞いた。すごく遠いところ——まるで暗いトンネルの奥から聞こえてくるような——その声に引き戻される。

ひどい痛みが戻ってくる……。

それに、あの男も！　ああ、どうしよう、あいつはまだここにいる。彼女のドレッサーのそばで、落ちたものを拾っている。頭が痛い。目の近くに血が流れているのが感じられる。さっきドレッサーにたたきつけられて、絞め殺されるかと思った。そしてそのあと……倒れてベッドの脚にぶつかったのにちがいない。いまマーニーはベッドの近くに倒れていた。もう私に用はなくなったのかしら……

いや、ちがう。用が済んだのはドレッサーだ。男はまたマーニーを見ていた。マーニーを見て満足そうに笑っている。ああ、どうしていままでわからなかった？　気づかなかった……？

「マーニー！」

マーニーは電話のところまで行こうとした。

体をよじり、どうか動いてと祈る。少しずつ、少しずつ。体を引きずっていく。あともう少し。そこでもう一度叫ぼうとした。しかしのどが枯れていた。焼けるように熱い。声がまったく出てこない——なにも出ない……息しか……。

またあの笑い声が聞こえてきた。かすれた笑い声が、マーニーの背筋を引っかくように響く。

「マーニー？　マーニー？」

助けて、助けて、助けて、お願い、助けて！　そう叫びたかった。

だがそんなことはどうでもいいのだ。この男には。

マーニーの心を読んだかのように、男がこう言った。「おやおや、今夜はおれしか当てにはできないよ」

男が静かに受話器を置いた。

「あっ、ひどい！」ローラが言った。「とうとう切られちゃった！」

「お熱いデートの相手が来たんでしょうよ」サムが言い、オーブンから魚を取り出した。

「もう一回かければいいじゃない」

「なんのために？　どうせまた切られるに決まってる。それにエイダンが来たみたい。外に車が見えたわ」

「車の音なんか聞こえなかったけど」

「それは私もだけど」とローラ。「でもあの子の車が外にあるわ」

「そう。ばっちりのタイミングね。料理はできたし――焦がさずにすんだし！」サムはほっとして言った。

「いい匂い。それにエイダンが来られてよかった。じつを言うと、最近いつもあの子は遅れて来るのよ。まあ私との約束だけかもしれないけど。ねえサム、子どもなんてほんとに大変なことばっかりよ！　人生を捧げてもある日ぱっと巣立っちゃうし、お返しにたまには少しくらい時間を割いてほしいと思ったって、わかってもらえないし。さてと、迎えに行ってくるわね」

ローラはいそいそと笑顔でキッチンを飛び出していった。

サムは魚を天板から皿に盛りつけようとして、グレゴリーがガラス窓から外を見つめているのに気づいた。窓に映っているものがおもしろいのかしら？　外のポーチは暗く、ガラスには『ライオンキング』のビデオの画面しか映っていない。やはり、ガラスに映ったアニメのキャラクターを見ているのだろう。

「お食事よ、グレゴリー」そう声をかけたものの、本当はむりやり彼をテーブルまで連れてこなければならないと思っていた。しかしそのとき、グレゴリーは真剣な顔で振り返った。そしてマーニーの家を指さしたので、びっくりした。だってグレゴリーといるときのマーニーは、ときどき居心地が悪そうだったのだから。と言ってももちろん、マーニーはいつも彼にやさしく接していたし、いらだつこともなかったけれど。

「マーニーは来ないのよ、グレゴリー。用があるんですって」本当にこの子はマーニーに来てほしいのかしらと思いつつ、サムは言った。それに、サムが言っていることを本当に理解しているのかどうかもわからない。

しかしエイダンは来たし、料理もできた。

どうせマーニーに食事は必要なかっただろう。また明日の朝、こちらから電話しよう。そして家を見にいって、わあ、すごいとかなんとか大はしゃぎしてあげればいい。

今夜はもう電話はしないでおこう。

マーニーにはすっかり予定が入っているようだから。

2

熱い。ものすごく熱い。ローワンのなかでいっきに熱がはじけ、全身に染み渡っていくようだ。

かと思うと、急速に冷える。

つららからぽたぽたとしずくがたれ、ローワンの胸を、血管を、内臓を、そして魂までをも包みこんでいく。

妻の死に顔が、まだ忘れられないせいだ。真っ白な顔で、両眼をむいて見つめている。いったいなにを？　死の瞬間、彼女はいったいなにを見ていた？　妻の顔がどうしても忘れられない……家に入って、名を呼んだ。僕はいつものように怒っていた。妻は自分の好き勝手ばかりしていた。だが僕を放そうともしなかった。私は傷ついてるのよ——妻はよくそう言った。なのに外に行っては、僕の胸をナイフでえぐるような真似ばかりしていた。もうどうでもよくなっていた。ふたりのあいだには清らかなものなどなくなっていた。もうずっと、本当の夫婦とは言えなくなっていた。彼女の嘘のおかげで留置場に入れられたことも、一度や二度ではない。それに金も、何度となく僕からまきあげていった。浮気相手と過ごす夜のために、いくら金を出してやったことか。ああ、たしかに頭にきたさ……。

だから殺したのか？　刑事たちはそう訊いた。

ああ、あのとき妻は……。

しかしいま、記憶のなかの――うなされる悪夢のなかの妻は――死んでいる。なのに振り返る。目をむき、舌のふくらんだ青白い顔で――かつては美しかったその顔で。「あなたのせいでこうなったのよ！」彼女は叫ぶ。

僕は言い返す。「ちがう。僕はきみをなんとかしなくちゃって言ったじゃないか。僕たちをなんとかしようって」

「あなたは離婚したいって言ったのよ」

「きみはほかに男を作った」

「あなただってべつの女を愛したわ」

「でもそれは――」

「あなたのせいよ。あなた言ったわね。たしかに前は私を愛してた。いえ、いまでも愛してる。でも前とはちがう気持ちなんだって。そんなんじゃだめなのよ。大切に思ってくれてても、それじゃ足りない。あなたはバンドも大切にしてたけど、十分じゃなかった。ビリーはあなたの友だちだった。彼のことだってなんとかしようって言ってたのに、やっぱり十分じゃなかった。私への気持ちだって足りない。そりゃあ私にも至らないところはあったわよ、あなたを裏切ったんだもの。でもあなたは――あなたはどうしても赦してくれなかった。なにもかも十分じゃなかったのよ。あなたは恐ろしいくらい怒って……」

だから殺したのか？　夢のなかで刑事が訊く。なあ、そうなんだろ、やったんだろ。素直に認めろ。おまえは怒っていた。彼女を憎んでいた。堪忍袋の緒が切れたんだ。なあ、死体はどこへやった？　彼女を憎んでたんだろ。憎まずにいられなかったんだろ……。

　ちがう。僕は憎んでなんかいなかった。刑事は知らないんだ。妻が僕に泣いてすがったときのこと。もう一度やりなおそうと努力したときのことを。最後に彼女が戻ってきた翌日のことは、決して忘れない。僕に向けられたあの瞳。大きなブルーの瞳に涙をいっぱいためて……。あのとき僕は、自分のことはすべて後回しにしなければならないと思った。彼女は精神的に危険な状態だった。「どうして私はこんなことをしちゃうの、ローワン？　いったい私はどうなってるの？　どうしてやめられないの？　あなたを傷つけたくなんかないのに、なにかしてしまうの。そしてやめられないの。あなたに嫌われて当然だわ」

「そんなことはない。愛してるよ」

「嘘！」彼女が小さくささやく。「もうだめなくせに」

「でも愛してるんだ。本当だよ。これからだってずっと愛してる。また一からやりなおすんだ」

「私を捨てないで」

「捨てたりしないよ。なんとかしよう。やりなおそう。悪いのはきみじゃない。きみが陥ってしまった悪い癖のせいだ。いつもきみのそばにいるよ。これからもずっと愛してる」

　そのときの彼女の微笑みは、ひどく哀しげだった。そして、彼の髪に触れるその手つきも……。「私ったら、まるでジェシカ・ラビット（映画『ロジャー・ラビット』のキャラクター）ね。〝私が悪いんじゃないわ、なぜかそうなっちゃうだけなのよ〟って。ああ、ローワン、私あなたにひどいことをしたわ。ふたりをだめにしちゃったわ」

「ダイナ、大丈夫だよ。できるかぎりの手を尽くそう」

「同情なんかいらない。やさしくしないで。あなたがしようとしてることは正しいことだけど、もう私を愛してないんでしょ」

「愛しているさ」そう、愛している。ふたりでたくさんのことを乗り越えてきた。でも妻の言うとおりだ。彼女がほしいのはこんな愛じゃない。彼女の求めるような愛は、もうどこかでなくしてしまった。ホテルの部屋か。クスリのびんのなかか。ジン《ゴードン》をついだグラスのなかか。だがいまは、それを悟られるわけにはいかない。

「あなたがそう言ってくれるのは、私のことを心配してるからよ。あなたは私を救えると思ってる。私だって、自分がこんなじゃなければと思うわ。こんなんじゃあなたに思いきり愛してもらえない。あなただって、だれかに思いきり愛してもらうことができない……」

「きみに酒をやめさせることはできる。睡眠薬だって――」

「男遊びも？　ローワン？　ふらふらしてしまう私を止められる――？」

ローワンはがばっと跳ね起きた。汗びっしょりだ。震えている。なんてざまだ。

これも天気のせいだ。

暑い。めちゃくちゃ暑い。昼のさなかだ。五月。まだ夏じゃない。だがそろそろ夏も近い。

この前〈ジンボの店〉では、客たちがこんなふうに話していた。五月でこんなに暑いなら、七月、八月、九月はどうすりゃいいんだ！　人でも殺したくなるほど暑いかもしれないぜ、と。

人を殺すほど暑い……。

そうかもしれない。殺人的《キラー》・暑《ホット》さとも言うじゃないか。

しかし、いまはまだそれほどでもない。ローワンが上半身を起こすと、少し風があった。プールサイドのデッキチェアで眠ってしまったらしい。湾の近くでは、いつも微風が吹いている。

ローワンは立ち上がって海を見た。目を半分つぶる。海と空が溶け合って、淡く美しい青緑《アクア》色とパウダーブルー色にぼやける。そよ風が、ローワンのほてった肌をそっとなでていく。ここは本当に美しい。もうこんなに好きになっている。まるで生まれたときからここにいるかのように。この穏やかな風。目の前にある気持ちよさそうな温かい水。ローワンは腕のいいダイバーだった。ここならいつでも好きなときに潜ることができる。彼はここの生まれではない。はるか遠い場所からやってきた。考え方も、生活スタイルも、伝統もまったくちがう世界から。ここでは平地が多く、まわりは海に囲まれている。彼の生まれた故郷ではごつごつした岩や山がいたるところにそびえ、水はしびれるほど冷たかった。実家はネス湖からそう遠くない。夏の盛りでも、水はやっと凍らない程度の温度にしかならない。湖の近くにある、灰色と薄紫色の谷。そこにある家を、ローワンはいまでも愛していた。父はその土地で、祖父と同じように羊を飼って成功した。その父のことも深く愛している。だが自分が選んだ職業のことでは、だいぶ対立してしまった。当然、仕事がうまくいかないと、言い争いも激しくなった。ダイナの死後、彼はしばらく故郷に戻っていた。それはよかったと思う。父とはあまり言葉も交わさなかったが、母の墓前に立つと、それまでになく父のことが身近に感じられた。このまま故郷にとどまってほしいと父が望んでいるのもわかっていた。しかしアメリカ暮らしに慣れきっていた彼は、腰を落ちつけられなかった。温かい海が恋しかった。そして父のロバートも、それをわかってくれた。反抗的だった若いころのような言い争いは、もうしなかった。ふたりとももう大人で、人生の経験も積んでいたから。いまのふたりにあるのは、平安と愛情だけだった。

しかも、昔とはちがう平安と愛情だ。

ローワンが初めて父とぶつかったのは、十七歳のときだった。母はすでに癌で亡くなっていた。そしてユアンも——病弱ながら家族のだれより賢かった弟も、ローワンが十三歳のときに亡くなっていた。ローワンの努力も祈りも、弟を奪っていく無情な病には通じなかった。もうローワンは、神など信じないと心に決めた。あとになって悔やんでも仕方のないことだが、あのころは父をさらに苦しめてしまった。だがあまりのつらさに逃げ出さずにはいられなかった。ローワンは飛行機に乗り、アメリカに渡った。音楽だけが慰めだった。いつしか彼はあるグループのバックで演奏するようになり、そのグループについてフロリダ州の大学町ゲインズヴィルにやってきた。父もまたアメリカに来た。そして、大学の町に行きついたのなら、ついでにアメリカの大学を出たらどうだと言った。ローワンはそのとおりにして芸術の学士号を取り、その一方でグループも成功させた。成功してから生活が派手になった。なのに父がそのまま彼のもとにとどまっていたのには驚いた。しかし父ロバート・ディロンは、信心深い人間だ。ローワンが神の存在を否定しつづけたにもかかわらず、父は自分の息子を神の手にゆだねていると言って譲らなかった。神がふたりを救ってくださる、ふたりとも生き延びることができるはずだ、と。

たしかにローワンは生き延びた。だがほかは多くがだめだった。しかしそれでも、はるかなスコットランドの谷にある母と弟の墓前に立っていると、父の信じていた神はいたのかもしれないと思えてきた。神がいたからこそ、苦難にも負けずに自分はこうして生き残っているのだと。

そう、そしていま、彼はここにいる。

もう何年も前、演奏旅行でこの土地へ来たときから、ローワンはここが気に入っていた。フロリダ州南部。いつもなにかに追われていたような若いころは、しょっちゅう自分がはみ出し者のような気がしていた。けれどここにはそんな人間がたくさんいる。この家を買ったとき、やっと自分の家に帰ってきたような気がした。いままで感じたことのないような、安らいだ気持ちになれた。

なのに……

なぜなんだ？

ダイナが死んで、もう五年も経つ。どうしていまごろ、妻の亡霊に悩まされなくちゃならない？　どうしてあんなにはっきりと、夢のなかに妻が出てくる？

たぶんそれは……うっかり過去の世界に舞い戻ってしまったからだろう。いきなり昔の友人の隣りに住むことになるとは、思ってもみなかった。

ローワンは隣りの家を見上げた。マーニーの家。そして頭を振る。なんてこった。あんなことになってしまうとは……。

いや、べつに悪いことじゃない。楽しく話をしてビールを飲んで、大学時代のことを語って——それだけだ。それからシャンパンを一本あけ、彼が戻ってきたことに乾杯した。そう、彼は戻ってきたのだ。そのあとお互いに気をゆるした。それにもうふたりとも成人した大人だし、互いに独り身で、ひどい傷を背負っていて、どちらも少し人間不信で、少し疲れていた。だから……。

ローワンにはマーニーがかわいそうに思えた。おそらく彼女は、ほかの人間にあんなふうに打ち明け話をしたことはないのだろう。そしてダイナのことも、あんなふうに理解してくれたのは彼女が初めてだと思う。ダイナと——ビリーのことを。ダイナを失っただけでも彼にはつらいことだった。なのにビリーのことまで重なった。ローワンは久しぶりに、あんなふうに話をすることができた。マーニーは中毒というものに理解があったから。

そしてシャンパンのあと、今度はマーニーが自分の過去を話した。母親に捨てられ、父親に虐待された小さな女の子のことを。彼女はローワンの家族をうらやましいと言い、自分はいつもなにかに飢え、求めあがいているのだと言った。一見いつも強そうに見えるが、本当はとてももろい女なのだ、と。

そのあとだ。サムがマーニーの隣りに住んでいることを知ったのは。

とたんにローワンは、身も心も萎《な》えてしぼんだ。魂も肉体もいっきに冷めた。胸にブルドーザーが突っこんできたかと思った。

このあたりには少ないながら、昔からの住人がまだ残っている。ローワンが買ったのは〝オールド・ガード〟と呼ばれる地域の家だ。ただし不動産屋が言うには、町はあまりにも様変わりし、本来の〝オールド・ガード〟はあまり残っていないということだったが。ローワンはジェリー・スタイカーというもと警察官を通して、不動産専門の弁護士を見つけた。ジェリーは北部の出身だったが、珍しく親切な男だった。定年になって南のフロリダ諸島に移った彼も、その弁護士の事務所を使って家を見つけたらしい。なにかを探して契約を結ぶときには、いちばん頼りになる人種だ。その事務所にマーニーがいた。そのことは、オフィスで彼女に会うまで知らなかった。サムの家のことも、マーニーからは一度も聞かされていなかった。

実際に引っ越してくるまでは。サムの家を目の当たりにして、初めて知ったのだ。そう、サムもここに家を持っている。この岬の端には、三軒の家が並んでいる。ローワンの家と、マーニーの家と、サムの家が。

これはまったくの偶然だったのだろうか？　彼とサムのことを、マーニーはどこまで知っている？　いや、そんなことはどうでもいいじゃないか。

この三軒の家には小さな庭がついていた。〝ココナット・グローヴ〟のダウンタウンにも近く、庭の先はすぐ海だ。しかしマーニーの庭の向こうに、すぐサムの庭が見えるわけではない。それぞれの庭を、高い生け垣が隔てていた。ココナット・グローヴは緑が多いことで知られている。だが上を見上げれば、サムの家の屋根は見えた。石灰岩でできた岬に建つ、由緒ある家――二〇年代の初めごろに建てられたものですよと、不動産屋は言っていた。だがその家の持ち主の名前までは、言ってくれなかった。

もし名前を聞いていたら、どうしただろうか。ほかの場所を探しただろうか。五年も経てば人は変わる。いまではサムも結婚し、統計で出ているように平均二・三人の子どもがいるかもしれない。ローワンの顔さえ忘れているかもしれない。いや、まさか。

これは男のエゴか？　プライドか？　どうして忘れていないなんて思う？

はっ！　妻を殺したと言われた男の顔を、忘れるわけがないよな。

ローワンはくるりと海に背を向けた。かたくなで自分のことしか考えていなかったころの自分が、急に戻ってきたようだった。裕福な家に生まれれば、甘えたお坊ちゃんになる。おまけにそんな男がロック・ミュージシャンになったら、まずまちがいなく薬に手を出す。悪魔の産物。どんな悪いことでもできる。心が腐ってしまう。

だがローワンの過去には、それなりにいい部分もあった。成功に浮かれ騒いだ時期があった。アメリカに渡って音楽の世界に入ったときは、友人がいた。女もいた。だれもかれもちやほやした。新しい世界はまるで麻薬のように彼を酔わせた。情熱を傾けた音楽で成功して、彼のなかに火がついた。そして彼は、心を腐らせてしまった。

ダイナと出会ったのはそのころだ。ダイナは炎そのものだった。まるで命を削るかのように輝き、燃えて燃えて燃えつきた。そんな彼女をローワンは愛し、失い、代償を支払った。そして、心を凍りつかせたまま生きてきたのだ。

だがいま……

サムのことはどうすればいい？　彼女には憎まれているかもしれない。だが彼のことを忘れてはいないだろう。それだけはたしかだ。

ローワンは向きを変え、家のほうに戻っていった。くそっ。どうしろというんだ。家を売るか？　黙ってこのまま姿を消すか？

ここへは安らぎを求めてやってきた。落ちつきたくて、新しいスタートを切りたくてやってきた。過去を葬るために。だったら、自分の人生は自分の好きなように生きればいい。たとえ昔の友人がいても。

たとえ昔の恋人がいたとしても。

サムは鉛筆の先を噛み、マーニーの家を見やった。

マーニーがフィッシュ・アンド・チップスの食事を断ったことはふしぎでもなかったが、ゆうべはとても楽しかった。エイダンは仕事がうまくいきそうなので舞い上がっていて、ずっと自分を支えてくれる母親に礼まで言っていた。そしてグレゴリーのために、ギターで新しい曲を披露した。するとグレゴリーはすぐに、サムの古いグランドピアノでその曲を弾いた。ローラはもう夢心地だった。もしマーニーが来ていたら、あれほど和気あいあいとした夜にはならなかっただろう。

マーニーは、新しい恋人ができたら友だちとの約束をさっさと破るタイプだった。まちがっても、友だちと夜を過ごすためにデートをあきらめたりはしない。たしかに失礼だとは思うが、マーニーは自分に素直に行動しているだけなのだ。そして、ほかの女性もわかってくれるものと思っている。

しかしいま、サムは心配になってきていた。マーニーはとにかく家のことで浮かれていたし、鼻高々だった。なんでもかんでも見せて自慢したかったはずだ。丸天井の刳形《くりがた》やら、スペイン製のタイルやら、花崗岩のカウンターやら。

サムは腕時計を見た。午後の三時半。

たぶんデートの相手が、理想的な人だったのだろう。それで一晩じゅう、その人と外に出ていたのかもしれない。でも、どこか納得できなかった。

マーニーは最初のデートで体を許すタイプではない――ゆうべが最初のデートだったとしての話だが。でも相手を自分の家に招待するのはまちがいないと思う。彼女は男性に対しもの怖じしない。男性というものが好きだし、人生になくてはならないものなのだ。男を手に入れる彼女の手腕は、みごとと言うほかない。セックスは人間の基本的な本能よ、と彼女は言っていた。そんなことはないなんて言う人間は、お高くとまったばかなのよ、とまで言った。けれどマーニーの男好きにも、それなりの基準がある。新しい家を忘れさせるほどの美青年がいるとは、サムにはとても思えなかった。そしてマーニーは、男性を家に連れてくるという話もしていた。メイン・バスルームの真んなかにある大きな大理石のジャグジーで、男を誘惑したらすてきでしょうねと言っていた。朝日が見られるように、東の窓に向けて置いてあるクイーンサイズのベッドもとても気に入っていた。黒のサテンのシーツを買い、新しい家とライフスタイルにふさわしい恋人をすぐに作るんだと、楽しみにしていた。

サムはベッドルームのデスクから立ち上がり、しばらく部屋のなかをうろうろしていたが、うーんと背伸びをするとまた戻ってきて座った。

受話器を取り、マーニーの家の番号をダイヤルする。留守番電話が応答した。サムはまたメッセージを残した。

そしてふたたび電話を見つめる。なにか急用ができたのかもしれない。マーニーはいったん戻ってきて、また仕事に行ったのかもしれない。

サムは法律事務所のマーニー直通の番号をダイヤルした。マーニーの声が答える――〝メッセージをどうぞ〟。サムは伝言を残した。ふと思い立ち、代表番号にかけてみる。意外にも人がいて、女性が出た。

「もしもし。マーニー・ニューキャッスルを探しているんですが」

「ミス・ニューキャッスルは今週末はお休みです。緊急でしたら――」

「いえ。ただの友人なんです。緊急じゃありません」

「自宅にはかけてごらんになりました？」

「ええ。留守だったんです」

「それじゃあ、ほかのお友だちと出かけてるんじゃないかしら」

女性の言葉に、なにか含みがあるような気がする。それとも、サムの単なる想像だろうか？

「ええと、もし彼女が事務所に来るようなことがあったら、サムが連絡を取りたがっていたって伝えていただけますか？」

「もちろん。かならずお伝えします」

「ありがとう」

サムは電話を切った。もう心配でたまらなくなっている。マーニーは、家に戻ってきてからまた仕事に出たのではなかった。しかし、今朝サムが留守にしているあいだに帰ってきて出ていった、という可能性もまだ残っている。今朝、サムは仕事に出ていた。ミセス・キャシー・ジェファソンが先日、腰の手術を受け、その担当医が彼女をサムのところによこしたのだ。もちろんそれは願ってもないことだった。外科手術後のリハビリは、サムの専門なのだから。

というわけで、サムは今朝は早く出て、早く戻ってきた。だが考えれば考えるほど、マーニーがそのあいだに帰ってきて出ていったとは思えない。

いきなり電話が鳴り、サムは鉛筆を折りそうになった。デスクの上に身を乗り出して、受話器をつかむ。どうかマーニーであってほしい。でも一人前の大人の女性をこれほど心配するのも、ばかばかしい気がする。しかもマーニーは正直言って——野良猫ほどのモラルしかない女性なのに。

「マーニー?」

沈黙。そのあと、傷ついたような声。「ちがうわ、ローラよ。血を分けたあなたの従姉妹。忘れたりしてないでしょうね?」

サムは口もとをゆるめた。「ごめんなさい。ちょうど彼女の心配をしてたものだから」

「どうして?」

「まだ姿を見てないのよ」

「あら、もうカクテル・アワーかしらね。それともお酒には早い時間だったら、まだ寝てるんじゃないの」

「ローラ、あなたちょっと意地悪よ」

「そっちこそ心配性ねえ。どうせすぐに出てくるって。絶対に。まあ、もちろん用事があればの話でしょうけど――彼女、あなたが大好きだもの。おっと、ちがうなんて言わないでよ。あーあ、この目で見なくたってわかるなあ。いまごろ両手を上げて、お説教しようとしてるでしょ。〝ローラ！　いつもひねくれた見方ばかりしてちゃだめでしょ。自分がしっかりしてれば人に傷つけられることなんかないのよ〟ってね」

　サムは目を丸くして受話器を見た。ちょうどそう言おうと思っていたところなのだ。

「だって、そのとおりじゃない」言いわけがましくサムが言う。

「だめだめ、ちがうわよ」ローラは妙に苦々しい口調で答えた。「テディに訊いてみるといいわ」

　テディというのはローラの夫で、殺人課の刑事だ。いや、もう別れて二年になるからもと夫だっけ、とサムは思いなおした。ローラとテディが出会ったのはサムの家だった。サムの父親が引きあわせたのだ。サムとテディの妹のポージーは幼なじみで、テディに連れられてよく大沼沢地《エヴァグレイズ》に釣りにいったものだ。そしてテディは、ローラと子どもたちも何度となく釣りに連れていった。ふたりの結婚についてはよく話を聞かされた。長年の結婚生活。子育て。奮闘の末にやっと落ちついたと思ったら――倦怠期がやってきた。テディのほうに。彼はほかに女性を作った。ローラは打ちのめされ、それが過ぎると今度は怒りを爆発させ、恨みがましくなって……最後はふさぎこんだ。ローラは長年のあいだにカウチポテト族になり、自分のことを一切かまわなくなっていた。太って髪も白くなり……それでテディは若い女に走ったのだ。離婚の原因になった女がだれなのか、ローラは最後まで知らなかった。しかしテディをかばうわけではないが、彼はやりなおそうとした。彼は子どもたちを愛していた。けれど、ローラの傷はあまりにも深かった。

いまのサムは、これまでにないほど従姉妹のローラを身近に感じている。彼女は全力をあげてローラの信頼を勝ち取り、なんとかローラを元気づけて自信を取り戻させてきた。その甲斐あって、いまではローラのトビ色の髪にあった白いものは消え、ジムでトレーニングしたおかげで普通の人よりもスタイルがいいくらいになった。彼女はずっと妻と母の役割だけに明け暮れ、自分のことをほとんどかまっていなかった。けれどいまはマッサージに通い、二週間に一度は手足の爪も手入れしてもらい、引き締まった新しい自分に自信を持っている。

もちろん、サムのほうから見ると、それが少しばかり裏目に出たこともあった。少なくともテディに関しては。彼女はテディのことも好きだった。何度か彼が会いにきて、ローラとの仲立ちを頼まれたこともある。そしてサムも協力しようとした。だがテディは妻との関係を修復しようとしながら、ほかにもちゃっかり手を打っていた。また新たに金髪のガールフレンドを作ったのだ。「ただの知り合いさ」とサムには言った。だがローラには〝ただの〟知り合いなどと思えるはずもない。彼女はまた傷つき、テディを見返したいと思った。そしてスマートになった体とおしゃれな新しい外見で、それに成功したのだ。

離婚するにあたり、ローラは結婚したときにテディと買った家を手に入れていた。テディが自慢にしていたのは、囲いをした裏のポーチにある眺めのいいジャグジーとサウナだ。ローラはジムで若い男に声をかけ、その彼を家に連れてきた——そう、テディのジャグジーへ。なにが人の癇《かん》にさわるかはわからないものだが、ローラはテディをやりこめるにはどこを攻めればいいかよく知っていた。もし五、六歳も年上の恋人を連れてきたとしたら、テディもまあおあいこぐらいに思ったかもしれない。しかし、若い男を自分のジャグジーに入れるとなると、頭にくるものらしい。

恋愛は自由でしょ、テディ。サムは冷ややかに考えた。同じことを奥さんに何度も言ったんじゃないの。ファスナーはちゃんと上げておかなくちゃね。

「それでマーニーのことなんだけど……」ローラが言った。

「うん?」

「マーニーがわがままで自己中心的だってこと、認めなさいよ。何時間も彼女の心配ばっかりするのはやめるって、約束して。まあ、でもたしかに……」

「たしかに、なに?」サムが訊く。

「ううん、なんでもない」

「そんなふうに言いかけておいて、途中でやめないで」

どういうわけか、ローラはそれでも口が重かった。「いえ、ほんとになんでもないの。ただ……」

「ローラってば!」サムはせっついた。

「いえ、ちょっと気になることがあっただけ。ほんと」

「なにが気になったの?」問いつめるような口調になり、声を張り上げているのに気づいてサムは頭を振った。ときどき彼女も、テディに同情せずにはいられないことがある。

「あのね、これはテディから聞いたんだけど」

「だからなにを？」

「うん、マーニーの法律事務所で起きたこと」

「どんなこと？」

「一年くらい前に、あそこの若い秘書がひとり、跡形もなく消えちゃったんだって。マーニーが言うには、つきあってたコロンビア人と駆け落ちでもしたんだろうってことだったけど、その秘書の両親がやってきて捜索願いを出したんですってよ」

「それでどうなったの？　彼女は見つかったの？」

「まるっきり手がかりなし」

「ラテンアメリカの人と本当に駆け落ちしちゃったのかもしれないわね。それで、コズメルで幸せに暮らしてたりして」

「かもね。でもまだ事件は解決してなくて、警察も捜してるんですって。でもこのへんって沼地は広いし海もあるし、島もいっぱいだし……人がいなくなってもどうしようもないことってあるわよね。失踪《しっそう》事件なんて永遠に謎が解けないままでさ」

「その女性のご家族は本当にお気の毒ね！」

「それからね、事務所の顧客もひとりいなくなってるんですって。覚えてない？　その件ではうさん臭い取引が関係してたから、新聞にも載ったわよ。ほら、やり手で有名だった地元の美女、ミセス・コール・ローウェンシュタイン。まあ、もちろんスラムの出だっていう噂《うわさ》もあったけど、ありとあらゆるチャリティーで寄付を募ればそのへんは許されるみたいね。ただし、彼女は集めた寄付金を着服してたらしいって噂があったのよ。で、彼女の代理をしてたのがマーニーの法律事務所でさ。なんとマーニーが担当してたって。それでね……」

「それで？」

「ある日いきなりいなくなっちゃったわけ。こんな話、考えられる？」

「ええ、まあね。その事件なら覚えてるわ。事件が起こった少しあと、ケヴィン・マディガンっていうマーニーの同僚の弁護士と話をしたもの。彼は、ミセス・ローウェンシュタインが世界じゅうにお金を隠したと考えてたわ。それに国税庁《IRS》も彼女を追ってた。もし本当に彼女にものすごくお金があって――不正をして厄介なことになってたとしたら、アルゼンチンとかボリビアとかスイスなんかで悠々と暮らしてるかもね」

「うーん。そうかもしれないし、そうじゃないかも。ただすごく気になる話だと思わない？」

ええ、気になるわ。サムは内心、同意した。「ということは、失踪してる人がいるのなら、マーニーのことも心配して当然ってことよね」

ローラがふん、と鼻を鳴らした。「彼女だったら、もう新しいお隣りさんと寝てるんじゃないの。聞いたところによると、彼もしばらくのあいだ事務所の客だったらしいわよ」

「新しいお隣りさん？」

「あなたんちの近くに引っ越してきた人よ。マーニーの家の向こう隣り。マーニーったらその人のことをわがもの顔で話してさ――おまけにもったいぶって秘密にしちゃって」

「その引っ越してきた人も、マーニーが担当してるの？」

「ちがうわよ……もう。事務所の客ってこと。かなり遠いところの人らしいけど、このへんで家を探してたみたい。で、あそこで不動産専門のエディ・ハーランが担当したらしいわ。それでマーニーとも再会したって」ローラはいらだたしげなため息をついた。「サム、マーニーと話をしてないって言ったって、まだ丸一日も経ってないじゃないの。彼女は一人前の女なのよ。いや、前言撤回。一人前のやり手女ってとこね！」

「ほんとに意地悪ね。鋭い爪が出てるわよ」

「私は年寄りだもの。意地悪になったっていいのよ。人間、歳をとると気むずかしくなるのはなぜなのか、聞いたことない？　人生を長く生きてるからよ。毎年ちょっとずつ歳をとって、意地悪になってくの」

「あなたは年寄りなんかじゃないわ」

「もう四十過ぎよ。あなたなんてまだ三十の大台にものってないくせに。まあ見てなさい。すぐだから。そしたらあなただって、こわい女になるわよ」

「ローラ、悪いけど本当にもう切らなくちゃ。それにこのまま話してても、いまはあなたの喜ぶようなことは言えそうにないわ」サムは言った。いまのローラはかなり機嫌が悪い。

「あら、言えるわよ。買い物に行きたいって言ってちょうだい」

「買い物？　いったいなにを買うの？」

「若く見える服よ。今夜エイダンのグループが、ビーチの〈ホット・パプーティ〉で演奏するの。いっしょに来てよ」

「私が？」

「ゆうべ言わなかったっけ？」

「言わなかったわよ」サムは尻ごみした。今日はどうもそういう気分じゃない。エイダンのグループがギャラのいいギグをするのはうれしいことだが、〈ホット・パプーティ〉は狭いしエアコンもあまり効いていない。それに、あそこはわけのわからない客が来る。

「来てくれなくちゃだめよ。お願い。あなたが頼りなの」

「テディは？ 彼も行くんでしょ？ 目いっぱい拍手して、息子を応援するんでしょう」

ローラが言葉に詰まる。「ええ、まあね。驚きでしょ？ 何年も子どもたちを応援してきたのは私だったのにね。リトルリーグの試合やダンス教室にはかならず行ったし、医者に連れていったのだって、学校の集まりに参加したのだって、全部私よ。テディはいつも忙しかったから。なのに離婚したいまは、スーパー・パパになってどこにでも現れるんだから」

「そうね、子どもたちを愛してるってことを、いまは形で示そうとしてるんじゃないかしら。でもそれっていいことじゃない、ローラ。意識して力になろうとしてるし、あなたにまかせっきりじゃないんだから」

「まあね。でもテディは連れがいるみたいなことを言ってたのよ。でも私にはいないもの。私にはあなたしかいない」

「へえ。それはありがと」

「そんな意味で言ったんじゃないわよ。あなたがいてよかったってこと。本当にありがたいわ――ただあなたは男の人じゃないけど。でもほんとにあなたが頼りなの。心の支えなの。お願い、私を助けると思って」

「はいはい、わかったわ」

「じゃあ買い物に行く?」

サムはためらい、腕時計を見た。「ローラ、もう三時を過ぎてるわ。私もシャワーを浴びなくちゃならないし、今夜あそこに行くとなると――」

「あら、大丈夫。エイダンは十一時ごろまで出ないから。あの子、それで舞い上がっちゃってるのよ。トリのバンドなわけ。出番が遅いほどいいみたいよ。七時ごろ迎えに行くわ。ショッピングモールは九時まで開いてるから、いったんあなたのところに戻って着替えて、それから行きましょう。それでいい?」

「そうねえ――」

「服を見る時間はそれで十分だと思う? すごくセクシーだけど、〝おばさんが若作りして失敗してる〟なんて思われない服がいい」

「あのね、いま思い出したんだけど、素敵な服が買えるところを知ってるわ。そこならあなたにぴったりの服が見つかるわよ。昨日ウインドーのマネキンが着てるのを見たのよ。〈ココ・ウォーク〉の店。六時に迎えに来て。それまでには用意できるわ。完璧。それならあなたの服を買って、そのままそこで着替えて、ビーチに行けばいいでしょう?」

「やっぱりもうちょっと早く――」

「六時ね。いい? じゃあまたあとで。あなたが来る前にやらなくちゃならないことがあるの」

「サム――」

最後のほうは聞こえないふりをして、サムはそそくさと電話を切った。そしてマーニーの家に目をやる。どうしてこんなに胸騒ぎがするのだろう。失踪した法律事務所の顧客や秘書の話をローラから聞いたが、それはあまり役立ちそうにない。だがその話を聞いてみて、一年前のコール・ローウェンシュタインのスキャンダルをもう一度考えてみた。コールは結局は悪人だとわかったものの、頭のいい女性だ。きっといまごろヨーロッパか南アメリカのどこかで、金と男とメイドに囲まれて暮らしているのだろう。

若い秘書については……若い女性というのはえてして消えたりするものだ。世間にはいくらでも逃げ出す人がいる。

サムは肩をすくめた。が、どんどん不安がふくらんできているのが自分でもわかった。でもまあ、マーニーはそれほど長いことといなくなっているわけじゃない。たいしたことはない。サムは彼女の家まで行き、家にいないか見てくることにした。マーニーの家の鍵は持っている。マーニーは気まぐれ屋だが、彼女なりにとても気前のいいところがあった。いつでも家を使っていいのよとローラに言っていたし、冷蔵庫やワインセラーからなんでも持っていってかまわない、リネン類でもなんでも使ってと言っていた。

サムは心を決めるとデスクからマーニーの家の鍵を取り出し、階段を駆け下りて玄関に急いだ。わざわざ自分の家に鍵をかけたりはしなかった。近所に行くだけのときは、いつも鍵はかけない。

マーニーの家の芝生に足を踏み入れながら、サムは彼女のことを考えた。マーニーには子どもみたいなところがたくさんあった。なんでもかんでも、物をほしがる。人にうらやましく思われたくて、仕方がない。でもいったんうらやましがられると、あっさりそれを差し出す。人に与えてしまう。マーニーの暮らしぶりを見ていると、彼女のことがよくわかる。いけない、また精神分析しちゃってるわ！　サムは自分を戒め、マーニーの家の玄関に向かった。彫刻入りで両開きの、巨大な扉だ。しかし暮らしぶりが人のことを多く語っているというのは、マーニーだけでなくサムにも当てはまるかもしれない。

たとえばどういうことがあるだろう？　自分はひとり暮らしだ。仕事を持っている。顧客との関係も良好――とくに、リハビリを担当している年配の人たちとは。それに普通のフィットネス会員とも……うまくやっている。

愛想もいいし、面倒見もいいし、自分をしっかり持って働いているつもりだ。職場の男性とも仲良くやりつつ、仕事仲間として適度な距離をおいている。自信を持って、快適に毎日を送ることができている。家も仕事も大好きだし、だれかになにかを認めてもらう必要もない。

嘘ばっかりね、とサムは思った。本当の自分はただの臆病者なのに。また冒険をするのが怖いくせに。でも、おかげでいい教訓を学んだ。彼女はなんにでも慎重だった。

そう、なにごとも安全に。控えめに。愛想よくして人に気に入られ、友情を築く……そして表面上は、それを保っていく。深い思いを寄せることがなければ、それほど失うものもない。

サムは玄関の鍵穴に鍵を差し込んだ。そしてふと躊躇し、大きくノックしてベルを鳴らした。

しばらく待つ。返事はない。サムは何度もベルを鳴らした。扉をたたいた。やはり返事はない。たとえマーニーが死んだように眠っていたとしても、これなら起きるはずだ。

死んだように眠ってる？

死？

まさか！　私ったらとんでもない。サムは鍵をまわし、扉を開けて、玄関ホールに足を踏み入れた。静かだ。そしてまたためらい、扉を閉めてそこにもたれた。なんでこんなに臆病なのよ、と自分を叱咤《しった》する。

けれどそうしているあいだにも、また急にあの変な胸騒ぎに襲われた。

「マーニー！」

かすれた声しか出ない。

もう、なんて弱虫なの！

「マーニー！」今度はもっと大きな声で呼んでみる。

玄関ホールに声がこだました。家そのものがなにかにとり憑《つ》かれているような、なんとなく生きているような気がする。

思わず走って逃げたくなった。

いいえ、だめ。

マーニーの居所を突き止めるために、できるだけのことはしなくては。

3

このあたりの家は、厳密に言うと三階建てだ。しかしよく浸水する地域なので、二階分しか家屋として認められていない。地下部分を住居にするのは法律で禁止されているが、たいていの家主は気にしていないようだ。建築の段階で地下にバスルームを造ることはできない。しかし入居者がつけ足すことはできる。地下――つまり浸水するフロアにはプールを造ることが多く、ほとんどの住人が脱衣所つきのバスを造る。ローワンの家は前のオーナーのセンスがよく、手が行き届いていた。浸水するフロアには屋内、屋外兼用のカーペットが敷かれ、高めの棚が作られている。さらにパティオ用の家具、シンクつきのバー、小型冷蔵庫にバーベキューセット、サウナとジャグジーのついた大きなバスがあった。ほかより一段高くした、くつろぎ用のスペースもある。ローワンは自分なりの手も加えた。長年かけて集めた楽器類――ピアノ、キーボード、ドラム、ベースギター二本、ギター三本、それからサウンド・システムを据えた。このシステムがあれば音量も音質も思いのままだ。コンピューター制御でプレイすることもできるし、すべてオフにしてアコースティックで演奏することもできる。

さらに部屋の一角には、スキューバダイビングの道具を置いた。

ちょうど小型冷蔵庫を開けてビールを取り出したとき、名前を呼ばれた。

「ミスター・ローワン？　ミスター・ローワン？」

「なんだい、アデリア？」ローワンが返事をする。いつも明るく有能な家政婦が、階段の下から顔を出していた。〝ローワン〟と呼べばいいと言っているのに、どうあっても彼女は〝ミスター〟をつける。

「お電話《テレフォーノ》！」そう言ってアデリアは顔をしかめた。「あのレポーターです。だんなさまは留守と言ったのに、ここまで来て家を見張るとかなんとか言ったです。それで私、この家《カーサ》来たら、警察を呼ぶって言おうとしたです！　でもだんなさまにお訊きしたほうがいいと思って」

　ローワンは大きく顔をゆるめた。うるさくつきまとうレポーターは海にでも落ちればいいと思うが、アデリアは本当に得がたい存在だ。彼女をよこしてくれたのはマーニーだった。アデリアは朝九時にやってきて合い鍵でなかに入り、家をしみひとつないくらいに磨き上げ、きっかり五時に帰っていく。夜ローワンがいる予定のときは、夕食も用意して。どうやら彼女は、ローワンのことがとても気に入っているらしい。彼の身を守ろうとするときは、まるでブルドッグのように怖い。

「アデリア、大丈夫だ。電話に出るよ。なにかうまいこと言って追い払えば、彼女もつきまとわなくなるだろう」

　アデリアは大まじめな顔でうなずいた。その頭がひょいと消える。また仕事に戻って皿を片づける音が聞こえはじめた。

「もしもし？」

「ローワン！」怒ったような大声が受話器から響いた。相手の女性レポーターは若く精力的で、なかなかの美人だ。どうやらローワンと親友にでもなった気でいるらしい。

「ベス。ベス・ベラミーだね。さて、今度はいったいなにが知りたいって言うんだい？」

「ローワン、またお邪魔して申しわけないんだけど、あなたの記事には絶対まちがいがないようにしたいのよ。なにひとつ嘘がないように。それで、つらいことだっていうのはわかってるんだけど、ドラマーのビリー・マーシャルが亡くなった事故のことを一度もきちんと話してないでしょう。それに彼の死が原因で、あなたがもう――」

「ビリーはバンに衝突して死んだ。そしてたしかに、ドラマーなしでグループをやっていくのはむずかしい。僕たちは何年もうまくやってきた仲間だったしね。でも僕にとってはもう終わったことだ。ほかになにか？」

「あの、あのときはあなただって死んでたかもしれないんでしょう。それにビリーが運転席に乗りこむ前に、ものすごく言い争ったって聞いたわ。それであなたはビリー夫婦を追いかけた。そしてコニー・マーシャルを車から引きずり出して――」

「ビリーは死んだ、終わったんだ。それでいいだろう」

「でも――」

ベスはまだ話していた。だがローワンはもう聞いていなかった。

ビリーが死んでもう三年以上になる。もうそっとしておきたい。あの夜、ローワンはビリーが運転するのを止めようとした。だがビリーはそれを振りきって行ってしまった。ローワンはできるだけのことをした。車を追った。そして少なくともコニーは助かった。どうにかすれば、運命を変えられたとでもいうのか？　ダイナと同じように、ビリーも破滅への道を歩きはじめてしまっていた。それを変えられたものなど、たぶんない。

新しく出発するためにここまでやってきた。故郷ではもう、レポーターに追いかけられることもなかった。向こうではすでに過去のことになっているのだ。

「ベス、悪いけどもう切るよ。きみに話せることはすべて話した。それで十分なはずだ」

「でもローワン、ローワン、わかってちょうだい、私はあなたの立場で記事を書きたいと――」

ローワンのなかでいらだちがいっきに押し寄せた。「書きたいことをなんでも書けばいい」そう言い、ローワンは電話を切った。


サムは大きく息を吸った。そして笑った。この家はべつに怖くなんかない。勝手に想像してしまっただけ。家はすばらしかった。もうすべてできあがっている。頭上の大きなシャンデリアが、長窓から差しこむ陽射しを受けてきらめいている。太陽の光は優美な階段にもふりそそぎ、壁の絵画を照らし、年代もののタイルや床の大理石模様をくっきりと浮かび上がらせている。サムの立っている正面には美しい階段。左手には大きな暖炉のある、天井の高いリビングルーム。右手には書斎。この家の間取りをサムは知っていた。ここにはよく来ていたから。マーニーのはしゃぎぶりときたら、まるで子どものようだった。そう、ここは彼女の新しいおもちゃ。なんてすばらしいおもちゃだろう。

マーニーがまだ眠っているなんてことがあるだろうか。サムはもう一度呼んでみることにした。「マーニー！　ねえ、マーニー！　サムよ。いるの？」

それだけ言って、大声を張り上げるのをやめる。なんだかばかみたいに思えてきた。自分の声が家のなかにむなしく響くだけ。だれもいないことはもうわかった。

サムは家のなかをまわりはじめた。まずはリビングルームに行き、また玄関ホールに戻って奥のキッチンに行った。パティオをのぞき、クリスタルのようなプールの水と、その向こうに広がる深いブルーの海を見る。明るい五月の、最高の日曜の朝。いくつもボートが出ている。ヨットが風に乗っている。太陽が宝石をちりばめたカーペットでも照らしているかのように、海がきらきら輝いている。

サムはゆっくりとキッチンを見まわした。カウンターの上にワイングラスなどは出ておらず、デートの相手が来たという感じはない。冷蔵庫を開けてみる。ワイングラスと八〇年代のカリフォルニア・ワインが、真んなかの段に冷えている。下の段には、皿に載ったチーズとラップをかけた野菜。客を迎えるつもりだったようにも見える。

サムは眉をひそめて向きを変えた。キッチンの奥の通路には、使用人用の階段がある。彼女は足早にその階段を上がり、二階のゲストルームが並ぶあたりに出た。「マーニー？」

ばかみたい。もうマーニーの返事がないことはわかっているのに。それならどうして、まだこんなふうに友だちの家をうろうろしているのだろう。

そう、マーニーがどこにいるか、手がかりを探すため。いえ、マーニーがどこかに外出していて、無事だということをとにかく確かめたいからよ。

ゲストルームにも、マーニーやだれかがいる気配はなかった。すべてがきちんと整っている。まっさらのぴかぴか。塗りたてのペンキの匂いが漂う。なにもかもが清潔で、整いすぎているくらいに思える。

サムは廊下に出て奥に目をやった。マーニーのベッドルーム。もしなにかがあったのだとしたら、きっとマーニーの部屋だろう――ふとそんなことを考える。

「もう、なに考えてるのよ!」サムは声に出して自分を叱《しか》りつけた。なにも起こったりなんかしていない。いまにもマーニーが出てくるかもしれない。そして、私が入ってきたのを見て最初は怒るかもしれない。でもすぐに興奮して舞い上がる……ほとんど改装の終わった家を、とうとう私に案内して見せられるから……。

サムはひとり笑いながら、廊下を奥へ進んでいった。マーニーの部屋の前まで来ると、もう一度息を整え、戸口に手をかけた。そしてなかを見る。

部屋は真新しく、ぴしっと整っていた。マーニーの大きなベッドにかけたラルフ・ローレンのベッドスプレッドには、しわひとつない。カーペットにも塵ひとつなく、壁にもしみひとつない。部屋は隅から隅まで清潔だった。争ったような形跡もまったくない。

サムは思わず息を吸いこみ、ふうっと大きく吐き出した。そうして初めて、自分が息を殺していたことに気づく。

しかし息を吐き出したちょうどそのとき、サムの目がドレッサーに止まった。

部屋にある他のものと同じように、ドレッサーもきちんと整っていた。完璧だと言えたかもしれない――もし、マーニーという人間を知らなかったなら。けれどサムはマーニーをよく知っていた。マーニーにはいろいろと極端なところがあり、完璧主義だった。どういうものであれ、乱れていたことがない。それは化粧品も同じだ。いまもふだんどおり、きっちりと並んで……

いや、ベージュの口紅がベージュのマニキュアと並んでいない。〝悪魔の赤《デビル・レッド》〟のマニキュアの隣りに、〝ヌード・ベージュ〟の口紅。

サムは眉をひそめ、頭を振った。たいしたことじゃない――こんなにきれいに並んでいるんだし。完璧だわ――ただし、マーニー以外の人だったら。たぶんマーニーは急いでいたのだろう。なにかに気を取られていて、完璧に並べられなかったのかもしれない。

眉をひそめたまま、サムはいきなりしゃがんでベッドの下をのぞきこんだ。なにもない。埃《ほこり》だらけのウサギのぬいぐるみすら。

また立ち上がり、クローゼットを見つめる。そして開けてみた。すでにいっぱいだった。マーニーのオーダーメイドのビジネススーツと、もう少しセクシーな夜の服。〝少し〟なんてものじゃないわね、とサムは思った。つい興味津々で、スパンコールやら光る飾りやら毛皮やらのついたセクシーなブラとショーツのセットに手を伸ばした。自然と口もとがゆるむ。マーニーはどうやら、かなりお熱いデートを計画していたらしい。そう、彼女はそういうタイプだった。大学時代にも、お金のためにきわどいアルバイトをしていたもの――サムはそう思い、はっとわれに返った。いま自分は友だちのクローゼットをのぞき、プライバシーに立ち入っている。あわてて後ろに下がり、またドアを閉めた。

サムは窓辺に歩いていった。さぞ美しい朝日が見られるでしょうね、とマーニーがうれしそうに話していたのを思い出す。それだけのことが、マーニーにとってはそんなにも大切なことなのだ。マーニーといると、ときどきサムは後ろめたくなることがあった。自分は本当にふつうの人生を歩んできた。いま自分のものになっているあの家で育ち、生まれてからずっと、朝日も夕日も好きなだけ眺めてきた。父が亡くなったときはつらかった。魂が切り離されるかと思うくらいの苦しみ——。父はすばらしい人だった。娘を傷つけるくらいなら、自分の腕を切り落とすような人だった。母を愛し、母にも娘にも手を上げたことなど一度もない。父の死後、母を支えて生きていくことは、サム自身にとっても支えだった。それは母との絆《きずな》を深めた。

そんな無償の愛というものを、マーニーはまったく知らずに育ったのだ。

窓の外を見て、サムはふいに眉をひそめた。すうっと背筋が寒くなる。なぜ？　なにか……

音がした。

そう、下から物音が聞こえたような気がした。

「マー——」

名前を呼ぼうと口を開け、あわててまた閉じる。第六感で、家に入ってきたのがマーニーではないとわかったのだ。

サムはその場に凍りつき、耳を澄ました。

なにも聞こえない。

サムは待った。ふと視線をおろすと、いつのまにかタイル張りの窓枠を握りしめていた。

はっとして手をゆるめる。

やはりなにも聞こえない。さっきのは空耳だったのかしら。

そのとき、またなにか聞こえた。少なくとも聞こえた気がした。近づいてくる音。また小さくなって消えた。いったいなんの音？　家がきしんでる？

そのときようやくわかった。

だれかが階段をのぼってきているのだ。

だれかがわざと、音を立てないようにしている。足音を忍ばせている。

マーニーでないことはたしかだ。

サムは急いで廊下に出ようとした。そして思った。もし強盗が家のなかにいるのなら、鉢合わせしてしまう。サムの足がすくんだ。だめ。廊下に出ちゃだめ。じゃあ、どこへ？　バルコニー？　ううん、外に目を向けられたら終わりだわ……そうだ、クローゼット。

男は近づいてくる。まっすぐマーニーのベッドルームに。

サムはくるりと向きを変え、音を立てないようにクローゼットのドアを開けた。なにもかも新品でよかった――ドアはきしみもしない。クローゼットのなかに入り、すばやく後ろ手でドアを閉めた。

うわっ！　なかは広いけれど、ドアを閉めたら黄泉《よみ》の国みたいに真っ暗だ。

いまや床から男の足音が伝わってくる。サムは目の前を手探りした。マーニー、ここにはなにがあるの？　どんな武器があるの？　ここになにか――なにかあるの？

手がなにかをつかんだ。なにか木でできた……網のついたもの。

テニスラケットだ。

サムはまた同じところを必死で手探りした。今度は長くて硬くて、なぜだか布のような感触のもの。

傘。

サムは傘を両手でしっかりと、バットのように握った。テニスラケットよりもこちらがいい。どうか使わなくてすみますように、と祈る。だれかはわからないが、ベッドルームを見てそのまま立ち去ってくれますように。

息を詰めてサムは待った。なにも聞こえない。まったくなにも。もう行ってしまったにちがいない。

と思ったそのとき――いままさに力を抜いてほっと深く息をつこうとしたとき、いきなりドアがぱっと開いた。

「いや！」

パニックになって叫ぶ。そして力いっぱい傘を振りまわした。

「くそっ、なんだ！」

低いののしり声が聞こえた。だがサムはとにかく逃げることで精いっぱいで、ほとんど耳に入っていない。男は両腕を上げ、殴りかかるサムから顔をかばっている。サムはまた傘を振り下ろし、前に突き出して侵入者めがけて突進しようとした。

「うわ、やめろ！」

まず、サムは髪をつかまれた。悲鳴を上げて振り払おうとする。マーニーは殺されたんだ。サムは突如として確信した。

殺人犯は現場に戻ってくることが多い。テディがそう言っていた。冷や汗がサムの全身に吹き出す。

「おい！」

急に髪が自由になったが、まだ腕はつかまれている。サムはもう一度ぶったたこうとした。しかし傘をつかまれた。手放すまいとしたがだめだった。勢いあまって後ろによろける。そのまま倒れ、傘をもぎとられてしまった。

男がサムの上に倒れこむ！

サムが悲鳴を上げる。もがいてたたく。彼女は強い。しかし男はもっと強かった。髪が顔にかかって前が見えない。足を蹴り上げ、身をよじるが……

両手をつかまれ、頭の両脇に押しつけられた。髪が目の上からはらりと落ちる。

すると……

「おい！　サム！」

上を見る。そして愕然《がくぜん》とした。

「ええっ、なに！　ローワン？」サムは信じられないというような声を上げた。

そう、ローワンだ。ローワン・ディロン。サムを突き放し、五年以上も前に関わりを絶った人。その人がいま、マーニーの家でサムの上にまたがっている。彼は変わっていない。いえ、少しは変わったかも。目のまわりのしわが、ほんの少し深くなっている。それに、髪にグレーのものがちらほら混じりはじめている。

ローワンだ。サムは目をしばたたいた。そんな、まさか。彼が新しいお隣りさんなの。

ああ、でも彼は――やっぱり背が高くて黒髪でハンサムだった。このあいだ彼が新しい家に入っていったとき、ローラがその体つきと髪の色と後ろ姿だけを見たと言ったとおり。長身で、肩が広くて、がっしりしたたくましいローワン。彼がいま、マーニーの家にいる。彼はもちろんマーニーを知っている。ゲインズヴィルに住んでいたころの友人だ。

そこで彼は、殺人の疑いをかけられた!

もちろん、ばかげた話だけれど。

そのローワンが。ローワン・ディロンがここにいる。

サムは断じてそんな疑いを信じたりはしなかった。でもあのころ、彼女はローワンを愛していた。捨てられた愛人。愚かな〝浮気相手〟。彼のことは信じていた。ダイナとは終わったと、信じていた。そう、警察だってそれは認めていたはずだ。しかし警察は、ローワンは気性が激しいから、人さえ殺しかねないだろうとも思っていた……。

「サム」

ローワンの声はやさしかった。黒髪はもちろん、くしゃくしゃだ。サムが傘で殴ったばかりだったから。そして彼は、サムを床に押し倒していた。殴られてぐったりしているような様子はない。ただ彼女を見つめている。じっと見入っている。

「ローワン!」サムはもう一度名を呼んだ。今度は怒っていた。彼とはもう二度と会わないつもりだったのに、完璧に不意を突かれてしまった。「なんであなた、いったい――」

「僕が隣りの家を買ったんだ」

ああ、ローワンの声だ。この声を聞くだけで、ふしぎな感覚が背筋をたちのぼってくる。

生まれつきのすてきな声。彼はギターもドラムもうまかったけれど、グループをトップチャートに輝かせたのはこの声だった。低い、ほんの少しかすれたような声。その声を聴いた女たちは、だれもが自分のために歌ってくれているのだと思った。その声を聴いた男たちは、みんな自分の心を代弁してくれているような気がした。

「よくもそんなことができたわね！」考えるまもなくサムは彼をなじっていた。それほど、頭に血がのぼっていた。

「家を買ったこと？」信じられないというようにローワンが訊く。まじまじとサムの顔を見つめ、こう言った。「いや、ごめん。買うときはきみがここに住んでいるなんて知らなかったんだ。マーニーがこの家を買ったっていうことすら――」

「知らなかったって言うの？」

「ああ！　知らなかった」

「じゃあ、いまはいったいなにをしてるわけ？　こそこそマーニーの家に入ってきて、いったいどういうつもりなの？」

ローワンは片方の眉をくいっと上げ、少し体を起こした。だが表情は固い。サムの口調を聞いてあごがこわばっている。サムはまだ自分が床に押さえつけられていることに気づいた。ローワンはまだ完全に彼女を放そうとはしていない。怒ったような彼女の声を聞いたあとでも。彼は、引き下がるということをしない人なのだ。

「言ってくれるね」ローワンは引き下がるどころか、また身をかがめた。「そう言うきみは、マーニーの家のクローゼットに隠れてなにをしてるわけ？」

「私はこの家の合い鍵を持ってるもの」ぴしゃりと言い返す。

「だからって、クローゼットのなかに入ることになるのか?」ふいにローワンは立ち上がり、サムに手を差し伸べた。サムは急に、寝転がっている自分がばかみたいに思えた。彼にどいてよ、とも言わなかったことに気づく。彼女はローワンの手をつかんで立ち上がった。その手がやけどしそうな気がする。

「そうだろ?」ローワンが訊いた。

「私は――マーニーのことが心配だったのよ」

「どうして?」

「家に帰ってきてないから」

「いつから?」

「ゆうべから」

ローワンの眉がさらに少し上がった。いいわよ、いなくなってからまだ二十四時間も経ってない大人の女性を心配するなんて、どうせばかだと思ってるんでしょう。いえ、本当にそうかしら。五年も会っていなかった男性のことが、どうしてそれほどわかるというの? うん、いまだけじゃない。昔だって本当に彼のことがわかっていたのかどうか。私は彼のことならなんでも知っていると思いこんでいた。身も心も、隅から隅まで知りつくしていると思っていた。でも本当はそんなことはなかった。だって、彼は私を選んでくれなかったのだから。

「それで、あなたはここでなにをしてるの?」サムは詰め寄った。

ローワンはふっと笑い、乱れて顔にかかった髪を後ろにかきあげた。「僕はだれかが家に押し入ってると思ったんだ。不審人物を確かめに来たわけさ。泥棒されないようにね」

「へえ?」

ローワンに強いまなざしで見つめられ、サムはひどく落ちつかなくなった。彼は水泳用のトランクス、つまりデニムのショートパンツという格好だった。肩も胸も昔と同じように日焼けして、筋肉もついている。歯もまだ真っ白で、ブロンズ色の顔と琥珀《こはく》色まじりのグリーンの瞳が引き立つ。ハシバミ色の瞳は、そのときどきの時間や感情で色が変わる。彼はすぐに笑うし、怒るし、熱くなる。

　ここから逃げなくちゃ。サムはすっかり動揺していた。五年経ったいま、ローワンとふたりきり。おまけに彼はショートパンツ一枚という裸同然の格好で、成り行きながら彼女に触れ、飛びついてまたがったりして……。

　まだローワンは見つめている。あの琥珀色の瞳で、あんなに熱いまなざしで。そしてあんなにたくましい、男らしい体をして。なんてこと。匂いすら感じとれる。めちゃくちゃセクシーな匂いが――だめ！　なにばかなこと考えてるの！

「ああ、サム。きみに会えてうれしいよ」静かな声でローワンが言った。一歩下がり、十分に距離をあける。腕を組み、両足を開いて立つ。がっしりとした脚。すてきな脚。

　サムは自分の考えていることが信じられなかった。こんなふうに心が動いてしまうなんて。マーニーの言ったことは正しかったのかもしれない。実のある生活をしなきゃだめよと言われていた。ときにはセックスもしなくちゃ、と。

ローワンが返事を待っている。

「え、ああ、そうね。すてきなことだわ、ええ。ほんとにすてき、すごいわね、うん。私も会えてうれしいわ。ええ、ほんと。それじゃ私はこれで……」

サムは彼を押しのけるようにして出ていこうとした。けれどマーニーのベッドルームの戸口まで来て、少しばかり気丈になり、振り向いた。

「いいえ、あなたに会えてうれしくなんかないわ。もう二度とあなたには会いたくなかった。いまだって同じよ。でもべつに、だれがなにをしようとその人の自由だものね。あなたは家を買った——私の家の近くに。でも私はやっぱりあなたに会いたくない。まあ、芝生の上の新聞を取りに出たときくらいは、近所のよしみで手くらい振るでしょうけど」

ローワンはサムから目を離そうとせず、ゆっくりと笑みを浮かべた。「サム、ご近所だからって、仲良くしなくちゃならないなんて法はない。手を振りたくないなら振らなくてもいいよ」

サムはわざわざ答えようとはしなかった。また背を向けると、部屋から出ていった。落ちついて。威厳を持って。

最初は足取りもゆっくりと。その瞬間、なぜだかサムはダイビングのレッスンのことを考えていた。サメに遭遇してしまったら、あわてて逃げ出そうとしてはいけません。あなたがあわてていることを、相手に悟られてはいけません……。

そのダイビングのレッスンとまったく同じ。サムは廊下をゆっくりと歩いていく……。

サメは不安を感じ取る。不安を見せれば、格好の餌食になってしまう。

だが階段に着くころには、サムの足取りは速くなっていた。
階段を降りきるころには走っていた。
でもそんなことはもうどうでもいい。とにかく一刻も早く、この家から出たかった。

4

「やっほー、サム！」

ローラがガラス張りのフロリダルームに入ってきた。サムは背もたれのある籐《とう》いすに腰かけ、海を眺めていた。家に帰ってきてから、ずっとこうしている。

「サム！」ローラがサムをじろりと見下ろした。「まだ着替えてないじゃない。用意してないのね！」

サムはローラを見た。「新しいお隣りさんがだれか、わかったわ」

「えっ、ほんと？　だれ？」

「ローワン・ディロンよ」

「ええっ？」ローラは信じられないという声を出した。

サムがうなずく。ローラは食い入るように彼女を見つめていた。

「家まで訪ねていったの？　それとも向こうから来たの？　彼に会ったの？」

「ううん、会ったのはマーニーの家よ。私はマーニーを探しに行ってたの。なにか起きたんじゃないかと思って。そしたら音がして……それが彼だったのよ」

「ローワン？」ローラがくり返す。

「そう、ローワン」

ローラはきびすを返し、すたすたと玄関に戻りはじめた。サムが飛び上がる。「ちょっと、どこ行くの？　なにしてるの？」

「え。だってあなたはまだ出かける用意ができてないし。彼のところに行って挨拶でもしてこようかと」

「なんですって？」

「だから、彼のところに行って歓迎の挨拶をしてくるの」

「ローラ、あなたって信じられない！」

ローラは足を止めて振り返った。「どうして？　なにが悪いの？」

「ローラ、あなたは私の従姉妹でしょう？」あきれたようにサムが言う。「あの人は私をめちゃくちゃにしたのよ！　私の心をずたずたにして、人生を狂わせて――」

「サム、サム！　それはちょっと言いすぎじゃない？　彼だってつらいときだったでしょう。あなただって、心がずたずたになったのはお父さんが亡くなったからだわ。それにあなたの人生は狂っちゃいないわよ。ときどき少しばかり退屈だけど、それはあなたが――」

「だって実際、ローワンは私を放り出したのよ」サムは怒っていた。

「彼もつらいときだったのね」

「おまけに、いまだってきっとつらいときなんでしょうよ！　ローラ、私は彼の隣りになんか住みたくない。いまになって、ちょくちょく顔を合わせるなんていやよ！　あなたはいつも私が外へ出ないとか、男の人と深く関わるのを避けてるとか言ってるけどね。あの人こそ、実際に私が築いた関係をぶちこわした人なのよ！」

「あのねえ、自分で自分を哀れんでるところ申しわけないんだけど——」

「自分を哀れんでる？　言ってくれるわね。この十年、毎度毎度あなたが暗くなってたときに励ましてあげたのはだれなのよ？」

「彼のせいでほかの人とつきあう気になれなかったっていうのなら、話はわかるわ。彼ってもう最高。ハンサムで情熱的で、才能があって優柔不断じゃなくてセクシーで……まあ当然、ほかの男が太刀打ちするのはむずかしいわね」

「ローラ、まじめに聞いてよ！　私は彼のせいで、何十回もタブロイド紙のネタにされたのよ！　スーパーのレジ待ちで立ち読みされるような記事に出て。中傷もされたし、悪い評判だって——」

「そういうふうにマスコミに注目されたら、喜ぶ女もたくさんいたでしょうね」

「ローラ——」

「覚えてない？　マーニーはそれが自分だったらいいのにっていつも言ってたわ」

サムは完全に頭にきて、鼻をふんと鳴らした。

「それに、他人がどう考えようとなにを言おうと、かまわないじゃない」

「もういいわ！　あなたの言うとおりよ。でも彼は私を傷つけたの。それもすごく。最後のころには、あなたはいなかったでしょ——」

「そうよ。だから彼ともめるようなこともないわ」

「もう、信じられない！」

ローラは額をこすった。「わかったわ。もしホントにホントに彼の家に行ってほしくないなら、行かない」

「ええ、ホントに行ってほしくないわ」

「あなたらしくないわね。いつものあなたはもっと大人で、分別があって、落ちついてるのに」

「そうよ。そうありたいと思ってるわ」

ローラは背を向け、またドアのほうに行きはじめた。

「なにしてるの？」サムが問いただす。

「新しいお隣りさんを訪ねるの」

「いま行かないって言ったばかりじゃない！」

「あれは嘘」

「ローラ！」

戸口でローラはくるりと向きなおった。「ごめんなさい。うちの息子がいま音楽でがんばってるでしょう。ローワンはもう演奏はしないみたいだけど、まだいろといいコネを持ってるんじゃないかと思って」

「いま彼の家に行くつもりなら、もう従姉妹の縁を切るわ！」サムは腕を組んで言った。

ローラがにやりと笑う。「そういうわけにはいかないわ。遺伝の問題だもの。友だちは選べても、血縁は選べないわよ。悪いわね」

ローラは外へ出ていく。サムはその後ろ姿をじっと見つめ、「ひどい！」と言葉を投げつけた。

そしてくるっと向きを変え、キッチンに行った。サムはさっき家に戻ってくるとき、みっともないことをしなくてすんだと思っていた。芝生を蹴りつけたりわめき散らしたりしなかったし、自分の髪を引っこ抜いたりもしなかった。お酒にさえ手をつけなかった。もちろん、ふだんからお酒はあまり飲まない。自分はフィットネスの専門家であり理学療法士であり、なんでもほどほどで控えめだ。おめでたいくらいに。

サムは強いジン・トニックを作り、氷とライムをたっぷり入れた。氷がグラスに当たると、かちんときれいな音がした。できあがった飲み物を見つめる。なんなのよ、もう。私はこれまで快適な暮らしを築いてきた。ううん、〝安全な〟暮らしでしょ、とやけになって考える。そしてグラスを持ち上げた。「なんでもほどほど。ライフスタイルもね!」

あの人は私を傷つけた。それは疑いようがない。自分がばかだった。家庭のある人なんか好きになったりして。彼が何カ月も別居してたからって。たとえあのとき彼がぼろぼろだったからって。あんなに幸せを感じてしまって、ふたりがだれにも負けないほど強い絆を持ってるように思えたからって……。

ある日、ドアはサムの目の前で閉まった。彼女はローワンを支えようと思って家まで行った。愛を捧げ、どんなことがあってもそばにいようと。なのに彼は、彼女の目の前でドアを閉めた。そして警備員に、二度と彼女を近づけるなと言ったのだ。

そうよ、べつに彼とはもうなんの関係も持ったりしない。いまから二階に行って着替えて、最高におしゃれしてほかの男をつかまえるのよ。

サムはジン・トニックを飲み干すと、階段に駆けていった。そう、これから買い物に行って、それからクラブに行くの。黒のカクテルドレスでショッピングモールを歩きまわれるかしら。うん、大丈夫。これから行くのは〈ココ・ウォーク〉だもの。ココナット・グローヴの中心にある、店やレストランやクラブの集まったオープンエアのショッピングモール。水着にタンクトップを重ねている人もいれば、ドレスアップしている人もいる。どこに行くかでどんな格好でもできる。サムはすごいコンビネーションを考えた。黒のカクテルドレスに、殺人的ハイヒール。彼女のように背が低いと――いえ、ローラの言うとおり少し低めだと、お尻が痛くなるかもしれないけど。

　サムは廊下を歩きながら服を脱ぎ捨て、シャワーに飛びこんだ。そしてものの数分でドレスを着て、持っているなかでいちばんヒールの高い靴をはいた。鏡でチェックしながら、ものすごい勢いで髪をブラッシングする。やっぱりたいした靴だ。背が高くなったように見える。それに脚がさらに引き締まって見えるし、万一たるんだ脚でもふくらはぎをきれいに見せてくれる。しばらくサムはにまにましていた。ジムに来ている作家の友人が言っていたけれど、ドレスアップ用の靴には二種類あるらしい。どかんと太いヒールの靴は、〝誘われ靴《ファック・ミー・シューズ》〟。華奢《きゃしゃ》なサンダルやとがったハイヒールは、〝誘い靴《ファック・ユー・シューズ》〟。

　いま自分がはいているのは、ちょうどその中間くらいだ。

　玄関のベルが鳴った。一瞬、心臓がどくんと打って熱くなり、そのあと急に凍りついたように思った。でももちろん、そんなことは実際に起こっていない。アドレナリンが駆けめぐっているだけのことだ。

サムはブラシを置き、鏡のなかの自分を見た。こんな気分になっている自分がいやだった。何年も前に終わった恋にどぎまぎしているなんて、ばかばかしい。

ふたたびベルが鳴る。サムは階段を駆け下りて玄関に走り、これ以上あれこれ考えてパニックにならないうちにドアを開けた。すると、暗がりのなかに男性が立っていた。そう、この人に私は拒まれたの。いちばん必要とされていると思っていたときに、突き放されてしまったの。

しかし玄関の階段に立っていた男性は、背が高くて黒髪だったがローワンではなかった。三十そこそこで、顔がかなり日に焼けている。いつも太陽の下で仕事をしているという風貌だった。しばらくサムは目をぱちくりさせていたが、相手がマーニーの改築業者だということに気づいた。フィル・ジェンキンズだ。

「フィル！」

フィルは返事もせず、サムの頭から足先へと視線を走らせていた。あまりにしげしげと見るので、ちょっとこの服と靴はやりすぎたかしらとサムは思った。

「ああ、その、お邪魔してすまないね、サマンサ。でもその……いや、とってもきれいだね」フィルは言った。

思わずサムが赤くなる。「ありがとう。ええっと、なにかしら？」

「ああ、今日はずっとマーニーと連絡が取れなくて。それでこちらにいるんじゃないかと思って」

「いいえ、いないわ。ごめんなさい。じつは私も少し心配してるのよ」

しかしそのときにフィルが見せた顔は、〝心配〟している顔ではなかった。

「いや、きみはミス・ニューキャッスルをよく知ってるだろう――おれよりもずっとね。でもおれは、べつに心配なんかしなくていいと思うね。彼女はまあなんというか、みんなの〝急所〟を握ってるような人間だから――おっと、これは失礼。口がすべったな！」

「たしかにマーニーは融通がきかなくて頑固なときもあるかもしれないわ。ああいう立場にいたら仕方のないことよ」サムはそう言いながら、ひどく言いわけがましくなっている自分にうんざりした。「厳しい世界にいるんだもの。彼女は一生懸命に働いてきたし、いまも油断のならないライバルが大勢いるわけだし」

「ああ、まあ、厳しい世界を自分からさらに厳しくするような人間もいるけどね。だろう？いや気にしないで。ごめん。彼女はきみの友だちだもんな。ところで、ここを新しくするときにはぜひ電話をくれよ。本当にきれいな家だ。いろいろお力になれると思うよ」

「ありがとう」

「クレジット払いもやってるから。もうマーニーの家は見た？」

「何度か。とてもすばらしいお仕事をしてるのね」

フィルはまだサムから目を放さず、玄関ポーチでぐずぐずしていた。まずいことになってしまった。この靴のせいだ。

フィルはにこりと笑い、完璧な歯を見せた。彼は改築業者としてかなりの収入を得ている。その一部を歯に使っているのはまちがいない。

「なかに入れてもらえないかな。クレジットでやれることをいろいろお話しするよ」

「いえ、あの、まだ改築する予定はないのよ、フィル。それにマーニーはああいう人だし、まだ完全にあなたのところと終わってないんじゃないかしら」

フィルの笑顔が大きくなる。「ああ、まあたしかに彼女はけっこう大変でね。でも積極的でもあるし、きみの言うとおりかもな。まだおれのとこと終わってないかもしれない。細かいところまでいろいろうるさいんだ。でもまあ、いいものを見ればわかる人だけどね」

サムはもう我慢がならなくなってきた。ドアを閉めようかと思ったが、そのときマーニーの家の前に立派なリンカーンが停まるのを見て思いとどまった。マーニーの車ではないが、マーニーが乗っているかもしれない。

「あ、彼女が帰ってきたのかも」サムは言い、心配のあまりフィルのことも忘れてぐいっと前に出た。ハイヒールをはいた足で、小さな前庭を危なっかしく駆けていく。

車から男性がひとり降り立った。細身で流れるような物腰だ。ウエーブのかかった黒髪はかっちりとしたスタイルで、それがまたオーダーメイドのブランドもののスーツで引き立っている。ひとり車から降りたその男は、髪をかきあげながら家を見上げた。

「こんにちは」サムが声をかける。

男が振り向く。相手がサムとわかり、にこりと微笑んだ。「サマンサ。やあ、元気かい?」

そう、男はサムの知り合いだった。ハンサムで品のいい男性。マーニーの法律事務所で働いている人。実際、マーニーと組んで仕事をしていることも多いが、ある意味ライバルでもある。ふたりとも次のパートナーを目指しているのだ。

男は手を差し出した。「サム、ケヴィンだ。ケヴィン・マディガン。悲しいなあ、忘れられてるなんて」

「そんな、もちろん覚えているわ」サムは答えた。彼も本気で言ったわけではあるまい。たぶん自分のことを忘れる女などいないと思っているはずだ。「こんにちは、ケヴィン。元気だった？」

「ああ、とても。ありがとう。きみは？」

「ええ、元気よ、ありがとう。ただ……じつを言うと、あなたがマーニーといっしょに現れてくれたらよかったんだけど」

「ああ。きみが心配してるだろうと思ってたんだ」

「えっ、ほんとに？」驚いてサムが訊く。

ケヴィンは微笑んだ。ここにもまた、歯に大金をかけている男がひとり。「今日、きみは事務所に電話をかけてきただろう。ロレッタから聞いたよ」

「ロレッタ？」

「マーニーの秘書だよ。今日話をしたよね」

「あ。ああ、そうね。代表番号にかけたとき、電話に出てくださった方ね」

「そう」ケヴィンはサムを見てにこりと笑う。

「それで、あの」サムはぼそぼそと話した。「まだマーニーとは会ってないの。あなたは？」

「きみが電話してきてからは会ってない。でも金曜日にいっしょに裁判所に行ったよ。マーニーみたいな大人の女性を心配するには、少しばかり早いんじゃないかな？」

ケヴィンの話し方は上出来だった。横柄な感じはなく、筋も通っている。それもそうだ、彼は弁護士なのだから。

サムも笑みを返した。「でもあなたもここへ来たのね」

「いや、きみが電話をしてきたと聞いて、ミスター・デイリーがマーニーが家にいるかどうか確かめようとおっしゃってね」

「ミスター・デイリー？」

「そうだよ、ミスター・デイリーだ」

ケヴィンは助手席に乗っている、白髪頭の年配の男性を手で示した。その人はわざわざ車を降りようとはしなかったが、サムがそちらを見ると落ちついた感じで会釈した。サムも会釈する。ミスター・デイリー。マーニーの法律事務所はたしか、デイリー・シンプキンス＆スミスという名前だった。つまりミスター・デイリーというのは、事務所のシニア・パートナー（法律事務所の幹部）だ。

「もう彼女は帰ってきた？」

「いいえ、私の知るかぎりでは」

「帰ってきてないよ」

サムははっとして振り返った。フィルが後ろに来ている。彼はケヴィン・マディガンをじっと見ていた。ケヴィンもフィルをにらみ返す。

まるで男性ホルモンでも匂ってきそうな雰囲気だった。この男ふたりは、お互いにまったくちがうタイプだ。フィルは飾り気のない感じで、ケヴィン・マディガンはエレガントと言ってもいいような風貌だが、ふたりとも自分に自信を持っている。両方ともそれぞれが自分なりの〝男のなかの男《マッチョ》〟なのだ。

そしてマーニーは、どちらとも寝ている。ふいにサムにはそれがわかった。

「サム、サム！　マーニーは戻ってきたの？」

サムは内心うめいた。ローラがこちらに近づいてきていた。心配そうな顔で、マーニーの家の前に停まったリンカーンに駆けてくる。

「いいえ、戻ってきてないわ。でもフィルとケヴィンも彼女を探しているんですって」サムは言った。

「あら、こんにちは、フィル！」ローラはもう何度もこのあたりでフィルに会っていた。だがマーニーの仕事場にはあまり行っていないので、ケヴィン・マディガンにはにこりと笑っただけ。そしてケヴィンも微笑み返した。

サムはローラがひとりでないのを見て取り、背中がざわついた。ローラが出てきたのはローワンの家だった。彼女のあとから来るのは――ローワンだ。

「ローワン、こちらはケヴィン・マ――」

「ああ、ケヴィンは知ってるよ」ローワンは言い、ケヴィンと握手した。

「ローワンはうちの事務所を通して家を買ったからね」とケヴィン。

「ああ、そうよね。もちろん知ってるわ」ローラが言う。「じゃあ、あの、ローワン、こちらのフィル・ジェンキンズに――」

「ああ、じつは彼とも会ってるんだ」ローワンはフィルとも握手を交わした。

サムは目の前で繰り広げられる光景を眺めながら、胃に穴があいていくような気分を味わっていた。そう、この人たちはみんな知り合い。マーニーとのつながりで。

男性ホルモンの濃度はいまや濃くなるばかりだった。

たくましい改築業者、洗練された弁護士……そしてローワン。ローワンは、最初のふたりを足してちょうど二で割ったような感じだった。日焼けしたブロンズ色の肌。人生経験を物語る顔つき。目のまわりのしわが深くなったおかげで、なんだかさらにかっこよくなっている。黒髪は他のふたりより少し長め。フィルほどくだけた格好はしていないけれど、ケヴィンのようにかっちりと決めすぎてもいない。黒のニットのポロシャツに、ブラックジーンズ。それにディナージャケットをはおっている。清潔な匂いがする。髪がぬれている。男らしさが染み出しているような気がする。ただそこにいるだけで、サムの体のどこもかしこも自然に反応してしまう。

ちょうどそこで、年配のミスター・デイリーが車を降りた。「どうやらマーニーはここにいないようだな。留守番電話にも伝言を残したことだし。月曜の朝までに帰ってこなかったら、警察に連絡することにしよう」

「いや、なかに入ってみたら――」ケヴィンが提案した。

「鍵があっても、不法侵入になるぞ」ミスター・デイリーがきつい声で言う。

「あらまあ、大丈夫ですよ！　サムもローワンももうなかに入ってるんだから！」ローラが明るく宣言した。

サムとローワンが同時にローラをにらむ。その瞬間、ローワンも自分と同じ気持ちだということがサムにはわかった。ローラを会話から締め出してやりたいという気持ちが。

「きみたちは家に入ったのかね?」デイリーがふたりを交互に見やって訊く。

「マーニーとは友人ですから。なにかあったときのために、鍵を預かっているんです」

「僕はだれかが家に押し入ったんじゃないかと心配して、入りました」ローワンも説明した。

「きみも鍵を持っているのかね?」デイリーが訊く。

ほんの一瞬、ローワンが返事をためらったようにサムには思えた。そのあと彼は「はい」と短く答えた。

サムはうつむいた。また気分が悪くなる。手が震える。胃が気持ち悪い。胸を締めつけられるような、なんていやな嫉妬《ジェラシー》。

ここにいる男たちはみんな、マーニーと寝たことがあるのだ。これじゃあまるで、マーニーのおねんねパーティみたい。

もちろん思いすごしということもある。でも……。

「すでにふたりが入っているのなら、どちらかの鍵を使って入ってみてもいいでしょう。マーニーがけがでもして倒れていないか確かめないと。なにかを修理しようとはしごに登って、落ちたということも考えられる」ケヴィンが言った。

「私が見ましたけど、マーニーは家にはいませんでした」サムが言う。

「確認してもいいですか?」ケヴィンがやさしくたずねた。

「わかりました。家から鍵を取って――」サムが言いかける。

「僕のはいまポケットに入ってます」ローワンが言った。いち早く歩き出し、私道に向かう。ひとり、またひとりとそのあとに続いた。

家のなかに入ると、みな玄関ホールでいったん止まってあたりを見まわした。「マーニー！」ローラが呼ぶ。「ねえ、マーニー！」

返事はない。こうして玄関ホールにみんなでいても、反響するローラの声がサムには不気味に思えた。サムはホールをまわってみた。

「二階も見たほうがいいね？」ケヴィンが訊いた。

「もちろん」フィルが答える。フィル、ケヴィン、ローワンが階段を上がった。ケヴィンとローワンは奥のゲスト用の部屋に向かう。フィルはマーニーのベッドルームに入った。サムはそのあとから入ろうとした。

フィルが出てきてサムにぶつかる。「異状なし！」フィルが言った。

「そう」とサムはつぶやいたが、彼のそばをすり抜けてなかに入った。ここにはすでに一度来ている。ドレッサーまで戻ってみた。異状はない。完璧に並んでいる。たいていの人が見たら、これ以上きちんとしていないくらいだろう。

でもマーニーはたいていの人じゃない。でも……

これがおかしいなんて、どう説明すればわかってもらえるだろう？　色がそろっていないというだけで……

べつにどうということはないのかもしれない。なにも問題ないのかも。

サムはぱっと振り向いた。だれかが後ろにいる気配がしたのだ。ローワンだった。彼はサムを見、部屋を見まわしてからまた彼女を見た。「どうした？」

「いいえ、べつに――」

「べつに？」ローワンが鋭い眼をして訊いた。サムが言いよどんでいるのを見抜いている。

「化粧品がちゃんとしてないの」ローワンは眉をひそめ、さらにサムに近づいた。「こんなにきちんと並んでるものは見たことないけど」

「色がそろってないのよ」

ローワンがいっそう眉をひそめる。

「いいの。気にしないで」サムはぼそりと言った。ローワンは近づきすぎだ。こんなに近づいてほしくない。

「ここにはいっぺん入っただろう」落ちついた声でローワンが言う。「血やなんかはなかったよね」

「ええ、なかったわ」そう答えると、サムはあわてて向きを変えて部屋を出た。

早足で廊下を戻る。ローワンはついてこない。サムは下唇を嚙んだ。いったい彼は、マーニーのベッドルームのことをどれくらい知っているのだろう。

廊下の先で、フィルとケヴィンの話し声が聞こえた。ふたりはまだクローゼットやバスルームを確かめているらしい。サムはまた階段を下りはじめた。彼らがいくら二階を見ても、乱れたところはなにひとつないとわかるだけだろう。

杖をついているミスター・デイリーが、階段の下に立っていた。

「マーニーはいないんだね？」デイリーはサムを食い入るように見つめてたずねた。たしかに彼は年寄りかもしれないけれど、鋭い眼をしているわとサムは思った。背も高いし、杖はついているものの、老いの年代に入ってもたくましい肩や筋肉は衰えを見せていない。手も大きい。かなり力もあるにちがいない。それにまだとてもハンサムだし、威厳もある。

「どうやらここにはいないようです」サムは答えた。

「そして、あなたは心配している」

「彼女はこの家を改築して、それは喜んでいたんです。家にいてみんなに見せびらかさないなんて、心配に決まってます」

デイリーはうなずいた。「だが彼女も、なにをしでかすかわからない若い女性だ。だれかとどこかに行ってしまおうと思ったら、みながどんなに心配しようとかまわずそうするだろう」

サムは顔をくもらせた。「どうもマーニーのことをあまり快く思っていらっしゃらないようですね、ミスター・デイリー」

「とんでもない。彼女は私の理想の女性だよ。率直に言って、彼女は非常に貪欲《どんよく》だ。そういうところをとても買っているのだよ」デイリーはにこっと笑った。なんてこと――サムにはぴんときた。このぶんだと、どうやら彼もマーニーのことをよーく知っているみたいじゃない。ただの上司じゃなくて、深い関係なんだわ!

ローラがキッチンから戻ってきた。男性たちは二階から下りてきた。ケヴィン、ローワン、フィルの順序で。

「異状なしだ」ケヴィンが言った。「どこにもマーニーはいない」

「争ったような跡もない」フィルが言い添える。

「彼女の車はないんだろう？」ローワンがゆっくりと訊いた。

「ええ、ないわ」ローラが答え、サムのほうを向いた。「ねえ、サム。やっぱり彼女はどこかに行っただけじゃない？　いま戻ってきたら、こんなに人が家のなかをうろうろしてるなんて怒るわよ！」

そのとき、玄関のドアがいきなり音を立ててひらいた。みなびくっとし、気まずい思いで一斉にそちらを向く。

だれもがマーニーだと思った。

だがマーニーではなかった。なにやら異臭とともに、年配の男がぶつくさ言いながら飛びこんできた。ひげは剃《そ》っていない。頭は白髪まじり。凶暴そうな恐ろしい顔つき。スーツは着ているが、そのまま眠ったようなしわがある。しかも何日も着替えていないらしい。歯は曲がり、黄ばんでいる。困ったことだ。というのも、サムはマーニーがその男に、歯医者やその他の医者にかかるかなりの費用を渡したことを知っているからだ。

「おれの娘はどこだ、あいつは？　それにおまえらみたいな悪どいやつらが、ここでなにをしてる？」

サムはミスター・デイリーが隣りで身をこわばらせたのを感じ取った。ここにいるほとんどの人間が、マーニーの父親コリン・ニューキャッスルを知っているらしい。

「おれが自分で見つけてやる！　あいつはなにしてるんだ？　ピカピカのベッドルームで男と寝てんのか？」父親は階段を上がりはじめた。危なっかしくよろめいたが、ケヴィンが後を追おうと一歩踏み出すと、ものすごい形相で振り向いた。「下がってろ！　ここで列を作ってなにしてやがる？　おれの娘はどこだ？」

「だれか彼を下ろしなさい」ミスター・デイリーが言った。「あれでは死んでしまうぞ」

「ええ、でもそうなったら、マーニーはわれわれに感謝するんじゃないですかね」ケヴィンがつぶやく。

だれもその言葉に反対しなかった。しかしローワンは一歩階段のほうに足を踏み出した。

「おっしゃるとおりです。泥酔しきってますから、階段から落ちて死ぬかもしれません」

だがローワンが動く前に、コリン・ニューキャッスルは駆け下りてきた。一段踏み外したが、体勢を立てなおす。サムはつい、神様はばかと酔っ払いにも情けをかけてらっしゃるのねと思ってしまった。

「あいつはいったいどこだ？」父親は怒鳴り、ひとりひとりの顔をにらみつけていく。

「マーニーはここにはいませんよ、ミスター・ニューキャッスル」ケヴィンが軽蔑しきった声で告げた。

「それじゃあ、おまえらはここでなにしてる？　警察を呼ぶぞ」ニューキャッスルはつばを吐いた。

「父さん！」

その声にニューキャッスルがびくりとした。

若い男が玄関に現れた。二十歳そこそこらしい。サムははっとした。もう長いこと会っていないが、彼女はその男を知っている。セイヤー・ニューキャッスル。マーニーの可愛がっている弟だ。マーニーは弟を助けようとしていることをよく話してくれたが、弟自身がその気になってくれないのだと言っていた。長めの黒髪に、細おもての繊細な顔立ちをしている。ふしぎとマーニーとよく似ている。男ではあるがきれいだ。とてもやわらかな話し方をする。そこはマーニーと大ちがいだった。

「父さんたら、またこんなに酔っ払って」若い男は、まわりにいる一同の顔をひととおり見た。サムの顔を見つけて微笑む。「やあ、サム。会えてうれしいよ。でもこんなふうにお邪魔してごめんね。父さんのあとをつけてたんだけど……すぐにここから出すから。姉さんはここにいる？」

「いいえ」サムが言う。

「じゃあどこに？」

サムは頭を振った。「わからないの。とにかくここにはいないわ」

弟は眉を片方つり上げ、一同の顔を見まわした。「なら、みんなここから出なくちゃね」やさしい声で言う。「父さん、ほら行こう、倒れないうちに」

「彼の言うとおりだ」ローワンが厳しく言った。「みんな、ここから出よう」

セイヤーは父親のところまで行って腕をつかみ、連れていこうとした。

コリン・ニューキャッスルが息子の手を振り払う。「ほっといてくれ」

「ほら、マーニーのボスだよ、父さん」

「くそったれ、そんなことわかってる！　そいつがほかのやつらよりえらいとでも思ってんのか？」

「姉さんが首になってもいいの？　そしたらもうお金は全然入ってこなくなるんだよ。さあ、行こう」

コリン・ニューキャッスルは肩をいからせ、一同と向き合った。えらそうにあごを上げる。

「娘の家から出ていってもらおうか！」と命令した。

その言葉に答えたのがまたローワンだったので、サムはびっくりした。

「僕の知っているところでは」ローワンは目を細め、マーニーの父親に鋭いまなざしを向けた。「娘さんのそばにいる権利はあなたにはまったくないんじゃありませんか。何年も前にその権利を放り出したはずです。娘さんから訴えられなかっただけ、運がよかったんですよ」

「なんだと？」コリン・ニューキャッスルはいまにもローワンに飛びかかりそうな気配を見せた。

そしてローワンも、それを待ちかまえているかのようだった。とにかくこの場をなんとかしなくては、とサムはあせった。殴り合いなどさせてはいけない。

「ミスター・ニューキャッスル。私たちがマーニーの家にいるのは、彼女を心配してのことなんです」サムは口を出した。

コリン・ニューキャッスルが言う。「マーニーになにかあったと思ってんのか？」

「いいえ、勝手に心配してるだけなんですが。どこかへ行くとはなにも聞いてなかったので」サムは説明した。父親の態度はひどいものだが、穏やかに話そうとつとめる。なにはどうあれ、この人はマーニーの父親なのだから。

ニューキャッスルはにやにや笑った。「マーニーになにかあったのなら、この家はおれのもんだ。おれの家から出ていけ！」

サムの胸がきゅっと痛んだ。マーニーに情がないと思う人たちは、彼女のこういう環境を知らないだけなのだ。サムはローラをちらりと見やった。従姉妹は啞然《あぜん》としているようだ。いまここにいるだれもが、年配のミスター・デイリーさえもが、呆気《あっけ》にとられていた。

沈黙を破ったのは、セイヤー・ニューキャッスルだった。

「父さん、行こう！　マーニーにはなにも起こっちゃいないよ」

息子は父親の腕をつかみ、家から引きずり出そうとした。

だが父親は振り返った。「この家からなにひとつ持ち出すなよ。なにひとつだ。ひとつでもなくなったら訴えてやる。おまえらが弁護士だって痛くもかゆくもないぞ。もっといい弁護士を雇ってやるからな。徹底的に訴えてやる。不法侵入でブタ箱にぶちこんで――」

「父さん！」セイヤーがたしなめる。

しかしコリンは黙ろうとはしなかった。いきなりにやっと笑い、一同に人さし指を振って見せた。「マーニーになにかあったら、ここはおれのもんだ。忘れるなよ。おれのだ。なあ、サム、おれがあんたの新しいお隣りさんになるんだぜ。なかなか愉快だなあ？」

サムは返事をせずにすんだ。セイヤーがなんとか父親を引きずり出したからだ。ふたりが出ていき、ドアが閉まった。

残された一同は、ずいぶん長いこと黙りこんでいた。

「あっきれた！」ローラがようやく小声でしゃべった。「なにあれ！　サム、これから私がマーニーの悪口を言ったら、ひっぱたいてちょうだい。いいわね？」

「帰ろう、ケヴィン。今夜はもう十分に珍しいものを見た」ミスター・デイリーが言った。

「これから彼女のこと、気をつけていてくれたまえ、ミス・ミラー」とサムに言う。サムはびっくりした。彼女が事務所に行ったことすらデイリーは知らないだろうと思っていたのに、名前まで知っているとは。

「キッチンにメモを残しておきます。みんなが心配してるって」サムは約束した。

デイリーはひとりで玄関に向かっていた。ケヴィン・マディガンが少し時間をとり、サムの手を握った。「なにか知らせがあったりなにか見つけたりしたら、いつでも電話して……われわれにできることはなんでもするから」

「ありがとう」サムはみんなが見ているのに気づき、気まずい思いで手を引っこめた。「いまメモを書くわ」

「おれも残っていたほうがいいかな?」フィルが訊く。

「いいえ、ありがとう……ローラがいてくれるから。戸締りは私がするわ」

サムは向きを変え、キッチンに急いだ。一歩一歩、見つめられているような気がする。キッチンの引き出しを開けて引っかきまわしているとき、玄関のドアがひらいて閉まる音がした。紙と鉛筆を見つけ、こう書いた。〝マーニー! 電話してちょうだい。あとじゃだめ。いますぐよ! サムより。追伸:いますぐしてね。寝たり、後回しにしたりしちゃだめ! 電話して!〟

マーニーの冷蔵庫にはマグネットがなかった。彼女は散らかった雰囲気が大きらいなのだ。幼稚園児が描いたかわいらしい絵などを、冷蔵庫に貼るような真似は絶対にしないだろう。

サムはテープを見つけてメモを留めた。

振り向くと、ローラとローワンがキッチンに入ってきていた。

「ほかの人はみんな帰ったわ」ローラが言い、ぶるっと震えた。「この家きらいだわ。きれいで最新の機能がついているかもしれないけど、なんだかぞっとしちゃう。まがまがしい感じ。まるでこの家そのものがマーニーになにかしたみたいな」

「ローラ！」サムは頭を振った。「冷蔵庫にメモを貼りつけちゃって、きっとマーニーはものすごく怒るわね」とりあえずそう言っておく。

「さあ、戸締りしよう」ローワンがさっさと出たいという様子でせかした。

「私がやって――」とサムは言いかけた。彼がどんなことを言おうと、とにかく逆らわずにはいられない気分だった。

「もうここですることはないだろう。玄関のドアにもメモを貼るつもりかい。マーニーが帰ってきたとき、腹が減ってなかったときのために」ローワンが言った。

サムは目を丸くして彼を見た。ふと歯をくいしばりたいような衝動に駆られる。よりによってこんなときに、ローワンがまた目の前に現れるなんて。

「それ、いい考えね」ローラが賛成した。

ええ、ええ、いい考えでしょうとも。サムは背を向けてまた紙を探し、もう一枚メモを書いた。書き終わってテープを取ろうとする。すでにローワンが取っていた。ローワンと手が触れ合う。全身に走る感覚がうらめしい。

男っ気がないからよ。だからこんなふうになるのよ。前にマーニーが、男性とつきあわないのは不自然だという話をした。だれだってセックスは必要なのよ。どんなに頭のいい女でも、上品な女でも。私たちだってしょせん動物で、セックスは本能なんだから。

マーニーの言うとおりだったのかもしれない。

いまサムのホルモンは、がんがん出ているようだった。そう、こんなにも鮮明に思い出してしまう。ローワンに触れられただけで。彼の親指がサムの唇をなぞり、頬をかすめていく光景。すらりと引き締まった長身の体からオーラが立ちのぼり、まわりの空間を埋めつくしていく。その空間に、かつてはサムもいた。ううん、本当はいなかったのかもしれない。あれはただの幻だったのよ。いまのふたりは赤の他人。偶然、近くにいるだけのこと。サムは一歩しりぞいた。ローラのせいだわ！　このお節介な従姉妹がいなければ、彼はいまごろ自分の家にいたはずなのに。

ローワンが先に立って歩き出した。サムも早くこの家から出たくて、あわててそのあとに続いた。ローラはこの緊張感に気づきもせず、あとからやってくる。玄関で、サムはまたローワンを追い抜いた。彼はドアに二枚目のメモをテープで留めていたが、それを待とうなどという気は起きない。しかしローラは、優美な玄関ポーチでとどまっていた。「ちょっと、サム！」

「ローラ、ドアにメモを貼るのにふたりもいらないでしょ！」そう言い返したものの、サムはみっともない真似はせずふつうにふるまうことにした。「ありがとう、ローワン。それじゃ、おやすみなさい」

「でも、サム……」

ローラが急いでサムのあとを追いかけ、サムとマーニーの家のあいだで追いついた。「ねえサム、ローワンもいっしょに来るんですって。信じられる？　エイダンの演奏を見にきてくれるって言うのよ！」

サムは胸を殴りつけられたような気がした。だがローラは舞い上がっている。ローラにとってはものすごく大切なことなのだ。

「そう、ローワンがエイダンを見にいくの。きっと彼は、駆けだしだったころの大変さを覚えているのね。それにエイダンは上手だし。絶対にうまくいくわ。でもね、ほら、私ってクラブみたいなところは嫌いだし、遅くまで出歩くのもいやなの。ローワンが行くのなら、私は行かなくてもいいでしょ？」

ローラが顔をしかめた。「でもその前に買い物に行くんだったじゃない！」

「あなた、もう十分すてきよ」サムはローラを励ました。お世辞ではない。ローラの白いサンドレスは、日に焼けた肌や髪や脚によく似合っている。とてもきれいだった。「先に夕食でもすませてきたら。ね、それがいいわ」

それがいいわ、ですって？　嘘ばっかり。こんなにいっしょに行きたくなっているくせに。なぜか午後のことばかり思い出してしまう。床に倒れた私の上に、ローワンがまたがった。むき出しの胸。たくましい太もも。太ももの毛が私の肌にちくちくした。

ああ、だめ。これだから、いっしょになんか行けないのよ！

「でも、サム――」

「それにそこへテディが現れたら、あなたがアッアッのデートをしてるって思うわよ！」サムはにっこり笑った。

「そ、そうかもね」

「ほら行って。早く！」

サムは従姉妹の頬にキスし、自分の家に逃げるように入った。

十五分後。サムは家のプールサイドに座り、私ってなんて可哀相なんだろうと思いながら、メルローをちびちび飲んでいた。

こんな〝勝負靴〟をはいてドレスアップしたのに、行くところがないなんて！

いったいなにを期待していたんだろう。ふたりがやってきて、強引にでもいっしょに行こうと言ってくれること？　ローワンに、きみといっしょにいたいから行くことにしたんだよ、とでも言ってほしかったの？

サムは敷地の端にある、小さな丸木の船着場へ歩いていった。そこには彼女の小舟《ディンギー》がつないである。たいしたものではない。手漕ぎボートに小さなモーターをつけた程度のものだ。家の裏手から二メートルと離れていないところに水辺が迫っているのだが、海をのぞきこんだサムの気分が少し明るくなった。

「モリー！」

このあたりに棲む海牛《マナティ》が、船着場のすぐ下にいた。サムがいまにも崩れそうな自分の家を売ろうと思わないのは、このモリーがいるせいでもある。モリーは以前、船のスクリューに近づきすぎたことがあって、いまでもそのときの傷が残っていた。一度けがをしたせいか、いつもこのあたりの浅瀬にいるようになった。この小さな岬に建つ家々の近くに。だから海の大好きな住人にえさをもらい、ずいぶん可愛がられている。

「おなか空いてる?」サムは訊いた。「空いてるわよね」

急いで家のなかに入り、冷蔵庫を引っかきまわして新鮮なレタスを見つけた。それを持ってまた戻る。今度は裸足で。船着場に腰かけ、レタスをちぎって投げ入れる。月の光が水面を照らし、空には星が輝いている。モリーはおいしそうにレタスをむしゃむしゃ食べ、サムに頭をかいてもらった。思わずサムはにっこりした。たいていの人はマナティというとブルドッグのように考えているらしいが——見てくれは悪くてもそのぶん可愛らしいのだ。モリーみたいに何百キロの巨体でも。それに彼女は気性がいいから、人間ととても仲良くやっている。だが動物にとっては、ときにそれが仇《あだ》となることもある。人間に近づいたためにけがをしてしまうのだが、たいていはボートに乗っている人間側の不注意のせいだ。しかしそれでも、マナティはこうして人間の近くに寄ってきてくれる。

さいわい、モリーはこのあたりから離れない。このあたりの住人は、彼女を気遣っている人ばかりだった。モリーって、そんじょそこらの女性より注意深いのね、とサムは沈んだ気持ちで考えた。

いったいマーニーはどこにいるのだろう?

サムは立ち上がり、マーニーの家を見つめた。

ふいにローラの言った言葉を思い出す。家そのものが邪悪に思えてくる。暗くて、不気味で……。

水辺を振り返ると、もうモリーの姿はなかった。マナティはいなくなっていた。

5

彼女は〝美の女神〟と呼ばれている。

踊ることが好き。

踊らずにはいられない。

揺れて。しゃがんで。思わせぶりなウォーク。ストレッチ。そして回転。体だけじゃない、心も踊る。感覚。感情。熱い思い。すべてがダンスのなかにある。肉体は道具。音楽がエネルギー。音楽を、その流れを、体で感じる。べつの世界に連れていかれて、のめりこむ。そして夢が――現実になる。夢のなかで高く高く舞い上がる。そうよ、ここはブロードウェー。『キャッツ』の舞台？　それとも『ウエストサイド・ストーリー』のリバイバル？　彼女の歌はなかなかのもの。ダンスのほうはもう最高。ああ、すてき。音楽を感じる。音楽が体に流れこんでくる。彼女の体を動かしてくれる……。

ダンスが終わった。観客の拍手。ライトがまぶしい。みんな熱狂してる。一瞬、夢を見る。

そして、彼女は目を開けた。

いるのは男ばかり。吐き気がするような男たち。いい歳した毛むくじゃらの中年男。白髪の混じりはじめたひげ面。ビールをがぶ呑みして平気で股をかきながら、げっぷしてフットボールを見るような連中。

「いいぞ、女神、いいぞお!」だれかが叫んだ。

「ヒュウ、いい女だぜ!」

「もっとこっち来いよ!」

近くに寄っていけば、Tバックのショーツに紙幣をねじこんでくれるはずだった。ダンスが終わったとき身につけているのは、もうそれだけだ。あとは本当の髪を隠すための、長い赤毛のかつらぐらい。ここではチップをもらうのがいちばんお金になる。どうにか我慢できそうな男に呼ばれたとき、一度か二度だけ行ったことがあった。

でも今夜はいやだ。今日はもう十分に踊った。彼女はここの、歴代人気ナンバーワン・ダンサーだった。

彼女はそばにあったポールをつかみ、カーテンの後ろにすばやく消えた。

二十分後、レイシー・ヘンレーは、ココナット・グローヴのコーヒーショップ〈ジョフリーズ〉の奥のテーブルに座っていた。だれか友だちが来たりしないだろうかと考えながら。思っていたよりだいぶ遅くなってしまった。テーブルが空いていたのに驚いたくらいだ。もう遅い時間だった。午後にコーヒーショップにやってくる常連は、バーやクラブに移って酒やショーを楽しんでいるころだ。でもここは子どもにも大人にも人気の店だから、たいていいつも混んでいる。コーヒーの味は抜群だし、おいしいミルクシェイクも出しているのだ。

レイシーもミルクシェイクを飲んでいた。二十歳だと、フロリダ州ではまだアルコールが買えない。ストリップ・ダンサーに応募したときは名前を偽ったが、歳はごまかさなかった。いちおう大丈夫だからだ。二十歳になると、酒を出すことやストリップは法律で許されている。しかし自分でビールを買うことはできない。おかしなものだ。母ならたぶんわかってくれるだろう。母のローラは以前、ベトナム戦争の終わりに青春時代を過ごしたという話をしてくれた。当時は十八歳で酒が飲めるように法律が変えられたらしい。「あのときの若い子たちは、国に命じられるままに戦って死んでたからね。それくらい当然の権利だったのよ」

「でもいまはだめなの？」レイシーは訊いた。

「あなただって十八歳をすぎたでしょ。つまり、自分で考えることのできる大人になったってこと。でもすごく大事な考え方があるの。〝責任ある自由〟っていう考え方よ。だからもしお酒を飲むのなら、信頼できる人といっしょに飲むこと。もし夜遅く外出するのなら、だれと、どこへ行くのかに気をつけること。わかる？」

うん、たしかにわかる。でもわかったたって、法律にかかればやっぱり犯罪だ。もちろんだれだって法を破る。高校生だって学校の外では――ううん、なかでだって――酒を飲んだりする。

そしてストリップも。

レイシーはシェイクをぐーっと飲み、泣きそうな気分になった。そう、たしかにお金は手に入る。でも自由になった気は全然しないし、責任だって感じられない。

ぶるっと体が震え、かすかに吐き気までした。ううん、大丈夫よ。だってだれも知らないんだから。それにこのお金で、やっとニューヨークに行ける。そうしたら、本物のダンスをするためのオーディションが受けられる。

もしこのまま、パパに見つかりさえしなければ。

なにをしてるかパパが知ったら、きっと殺されるわ。

大丈夫、見つかりっこない。レイシーは自分にそう言い聞かせた。パパも、パパの友だちも、パパの知り合いも、ああいうクラブには絶対に出入りしない。たとえしたとしても、絶対に私だとはわからないはず。あのかつらと厚化粧では、絶対にわかりっこない。

「あらやだ！〝美の女神〟じゃない？」

レイシーはぎょっとして顔を上げた。背が高くて大柄な、茶色のロングウェーブヘアの女性がレイシーを見下ろしていた。湯気の立つコーヒーカップを手にしている。三十そこそこかしら——とレイシーは思った。化粧っけがなくて魅力的な人。ストレッチパンツとたぶたぶのシャツ。ゆったりとした雰囲気が女らしい。

「〝美の女神〟？」レイシーはぼんやりとくり返した。

茶色の髪の女性はにこっと笑い、レイシーの前に座った。「すぐにわかったわ。でもあなたには私がわからないみたいね。〝タイガー・リリー〟よ。クラブの」

「えっ、嘘！」レイシーは思わず声をもらした。〝タイガー・リリー〟——ああ、そうだ。インドの衣装であのいかすナンバーをやってる——。レイシーと同じように、彼女も踊るときはロングのかつらで自毛を隠している。それにクラブでの彼女の顔つきは、純真さとはほど遠い。女というのは、やはり化粧でこれほど変わるものなのだ。

レイシーは真っ赤になって、あたりをきょろきょろ見まわした。だれも彼女のしていることを知らない。だれも。ほとんどなんでも話しているエイダンでさえ。エイダンは、兄としての役割を肝に銘じている。兄が知ったら妹をステージから引きずりおろし、妹を見ている男をひとり残らずぶちのめすだろう。

「あの、あの、あの――」レイシーの言葉は言葉にならなかった。

「ああ、やだ、ごめんなさい！」タイガー・リリーは小声で言って、くすくす笑った。「心配しないで。秘密をもらしたりしないから。私、あなたの本当の名前だって知ってるのよ。レイシー・ヘンレーでしょ。ねえ、信じられないんだけど、本当に私のことわからないの？」

レイシーは彼女をまじまじと見つめ、かぶりを振った。

女性はにんまりと笑った。いたずらっぽい、キュートなところがあるらしい。心からうちとけたような笑顔。もちろん、ステージの上で彼女が見せる笑みとはちがう。

「ロレッタよ」

「ロレッタ？」

女性はまた声を低くした。「ほら、あなたは前にお母さんやサムといっしょに、マーニーをランチに誘うために法律事務所に来たでしょう」

「嘘、まさか」レイシーはまた声をもらした。女性を食い入るように見つめる。ロレッタ・アンダーソン。そうだ、有能で礼儀正しくてチャーミングな、マーニーの秘書。彼女は非の打ちどころのないテーラード・スーツを着て、髪をシニヨンにまとめ、清冽《せいれつ》なオーラを放ち、プロらしく落ちついていた。その姿はいかにも威厳があって……色気など感じないくらいだったのに！

「そんな、わからなかったわ。わかるはず……だって……」レイシーは言葉に詰まった。唇を湿らせて身を乗り出す。「お願いよ、ロレッタ。私を知ってるなんて絶対に言わないで。その、もし家族に知られたら――」

「だれにもばれないわよ！」ロレッタがあわてて約束する。手を伸ばし、テーブルの上でレイシーの両手をぎゅっと握りしめた。「私があの仕事を本名でやってると思う？」いすにもたれ、少し楽しそうな顔になって尋ねた。

「いいえ……それは……ないと思うけど」レイシーは首を振った。「でもあなたはもう歳が！」

「あら、それはどうも」ロレッタがつっけんどんになる。

「あっ、ちがうの、ごめんなさい。そういう意味じゃないのよ。ただ、私のほうはまだ未成年だってことを言いたかったの。あなたにはすばらしい仕事がある。なんでも自分のしたいことができる。きっとお給料もいいんだろうし――」

「ああ、まあね」ロレッタはまた笑顔になった。しかしすぐに肩をすくめた。「でも私、昔ダンサーになりたかったの。本物のバレリーナに。シンシナティではバレエ団にいてね。オハイオ州だってばかにできないのよ。実力のあるバレエ団だったし、私だってなかなかのもんだった」

「わかるわ。でもいったいなにがあったの？」

「足首の骨を折ったの。もうもとには戻らない。とにかくもうちゃんとした踊りはできなくなったから、法律やコンピューターのコースに通いはじめて……それでここの仕事に落ちついたってわけ」

レイシーは首を振った。「でも……」

「クラブのこと？　それが聞きたいの？」

レイシーは顔をゆがめたが、また笑った。「ええ。どういうふうにして〝白鳥の湖〟から〝タイガー・リリー〟になったの？」

「どう思う？　あなたといっしょよ」

「えっ、私はまだあきらめたりしてないわ！」

ロレッタはふっと哀しげに笑った。「ねえ、私だってあきらめたんじゃないわ――ただ終わってしまっただけ。でもさっきのはそういうことを言ったんじゃなくて。クラブでの仕事を紹介されたのが、きっとあなたと同じ人だってことよ」

レイシーがはっと息を呑む。「マーニー？」

「そう。マーニーよ」

「彼女がロースクールの授業料のほとんどをどうやって稼いだか、知ってるのは私だけだと思ってたわ。ゲインズヴィルのクラブでストリップをしてたって話してくれたの。そのころサムも同じ町にいたけど、サムはマーニーがどういうことをしてるのか全然知らなかったって」

ロレッタがにこっと笑った。「たしかにボスとしてのマーニーはそりゃやりにくい相手だけど――彼女って、ものすごく正直なのがいいところよね。それにおもしろい人。前に話をしていたとき、私もロースクールを出たいって言ったことがあったの。そのときよ、クラブのことを話してくれたのは。それに彼女自身、クラブのストリッパーだったことも」そこでロレッタは言葉を切った。なにかを言いかけてやめ、しばらくしてまた口をひらく。「時間をかけて働いていられないとき、手っ取り早くお金を作るにはそういうことをするしかないわ。マーニーからは、いつもびっくりするような解決方法が飛び出してくるんだから」

レイシーはけたけた笑いながら、ミルクシェイクをストローでかきまわした。「マーニーもそっくり同じことを言ったわ。私もマーニーには、このままじゃ絶対にニューヨークに行けないし、行けても向こうで暮らせないって愚痴ったことがあったの。だってうちのママったら古くさい考え方をくり返すばかりで――まずは地方でがんばって基礎を身につけて、それから夢を目指しなさいって。そんなことしてたらいくつになるか、ママにはわからないのよ！　そのときマーニーが来て、ストリップのことを話してくれたの。弁護士にとってはイメージがよくないから秘密にはしてるけど、べつに恥ずかしいことだとも思ってないって。そのおかげでロースクールを出られたんだからって」

「あなたは自分のしてることを恥ずかしいと思ってるの？」ロレッタが訊いた。

「ううん」レイシーはそう言ってから、顔を赤くした。「いえ、やっぱり思ってるかな。楽しんでやってるわけじゃないから。でもあきらめたくないの。一年後にはまとまったお金ができるわ。あの、べつに家族が助けてくれないってわけじゃないんだけど、ママがね……うちのママはずっと専業主婦をやってきて、そんな大金を稼いだこともないの。いまはなんとかお金を作って、自分でやりくりすることを覚えてるところ。それにパパのほうも警察官で、たいしたお給料じゃないわ。だから……」

　ロレッタはコーヒーを一口飲んだ。「あなたのことは見てたわ。恥ずかしがることなんてなにもない。あなたは仕事で踊りを見せているだけ。あの客の連中のそばには寄ろうともしないじゃない」

「寄らないようにしてるのよ」レイシーは正直に言った。それから寂しげな声で笑う。「ううん、寄っていくこともあるわ。あんまり気持ち悪い人じゃなかったら」ため息をつくと、また頬が赤くなるのがわかった。「体を触らせたらお金になるもの」

「そうね」ロレッタはいすにもたれてレイシーをじっと見た。「でもあなたの言うことわかるわ。ときには男と女になったりするものね。でもそれなら……」躊躇して言葉に詰まり、レイシーを見つめる。「まあ、たいていのやつらがあなたには年上すぎるし、格好も悪いし、いやらしいけど。でも……」

「でも、なに？」レイシーは好奇心をそそられた。

「ときどき私、プライベートのパーティで踊ってるの。パーティの話があれば電話してくる人がいて――全然いかがわしいものじゃないのよ。バースデーパーティとか、結婚直前の男性を囲んだ男だけのパーティとか、そういうの。クラブでやってることとちっとも変わらないんだけど、そこではガーターベルトに触ってもいいことになってるの。とくに、パーティの出席者がチップの札束をはずんでくれるときにはね」

「そういうプライベートパーティにはたくさん出てるの？」レイシーが訊く。

「えっと……そうね、正直言うと、プライベートパーティは好きよ」

「それからあの……ストリップ以外のことをしてくれとか言われない？」

ロレッタは体を起こし、首を振った。「言われないことはないわ。男っていつもそんなものよ。でも断ればそれ以上はしつこくしないし、わかってくれるわ。ねえ、ストリップを見に来てるおじさんたちの半分は、あと十年もすれば勃《た》たないような人ばっかりよ。でも男なの。どうしても誘わずにはいられないし、いきがっていたいのよ。それが人生ってもんなんじゃない。でもいままでになにかを強要されたことはないわ。それに……」

「それに、なに？」レイシーが無邪気に訊く。

今度はロレッタのほうが赤くなり、レイシーを驚かせた。「一度や二度はすてきだなと思った人もいて……それで……まあオーケーしたときもあるわ。でもかならずこっちが決めるのよ。どういうことでも、それを受けるかどうかはね。そこは忘れないで。あなたはまだ若い。それに純真だわ。あのステージで踊ってはいるかもしれないけど、少しも穢《けが》れたりしてない。ああやってお金を作ってる女はごまんといるわ。なかには結婚してて、夫を裏切ることもなく、夫を大切にしてる人もね。あなたみたいにいい子たちばかりよ」

レイシーがうなずく。

「さてと、そろそろ帰らなくちゃ。この通りを少し行ったところに住んでるの。ああそれから、心配しないで——約束するわ。あなたのこと、絶対に人にばらしたりしないから」

「ありがとう。私もあなたのことは絶対に言わないわ！」レイシーも約束した。

ロレッタが笑顔で立ち上がり、店から出ていこうとする。

「待って！」レイシーが後ろから呼びとめた。

ロレッタは少しためらったが、テーブルに戻ってきた。「なあに？」

「あの――よさそうなプライベートパーティの話があったら、教えてくれる？」

「ええ、もちろんかまわないわよ」ロレッタはにこっと笑い、帰っていった。

レイシーはテーブルに残った。またしばらく座っていると、だれかに肩を揺すられた。顔を上げる。そこにいたのは学校の友だち、ジェニー・アレンだった。「レイシーじゃない！」

「ジェニー！」ショートカットの髪にふくらはぎ丈のパンツ、おへそが出る短いセーターという格好のジェニーは、十五歳くらいに見えた。そういう友だちを見たせいか、レイシーは急に自分がなんとなく歳をとったような気になった。それに、自分はまったく純真でもいい子でもないような。

「ねえ！」ジェニーが言った。「ヒュー・ノーマンから聞いたところなんだけど、今夜お兄さんが〈ホット・パプーティ〉で演奏するんだって？」

「あ！　そうだった！　その話、聞いてたわ。行くことになってたのに忘れてた」

「大丈夫よ。私たちもいまから行こうと思ってたとこ」

「でもこんなに遅く――」

「お兄さんはトリのバンドでしょ」ジェニーが言う。「まだ早いくらいよ！　ねえ、ここには自分の車で来てるの？」

「ええ、そうだけど――」

「それはいいわ。私たちのなかであなたの車がいちばん上等だもん。あなたの車でいっしょに行って、帰りに私とヒューをうちの車のとこまで送ってくれないかな？」

「うん、わかった」

エイダンはステージから落ちそうになった。

最初は、もう今夜はだめなのではないかと思った。エイダンのグループはトリだ。しかし、彼らの前に演奏するべつの地元のグループ〝カビキノコ《ファンガス》〟のせいで、演奏時間がさらに遅くなった。彼らのサウンド・システムに問題が起きただけでなく、彼らはいつまでやるんだというくらい演奏した。いくら土曜の夜のサウス・ビーチとはいえ、やはりみんな疲れてくる。若い夫婦はベビーシッターの待つ家に帰らなくてはならないし、偽造の身分証明書を持ったティーンエイジャーは夜間外出禁止の時間を守らなくてはならないし、法律的には問題のない大人のシングルも元気がうせてきた。

エイダンの父親は、知り合いの警官と来ていた。サリー・ヘウィットというその可愛らしい女性も、やはり殺人課の刑事だ。小柄でものすごくやせていて、ともすれば浮浪者のようにも見えるプラチナブロンドの女性。あれで殺人犯なんか捕まえられるのだろうか。しかしエイダンは、人は見かけで判断できないことを知っていた。

そうだ、あの角にいる背の高い、細身で長めの黒髪の男みたいに。彼には見覚えがある。前に会って話したこともある……でもはっきり思い出せない。

妹は友だちを連れて現れた。励ますように笑いかけてきたので、笑顔で応えた。

厄介なのはネリー・グリーンだ。〝ネリー・ナイトライフ〟というペンネームで、地元の新人ミュージシャンの記事を書いている。いつも妙ちきりんな服でビーチ沿いのクラブに出没する女だ。他にも何人か、クラブ音楽や新人ミュージシャンの記事を書いている地元の新聞記者はいるが、エイダンのいるバンド〝ベオウルフ〟のことはたいていほめてくれる――少なくともけなすようなことは書かない。だがネリーはべつだった。

ネリーは以前、ベースギター担当のホーガン・ランドンとつきあっていた。そしていままではホーガンを嫌っている。ホーガンのせいではない――とホーガン本人は言っていたし、彼のほうもネリーを毛嫌いしている。そういうわけで、ネリーがバンドの記事を書きに現れたときは、かならず厄介なことになる。

そのとき、エイダンの母親が入ってきた。

そして彼は、ステージから落ちそうになった。

母はローワン・ディロンと現れたのだ。

ローワンとは会ったことがある。一度だけ、大昔に。まだ中学生だったことははっきり覚えている。サムが大学に通っているゲインズヴィルに行って、ローワンもいっしょにディナーに出かけたのだ。あのとき彼はサムの恋人だったから。でもそのあとローワンは、そう――妻のもとに戻ってしまった。

だからエイダンは、まさかローワン・ディロンが来るとは夢にも思っていなかった。かつての人気グループ〝ブラック・ホーク〟のローワンが、こともあろうに自分の母親といっしょにやってきて、応援しようとしてくれている。

演奏していた曲が終わった。ぱらぱらと拍手。母さんと妹は一生懸命たたいてくれている。バーカウンターの端で酔っ払っている、でぶの男も。

そしてなんと、ローワン・ディロンも。彼はエイダンに向かって手を上げた。まるで友だちが――長いつきあいの友だちがするようなしぐさで。

リードギターのアレックス・ヘルナンデスがエイダンをこづいた。エイダンははっとわれに返り、マイクをつかんで客に礼を言った。そこで少し迷う。ローワンを紹介したほうがいいだろうか？　いや、どういういきさつで彼がここに来たのかわからない。でも彼は来てくれた。とにかくそのことに感謝して、運を試すような真似はしないでおこう。

エイダンは「〝奪われて〟」と次の曲目を告げた。アレックスといっしょに書いた曲だ。気に入りのナンバー。自分たちのベスト曲であってほしいとも思っている。

惹きつけるようなベースの旋律で曲がスタート。ドラムが入り、リードギターがアップテンポで盛り上がって、エイダンのヴォーカルを待つ。エイダンが入ってまだ二小節というところで、〝ネリー・ナイトライフ〟がローワン・ディロンに近づいていくのが見えた。ローワンが彼女になにを言ったのかわからないが、彼はなにか早口でしゃべり、バンドを聴きたいというようなジェスチャーをした。そして、エイダンに親指をぐっと立ててみせた。

エイダンが思わず笑顔になる。突然、もういちど神様を信じてもいいなという気になった。

「ローワン、ほんとになんてお礼を言ったらいいか！」ローラは心からそう言った。ローワンの愛車、〝ナビゲーター〟の助手席に座った彼女の顔は明るく、瞳も輝いていた。ローラがさらにローワンのほうに身を乗り出す。「もう大感謝！」

ローワンは笑い、橋の上の明かりが過ぎていくのを見ていた。きれいだ。夜景が美しい。

橋と、島と、ダイヤモンド形に輝くライトを映す海。

「ローラ、僕のほうこそ、行って楽しかったよ」

ローラはしばらく黙っていたが、こう言った。「楽しかったのは、サムが行くと思ってたときまででしょ」

「そりゃあ、彼女も行けたらよかっただろうけど」ローワンは素直に認めた。

「でも、もしサムのことだけであなたが行ってくれたんだとしても、べつにかまわないわ。それでもすごく感謝してるの」

ローワンは声を上げて笑った。「ローラ、たしかに僕はサムといつか話がしたいと思ってるよ。ちゃんと話がしたい。でも今日行ったのは、あなたが誘ってくれたおかげだし、本当に息子さんが演奏しているところを見たかったんだ。駆けだしのころのことは、よく覚えてるよ。いろいろとみんなが後押ししてくれた。もしエイダンのために僕で力になれることがあるのなら――うれしいよ」

「あら。そういうことだけじゃないんだって！」ローラが目を大きくして言った。「とにかく感謝せずにいられないの。だって、テディったらうらめしそうな顔してたんだもの！」

「えっ、いや僕は、面倒を起こすために行ったわけじゃ――」

「面倒？　私たちはもう離婚してるのよ、ローワン」

「それは知ってる。でも悲しいかな、離婚したからってかならず気持ちの整理がきちんとつくわけじゃない。僕は、あなたとあなたの別れたご主人のあいだで駆け引きに使われるのは遠慮したいね」

「いやあね。あなたにそういうことは絶対しないわよ」ローラがにやりと笑う。「ただ、あなたみたいな人といられてよかったってこと。超セクシーで超有名で」

「悪いほうでね」ぼそりとローワンは言った。

「ほんと、あなたを手放すなんて、私の従姉妹はどうかしてたわ。ああ、でも」ローラはそこで、無邪気そうな顔をしてローワンを見た。「あなたはあのころ、まだ結婚してたんだったわね。あなたのほうが彼女を捨てたのか」

ローワンはローラを見やって首を振った。彼女は魅力的な女性だし、彼女のことは本当に大好きだ。いつでも遠慮なく、はっきりとものを言ってくれる。

「そんなに単純な話じゃなかった。それはあなただってわかってるだろう」

「ううん、まさか」

ローワンが片方の眉をつり上げてローラを見た。

「あら、本当よ。あれほど単純な話ってないわ。しかもあなたたちったら——シェイクスピアの悲劇の主人公みたいに、人の道を踏みはずすまいとしてた。でもサムは、絶対にあなたを許さないでしょうね。だってどんなに単純じゃないからって、あなたは彼女に背中を向けたんだから。あの子の立つ瀬がないじゃない。それにサムはあなたを本当に愛してたでしょう。心から愛してる人に恥をかかされるって、よけいに傷つくのよ。私だって身をもって知ってるわ」

「ローラ、すぎたことをなかったことにはできないよ」

「そうね、できないわね。でもわかる？　サムはあなたとつきあいはじめたとき、あなたはもう離婚したんだと思ってたのよ。サムはいつだってああいう……」

「ああいう……？」

「まじめな子だから」ローラは一瞬考えてから言った。「事件の渦中で悪者になるのは、そりゃあつらかったでしょうよ」

「僕だって本当に、彼女が傷つかないようにしようとしたんだ。だろう？　彼女から離れたら、マスコミも離れると思ったんだ。僕は――」

「やりすぎたのよ。あの子をぽいっと放り出しちゃって」

ローワンはなにも言わず、歯を噛《か》みしめた。

「それにあなたはまだ奥さんと別れていなかった。そして奥さんのもとへ戻った」

「ああ」

「でも奥さんは結局、死んだ」

「ローラ――」

「ごめんなさい。この話はもうやめましょう。今夜のあなたは本当によくしてくれたもの。あのネリーとかいういやな女もいたけど、あなたはエイダンのグループがすばらしいと思うって言ってくれた。あれで彼女も、いつもの恥知らずな記事を変えるでしょうよ！」

「ああ、だといいね」

「あの子たちにはどうしてもうまくいってほしいの。ねえ、あの子たちのグループは本当にいいものを持ってるかしら、ローワン？」

「ああ、そう思うよ。いい詩を書いてるし、演奏の仕方もよくわかってるみたいだ。ちゃんとハートがこもってる。作られた感じのするところがないね。あとはキャッチーな曲を一曲つくって放送局で流してもらえば、ヒットチャートにも乗るだろう」

ふたりはローワンの家に着いた。私道に入るとローワンは車を降り、ぐるりとまわってローラのドアを開けてやった。そして彼女を、サムの家の前に停めてある彼女の車まで送っていった。

ローラはローワンの頬にキスし、声をひそめて言った。「彼女も妬《や》いてくれるといいけど」

「サムのこと?」

「もちろんサムよ! 今日いっしょに来ればよかったのに」

「でも彼女は絶対に僕を許さないって言ったじゃないか」ローワンも声をひそめる。

「さあ、どうかしら。あなたってぺこぺこ謝るのはうまい?」

「頭を下げたりはしないよ。実際になにも変えられやしないんだから。サムを傷つけたことは本当に悪いと思ってる。でもね、昔に戻れたとしても——なにも変えられなかったさ。ダイナの命は僕にかかっていると思ってた。自分にそんな力がないなんてことは、全然わかっていなかった」そこで間をおく。「あのときの僕の状況をわかってくれなんて、サムにすがりつくつもりはないよ」

「でももし彼女とじっくり話し合うことができたら——」

「ローラ、きみはあのころ起きてたことをなにも覚えてないだろう」

「あら、あなたが逮捕されたことは——」

「あのね、あれは事情聴取だったんだ」ローワンが口をはさむ。

「警官と大げんかしたでしょう」

ローワンのあごがぴくりとひきつった。「あのときの警官のひとりは、いまでもいい友だちだ。とんでもないやつらふたりとは殴り合いになったけど、正直言ってそんなつもりはなかった。僕は死ぬほど心配していた。なのにあいつらは、ダイナになにがあったか僕が知ってるはずだってしつこくて。ダイナが戻ってきたときだって、詫びひとつなかったんだからね」

ローラは下唇を噛んだ。「サムがドラムを大好きだったこと、覚えてる？　天性のドラマーって感じで、上手だったでしょう？」

「ああ」

「ゲインズヴィルを離れてから、一度もドラムに触ってないのよ」

「それは残念だな。音楽を愛する心はだれにもなくしてほしくない」

「あの子はいろんなものをなくしたわ。あなたも、お父さんも、ドラムも」

「お父さんのことは聞いたよ。すごく気の毒だった。でも音楽のことは、彼女がやり方をまちがえただけだと思うな」

「ああ、ローワン、勝手なこと言っちゃうけど、あなたが親戚になったらどんなによかったかしら。いったいどうして、あんなふうにふっきることができたの？」

ローワンは肩をすくめ、そして言った。「たぶん僕は、自分が世界を変えられると思ってたんだ」

「でも変えられないってわかったんでしょう」

「ちがうよ。世界は変えられる。変えられないのは人間だ」

ローラはゆっくりとうなずき、新たに納得したような顔で笑った。

ローワンはサムの家に目をやった。ひっそりと静まり返っていて暗い。そしてマーニーの家も。

彼は自分の家に歩いていき、鍵を鍵穴に差しこんだ。ふと振り返る。なんだか見られているような、奇妙な気配がした。

だが、静かに暗闇が広がるだけ。暗い……不気味なほど静かだ。

ローワンは家のなかに入った。


少し離れた海の上から、男は見ていた。

とてつもなくおもしろい……他人を観察するのは。しかも海からだといくらでも見える。湾岸沿いに住んでいるやつらは海が好きだ。家のおもては壁やら門やらで守っているが、好きな海からは自分を守ろうなどと夢にも思わない。

だからこうして見られるんだ……。

そうだ……。

見える。窓の奥が。

あいつらの生活が。

力がみなぎってくる。まるで神のように、おれはすべてを知っている。おれには力がある。

それはもう証明した。力というのは、意のままに他人をひれ伏せさせること。

力は命……

そして死。

風がこんなにもやわらかい。月明かりはやさしい口づけのように海をなでている。そして陸を向けば、こうして見える……

サムが。窓に映るシルエット。しなやかでスリムなボディの影。なにか探し物をしている。表情まではもちろんわからない。ただほっそりと引き締まった体だけが、暗い外をのぞいたのがわかる。

マーニーの心配をしているのか？

それとも帰ってきた……

恋人の心配か？

男は双眼鏡を動かし、ローワン・ディロンの家に焦点を当てた。明かりがついていない。見えない。腹が立つ。なぜかいらだつ。

もう行かなくては。やることが待っている。いちばん楽しいことが。しかし……

どうも離れられない。

見てしまう。

サムがとても淋しそうだ。こんな時間まで起きていて。まるでなにかを感じ取っているかのように。ああ、こっちを向いたあの姿はまるで……

おれを見ているようじゃないか。

だがもちろん見えるはずがない。おれは暗闇にいるのだから。おれは闇が大好きだ。いつも漆黒の闇のなかから見るようにしている。自分のほうは、かならず闇にまぎれるように。だがまだサムは探し物をしている。頭を傾けて立っている。彼女はきれいだ。勘が鋭くて、賢くて、なにかを感じ取っている。そして見ている……

こうして見ているおれを。

ああ、サム！　きみが見えるよ！　おれは見ているよ……。

気をつけろ、サム。気をつけろ！

男はふと思い出した。今夜の自分は、マーニー・ニューキャッスルの家の様子を見にきたはずだった。なにか騒ぎになっていないかどうか、確かめるために。

だがちがう……。

ふいにわかった。おれはマーニーの家など見にきたのじゃない。サムを見にきたのだ。

6

どうも様子がおかしい。

ローワンが新聞を取りに庭に出ると、男の子が見えた。八歳から十歳くらいだろうか。黒髪で見惚《みほ》れるほど顔立ちのきれいな子だ。その子はマーニーの家の前に立っていた。サムの家に近いほうの横庭に。体を左右にゆすり、マーニーの家を見つめている。ローワンはいったいなんだろうと思い、手にしたコーヒーを飲みながら、新聞も忘れて子どもを見ていた。その子の目は、本当にはなにも映していないように思える。ただ立って、家のほうを見ているだけだ。

「おい、きみ大丈夫か？」ローワンは声をかけた。

まったく反応がない。男の子はそこに立ったまま、ゆらゆら横に揺れている。

「なあ、大丈夫か？」ローワンがまた声をかけた。

やはり反応はない。子どもはマーニーの家を見つめるだけだ。

マーニーが帰ってきたのか？　そんなことはなさそうだが。ローワンは男の子を見たままマーニーの家の玄関まで歩いていき、ドアをたたいた。

「マーニー！　おいマーニー！　帰ったのか？」

だが内心、返事がないだろうということはわかっている。

この子はだれだ? サムは結婚していないが、サムの客にちがいない。そうでなければ、この湾岸のずっと向こうに建つ家から歩いてきたことになる。こんな子どもにはかなりの距離だ。

いや、そうでもないか。もしこの子が〝ふつうの〟八歳か十歳の子だったら。だがこの子はどこか様子がおかしい。ローワンは急にその子に親近感を覚えた。弟のユアンは、この子のような精神の病気ではなかった。身体的な病気だったが、それでもこの子を見ていると、弟に感じたのと同じような気持ちになる。この世界とはべつの世界に心をとらわれ、だれかのやさしい手を求めているように見える。

少年のまなざしは、マーニーの家に注がれたまま動かない。

ローワンは近づいていった。「やあ、ハロー?」

男の子はやはり彼のほうを見ない。マーニーの家を見つめつづけている。まるでそこにはないなにかを見ているような……なにかを知っているとでもいうような……。

「やあ」

ローワンは少年のすぐそばまでやってきた。まだ反応はない。ローワンは少年の顔の前で手をひらひらさせてみた。それでも気づかない。

しかしそのとき、ローワンが少し開けたままにしておいた家のドアが、一陣の海風でばたんとひらいた。ステレオの音が通りまで流れ出してくる。ドラムのビートとギターのビィーンという響きに、とうとう少年が振り向いた。

そしてローワンの家のほうに歩き出す。

「音楽か。きみは音楽が好きなのか。よし、それだけでもう、僕にとってはいいやつってことだ。おいで、うちには音楽がいっぱいだよ。サムには電話して、きみがここにいるって言おう。きみがだれでもいいや」

サムは腹立たしげにため息をつき、受話器を置いた。マーニーの捜索願いを出そうと警察に電話したのだが、オルドリッジという刑事が出た。刑事は彼女の電話にむっとしたようで、四十八時間以上経たないと捜索願いは出せない、明日またかけなおしてくださいよ、とそう言った。

このままじゃいけない。サムはふと思いたち、テッド・ヘンレー刑事はいますかと訊いてみた。

テッドはいた。彼はサムに心配するなと言い、みずからサムのところへ出向いて、先に捜索願いの書類を書いておこうと言ってくれた。明日の朝、かならずサムの訴えは受けさせるからと。サムは礼を言って電話を切った。テーブルの脚を蹴り、ため息をつく。まだオルドリッジ刑事への怒りがおさまらない。

「グレゴリー、ほんとにやんなっちゃうのよ！」

サムは今日もまたグレゴリーを預かっていた。彼の母親が急に虫垂炎の手術で入院したからだ。母親は申しわけなさそうに、十一時ごろ電話をかけてきた――十分遅い時間だが、サムは明け方まで眠れなかったので不本意ながら起こされてしまった。グレゴリーは十五分後にやってきた。べつにいやなことではない。彼はしゃべらないけれど、いっしょにいて楽しい相手だ。しかしいまのサムは、もうすぐ爆発する時限爆弾みたいな気分だった。マーニーがいなくなったのに、だれも耳を貸してくれない。それにローワンがすぐそばに引っ越してきて、従姉妹といっしょにクラブに行った。もうそのへんの物を投げつけたいくらい、いらいらしている。

「グレゴリー？」

受話器を置いたサムは、テレビのほうを見た。テレビの前のいすに、グレゴリーの姿がない。それを見たとたん、心臓がのどまで跳び上がった。「グレゴリー？」

大あわてで駆け出し、二階に上がってまた下りてくる。そのときになってやっと、玄関のドアが開いているのに気づいた。恐怖で体が凍りつく。海。

大丈夫、あの子は泳げるわ。泳げるわ。サムは自分に言い聞かせた。水に入るのは、グレゴリーの大好きな治療法だった。水からなかなか上がらないときもあるくらいだ。あの年ごろの男の子にしては体がとても丈夫で、水に夢中になると、もう出る時間だと言っても聞いてくれない。

しかし……このまわりに広がっているのは大きな海だ。果てしない、小さな子どもならすぐに溺《おぼ》れてしまうような……。

サムは家の奥へ駆け戻った。息をするのも忘れてプールをのぞく。グレゴリーはいない。縮み上がるような気持ちで海の水際まで駆けていく。あの子の体がうつぶせになって浮いているのでは……。だがやはりいない。彼女は急いで家のおもてにまわってみた。「グレゴリー！」

恐ろしくなり、大声を張り上げて彼の名を呼ぶ。グレゴリーはただの子どもじゃない。ふつうの子よりずっと傷つきやすいのに。

「グレゴリー！」

もう一度、名前を叫ぶ。ふと現実の世界からかけ離れてしまったような感覚に襲われる。最初はマーニー。そして今度はグレゴリー。次々と消えて……。

サムはまたマーニーの家を見た。『トワイライト・ゾーン』のエピソードが頭に浮かぶ。子どもがベッドの下に落ち、そこから五次元の世界にさらわれる。両親には息子の叫ぶ声が聞こえるのに、姿は見えない。わが子を見つけられない。子どもが忘却の彼方に漂っていってしまう。

「おーい！」

サムはぱっと振り向いた。声がしたのはマーニーの家からではなく、さらにその向こうの家からだった。

ローワンが玄関先に立っていた。今日もショートパンツ姿だ。髪は無造作に乱れ、手にコーヒーカップを持っている。「あの子ならうちにいるよ」

「えっ？」サムは一瞬、わけがわからなかった。

「男の子だよ――男の子を探してるんだろ？　その子ならうちに来てるんだ」

サムはかっとしてローワンの家まで歩いていった。「どういうつもり？　いったいなんなの、自閉症の子どもに話しかけて――」

「ちょっと待った!」ローワンがぴしゃりとやり返す。「その自閉症の子はひとりでふらふらしてたんだぜ。いったいきみはどこにいた? きみがあの子を見てるはずじゃなかったのか?」

そう言われてサムは息を呑み、少し引いた。「電話をしてたのよ。警察に」言いわけするようにつけくわえる。

ローワンが眉を片方くいっと上げた。「それでなにか進展は?」

サムが首を振る。「いいえ。電話に出た刑事に、四十八時間経たないと捜索願いは出せないって言われたわ」ローワンがなにも言わないので、彼女は話題をもとに戻した。

「迷惑をかけてごめんなさい。グレゴリーはふらふら出ていっちゃったんだと思うわ。でもいつもはそういうこと絶対にしないのよ。あの、本当に一度もないの。あの子はそういう子なの。ビデオを見てるときは動いたりしなくて。その、いままで一度も動いたことはないのよ。なのに——」

「今日は動いた」ローワンが代わりに言った。彼は戸口に立ち、サムを見つめている。サムはいたたまれなくなり、そしてそんな自分がいやになった。彼は起きたばかりにちがいない。シャワーを浴びてショートパンツをはいて、ぬれた髪にくしを入れたところ。ゆったりとくつろぎ、落ちつき払ってコーヒーを飲んでいる。サムはどうしていいかわからなくなった。シャワーは……浴びている。そして暑いときにぴったりの、古びたニットのホルターネックの部屋着を着ている。こんな裸同然の格好。メイクもまったくしていない。こんな姿でローワン・ディロンには会いたくないのに。

「あの子はそういう子なの」サムは頑固にくり返した。なんだかまるで、自分がつむじを曲げた子どもみたいになっている。両手でぎゅっとこぶしを握る。「あの、ごめんなさい。あの子は私がちゃんと見ていなくちゃならないのに。すぐに連れて帰るから――」

ローワンが肩をすくめた。「わかった。なかに入って連れてくといい」

サムが彼を食い入るように見る。彼はドアから一歩下がってにやりと笑った。

「〝さあ、お入り、とクモがハエに言いました！〟」からかうように小声で言う。しかしそのあと、真剣な声になってこうたずねた。「僕が怖いのかい、サム？」

「まさか！」とっさにサムは答えた。けれどすぐに首を振る。「いいえ、やっぱり怖いのかも。あなたのそばに少しいただけで、突然、私の名前は泥まみれになったわ。しかも世界じゅうに知れわたって」

「すまない。そうならないように努力はしたんだ」

「本当に？」ぽそっとサムがつぶやく。だがたちまち、声に出してしまったことを後悔した。そんなことを聞いて答えをもらって、ローワンと言い争いたくはない。「私の名前が泥まみれになったとたん、あなたは私をお払い箱にしたわ」

「あれはそんなんじゃないんだ、サム。くそっ、僕は――」

「ああ、ごめんなさい。こんな話するんじゃなかったわ。もういいのよ、昔のことだもの。私はグレゴリーを連れて帰れたらいいの」

「しばらくなかにいて、コーヒーでも飲んでいったら」

「いいえ、けっこうよ」

「なんで？　僕たちご近所じゃないか」

「それはそうだけど。でも私がいやなら、庭から手を振ったりしなくていいって言ったのはあなたじゃない」

「でもグレゴリーは楽しんでるよ。コーヒー、飲んでいけよ」

「あのね、私は――」

「まあまあ」ローワンは冗談めかして言った。「なにを怖がってる？　僕のこの男らしい魅力に負けて、昔のつづきをやってしまいそうになるとか？」

「ちがうわ！」

「ならいい」ローワンはにこっと笑った。「家には子どももいるしね」

「なんて人なの。デリカシーがなくてうぬぼれやで――」

「だったら僕のことなんか簡単にはねつけられるだろう。コーヒー一杯くらい飲めるさ」

サムは憤懣《ふんまん》やるかたないため息をつき、玄関ホールに足を踏み入れた。

家のなかはすてきだった。あたたかみのある木張りで、茶系のアースカラーでまとめられている。サムのところよりずっと広いが、なぜか同じ雰囲気が漂っていた。サムの両親はいつも、家族のためのスイートホームづくりを考えていた。みせびらかすための家ではなく、子どもが駆けまわって遊べるような。ローワンのところはサムの家よりずっと整然と片づいていながら、それでも心地いい。まだ越してきたばかりなのに、もう彼らしさがこの家にはある。

「きみにはクリームと砂糖と――」ローワンが言う。

「ちがうわ！」サムはまるで吐き出すように言った。ローワンの家が心地いいなんて思いたくない。すてきだなんて考えたくない。彼が怖い。あたりまえのように彼のそばにいそうになる自分が怖い。

「ごめん」ローワンはサムの口調に気づかないふりをした。「きみがどういうコーヒーが好きか、覚えてなくて——」

「やめて。なにも覚えていなくていいわ！」サムは彼に釘をさした。ますます緊張してくるのがわかって、懸命に声を抑えようとする。「本当に、ここにはいたくないの。話なんかしたくない。グレゴリーを連れて帰りたいのよ。ローワン、正直言って、どう話せば失礼にならずにすむかわからない。だからこの際はっきり言うわ。あなたのせいで私の人生はめちゃくちゃになった。もう二度とあなたとはつきあいたくないの。なぜほかのところに家を買ってくれなかったんだろうって思うわ」

ローワンはじっと立ちつくし、サムを見ていた。瞳が翳《かげ》っているように思える。前にも見せたことのある表情だった。「悪かったね。きみのご近所を荒らすことになるとは思わなかった。実際に越してくるまで、ここにきみが住んでいることをだれも教えてくれなかったからね」その口調は、悪かったなどとは少しも思っていないようだ。

「このあたりまで来たのなら、すぐほかのところに本当の理想のおうちが見つかるわよ」

「いや、それはないね。ぼくはこの家が気に入ってるんだ」ローワンはにっこりした。「きみのほうが引っ越せばどうだろうか」やけに丁寧な口調で言う。

サムは歯を噛みしめた。「とにかくグレゴリーのところへ連れていってちょうだい」

「そうだな」ローワンはぼそりと言った。「こっちだ」

彼は階段を下りて地下に向かった。プールのある階だ。大きな部屋にドラム・セットとキーボードが置いてある。他にもアンプ、ギター、レコーディングの機械、そしてグランドピアノがあった。ローワンはなんでも演奏できたけれど、ピアノがいちばん好きだった……昔を思い出して、サムの胸は締めつけられた。彼は自分のピアノで曲を作る。古いピアノだ。それが彼の母親のものだったこと、そしてわざわざスコットランドから持ってきたものだということを、サムは知っていた。

そのピアノの前に、グレゴリーが座っていた。それを見たとたん、サムは申しわけなさでいっぱいになった。あれはローワンの大事なピアノ。彼が本当に大切にしている、数少ないもののひとつだ。それをグレゴリーに弾かせてやっている。

グレゴリーの指は、鍵盤の上を流れるように動いていた。エイダンの曲を弾いている。いつもながら、一度聞いただけですぐに弾きこなせる力には驚いてしまう。自分の名前にすら反応しないことがよくあるというのに。彼の両親は息子の才能をありがたく思っていた。自閉症の子どもは、行動にいろいろと問題がある。だから息子が言葉の代わりに音楽を持っていることが、とにかくうれしいのだ。演奏しているときのグレゴリーは惚れ惚れとするくらいだった。これまでラカータ夫妻が苦労してきたことを、サムは知っている。グレゴリーは少し言葉を覚えたと思ったら、すぐに忘れる。ある食べ物が好きになったかと思えば、次には受けつけなくなる。体の調子がいい日もあれば悪い日もある。けれど音楽だけは、いつも変わらずに好きだった。

そしていまもグレゴリーは楽しんでいる。ローワンの言ったとおりに。さっきのサムはつい、ローワンにつっけんどんで失礼な態度をとってしまった——もちろんそれは当然の権利なのだが——ふいに悔やまれてきた。ローワンにグレゴリーを好きになってほしい。このままあの子にやさしくしてあげてほしいと思う。

「あの子は——本当にあなたの楽器を壊したりしないから」自然と口が動いていた。「あの子は音楽が大好きなの。本当よ、だからなにも壊しは——」

「そんなことわかってる」ローワンがためらいもせずに言った。

サムは驚き、またとっさに事情を説明しようとした。「あの子は自閉症だけど、そのなかでも——」

「イディオ・サヴァン（ある分野で非常にすぐれた技能や才能を示す精神障害者）なんだろう」ローワンが言う。

「そうよ」サムは小声で答えた。グレゴリーには、ふたりが入ってきたことに気づいた様子はまったくない。ピアノを弾いている姿はいたってふつうに見える。

「一万人にひとりなんだってね」ローワンが言った。

「なにが？」

「イディオ・サヴァンだよ。自閉症の人はそれだけ集中力が高いから、イディオ・サヴァンももっとたくさんいるんだろうと世間では考えられている。もしかしたら全員がそうなのかもしれない。それはまだだれにもわからない。でも自閉症の子どもの一万人にひとりが、本物のイディオ・サヴァンだっていう統計が出てるんだ。この子はどうやら、その数少ないうちのひとりらしいね」

ローワンがグレゴリーの状況をよく理解しているのにびっくりし、サムはくやしいながら、彼に謝らなければならないような気持ちになった。また楽しい友だちづきあいをしたがっているなどと思われたら困るが、いまは友人としてふるまうのが当然の礼儀だろう。

「ここの楽器には気をつけてね。嵐になって水があふれたら、地下は浸水することがあるから」

ローワンはうなずいてサムを見た。「それは聞いてる。なにか警報が出たら、すぐに引き上げることにするよ。ありがとう」

「いえ、べつに」

サムは気まずい思いで立っていた。こんなにピアノに夢中になっているグレゴリーを、どうやって引き離せばいいのだろう。ここは強い態度に出なければなるまい。

「あの子はしばらくここにいさせればいいよ」

「でも私が預かっているんだもの」

「彼は親戚の子？　それとも知り合いの？」

「知り合いよ。あの子のお母さんが入院したの。急な手術で」

「ねえ、きみは僕のことが嫌いかもしれないけど、子どものことならまかせてもらって大丈夫だよ。あの子が飽きるまで、ここでピアノを弾かせてやればいい」

サムは大きく息を吸った。グレゴリーのことはやはり自分で見ていたいが、それと同じくらいマーニーのことも心配だ。「私はただ、マーニーの捜索願いを出したいだけなの」

「まだ帰ってないのか？」

「ええ」

「でもまだ週末だよ」

「そんなこと関係ないわ。マーニーのことはよく知ってるもの」

グレゴリーを見やったサムは、急に自分にも同じ自由がほしくなった。ドラム・セットのところに行って、たたいてみたい。どうしようもなく指がうずく。ドラムに触れたい……。

いいえ、本当は自分が触れてほしいんだわ。

言い合いをしているほうがまだよかった。そのほうが安全だ。どうして触れてほしいなんて思うのだろう。わけがわからない。子どもじみている。でも事実だった。「本当にあの子がしばらくいてもかまわないの？　あの子はふつうとちがう――」

「大丈夫だよ」

「すぐに戻ってくるから」

「急がなくていい。こっちはふたりとも大丈夫だ」

「あの子が興味をなくしたら、すぐに連れてきてくれる？」

「ああ」

「それなら」サムは気まずそうにためらった。ローワンにどんな借りも作りたくないと思っているのが、ふたりともわかっていた。彼はかたい表情をしている。「ありがとう」どうにかサムはそう言って、自分の家のほうに歩き出した。

グレゴリーは、ふたりが入ってきたことも出ていったことも、まったく気づいていなかった。

テッド・ヘンレーはデスクを指でこつこつたたいていた。全身の筋肉という筋肉がこわばっているように思える。サムはものすごく心配していたが、彼女だってマーニーのことは知っているはずだ。ふん、マーニーは自分だけのルールのなかで生きているような女だ。ほんのちょっとした気まぐれで、どこへだれと行ってしまうかわかったものじゃない。

テッドはサムに、みずからサムのところへ出向いて捜索願いの書類を書き、訴えを聞き届けると約束した。だがそれは彼の仕事ではない。彼は殺人課の刑事なのだから。しかし殺人課に来る前はいろいろな捜査を数多く手がけてきた。家庭内暴力も、窃盗も、そして行方不明人の捜査も。行方不明者の捜索というのは、まったくの肩すかしになることがある。心配した家族が捜索願いを出しても、本人は遊びに行っただけということが往々にしてあるのだ。これがいまの世の中というものかもしれない。銀行マンがストレスにやられ、それまでサーフィンなどやったこともないのに、なにもかも放り出して一週間カリフォルニアにサーフィンに行ったりする。ティーンエイジャーも何十人という単位でいなくなる。たんなる家出で、ぶじに帰ってくることもある。しかし事件に巻きこまれてそのまま見つからず、親はそれから一生心配し、ぶじに帰ってくることを祈りつづけて暮らすこともある。いつも最悪の事態を恐れながら。

警察署内は静かだった。テッドもふだんは日曜に働いたりしない。自分の捜査チームが扱っている事件について、不慮の出来事でも起こらないかぎりは。だがゆうべクラブで、ローラがローワン・ディロンといっしょにいるのを見てから、どうも落ちつかない。なにかをしていたかった。

そして、しようと思えばいくらでも仕事はあった。

とくに、このあいだ地区の首席検事に報告したばかりの事件の調書を書かなくてはならない。サイモン・リドリーという男が内縁の妻を殺し、ごみ収集の容器に捨てたのだ。本人は自分が罪に問われることはないと高を括《くく》っていた。ごみ容器から指紋は見つかったが、べつにふしぎなことでもなんでもない――そのごみ容器は彼のアパートのものなのだから。そして最初、警察は、死体が包まれていた黒いビニールのごみ袋からサイモンの指紋を検出することができなかった。しかしサリーが、カナダ騎馬警察隊で使われた方法を知っていた。そこでチームの捜査主任がごみ袋をカナダに送り、応援を求めたところ――おみごと！　カナダの連中が表面には出ていなかった指紋を検出し、検察がサイモン・リドリーを裁判所送りにするだけの証拠ができたというわけだ。

リドリーは鼻持ちならないやつだった。テディは背筋がむずむずしたほどだ。今回はよかったが、刑事がこんなに苦労しているのに裁きを逃れる犯罪者があとを絶たない。それを思うと、いつも気が滅入ってしまう。それもこれも、マーニーのような弁護士がいるせいだ。

なんにせよ、マーニーは厄介な女だ。

そして、マーニーのいるあの法律事務所も。あそこには、ありとあらゆる専門家がいる。不動産、離婚訴訟、税金、交通違反、人身被害、レイプ、強盗、殺人。マーニー自身は、なかでも最悪の事件ばかり扱っていた。依頼人に気をつけろ、とテッドは幾度となく注意していた。

しかしマーニーにそんな話をしてもいっこうにむだだった。彼女は弁護士だ。他人への取り入り方も、脅し方も知っている。そして、男になんでもやらせる方法も。

テッドはいすを押しやって立ち上がり、上着をはおって背筋を伸ばした。サムにはいろいろ質問をすることになるだろう。

だがあいにくマーニー・ニューキャッスルについては、もう自分の考えているとおりの答えしか当てはまらないだろうと思っていた。

7

サムが家に戻ると、ローラがいたのでびっくりした。ローラは自分の車にもたれ、サムが帰ってくるのを待っていた。サングラスをかけて帽子をかぶり、しゃれたトップスにショートパンツという格好だ。

「やっほー！」ローラは体を起こし、サムがどちらから歩いてきたかに気づいてにこっと笑った。「へえ、やっと行ったんだ！　ローワンに挨拶してきたんでしょ」

サムは玄関のドアを開けてつかつかと入った。ローラもあとからついてくる。「ちがうわよ」サムはぴしゃりと言い、キッチンに入っていってコーヒーメーカーをかけた。

「でもローワンのところにいたんでしょ？」

サムがコーヒーをメジャースプーンで計る。「電話してる途中でグレゴリーが外に出ていっちゃったのよ。それでなぜかローワンのところにいたってわけ」

「音楽が聞こえたんじゃないかしら」ローラが言う。

サムは肩をすくめた。「それがふたりの共通点みたいね。ああ、それはそうと、あなたの前のご主人がここに向かってるわ」

「なんで？」ローラが顔をしかめる。

サムは少し申しわけなくなった。「マーニーの捜索願いを書いてくれることになったの」

「テディがそんなことをするの？」信じられないという顔でローラが訊いた。

「そうよ。どうして？　だって彼はまだ警察官でしょ。前は行方不明の人を探す部署にもいたじゃない」

「そりゃそうだけど、もうそういう小さな事件はやらないわ。いまは殺人課だもの」

「でもほら、来たわ」玄関のベルが鳴っている。

ローラが固くなった。「もう？」

「だと思うけど」

ローラはなにげない笑顔をむりやり浮かべた。そして妙にしとやかに玄関まで歩いていくと、勢いよくドアを引いた。「あらテディ！　あなたってやさしいのね！　だってサムはこんなにマーニーのこと心配してるんですものね。まあ私としては、なぜだかよくわからないけど」

「やあ、ローラ」テディは別れた妻の手をとり、両頰にキスした。そして、ローラの後ろから出てきたサムにうなずいて挨拶した。「こんにちは、サム」

「こんにちは、テディ」サムが答える。「来てくれてありがとう。オルドリッジ刑事って、やな人ね」

テディは肩をすくめた。「根はそんなに悪いやつじゃないんだが。四十八時間の規則があるもんでね。どうしてきみがそんなに心配してるのか話を聞いて、それから書類を書くことにするけど。それでいい？」

「ええ、もちろん。コーヒー飲む？」

「ああ、いただくよ。コーヒーはいつでも大歓迎さ。おれは刑事だからね」

「ふうん。これでドーナッでも買ってきたら、すごく働いてくれるんじゃない！」ローラがとげのある声で言った。

テディが顔をしかめ、首をかしげてローラを見る。「今日のおまえはいかしてるなって、いま言おうとしてたとこなのに」

「本当？」ローラが楽しそうな声になった。「あなたもすてきよ。でもねえ、あなたは男だもの。男は女と同じようには歳をとらないでしょ？　おなかが出たって、セルライトのできたお尻ほどじゃないわよ」

「おれの腹は出てないぞ」テディが言った。

「でも私のお尻はでこぼこになりはじめてるのよ」

「言っただろ、今日のおまえはいかしてるって言おうとしてたって」

「そう。昨日の私は不細工だったわけね」

「ああもう、まるで子どもだわ！」そう、まるで子どものけんかだ。このふたりは結婚するのが早すぎたのかもしれない。「子どもなんだから……」ため息まじりにサムはくり返した。

けれどそのとき、サムはローワンのところで自分がどんな気持ちだったかを思い出した。ときにはけんかでもしたほうが、なにも考えずにすんで楽なときがある。傷つけられた相手にくってかかるのは自然の本能なのだろう。

「子どもで思い出したけど、きみはゆうべどこにいたんだ？」テディがサムに訊いた。「きみはいつもいっしょに来てうちの子の力になってくれるのに、ゆうべはエイダンの演奏を聴きにきてなかったじゃないか」

「それは——」サムは話しかけて、口をつぐんだ。テディのことは好きだし、今日は自分の頼みを聞きに来てくれたのだが、かつては妻を裏切ってひどいことをした人だ。けんか両成敗とは言うけれど、今回はローラの味方をせずにはいられない。サムはにこやかに笑ってみせた。「いえ、ローラは音楽に詳しい人とデートがあって、夜はビーチに出かけることになってたから。私は行かなくてもよかったのよ」

「おまえはここに——サムのところに泊まったのか?」テディがローラに訊くのが聞こえた。まったくこのふたりときたら、いつまで経っても互いにやきもちを焼くのだからあきれてしまう。

「いいえ。サムのところじゃないわ」ローラはそれだけ言って、テディより先にキッチンに入った。「エイダンはすごくよかったでしょう?」

「ああ。おれたちの息子はたいしたもんだ」テディはぶすっとして言った。いらいらしている。ローラは大喜びしていることだろう。「まあいい、サム、仕事にとりかかるとしよう。最後にマーニーと話をしたのはいつだ?」

「金曜の夜よ」サムは答えながらコーヒーをついだ。それから少しためらってローラを見た。「ああほんと、あなたがいてくれてよかったわ、ローラ。マーニーと最後に話したのはあなただもの」

「私?」

「ああ、そうだった！」

「そうか。じゃあローラ、彼女はなんて言ってた？　よく考えろ。どこかに行くようなことは言ってなかったか？　予定を話さなかったか？　こっちに来るとか、これから出かけるとか？」

ローラはマーニーとしゃべった内容を話した。彼女がその夜デートがあって、来られなかったことを。

「もう予定があったのか？」

「そう言ってたわ」

「だれと？」テディは前の妻をじっと見すえながら、ネクタイと襟もとをゆるめた。

「わからない」ローラが答える。「言おうとしなかったもの。話している最中に工事の人が来たみたいで——ああ、もう。彼女がなにを言ったかわからなくなってきちゃった。だれかに叫ぶとかなんとか言ってたような——デートの相手か、工事の人か、わからないわ。だって最後には電話を切られちゃったんだもの」

テディは片手を上げてサムを見た。「サム、おれはこれから電話の内容を細かく書きとめて、彼女の家を見てまわる。それで報告書を出して、腕のいいやつらに調べさせるよ。だけど正直言って、彼女がだれか男とどこかに行ったとは考えられないか？　理想の男と出会って、そいつと週末を過ごしてるんだとは？」

サムはコーヒーを一口飲み、首を振った。「テディ、あなたはマーニーを知らないから」

「サム、おれたちはみんなマーニーを知ってるじゃないか」

「いったい何人の知り合いがいるか、怖いくらいじゃない？」ローラが言う。「彼女はあの家をものすごく気に入ってたのよ。たしかにあなたの言うとおり、私たちはみんなマーニーを知ってる。彼女だったら、どんなにのめりこんだ相手だろうと、絶対に自分の家に連れてくるはずよ」

「かもしれないし、そうじゃないかもしれない、サム」テディが言った。「ところでさ、どこで書類を書けばいいかな」

「そこでどうぞ」

サムは彼をデスクに連れていき、テディは上着から書類を出して腰を下ろした。マーニーについて、通り一遍の情報を書きこんでいく。名前、年齢、住所、身長、体重、瞳の色、髪の色などなど。

「よし、ローラ、もう一度電話のことを話してくれ」

「どうして？」

「なにか忘れてることがあるかもしれないからさ」

ローラがいらいらするのもかまわず、テディはマーニーとの会話を何度も何度もくり返し話させた。「うーん、いま考えてみると私はあのとき、マーニーが改築業者のフィル・ジェンキンズか職人か……だれかに叫んでるんだと思ってた。私との電話はもう終わったことにしたのか、保留にしただけなのか、私のことを忘れちゃったのか、よくわからないわ。でも最後は、電話を切られて終わったの」

「電話が切れたのはたしかなのか？」テディが訊く。

「ええ」

「じゃあ、だれかがマーニーといっしょに家のなかにいたのはまちがいないんだな？」テディの声が厳しくなる。

「うーん……と思う。だれかはいたはずよ。彼女がデートの相手を迎えに出たんだとしても、その相手は来たわけでしょ？　もしかしたら、あそこにいたのはひとりじゃなかったのかもしれない。職人がひとり……いえ、何人かと、デートの相手と。わかんない」ローラはあきらめたように両手を上げた。「とにかくだれかは来たってことよ」

「もしくは」サムが口をはさむ。「だれかが押し入ったか」そこでしばらく言葉に詰まった。「テディ、男の人にはばかみたいに聞こえるかもしれないけど、彼女の化粧品がきちんとしていなかったのよ」

「それはつまり、ひっくり返って部屋に散らばってたってことか？」

「いえ……そうじゃないわ。見た目は完璧に並んでたんだけど、順序が変だったの。〝悪魔の赤《デビル・レッド》〟の色が、いつもあるはずのところになかったのよ」テディはなにも言わずにサムを見つめている。「マーニーはなんでもきっちり並べる人なの、テディ」

彼はまじまじとサムを見た。「なるほど。〝悪魔の赤〟がきちんと並んでいなかった、と」

サムは歯を嚙みしめ、壁に頭をぶつけたい気分になった。テディは義理で聞いてくれているだけ。男の人にはやはりわからないのだ。

「だれかが押し入ったのよ！」つぶやくようにサムは言った。そのときのテディの顔からは、本気にしてくれたのかどうかはわからなかった。

グレゴリーは次から次へ、一時間もピアノで曲を弾いていた。

ローワンはドラムの前に座り、グレゴリーの曲に合わせてリズムだけとっていた。

グレゴリーは、弾きはじめた曲はかならず終わりまで弾いた。だが曲の順番にはなんの意味もないようだった。ゆうべ聴いたエイダンのオリジナル曲を弾いたかと思えば、ビーチ・ボーイズやクイーンなどの昔のヒット曲を弾く。そのあと彼は、アメリカの国歌『星条旗』と『リパブリック賛歌』を演奏した。さらにクリスマス・キャロルを弾き、そのあと突然ぴくりとして手を止めた。ピアノを弾いているあいだじゅう、グレゴリーの顔にはなんの表情も浮かばなかった。次々と曲を弾き――そしてやめてしまった。

「とてもよかったよ」ローワンは声をかけた。グレゴリーの耳に届いているのかどうかはわからない。

少年は立ち上がり、家の裏手にくるりと向いた。そちらにはプールがあり、さらに向こうに海が広がる。彼はそちらに向かって歩きはじめた。ローワンもついていく。

グレゴリーは船着場に来て下をのぞいた。一瞬、ローワンは彼が飛びこむのではないかと不安になった。だがグレゴリーは飛びこんだりせず、待っているだけだ。ローワンはとにかくそばに立っていた。触れはしないが、飛びこむような気配を見せたらすぐにつかまえられるように。彼が泳げるのかどうかわからないので、できるだけ危険なことはさせないほうがいい。

「海はいいだろう?」ローワンがグレゴリーに言った。

が、次の瞬間ローワンはぎょっとした。いきなりグレゴリーが海を指さして「モリー」と言ったからだ。

下の海をのぞいてみると、なんとマナティがいた。「うわ、すごい!」ローワンはグレゴリーに言い、しゃがんで木の船着場の上に腹ばいになった。マナティはかなり大きく、長さもあって重さは数百キロはあるだろう。見かけはどうもぱっとせず、灰色の体はむくんだようでひげもあり、大きな黒い目をしていた。船着場の杭《くい》のまわりをすいすいと泳ぎ、あわてて逃げ出すようなそぶりは見せない。

「モリー!」ローワンは名を呼び、体をねじってグレゴリーを見上げた。「すごい、すごいよ。ほんとにかわいいね。自分の家にマナティが来てくれるとは思わなかった!」

グレゴリーは笑わなかったが、それでもローワンがそこにいて、自分と同じようにマナティを気に入ってくれたことはわかっているようだった。じっとローワンの瞳を見つめている。

「モリー」グレゴリーはつぶやき、目を閉じた。

「ああ、モリーだ。モリーってこのマナティのことだろ?」

グレゴリーが外の湾を見やる。そして「マーニー」と言った。消え入るようなささやき。あまりにも小さくて、本当にしゃべったのかどうかもわからない。

しかしそれでもローワンはどきっとした。「マーニー? きみはマナティを見せてくれたんじゃなかったのか。それに、こいつをモリーって呼んだだろう」

グレゴリーはゆっくりと腕を上げ、指さした。外の湾を。そしてなにか言おうとでもするように、口を開けた。

だがなにも言わない。腕を下ろす。そしてうつむく。グレゴリーは海をのぞきこんだ。

「モリー！」今度ははっきりとそう言った。

「そう、モリーだ。マーニーじゃない」ローワンが言った。「マーニーはお隣りさんだ。あの家に住んでる。きみはマーニーに会ったのかい、グレゴリー？」

しかしグレゴリーはもうローワンを見ていなかった。庭を戻りはじめ、横庭を通ってさらに家のおもてに歩いていく。ローワンはあとをついていった。

「そろそろサムのところに戻ろう」ローワンが言った。

グレゴリーはすたすたと彼の庭を抜け、マーニーの家の前庭に入った。もうすぐサムの家だというところで、ぴたりと足を止める。

そしてマーニーの家を見上げた。

「ちがう、ちがう。マーニーのところへ行くんじゃないよ。サムのところだ」

グレゴリーはまったく動かず、マーニーの家を見つめつづける。

「ほら行こう、もうサムのところへ帰らなくちゃ」

ローワンは彼の腕に触れた。

そのとたん、グレゴリーは家を指さして悲鳴を上げはじめた。絹を裂くような、恐ろしい悲鳴。まるで『ボディ・スナッチャー』に出てくるエイリアンみたいな。とにかく彼は指さして悲鳴を上げるだけだ。

「グレゴリー、グレゴリー！　大丈夫だ――」

サムとローラとテディが、サムの家から飛び出してきた。

「なんだ、おい！」テディがいきまく。「いったいこの子になにをした？」

「なんだって？」ローワンは仰天してかっとなった。「なにもしてやしない。いきなり叫びはじめたんだ」

「グレゴリー、グレゴリー！」サムが彼に近寄っていく。そして抱きしめた。グレゴリーはひどく暴れ、そのあまりのすごさにサムがけがをするのではないかとローワンが思ったほどだ。だがサムも強かった。華奢《きゃしゃ》な体つきからは考えられないほど力があった。彼女はグレゴリーがおとなしくなるまで、しっかりと抱きかかえていた。

「この子になにかしたんだろ！」テディが言った。

「なにもしてない。この子は自分からサムのところに戻ろうとして、ここで止まったかと思ったら悲鳴を上げはじめたんだ。僕はこの子の手を取って、サムのところへ連れていこうとしただけだ」ローワンは懸命に心を静めながら説明した。テディはうさん臭そうな目で彼を見ている。ローラはふたりのあいだに入ろうとはせず、少し離れたところで止まっていた。

「行きましょう、グレゴリー」サムがなだめた。「さあ、おうちに入りましょうね。『ライオンキング』をかけて、クレヨンを持ってきてあげるわ。それに枕も」

サムはグレゴリーの頭越しにローワンを見た。その瞳がなにを語っているのかはわからない。彼女も僕がこの子になにかしたと思って責めているのか？　ローワンは胸を突かれたような気がしたが、彼女の視線をなんとかまっすぐに見返した。ああ、サムみたいな瞳を持つ女はどこにもいない。この瞳はつねに色を変える。黄色、ゴールド、琥珀《こはく》色……ときにはグリーンにまで。そして色がどう変わっても、はっとするほど澄んでいる。偽りのない目――そして相手にも偽りを許さない目。タンクトップとショートパンツを着た彼女は若々しく、純真無垢《むく》でかよわそうに見えた。

サムは、僕の言いわけなど聞きたいと思っていない。それがはっきりとわかる。

ローワンは彼女から目をそらした。

「マーニー・ニューキャッスルの捜索願いは出せたのか？」テディに訊いた。

「ああ」テディは答え、ぶっきらぼうにこうつけくわえた。「もちろんおれが――もしくはほかのやつが、あんたからも話を聞く必要があるだろうな」

「あんたは殺人課の刑事だと思ってたが」

「そうだ」

「なのにこの事件には特別な関心があるのか？」

「マーニーは友人だったからな」

「だった？」

テディが赤くなった。「いまだってそうだ。ああ、この件には関心があるとも。サムがとても心配してるし、彼女は身内だし――」

「身内だった、だろ」ローワンが口をはさむ。

「あんたには話を聞くからな。絶対に」

「へえ？」

「あたりまえだろ。あんたが最後に彼女に会ったとき、このへんでなにか不審なことがなかったかどうかをな。それが決まりってもんでね」

「ああ、まあな。だが僕はまだ越してきて間がないんだ」

「そりゃわかってる。しかしあんたはマーニーを知ってたんだろ？　しかも――よく知ってたはずだ」

「ああ。マーニーのことは知ってたさ」そこで間をおく。「話ならいつでも聞きにくればいい」

ローワンはもう完全にむっとして背を向けた。そして長い脚ですたすたと、怒ったようにマーニーの庭を突っ切ろうとした。

「ロー、アン！」

名前を呼ばれて足が止まった。はっきりした発音ではない。〝ワ〟の音がなく、間のびしたような音だった。だがグレゴリーの口から自分の名前が出たというだけで、ローワンは驚いて振り返った。

しかもグレゴリーが近づいてきて抱きついたので、さらに面食らった。ローワンも彼を抱き返す。しばらくして、グレゴリーが腕をほどいた。

サムがやってきてグレゴリーの手を取り、好奇心いっぱいの目でローワンを見た。よほど驚いたのか、彼への怒りがすっかり消えていた。目を大きく見はって、探るように見ている。瞳の色が緑になっている。「この子、私の名前だって呼ばないのに」哀しげにサムは言った。

ローワンは肩をすくめたが、ばかばかしいくらいうれしくなっていた。「ああ、そうだ、この子はマナティのモリーを知っていたよ」

サムが片方の眉をつり上げる。「あなた、モリーを見たの？　それにグレゴリーが――モリーの名前を言ったの？」

「ああ、なんで？　いままでそういうことはなかったのか？」

サムはかぶりを振った。「あ、いいえ。モリーの名前を言ったことはあるわ。しばらくしゃべっていたことも……まあ、突然黙っちゃうんだけど。モリーの名前を言ったことならあるわ」

「じゃあ、マーニーの名前は？」

「えっ？」

「この子がマーニーの名前を呼んだことはある？　彼女のことは知ってるんだろう？」

「ええ、知ってるけど」一瞬、言葉を切る。「どうして？」サムは眉をひそめた。「今日、マーニーの名前を言ってたの？」

どう話せばいいものだろう。ローワンは悩んだ。本当にグレゴリーは〝マーニー〟と言ったんだろうか？　それともマナティのことを言っていたのを、自分が聞きちがえただけなのだろうか？

しかしそのとき、またグレゴリーがマーニーの家を指さして悲鳴を上げはじめた。

「おい、サム」テディがそばに来る。「サム。こいつはかわいそうだがおつむが弱いんだ。マーニーの家を見るからって、なにかあるわけないじゃないか」

「テディ、あなたが政治に関わるような人でなくてよかったわ！」サムが怒って言い返した。

「いまの無神経な言葉、これまで聞いたなかでも最悪よ！」

「サム――」テディがおどおどと口をひらく。

「この子、マーニーの名前を言ってたの？」サムはすがるようにローワンにたずねた。

サムの瞳に、一筋の希望の光がともるのをローワンは見た。彼女はとっさにグレゴリーをかばったが、マーニーを見つける手がかりになってほしいとも思っている。なぜかローワンは胃のあたりが締めつけられた。くそっ、前にもサムはこんな眼をしていた。瞳の中にともる光。純真さ。信じようとする心。きれいな眼。そんな彼女に、グレゴリーが夢のような手がかりを出してくれるんじゃないかと期待させるのは、忍びなかった。

「グレゴリーは自閉症なんだよ、サム。ふつうとちがうんだ。この子はマーニーの名前なんか言わなかった」

サムが、ふっと目を伏せた。「この子を見ていてくれてありがとう」ぽつりと言う。

「いや、僕のほうこそ。本当にこの子がいてくれて楽しかった。少しこの子に合わせて演奏もしたんだよ。すごいよ、この子は。立派なミュージシャンだ。まったく大丈夫だった」

「行きましょう、グレゴリー、ローラ」そう声をかけながら、サムはまずローワンを見て、それからテッド・ヘンレーを見た。「ねえ、グレゴリー」少年の手を握る。「じつは私ね、自閉症の子どものあなたのほうが、健常者だって言われてるこの男の人たちよりずっと賢いと思うのよ！」

サムはグレゴリーの手を握ったまま、すたすたと芝生を突っ切っていった。そのあとにローラがついていく。まずサムとグレゴリーが家のなかに消え、ローラが申しわけなさそうに振り返ってから背後でドアを閉めた。

テディがふたたびローワンを見つめる。ローワンもテディを見返す。そこで突然、ローワンがふっと笑った。

「おれたちは両方とも、マーニーを知ってたらしいな?」小声で言う。

テッド・ヘンレーの顔がぱっと赤らんだ。「そうなのか? あんたはおれの知らないことをなにか知ってるのか?」

「いや、まさか」

「これは言っとくけどな。おれは刑事だ。やられたらやり返す。あんたを事情聴取で引っ張ってくこともできるんだ」

「へえ? そりゃいい。よかったじゃないか。ほら、やれよ。逮捕してみろ」

「この件がはっきりしたら、殺人罪でしょっぴいてやる。かならずな」

「じゃああんたは、殺しがあったと思ってるわけか?」

「マーニーにしゃべられたくないやつは、たくさんいるだろうからな」

「あんたもそのひとりなのか?」ローワンが突っこんだ。

テッド・ヘンレーは身をこわばらせてローワンをにらみつけた。「クソくらえ」やっとのことでそれだけ言う。

「取っ組み合いのけんかでもやるか? マーニーの家の芝生で?」

「公務執行妨害にしてやる」

ローワンはにやりと笑った。「もっとばかばかしい容疑でぶちこまれたこともある」

「おれは刑事だ。ふだんから鍛えてあるんだ」

「それはこっちも同じさ。ただし刑事じゃなくてミュージシャンだけどな。あんた、驚くだろうぜ。おれは自分からけんかを売ったことはないが、そうも言ってられないときがあるんだよ。殴り合いなら場数を踏んでる。スコットランドの土地柄かな」

テディは片手をひょいと振った。「いけすかねえ野郎だ!」そう言って、ぎろりとローワンをにらみつける。そして彼もまた、サムの家のほうに歩いていった。

テディがサムの家に入り、彼の背後でドアが大きな音を立てて閉まった。ローワンは知っていた——自分はそこには入れないということを。

8

その夜、サムはマーニーのところに電話した。さらに翌朝、六時に起きたときもまたかけてみた。もしマーニーが灼熱の週末から帰ってきたのなら、サムに自慢話のひとつやふたつあるだろう。それでもべつによかった。それくらい聞いてもかまわない。しかしマーニーは電話に出なかった。帰ってきてすぐに寝たとも考えられるが、まずそれはないだろうとサムにはわかっていた。どんなにマーニーが礼儀知らずだとしても、あのメモを見れば電話してくるはずだ。

テディはもう捜索願いを出してくれたことだろう。ほかにできることはほとんどない。そこでサムは早めに仕事に出かけ、うれしい思いをした。その日はピーター・ヒューバートというクライアントが、結腸癌の手術のあと初めてウォーキングをすることになっていた。彼は六十代半ばにしては若々しい風貌の持ち主で、陽気で明るく、癌を克服できたことを喜んでいた。サムはウォーキングマシン《トレッドミル》に乗った彼のそばに付き添い、一定のゆったりしたペースで三十分ほど運動させた。経過は順調だ。これからじょじょに、距離を増やしていけばいい。

次のクライアントはジョディ・ラーソンという十六歳のきれいな女の子。彼女は交通事故で脚がつぶれてしまった。十回以上も痛い手術をしてなんとか切断せずにすみ、いまはさらにがんばって、その脚を守ろうとしているところだった。ジョディはここしばらくリハビリを続けている。サムは彼女といっしょにたっぷり一マイルほど走り、そのあとバイクをこいで、ステップマシン《ステアマスター》に移った。

サムはステップマシンが嫌いだった。クライアントが脚の筋肉を鍛えるのでもなければ、自分は使わない。彼女が思うに、脚を細くするにはウォーキングやバイクや新しい多機能のマシンを組み合わせたほうが、ステップマシンよりずっと効果的だ。

しかしジョディのトレーニングが終わったあとも、サムはずっとステップマシンに乗っていた。声をかけられるまでぼんやり考えごとをしていて、気づきもしなかった。

「あと一時間も続けてたら、そのまま蒸発してっちゃうんじゃないか。いったいなにをやってるんだ？」

サムが振り向くとジョー・テイラーがいた。〈エナジーワークアウト&フィジカルセラピーセンター〉の共同オーナーだ。サムの隣りのマシンに寄りかかっている。いや、正確にいうと寄りかかっているのではない。ポーズをとっているのだ。いかにもさりげなく見えるが、サムはジョーをよく知っている。彼はハンサムで、髪は黒（本人はクロテンの色と言っている）、瞳の色はパウダーブルー。男っぽい四角いあごに、うらやましいようなボディ——ただし、筋肉がつきすぎて首がないのが、人によっては気になるかもしれない。

でも人のことをとやかく言えないわね、とサムは思った。彼女もリハビリ医療は大好きだ。彼女にとって、人間の肉体はもっともすばらしいマシンだった。人工の機械にはない驚くべき機能がたくさんある。人の体が治癒していく過程はすばらしい。重い病気だった人が力をつけ、自信を取り戻していくのを見るのは楽しかった。しかし彼女はあくまでも、堅実な毎日を送りたいと思っている。なのに、ジョーの魅力に若い女性が群がってきてかしましい。だが彼は、やせるとかシェイプアップするとかいう話になると、とことん生真面目な厳しい指導者にもなる。ここではあらゆる種類のエネルギードリンクやバータイプの食品を販売しているが、ジョーに言わせると、とにかく水が大事らしい。ここでとれる涌き水を、無料でどんどん飲ませている。体をきれいにするには、水以上の液体はないのだそうだ。とにかく飲む、飲む、飲む、飲む。運動中はつねに水分補給。

「蒸発なんかしないわよ」サムはそう言ったが、マシンについたバーからタオルを取り、肩にかけてマシンを降りた。

「だったら、おれたちはきみのその汗で溺《おぼ》れちまうぞ!」ジョーが顔をゆがめた。「汗で髪がはりついてるじゃないか。どうしたんだ? ステップマシンにそんなに長く乗ってたことなんかなかったのに」

「マーニーが心配なの」

「えっ、なにが?」

ジョーが〝だれ〟とは言わなかったことにサムは気づいた。彼は〝なにが〟と言った。

「マーニーのことが心配なの」

「マーニーって、マーニー・ニューキャッスル?」

「そうよ」

「どうして?」

「あの、金曜の夜に話をしたけど、そのあと会ってないから」

「金曜の夜から会ってない? それがどうかしたのか?」

サムはため息をついた。やはりだれもわかってくれない。「マーニーは新しい家をとても気に入ってたの。ものすごく自慢してたのに――」

「彼女なら、自分がマーニー・ニューキャッスルだってことだけで鼻高々だぜ!」

サムは片方の眉をつり上げたが、〝あなただって人のことは言えないでしょう〟と言うのはやめておくことにした。

「金曜の夜にデートでもあったんじゃないか?」さらにジョーが言った。

「どうしてわかるの? マーニーはあなたと出かけたの?」

ジョーがいらだたしげに首を振った。

「じゃあどうしてマーニーにデートがあったなんて思うの?」

「彼女がマーニー・ニューキャッスルだからさ。男なんて消耗品なんだ。使ってポイ。トイレにざーっと流して終わり」

「ジョー、私はてっきりあなたたちが――」

「ああ、うまくやってたさ。おれがきみにとってなんの価値もない男だって、マーニーにわかるまではな」

「まあ、ジョー!」サムは反論しようとしたが、ジョーが片手を上げて制した。「まあ聞けよ。おれときみは共同オーナーとしても友人としてもうまくやってるし、きみは美人だ。でもおれたちにはピピッとくるものがないだろ？　それでいいんだ。おれたちはここで長い時間いっしょにいなきゃならないんだから。でも言っとくけど、きみの友だちはきみからなにかを奪いたがってる。そういう女なんだ、あいつは」

「ジョー！」

「悪い。でもそういうふうに感じるんだ。ほら、静かにして。クライアントたちがこっちを見てる。ああ、それはそうと、きみに電話があったよ」

「だれから？」

「ロレッタとかいったけど。マーニーのアシスタントだよ、立派なおっぱいをした。しかも本物」

「ありがとう、ジョー」

サムはやれやれと頭を振って、オフィスに向かった。オフィスに入るともう一度タオルで顔をふき、受話器を取って、覚えている番号をダイヤルした。「もしもし、サマンサ・ミラーと申しますが」

「こんにちは、ミス・ミラー。ロレッタ・アンダーソンです。マーニー・ニューキャッスルのアシスタントの」

「ええ、存じてます。こんにちは、ロレッタ。マーニーはそちらに出てきました？」

「いいえ。それでちょっと心配してるんです。彼女はアポイントメントをすっぽかしたことはないので。今朝の十時にミスター・チャップマンと約束があったんですけど――ほら、仕事仲間を三人、銃で撃ち殺したって容疑をかけられてる」

「ああ」とサムは言った。「その事件ならニュースで見ました」

「マーニーはいままで、仕事の約束をすっぽかしたことはないんです。彼女に会ったとか、連絡があったとかしました？」

「いいえ、あいにく。でも昨日、捜索願いを出したの。私の従姉妹の前のご主人がずっと刑事をやっててね、受け付けてくれたのよ。きっともうすぐ警察の人がそちらに行って、事情を訊くと思うわ」

「私のほうからも警察に電話します」ロレッタはためらいもなくそう言った。

「ありがたいわ、そうしていただけると。じつはいままで、マーニーは気まぐれでどこかに行っただけだろうって言われるばかりで。私の言おうとしてたことをあなたも言ってくれたら──つまりマーニーは、そういうことで出世を棒にふったりしないって言ってくれたら、警察ももっと真剣に取り合ってくれると思うの」

「もちろんそうします！　でもあの、それじゃあ警察は真剣に話を聞いてくれないってことなんですか？」

「あっ、ちがうの。そういうわけじゃなくて」サムはぼそぼそ言った。「あのね、ロレッタ、こんなことを頼んで勝手なんだけど……ランチをごいっしょしてもらえないかしら？　あなたと話をしたら、もっとはっきり状況が見えてくると思うの」

「状況？」

「ええ……たとえば先週の金曜にあったこととか」

「喜んで伺います。いつ、どこにしましょう？」

「湾岸《ベイショア》通りの〈モンティーズ〉はどうかしら。一時間後にお店で」

「ええ、いいですよ」

「じゃあ、またあとで」サムは話を終えた。

午後の予定をカレンダーで確認する。ジル・ランダース。サンディ・オークメン。どちらもエクササイズのクライアントで、医療関係でも緊急でもない。サムは受付の内線ボタンを押した。「ディディ、午後の予定を変更してもらえないかしら?」

「わかりました」ディディ・シュガーマンが言った。チューインガムをくちゃくちゃやっているティーンに似合うような名前だが、ディディは六十三歳だ。スリムで銀髪で、地球の回転軸のように頼りになる存在だった。彼女はこのジムにとって大きな財産だから、ぜひともよぼよぼになるまで辞めずにいてほしい。

「ありがとう、ディディ」

サムは電話を切った。数分後にはシャワーを浴び、着替えてジムを出た。ジムは自宅から遠くない。そして〈モンティーズ〉はジムから遠くない。実際〈モンティーズ〉からは、海をはさんで自宅の裏手が見えるくらいだ。

駐車スペースはすぐに見つかった。車を降りるときに腕時計を見ると、ちょうど約束の時間だった。

店に入ったサムは、テーブルにひとりで座っているロレッタがすぐ目にとまった。大柄な女性で、背は高いし体格もいい。そして胸が大きい。グラマー女優のジェーン・マンスフィールドを思わせる。顔もかわいい。しかし服装は地味だった。化粧もしていないし、髪はきっちり後ろでまとめている。よく考えた格好だとサムは思った。ああいうボディだったら、もし髪をおろして少し大胆な服でも着れば……すごくセクシーになるはずだ。

　サムが腰を下ろすと、若いウエイトレスがやってきた。

「こんにちは。アイスティーお願いします」サムが言った。

「私はもうもらってるわ」ロレッタがウエイトレスに言う。

「わかってます」ウエイトレスは退屈しているのを隠して言った。「料理のご注文がありましたらどうぞ」

「じゃあ、フレッシュフィッシュのサンドイッチをお願い」

「私も同じのをもらうわ」サムがすかさず言った。食べるものはなんでもよかった。とにかくロレッタの話が聞きたい。

　ウエイトレスはにこりとし、サムのアイスティーをすぐ持ってきてオーダーも入れますと言いおき、テーブルを離れた。

　ふたりはしばらく当たりさわりのないおしゃべりをしたあと、ロレッタがこう切り出した。

「それで、どういうことが知りたいの?」

「金曜日に起きたことよ。金曜の夕方、私はマーニーと話をしたんだけど――いえ、じつを言うと話をしたのは私の従姉妹なんだけど。だからその日になにかあった……」

「ああ、なにかあったとしたら、そのあとってことよね。じゃあ、昼間あったことを知りたいのね? そういえばあの日は、大きなお祝いを兼ねたランチがあったわ」

「なんのお祝い?」

「不動産の取引が成立したの」

「不動産ってどこの？ マーニーは不動産はやってないはずだけど」

「あなたのご近所よ。マーニーの隣りの家。もちろん、仕事をやったのは全部エディ・ハーランだけど、ローワン・ディロンがこのあたりで家を探してるって話があったとき、あの家をローワン・ディロンに見せたらどうかって言ったのはマーニーなの。彼女はローワンの知り合いだったのよ。昔の友人だって。知ってた？」

どうやらロレッタは、サムの写真がでかでかとローワンの写真と並んだタブロイド紙を見ていないらしい。

「ええ、知ってたわ」

「でね、とにかく大きな契約だったのよ。ランチにはエディが来て、それからミスター・デイリーも。エディの仕事にご満悦でね。それからケヴィン。ケヴィン・マディガンももちろん来たわ。彼はマーニーとよく組んで仕事してたから」

「じゃあマーニーもランチに出たの？」

「ええ。それからローワン・ディロンと――」

「ローワン・ディロンが金曜にマーニーとランチに行ったの？」

「ええ、当然。いま私が言った人たちといっしょにね。だって、彼が不動産を買った本人ですもの」

「それで、なにか変わったことはなかった？ あなたから見て」

「いいえ、べつに。なんとなくぎこちない雰囲気はあったけど。まあビジネス・ランチだもの。

なにも気づいたことはなかったわ」

サムはがっかりした。これではあまり役に立ちそうにない。「ロレッタ、金曜の夜にマーニーが出かけることにしてたかどうか、知らないかしら？」

「彼女は週末はパーティに出るのが好きだったわ。あなたも知ってるでしょう」

「でも、なにかこれといった予定はあったのかしら。だれか特定の男性と？」

ロレッタは一瞬考えて、首を振った。「ごめんなさい、なにも聞いてないわ」

「これはこれは、美女がおそろいで……」

低い声にロレッタはぎょっとした。この声……彼女はぱっと振り返り、こちらに歩いてくる男を見た。ちがう。やっぱりちがった。

サムも振り返って見た。ジョーだった。ショートパンツとタンクトップという格好が、まるでこれからサマー・カジュアルのファッション撮影でもするように見える。よく日に焼けたなめらかな肌。どこもかしこも筋肉が盛り上がっている。

「ジョー！」サムはぽかんとして言った。

「どうやらおれたち、ふたりとも仕事をサボってるみたいだな」ジョーが苦い顔をしてみせた。「なあんてね、じつはきみがあわててこっちのほうに行ったたって、ディディに聞いたんだ。ランチをいっしょにできたらいいなと思って。なんとなくひとりで食べたくなかったから。でも悪いことしたね。人に会うんだとは知らなかったよ」

「いいのよ。大丈夫」サムはごまかした。顔が熱いけれど、赤くなっていないだろうか。

しかしジョーは、すでにロレッタのほうに向いていた。「やあ、ミス・アンダーソン。前に会ったよね、きみのオフィスで」

「えっ、本当？」ロレッタが頬を染めた。「ああ、もちろんお会いしたわね。でもあなたが私に気づいてたなんて知らなかったわ」

「気づかないわけないじゃないか」

ジョーがにこりと笑う。やけに愛想がよくなっている。サムはおもしろがればいいのか、むっとすればいいのかわからなかった。

「うん、こうしてまたきみに——きちんとした形で会えるなんて、ここにランチを食べに来てよかったよ！」ジョーが言った。

「そんな……私のほうこそうれしいわ」

「ありがとう」

ふたりの目と目が合う。サムはこらえて息を吸いこんだ。

「どうぞ座って」ロレッタが言った。

「じゃあ、お言葉に甘えて」さらにジョーが思わせぶりになる。「ここはなにがおいしいの？」

「魚よ」

ジョーがロレッタのほうに身を乗り出す。「なんの魚？」

「マヒマヒ」ロレッタが答える。ふたりの視線はさっきからずっと離れない。

「あの……」サムはそっと言ってみた。しかしふたりとも気づかない。

サムはサンドイッチを半分しか食べていなかったが、もう満腹だった。ロレッタからこれ以上、とくに大事な話も聞けそうにない。

「あの……」もう一度サムは言った。

「あ、とってもすてきよね、ふたりとも」ロレッタがやっと、サムとランチを食べに来たということを思い出して言った。「ジムで仕事をしてるなんて。シェイプアップした体が保てるでしょう」

「いや、でもおれは」ジョーが言う。「きみのほうがもっとシェイプアップできてると思うよ」

「まあ、やさしいのね……でも私は肉のつきすぎで」

「つくべきところについてるじゃないか」

ああ、もうだめだ。サムは座をはずすことにして立ち上がった。「私はそろそろ戻るわね。ジョー、ごゆっくり」

「あっ、サム！」ロレッタが申しわけなさそうに顔を上げた。「あの、あなたとはお話ししたいと思ってたのよ。ジムに通おうかと考えてたから。その、だってうちの事務所の人はみんな――」

「ああ、そうよね。ありがたいと思ってるのよ」サムは険しい顔でジョーを見た。「あそこをジョーとふたりで始めたとき、マーニーがみんなを連れてきてくれたものね」

「彼女はいいものがわかるからな」ジョーがにこりと笑う。

サムもむりやり笑顔を作った。「じゃあ、ふたりでランチを食べてって。終わったらジムに来てちょうだいね。入会の準備はしておくから」

「サム、私もいっしょに――」ロレッタが言った。

「ジョーを残してひとりで食べさせるの？　それはだめ。でも食事は彼がおごってくれるわ」サムは手を振り、さっさとふたりを残して去った。

このまままっすぐ仕事に戻る気分ではなかったが、とくにこれといってすることはない。南へ車を走らせると、〈ココ・ウォーク〉というショッピングモールの正面が見えてきた。サムは気まぐれで右に折れてメイン・ストリートに入り、それからヴァージニア通りで曲がって駐車場に入った。

車を停めたものの、なにをするかは決まっていなかった。前にローラが言っていたが、ショッピングは気分が落ちつかないときにはもってこいだ。ここにはエクササイズ用のウエアを扱っている店もある。ウエアならいくらあってもかまわない。

サムはキオスクに寄ってカプチーノを飲み、それから円形のモールの二階をぶらぶらしながら店に向かった。半分ほど来たところで立ち止まる。

鉄柵のついたバルコニーが、メイン・ストリートに面して出ているのが見えた。オープンエアのバーのテーブルが、柵に沿って並んでいる。

そこにローワンがいた。黒髪をきれいに後ろになでつけ、サングラスをかけている。ブロンズ色に日焼けしたハンサムな顔は、野球帽の陰になっていた。くつろいだ様子で腰かけ、ビールを飲んでいる。彼のほかにケヴィン・マディガンと、あと男性がふたりいた。

サムはとっさに、レストランの前に立ててあるメニューの後ろに隠れた。さりげなく目立たないようにし、ローワンとケヴィン以外のふたりがだれか確かめようと思ったのだ。

ひとりはすぐにエディ・ハーランだとわかった。これといった特徴のない、不動産専門の弁護士だ。分厚い黒ぶちメガネをかけた細身の彼は、とても若く見える。ただし髪は、少し薄くなりかけている。きっと大学でも成績優秀な、卒業生代表だったにちがいない。そしてもうひとりは……

知っている顔だ。どこかで見た覚えがある。しかし、いつどこで見たのかわからない。とても目立つタイプだ。頭には髪がないが、自然にはげたのではない。きれいに剃《そ》っているのだ。目が大きく、かなり濃いブルー。体は大きくてたくましく、座っていても背が高く見える。

サムはそのときはっと思い出した。リー・チャップマンだ！　何十回も新聞で顔を見た男。ギャングとつながりがあると噂《うわさ》されているが、起訴された発砲事件での殺しは彼が自分でやったと考えられている。本当はこうして街なかを歩ける身ではないのに、保釈金を積んで弁護士が出させたのだ。

「ああ、サムだ！」急にケヴィンが言った。彼はいつもどおり、上品なブランドもののスーツに身を包んでいた。この暑さにも平気なのか、まったく汗をかかないように見える。彼は立ち上がってこちらに手を振った。チャップマンだとわかったとき、サムは隠れ場所から出てしまっていたらしい。こうしてぽかんと口を開け、みんなの前にはっきりと姿をさらしてしまったからには、もう逃げ場はない。

「ケヴィン！」サムはさりげなさを装おうとした。ケヴィンはいすを彼女のために引いた。

「こっちへおいでよ。いっしょに飲もう！」

「ありがとう、でも……」

男性は四人とも礼儀正しく立ち上がっていた。けれどローワンの目は、サングラスに隠れていて見えない。彼は動かなかった。ケヴィンがやってきてサムのひじに手をかけ、テーブルのほうへいざなった。「サム、エディは知ってるだろう？　エディ、こちらはサム・ミラー――」

「ああ、知ってるよ」エディがサムの手を取る。「やあ、サム。会えてうれしいよ。いっしょにどうかな？」

「それからサム、リー・チャップマンだ。リー、友人のサム・ミラーだ」

サムは頭を下げた。声は出せない。チャップマンは笑顔を返した。彼女が自分の噂を知っていて――快く思っていないことを感じ取っている。

「みなさんに会えたのはうれしいんだけど――」

「座ったらどうだい、ミス・ミラー」ローワンが言った。

「いえ、けっこうよ。お仕事の邪魔をしちゃいけないし――」

「仕事なんかじゃないよ」ローワンがぶっきらぼうに言う。サングラスの奥の表情は謎のままだ。「さっきエディとは不動産の話をしてたんだ――ほら、このあたりにはほかにもすばらしい物件があるってきみが言ってただろう？」

「そうね」

ローワンは微笑んだ。目は見えないが、笑顔が目もとまでは届かなかったのにサムは気づいた。

「いや、じつはね」ローワンが話を続ける。「いま話してたことは、きっときみも興味があると思うよ。僕たちのお隣りさんのことを話してたんだ。まだ彼女に会えないのかい？」

「ええ。でも警察が――」

「ああ、そうだね、警察が動いてくれてるんだったね」そこでローワンは言葉を切った。

「なにがいい、ミス・ミラー？」

「えっ？」

「飲み物だよ、ミス・ミラー」

「いいえ、なにも。仕事に戻らなくちゃならないから」

「でもあんたのところは自分の会社なんだろう？」リー・チャップマンが身を乗り出して訊いた。

「ええ」どうして知っているのだろう、とサムは思う。

「だったら……遅くなってもかまわないだろう」チャップマンが言った。

「それに、ビールの臭いをさせて戻ったってかまわないさ」ケヴィンが陽気に言った。「すごくいいジムなんだよ、リー。街でいちばんのところさ」

「ありがとう」サムはぼそりと言い、あくまでも座らずにいた。「ジョーも私もちゃんと顔を出してるからうまくいってるのよ。それに、ビールの臭いもさせてないから！」明るい感じで言い、融通のきかない堅物の印象を与えないようにと思ったのだが……失敗した。チャップマンはうすら笑いを浮かべているし、エディ・ハーランまでにやにやしている。「みなさんに会えてよかったわ」サムはぎこちなくつけくわえた。男性が全員立ち上がる。ケヴィンが彼女の頬にキスした。

　ほっぺにキス。マイアミではよく見かける。たぶんラテンアメリカの影響なのだろう。サムはチャップマンが近づいてきませんようにと祈った。彼は近づかなかった。そしてローワンも。

「じゃあまた、ミス・ミラー」ローワンが言った。

　サムはうなずき、その場を立ち去ろうとした。情けないほどうろたえている。後ろのいすにつまずいて転びそうになる。なんとか立てなおしてそそくさと店を出ると、駐車場に下りるエレベーターに向かった。そして、降りる階をまちがえた。しばらく歩いてからまちがいに気づき、またエレベーターに乗った。

　薄暗い駐車場に出ると、自分の車はすぐに見つかった。しかしそちらに行こうとしたとたん、背後で足音が聞こえた。

　ぱっと振り返る。

　チャップマンだ。いっきに腕に鳥肌が立つ。

「ミス・ミラー」さりげなく彼が言った。「また偶然会えるなんてうれしいね」

「あ、あの、く、車がなくて」

「なくなった?」

「いえ、ちょっとどこだかわからなくて」

「でももう見つけたんだろう」

　突然サムは、自分の車を教えたくないと思った。

チャップマンがにやりと笑う。彼はやはり目立つタイプだ——恐ろしいという意味で。「そんなに怖がらなくてもいいんだぜ」静かな声で彼は言った。そして近づく。サムは背を向けて逃げ出したくなった。

「ああ、サム！　こんなところにいたのか！」

ローワンの声がしてサムはびっくりした。やはりローワンだ。彼がさりげなくこちらへ歩いてくる。そしてサムは肩を抱かれ、さらにぎょっとした。もしチャップマンがいなかったら、腕をふりほどいていたことだろう。

しかしサムはそうしなかった。チャップマンより少し背の高いローワンが、サングラスの奥で謎めいた笑みを浮かべた。「まだきみが帰ってなくてよかった」

「ああ……」チャップマンがつぶやいた。「たしか昔あんたたちは……」

「いまもだよ」ローワンははっきりと言った。

「まあ、それならあんたから彼女に言ってやってくれ。おれは世間で言われてるような悪人じゃないってな！」チャップマンが言った。「ただの気のいい南部の男だ。狩りや漁もできるし——そうだ、ワニを捕る資格だって持ってるんだぜ。おれはただ、あんたが困ったときはいつでも相談してくれって言いたかっただけなんだ。おれだってあんたの友だちがいてくれないと困る。だれよりもな」

チャップマンが笑う。ふたりも笑みを返す。そしてふたりは、彼が立ち去るのを待った。

だがチャップマンは動かない。

チャップマンは手を上げると、ふたりの後ろにあるジャガーを指した。「それがおれの車なんだが」と丁重に説明した。

「あら！」

サムがさっと車から離れた。ローワンも彼女を抱いたまま、いっしょに離れる。チャップマンはするりと車に乗りこんだ。そしてエンジンをふかし、走り去った。

ローワンの匂いがする。頭から足のつま先まで、全身にローワンを感じる。こんな状況にはとても耐えられない。サムはあわてて彼から離れた。「いったい、いまのはどういうこと？」怒ろうとしているのに、息切れしたような声しか出ない。

ローワンはすっと一歩下がった。薄暗い駐車場では、ますます彼の表情が読み取れない。

「きみには手を出すなと、釘をさしておいたほうがいいと思っただけだ」

「どうしてよ？」サムがくってかかる。「あなたいったい――」

「べつになにも意味はない。それ、きみの車だろ。きみが出ていくまで見てるよ」

「ここにはいつも来てるのよ。そんなことしてくれなくても――」

「わかった」

サムは車に向かった。どうしてこんなにうろたえているのだろう。自分を見失っている。

ローワンと話すたびに、どんどん不安定になっていくような気がする。

車のドアを開けて乗りこんだ。ローワンはすぐそばにいて、車の屋根に手をかけて身をかがめた。「チャップマンの前では、なにも否定しなかったじゃないか」

「あなたを嘘つきにしたくなかったのよ」

「どうして？」

サムは力なく片手を上げた。「いいわ。次はちゃんと嘘つきにしてあげる」

てっきりローワンは笑うだろうと思っていた。しかし「じゃあ気をつけて」としか言わなかった。彼はサムの車のドアを閉めると、そのまま立ち去った。

9

ロレッタはサム・ミラーのオフィスに座って待っていた。ジョーとランチをいっしょにできたのはうれしかった――すごく楽しかった。デートに誘われるのではと思ったくらいだ。でもたぶん、彼は少し奥手で、様子を見ているのだろう。そこでロレッタは、やはりジムの案内はサムにしてもらいたいと言った。デートの誘いはたぶんそのあとしてくれるかもしれない。ジョーに案内役を頼んでいっきに押せばよかったのかもしれないが、ランチのときからサムには悪いことをしたと胸が痛んでいたので、もう一度サムと話をすることにしたのだ。でもどうしてサムはなかなか帰ってこないのだろう。理由はわからないが、とにかく待つしかない。

ロレッタもそろそろ仕事に戻らなければならなかった。あそこの法律事務所でこのジムに入っていないのは、きっと彼女だけだろう。たしかにマーニーは、人をその気にさせるのがうまかった。サムがこのジムを買ってオープンしたとき、みんなを誘って入会させてしまったのだ。だからもう昼休みの時間も過ぎているし、気をつけなければいけない。ここを出たとき、上司のだれかとはちあわせしたら厄介だ。

ロレッタはだんだん落ちつかなくなってきて立ち上がった。サムのオフィスは小ぢんまりとして、居心地のいい部屋だ。なかからしか見えないスモークガラスと、シンプルな松材のデスク、同じ素材のファイル・キャビネット、座りやすい回転いす。そしていたるところに写真がある。感じのいい年配のカップルの写真。おそらく両親だろう。ロレッタ自身の両親は、ジョージア州でつつましく農場をやっている働き者だ。しかし九人の子どもはそれぞれ十八になると家を出て、独立していた。彼女の両親は、写真のなかでこんな笑顔を見せたことはない。壁に掛かっているべつの写真には、サムも入って親子三人で写っている。そのほかにも、べつのカップルの写真やその子どもたちの写真もあった。

レイシーだ。二歳くらいのレイシー・ヘンレーと、その家族の写真。さらに数年後、彼女の兄やサンタクロースといっしょの写真。それから高校の卒業式のレイシー・ヘンレー。バンドで演奏しているレイシーの兄。ヘンレー家四人の写真。壁も、デスクも、ファイル・キャビネットも、家族の写真だらけだった。ほかにも、ブルーの瞳と黒の髪をした、きれいな男の子の写真。

レイシー・ヘンレー。

ロレッタは唇を嚙んだ。私はなんてことをしてしまったのだろう？　いいえ、べつに悪いことじゃない。そうよ、悪いことなんかじゃない。

そのときスモークガラスの向こうを見て、ロレッタの足がぴたりと止まった。ミスター・デイリーがいる。ミスター・ローレンス・T・デイリー。彼の両親が隠居したので、いまは法律事務所の最高幹部になった。年配ではあるけれど、鷲のような眼をしたすばらしくエネルギッシュな人物だ。彼はウォーキングマシンに乗り、かなりのハイペースで歩いていた。

ストレスを発散しているのだろうか。

ミスター・デイリーが目を上げてガラスのほうを見た。一瞬、ロレッタは見つかったのかと思ったが、それがスモークガラスだということを思い出した。

そのときドアがひらき、ぎょっとして振り返った。やっとサムが帰ってきた。彼女もロレッタを見てびっくりしたようだ。入ってきたサムは少し動揺しているように見えた。髪は乱れ、グリーンがかった瞳もなにやら心配そうな表情を浮かべている。

「ロレッタ！」

「ごめんなさい。驚かせて」

「あなたがいるとは思わなかったわ」

「もう一度会わないといけなかったから」

「まあ、どうして？」サムはショルダーバッグをファイル入れのなかに放りこんだ。もうさっきの動揺は消え、にこにこ笑っている。ロレッタを見てあれほど驚いたのが照れくさいのかもしれない。

ロレッタはなかなか切り出せなかった。ランチのときに話しておけばよかった。しばらく会話したあとのほうが言いやすかったのに。いまは時間がなさすぎる。

「私、ジムを案内してもらおうと思って――」

「ああ、そうだったわね。じゃあ行きましょうか！」

サムはまたドアを開けた。デイリーがすぐそこにいる。いまは話せない。

「あの……」

サムもデイリーを見た。「ああ！　こっちよ！」

サムはロレッタを引っ張るようにして廊下を進んだ。「ウォーキングマシンとステップマシンとバイクはみんなあそこなの。あのね、ステップマシンならあなたのところのミスター・デイリーがいちばんすごいのよ」

「ああ、わかります」

「それでここがウエイト・ルーム……」サムの声がしぼんだ。どうしてなのか、ロレッタにはすぐわかった。フィル・ジェンキンズとテッド・ヘンレーのふたりがいたからだ。彼らは互いに張り合うかのように、バーベルで上腕二頭筋と三頭筋を鍛えていた。ふたりともみごとな筋肉だ。

フィルはそのときテディを見ていたが、顔を上げてふたりがいるのに気づいた。

「やあ、サマンサ、ロレッタ」もったいぶった言い方で声をかける。

テッド・ヘンレーもすぐにバーベルを置き場に戻し、ワークベンチから立ち上がった。タオルをつかんで彼らのほうをじっと見る。

ロレッタはなんとなく、ふたりの男性はサムが現れるのを待っていたように感じた。

「やあ、どうも」テッドが挨拶する。

「あなたが昼間に来るなんて、ものすごく久しぶりじゃない」サムが言った。

テッドが肩をすくめる。代わりにフィルが答えた。「彼は聞きこみに来たんだよ。おれも金曜の夜、マーニーのところで働くことになってた職人はだれかって訊かれた。でもあの日はだれも行ってないんだ。まあなんにせよ、うちの職人の電話番号は全部控えられたけどね」

「おれはマーニーに会ったやつがいないか、探そうとしてるだけだ。きみの知ってるところにもマーニーは現れてないか？」

「ないわ」サムが答える。「あなたのほうは、捜索を手配してくれた？」

「ああ、もちろん。それだけじゃなく、おれもこうして空き時間を当ててるんだ」テディはサムを安心させるように言い、ロレッタに笑いかけた。「あんたのところにも連絡はないんだな？　なにか思い当たることはないか？　なんでもいい」

ロレッタはかぶりを振った。全身がかっと熱くなっているのが、目に見えてやしないだろうか。サムに話そうとしていることを、テッド・ヘンレーに話すわけにはいかない。

「その……あの、私服刑事が今朝うちの事務所に来たわ、ヘンレー刑事。失踪事件として扱われることになって、その人が捜査の担当なんだって言ってました」

「おれはただ、サムがすごく心配してるからやってるだけだ」

「それにマーニーがあなたの友人だから、ですよね！」ロレッタが無邪気なことを言う。テディは色の濃いサングラスをかけていた。しかしのどもとの血管がぴくりと動いたのは隠せなかった。ロレッタは急に不安になった。レイシーのことは、絶対に父親にばらしてはいけない！

「もちろんだ」とテディが言った。

「この刑事さんの尋問はしつこくてまいるよ！」フィル・ジェンキンズが言った。裸で汗だくになった、マッチョな男。そういう彼こそ、人をすくみ上がらせるものがあった。フィルはなにやらいろいろ知っているかのような目で、ロレッタを見つめているようだ。いったいなにを知ってるんだろう——とロレッタは考えた。彼女はいま、だれに対しても疑心暗鬼になっていた。

「質問、質問、また質問」フィルが言った。「まあ、それが刑事の仕事だもんな」

「ええ、どうか協力してあげてほしいわ」サムが言う。

「してるとも」

「よかった、ありがとう」

フィルがにやりとした。「マーニー・ニューキャッスルはおれに金を借りてるんだぜ」

「えっ、そうなの」サムが口ごもる。その様子を見たロレッタは、サムがあまりフィルのことを好きではないのだろうと感じとった。そのときテディ・ヘンレー刑事が自分を見ているのに気がつき、ぎくりとする。

「きみたちが知り合いだとは思わなかったな」

「ロレッタとはランチでいっしょになったのよ。それで、まだ彼女がジムに入っていなくて、入りたいと思ってることがわかったの。だから早く案内をすませないと——ロレッタは仕事に戻らなくちゃいけないから」サムが言った。「いろいろと骨を折ってくれてありがとう、テディ」

ロレッタはサムが自分の肩に手をかけ、急いで先に行くよう促してくれるのを感じた。

「あの、仕事に戻らなくちゃならないのは本当だけど、ちょっとお話ししておきたいことがあるの」

「なに?」

「ここではちょっと」

「じゃあ私のオフィスに――」

「ミスター・デイリーがすぐ外にいるわ」

「じゃあ、駐車場まで送っていきましょう」

しかし駐車場の車のところまで来ると、ロレッタはまた口が重くなった。信頼を裏切るという土壇場に来て、まだ迷っている。それにもう後悔しても遅いけれど、自分がしたことに少し動揺していた。しかし、レイシー・ヘンレーのことはもうお膳立てをしてしまったのだ。

サムはロレッタの車にもたれた。琥珀色の混じった瞳でロレッタを見つめ、じっと待っている。

「あの……あなたは知って……いえ、あなたはマーニーのお友だちよね。彼女はあなたが知っているとは思ってなかったけど、じつは学校を卒業するために――」

「ストリップをしてたんでしょ。知ってるわ」

ロレッタの言葉が途切れた。「あなたは知らないって彼女は思ってたわ」

サムは肩をすくめた。「知られたくなかったみたいだもの。わざわざ話題にすることもないでしょ」

「それであの、彼女は弁護士をはじめたとき、このあたりの店でも働いてたの。ハイウェー沿いのクラブで」

「それ、最近になってもやってたの?」サムは眉をひそめてたずねた。

ロレッタは躊躇した。「マーニーはそこの株主なのよ」そこでまた言いよどんだが、思いきって先へ進んだ。「あのね、じつは私もそこで仕事をしたの。名前を伏せて、仕事のあとパートタイムで。そんなある日、マーニーがまた店に戻ってきてね。どうもそのときから株主になったみたい」

「あなたはまだそこで働いてるの？」

ロレッタの顔が赤くなる。「べつにいけないことってわけじゃないし――」

「ロレッタ、いけないなんて言ってやしないわ！」

「とてもいいお店なのよ。本当よ」

「ええ、わかってるわ。でもどうして私にこんな話を？」

「あの……前にエヴァ・ラーソンっていう子がそこで働いていたの」

「それで？」

「それで、エヴァは駆け落ちしたんじゃないかって言われてて。でも彼女の家族は、それを信じようとしなかった」

それを聞いて、サムは顔をくもらせた。「エヴァって、行方不明になった秘書のこと？」

ロレッタが深刻な顔でうなずく。「でも彼女はだれかに恋をしてた。のめりこんでた。相手がだれなのかは訊かなかったけど、彼といっしょにいるためならなんでもするって言ってたわ」

サムは相手の肩に手をかけた。「ロレッタ、それならたぶんその人といるんじゃないかしら」

ロレッタはうなずいた。「自分でも少し疑心暗鬼になってるとは思うの」

「心配してるなら、そのクラブのことを警察に話してみたら？」

「いえ、そこがおかしなところでね。私は本当には心配してないのよ。週に二、三日しか働いてないし、なにも問題はないわ。マネージャーのスティーブン・ドランはいい人で、女の子たちを守ってくれる用心棒もいるし。客のなかにはいやなやつもいれば、プレッピーの大学生の坊やとか、ぱりっとしたビジネスマンもいるわよ。けっこうレベルの高い店なの。医者とか――弁護士も見かけるし」急にロレッタはくすくす笑った。「うちの事務所の弁護士ったら――私のこと全然わからないの。それにね、警官だっているのよ！　しかもいっぱい！　ブルーカラーにホワイトカラー、リッチな人もたくさん。結婚してる人もいるし、シングルの人も。当然、客はだいたい男の人だけど、カップルもいるわね。それに女の人。女が好きな……女の人。これがまたいいのよ。女性のカップルは同性が好きなんだから。でも勘違いしないでね。飲み物もおいしいし、ジャズの日やダンスの日もあるし……」ロレッタの声がしぼんだ。いくらほめあげても、ストリップクラブは所詮ストリップクラブだ。

「それで……？」先を促すサムの眉間にはしわが寄っている。それもあたりまえだとロレッタは思った。いいことずくめなんだったら、どうしてサムに話をしなければならないように思うのだろう。ロレッタはなんだか自分がばかみたいに思えてきた。でもサムは――小柄で落ちついていて、美人で頭がよくてやさしくて思いやりのあるサムは――まだロレッタの不安を理解しようとしてくれている。

「あの、これははっきりした話じゃないんだけど、女の子たちのあいだで、コール・ローウエンシュタインが変装してクラブで脱ぐのが好きだったっていう噂があるの。いえ、つまり、彼女はもう十分スキャンダルが取り沙汰されてた人だけど、ああいう人が実際にストリッパーになるなんて……まあもちろん、秘密にしなくちゃならなかったでしょうけど。だから本当かどうかはわからないわ」

「ロレッタ、こういう話は警察にしたほうがいいわ。そうしたら警察が、クラブの女の子みんなに話を聞くでしょうから」

「警察はだめよ」

「どうして？」

「ほとんどの子が内緒で働いてるんだもの」

「じゃあなぜ私には話したの？」

「それは……わからない」

「一度お店に行ったほうがいいかもね」サムが考えこむ。「自分の目で見てみないと」

「それはいいことだと思うわ。だってあなたってとても……」

「お堅い？」サムがおもしろくなさそうに訊く。

ロレッタは声を上げて笑った。「いいえ、私は〝おしとやか〟って言おうとしたのよ。あなただったら、妙なところがあればすぐにわかるんじゃないかしら」

サムはそのコメントが楽しかったのか、顔は怒っていなかった。「ストリップのことはよく知らないから、良し悪しなんてわからないと思うけど。でも一度は行ってみるべきだと思うのよ。もしマーニーが関わっていたのなら……でもロレッタ、なにかおかしいなと思うことがあったら警察に行きますからね」

「ええ。でもあそこが違法なことをしてるっていう思いこみは持たないでね。だって、なにも言える状況じゃないでしょう?」しかしロレッタはそこでためらい、肩をすくめた。「まあでも……たしかにマーニーは店の利益をもらったり、経営に手を出してたとは思うの……それにたまに……ほんとにたまにだけど! ストリップもしてたのよ」

「そうなの?」

「ええ。たまにね。でも刺激を楽しんでたみたい。ほら、ストリップってそういうものじゃない。仕事をガンガンやって偉くなるのもいいけど……マーニーはセクシーなことで熱くなるのも好きだったから。だからたまにやってたのよ。でもそれはクラブとはなんの関係もないと思うわ。コール・ローウェンシュタインがストリップをやってたっていう噂は——ただの噂だと思う。それにエヴァのことも、さっき言ったように恋をしてたわけで、彼女のお母さん以外はみんな駆け落ちしたんだと思ってるわ。あそこで働いてる子はせいぜい週に二、三回で、ほとんどがなにかの変装をしてる。本名を使ってる子はひとりもいない。なにかあるっていう証拠も全然ないし。もし警察に訴えても、笑って追い返されるだけでしょうね。それに……あの……」

「なに?」

ロレッタはうつむいた。「あそこで面倒を起こしたくないの。だって……」

「なあに、ロレッタ。言ってちょうだい」

ロレッタはサムを見た。「怖いの。あそこの仕事がじゃなくて——面倒を起こすのが。マーニーが経営に携わってたのは知ってるけど、ほかにだれがいるかわからないもの」サムのまなざしがいたわりにあふれていて、ロレッタは胸があたたかくなった。サムが無意識のうちに手を伸ばし、ロレッタの頬にキスした。「私も戻らなくちゃ！」

ロレッタは車に乗りこみ、時計を見てぎょっとした。サムに手を振り、エンジンをかける。早く仕事に戻らなくてはならない。

いちおう、サム・ミラーにクラブの話はした。でもだれも裏切ってはいない。レイシーのこともばらしてはいない。

しかし運転しながら、ロレッタは急にやましく思いはじめた……。

もうレイシーの名前を、プライベートパーティを仕切っている声の低い男に教えてしまった。

やめておけばよかったかもしれない。

そのこともサムに話しておくべきだったかもしれない。

いえ、だめよ……。

信頼を裏切るわけにはいかない。

そう思いつつも、なぜか頭のなかでずっと声がしていた。

本当にかまわないの……？

人の命に関わるようなことになっても？

「もう一度はっきりさせたいんだけど」ローラが困惑しきった声で言った。「あなたは私と、ストリップに行きたいって言うのね」

「そうよ」あっさりとサムは答え、フロリダルームのデスクを手でこつこつたたいた。ロレッタの話をゆうべ一晩じゅう考え、さらに今日も一日考えた。いまは火曜日の夜。事態はなにも変わっていなかった。マーニーは帰ってきていないし、警察は事情を訊く以外になにもしていない。サムはなにかをしなければという気持ちにさいなまれていた。

「あなたといっしょに」

「そうよ」

「あなたがストリップに行くとはねえ」

「なかなかいいそうよ」サムが言いわけがましく言う。

「男の人のストリップ？」

「ちがうわ」

ローラはしばらく黙りこんでいた。サムは息を吸いこみ、どう説明したものかと考えたが、息を吸っているあいだにローラがまた口をひらいた。

「あの、前に聞いたことがあるんだけど、男にひどい目にあわされた女が女に走るって。でもね、サム――」

「べつに私は女性に走ってるわけじゃないわ。そのクラブに行く必要があるだけなの。でもひとりで行きたくないから。ねえ、いっしょに行ってくれるの、くれないの？」

「ストリップに？」

「ローラ、私だってエイダンの演奏を聴くためだけにあなたにつきあって、いかがわしいクラブに行って、ビールをがぶ呑みしてる歯抜けの変な人に襲われそうになったでしょ。ねえ、いっしょに行くの、行かないの？」

「え……そうね、行こう……かな」

「行きたくなさそうね？」

「行くわよ！　ただなんていうか、〝空飛ぶ尼さん《フライング・ナン》〟（テレビのコメディドラマ）に乱交パーティに行こうって誘われたような気がして」

「ああ、そう！」

　ローラがため息をついた。「そのクラブってどこにあるの？　まあ、あなたにはいいことかもしれないわ」

　サムは歯を嚙んだ。「ハイウェー沿いにある、赤いネオンのついた店よ」

「わかったわ。じゃあその店で落ち合いましょう。私、〝おじいちゃん、おばあちゃんを作ろう会〟のボランティアがあるのよ」

「ローラ！　ひとりで入るなんていやよ！」サムはうろたえた。

「大丈夫――お年寄り相手の会だもの。八時にはみんなベッドに入るわ。九時には駐車場に行くから」

「絶対に遅れないでよ！」サムが念を押す。

　ローラはオーケーと返事した。サムは不安な気持ちで電話を切った。ローラとふたりで大丈夫だろうか。どうしてこんなに怖いのだろう。ロレッタなどステージで仕事をしているのに、怖がってはいない。ジョーに頼んでもよかったが、たぶん気まずい思いをすることになるだろう。テディに電話しようかとも思ったが、ロレッタは警察が関わるのはいやだと言っていた。ケヴィン・マディガンの名前さえ浮かんできたが、なにも説明しなければ、親しくなりたがっていると勘違いされるかもしれない。

もちろん、ローワンだっているけど……。

ああ、だめだめ、絶対だめ。彼といっしょにストリップだなんて死んでしまう。

やはり女だけで出かけよう。自分とローラだけでいい。

サムは階段を駆け上がって腕時計を見た。時間はたくさんあったので、ゆっくりお風呂に入ることにした。バスタブに湯を張ると、体を沈めてくつろごうとした。でもくつろげない。しばらくバスタブに浸かっていたが、ワインを一杯持ってくることにした。なにもかもおかしくなっている。今夜はたぶん、自分らしくない夜になることだろう。ただし、ローラの〝尼さん〟発言にはかなり頭にきていたが。

ストリップを観にいくなんて、なにを着ていけばいいのだろう？　いままで一度も行ったことがない。ああいう場所については、ケーブルテレビで見たことしかない。でも正直な気持ちを言えば、けっこう観たくもあった。それを自覚して、サムはまた心が乱れた。二杯目のワインを飲む。バスタブには、お湯が冷たくなるまで入っていた。

八時半。サムはクローゼットを物色していた。ストレートの女がストリップに行くのには、どんな格好がふさわしい？　運がよければジャズの日に当たって、すてきなバンドにカップルがたくさんいるということになるかもしれない。

黒。

今夜もまた、サムは黒を着ることに決めた。ドレッシーすぎるものと、質素すぎるものははずした。セクシーすぎるものと、かっちりしすぎたものも。そうすると、ダナ・キャランの黒い長袖のぴったりしたワンピースが残った。

「ああ、いい感じ！」鏡に映った自分を見てつぶやく。服はこれでオーケー。次は靴だけど……。

「〝誘い靴《ファック・ユー・シューズ》〟か、〝誘われ靴《ファック・ミー・シューズ》〟か？」鏡のなかの自分に向かって訊く。「えっ、いやだ、私ったらなに言ってるの？　パンプスよ、ローヒールのパンプス！　ふつうの靴でいいの」

髪をとかして、とうとう出かける準備ができた。自分で運転せず、タクシーを使うことにする。お風呂でワインを飲みすぎてしまった。

八時四十五分、サムは駐車場にいた。タクシーを降りて、ローラが現れるのをそわそわと待っている。

「やあ、あんた、これから店に入るの？」背の低いよどんだ目をしたビジネスマンがふらふらと近づいてきた。ネクタイが曲がっている。その男はサムを上から下までじろじろ見た。

「あんた、脱ぐのかい？　もしそうなら、ステージ際の席を取るよ」

「いいえ、脱ぎません」サムは言った。彼女が駐車場を見まわしているのもかまわず、男はさらに近づいた。

「ここでおれのために脱いでくれてもいい。この駐車場で。警官に見つかったって大丈夫――金をやりゃあ追っ払える！」男が期待をこめて言った。

サムは男に目を向けた。怖くはなかった。酔っ払いだし、サムの右フックはなかなかのものだ。キックボクシングのレッスンだって少し受けたことがある。「いいえ。絶対に駐車場でストリップなんかしません。もういいでしょう、あっちへ――」

「あんた、女が好きなのか？」

「えっ？」

「女を相手にするんだろ？」

「そんな――ちがいます、私は――」

サムは言葉に詰まった。男が彼女にのしかかるようになっている。やろうと思えば張り倒すこともできるが、気が進まなかった。慎重に行動したい。

そのとき向こうに停まった車から、ローラが降りたように見えた。サムはチビで小太りであさましい酔っ払いに目を戻した。「ええ、そうよ！ 悪いけど私は女が好きなの。もういいでしょ……」

サムは酔っ払いを残して駐車場を突っ切っていった。やはりローラだった。しかし従姉妹に近づいたサムは、はたと足を止めて食い入るようにそちらを見つめた。ワインなんか飲まなければよかったと思う。

ローラはひとりではなかった。ローワンを連れてきていた。

彼はローラのあとからやってくる。黒のスーツに黒のテーラード・シャツ。ネクタイはしていない。めちゃくちゃすてきだった。さらに近づいてくると、アフターシェーブローションの香りがした。体が震えそうになる。そしてローラにむかむかと腹が立った。

「なんで彼がここにいるのよ」サムは従姉妹にいきまいた。

ローラは無邪気に目を丸くしてサムを見つめた。「だってサム、さっきは行かないなんてとても言えなかったけど、こんなところにあなたと私だけだなんてちょっと怖いんだもの。エイダンにいっしょに来てって頼もうかと思ったくらいだけど、いくらなんでもそれは悪趣味でしょ」

「テディがいたでしょ?」サムは歯ぎしりした。自分だってテディに頼むのはやめたのだが……。

「電話したわよ。来てくれようとしたけど、忙しいんですって。麻薬を打った男が捕まったとかで。できるだけ来るとは言ったけど……」

「すまないね、サム」ローワンがさらりと言った。「僕しか残ってなかったんだ」今夜の彼の瞳はゴールドだ。悪魔の眼だわ、とサムは思った。いえ、ちがう。ワインのせいで彼の眼が光って見えるだけよ。サムは彼を無視して背を向け、クラブの入口へと歩き出した。ローラは少しだけ先を行っている。

ローワンがいきなりサムの腕をつかんだ。彼女を引き戻して軽く身をかがめ、彼女の耳にささやいた。「ここでなにをするわけ?」

サムは彼の手を振りほどいた。「急にストリップが観たくなっただけよ」

「ここではチッペンデールズ(ロサンゼルス発祥の男性ばかりのステージダンス)は踊らないよ」

「女の人に熱を上げるのもいいかと思って」

ローワンの視線がサムの視線をかすめる。「きみが? ありえないね」

「どうしてわかるのよ」

彼は片方の眉をくっと上げ、口もとに謎めいた小さな笑みを浮かべた。「わかるさ」小声でそっと言う。「さあ、白状しろよ。どうしてこんなところに来た?」

「そんなことはいいから、もう入らない?」いらいらしながらサムは言った。

ローワンは肩をすくめた。「かならず聞かせてもらうからな」サムの腕をつかんだまま、前に彼女を押しやる。ローラがドアのところでふたりを待っている。

「ひとりじゃ入らないわよ」ローラがきっぱりと言い、そしてくすくす笑った。「自分がこんなことをしてるなんてね。しかも相手は、こともあろうにサムよ!」

サムは歯をくいしばった。少なくとも、今度は〝尼さん〟とは言われていない。

ローワンがドアを開けた。そこには用心棒がひとりいて、入ってきた客を見ている。男ひとりに女ふたりという三人連れを見ても、驚いてはいないようだ。だが少しばかり好奇の目で見られて、サムは顔がぴりぴりした。用心棒の男に笑われているような気がする。この三人はしばらくここで興奮して、盛り上がるつもりなんだろうとでも言うような――そのあとはどこかに行って、三人で激しくお楽しみ。

「おひとり様、チャージが二十ドルでございます」用心棒の男が言った。

ローワンが札入れを取り出し、手を入れたところでサムにささやいた。「ステージに近いところにするかい?」

「ええっ!」サムはぎょっと息を呑んで彼を見た。「ま、まさか。後ろのほうの席がいいわ!」

「わかった、わかった！　いや、彼にチップをいくら渡したらいいかと思ってね。それだけ！」小声でローワンが言った。

「あなた、こういうところに来たことあるのね」サムがささやき返す。

「ふつうの男なら、だいたいだれでも来たことはあるさ」ローワンはそっけなく答えた。

用心棒は渡された額を見た。「お客様、どちらに――」

「奥の席を頼む。あそこの陰になってる隅のテーブルだ」

用心棒は声を上げて笑い、また三人をひととおり見た。「かしこまりました」

数分後、三人は奥の席についていた。サムは上品にメルローを頼み、早いペースで口に運んだ。この隅の席で、どんどん縮こまっていくような気がする。

ローラは恥ずかしげもなくステージに見入っていた。

「わあ、すごい。あれ見て見て！」息が荒くなっている。サムはそちらに目をやった。ダンサーのバストは少なくとも一メートル一〇センチはありそうだ――しかもむき出しで、真っ赤な乳首からタッセルがぶら下がっているだけ。若くて踊りもうまく、しなやかな体がきびきびしている。銀色のポールのまわりで体操選手のように動く。頭をのけぞらせ、ポールのまわりで跳ねたり、またがったり、まわったり。

「ちょっと、すごいわ。いままでポール相手にイってる子なんか見たことない」ローラがあえぐように言った。

「ローラ」サムがつぶやく。

ローワンはいすにもたれて腕を組んでいる。サムは、彼がステージよりも自分を見ていることを感じていた。

ダンサーがいきなりステージにぺたりと寝そべった。頭をのけぞらせてつま先につける。ステージ近くに座っている男たちのほうに、胸が突き出た。

「うわ、魚雷二発って感じ!」ローラが言った。

ローワンは黙っている。

ダンサーがさっと仰向けになり、両脚を上げて広げた。ゆっくりと。彼女のTバックはまるで靴ひもだ。シルクの細いリボン。体のほかの部分も、色合いのちがったリボンであちこち縛ってある。

「あっ、あら!」ローラが言った。

またダンサーのことを言っているのだろうとサムは思った。だがそうではなかった。テディが入口のところで、用心棒の横に立っていた。

「来られたのね!」ローラが言い、手を上げた。

テディが三人を見つけ、テーブルのほうへ歩いてきた。

彼は別れた妻の頰にキスし、そのあとサムにも同じことをした。ローワンを見て、そして握手する。いすを引き寄せて座り、ビールを注文し、眉をつり上げてステージを見やってからサムに目を戻した。「こいつはなかなかおもしろい趣向だが……いったいなんでこんなとこに来てるんだ?」

サムは答えに詰まった。テディは刑事だ。ロレッタはまだなにも警察には話したくないと言っていた。

「ジャズの日だと思ったのよ」とむなしい言いわけをしてみる。

ローラがその努力を無にした。「なんですって？」

サムは嘘をつきなれていない。しかし、すぐにもっとましな嘘が口をついて出たのには、自分でも驚いた。「あ……あの、今日すごくおもしろいストリッパーの記事を読んだの。アメリカには何十万人もストリップをしてる女性がいるけど、そのほとんどがとても健康なんですって。だからすごく興味があって、それで……」サムは前のめりになって言葉を探し——そしてまったくの作り話を口にした。「健康できれいな若い女性がこういうことをしたいなんて思うのが信じられなくて。いえ、だってふつうにダンスをしたり、モデルや女優になればいいのにと思ったのよ。でも……」

ダンサーが弓なりになっている。ボディのほとんどが丸見えだ。彼女もやはりきれいで若い。「その……ちょっと勘違いしてたみたい。ストリップにはなにかこう……惹きつけられるものがあるのかも……」

「お金よ」ローラが知ったかぶりをした。

テディが肩をすくめる。彼はサムの話を信じているようだった。

ローワンはサムをじっと見つめている。彼はひとことも信じていない。ワイングラスをサムのほうに持ち上げ、一口飲む。サムはあわてて目をそらした。

「あの子すごいわね」ローラがダンサーのことを言った。

テディが別れた妻を見る。そしてふっと笑った。「金とスリルと退廃《デカダンス》か。なんだか楽しいよ、こういうところにおまえといるなんて」

「本当？」

「昔のおまえは堅苦しかったからな」

「そう？」ローラはラム・コークを注文していた。かきまぜるスティックを口に持っていき、先をなめる。「まあね、退廃した従姉妹のそばにいたら、こんな不良になっちゃったのよ」

「不良で意地が悪いんでしょ」サムが言っていすにもたれた。いつのまにかワイングラスが空になっている。なぜだかわからないが、ローワンをちらりと見た。彼は一瞬間をおいて、彼女のグラスにボトルからワインをついだ。そのときぐっと身を乗り出す。「きみの車は、朝までここに置いといたほうがいいぞ」

サムはぷいと横を向いた。「車なんかないわ」

「テディ、テディ！」ローラが急に言った。「見て！　あれって……例の犯人じゃない？」

テディが体をひねる。「容疑者だよ」

サムはぎくりとした。ローラの言うとおりだ。ステージの真ん前のテーブルに、リー・チャップマンがスキンヘッドをてかてかさせて座っていた。ダンサーは観客全員に向かってパフォーマンスしている。体をよじり、まわって……また脚を広げる。しかし彼女は、とくにチャップマンに向けてもサービスしているようだ。

「こんなところでなにをしてるのかしら？」チャップマンには聞こえるはずもないが、ローラは声を落として訊いた。

テディが以前の妻を見る。「その気になりに来てんじゃないか？」

「テディ、そういう意味で言ったんじゃないわよ！」とローラ。

テディはわずかに口もとをゆるめた。「あいつはいま保釈中だ。やつの弁護士が手配したんだよ。あれ、弁護士と言やあ……」

身を乗り出したサムは、テディの言ったことがわかった。チャップマンはひとりではなかった。ケヴィン・マディガンとエディ・ハーランがいっしょだ。

「クライアントを接待してるのかしら」サムが小声でローワンに訊いた。

「そのようだね」ローワンは肩をすくめる。

「あなたはあの人たちと仲良しなんじゃないの?」サムはしつこく言った。

ローワンはじいっと彼女を見すえたかと思うと、彼女のグラスに目をやった。また空だ。

サムは突っかかるように彼の目を見た。そして自分でワインのボトルをつかみ、グラスをいっぱいにした。テディもローラも気づいていない。

だがローワンは見ていた。

ステージにもうひとり、羽根のマントをはおったべつのダンサーが出てきた。最初のダンサーは丸くなる。羽根の女はくるくるまわってぱっとしゃがんだ。頭につけた飾りもきれいだ。

それから羽根のマントを脱ぐ。あとはもう羽根の房飾りしかついていない。

彼女はしゃなりしゃなりと花道を歩き、そこへ最初のダンサーが立ち上がっていっしょになった。ふたりはひとつになって動きはじめた。美しい肢体が流れるような動きで悩ましい。

ふたりはいっしょにひざをつき、転がって背中合わせで脚を伸ばした。

さっきまでは歓声やわめき声がときおり飛んでいた。しかしいまは静まり返っている。ふたりのダンサーはきっちりと左右対称の動きを見せている。それもかなり悩ましい動き。ひとりめの女がふたりめの女の羽根飾りを取っていく。ふたりめはひとりめのリボンをはずしていく。そして妙に美しさを感じさせるポーズで抱き合ったかと思うと、向きを変えた。ステージを歩き、それぞれが対称の位置にあるポールにたどり着く。そしてポール相手にセクシーな動きをしはじめた——ふたりとももう一糸まとわぬオールヌードだ。

サムはダンサーから目が離せなかった。見たいのかどうかはわからないが、ほかの人はだれも見たくない。

「これ、かなりエロティックね」ローラがつぶやいた。

「ああ」テディが賛成する。

「ふたりともとってもきれい」ローラが言う。

「ああ。犯《や》っちまいたいね」テディが軽い口調で相槌《あいづち》を打つ。

サムは目をそらすことができなかった。たしかにこれはエロティックだ。まるでだれかがシャワーを浴びているところに入っていったような感じ。それにこういうものを見るのと、見ているところを見られるのとは別物らしい。なんだか落ちつかない。テーブルの下に入りたくなってしまう。

「犯っちゃいたいのはあの子たちだけ？」ローラがそっとつぶやいた。

「いや、まあ、なんて言うか……」テディが答える。

「その気にさせられるんでしょ」

「そう思うか？」テディが訊いた。そしてローラに近寄る。ぴたりとすぐそばに。サムはそれに気づいた。テディが頭を下げ、遠慮がちにローラにささやきかける。「出ないか？」

「そうね」ローラが頭をのけぞらせて彼を見る。「でも……べつにそこからなにかを始めようってつもりは……」

「おれもだ。でも……」

「つまり、よりを戻したいってことじゃないのよね」

「ああ」

「でも私たち、前は夫婦だったし」

「ああ、そうだ。行くか？」

「ええ！」ローラが賛成した。

突然ふたりが立ち上がる。

サムはぎょっとした。「帰るの？」とあわてふためく。

テディが目を細めた。「ああ」

「でも――」

サムは、この動揺はローラのためだと思いこもうとした。もちろんテディのことは信頼しているし、手を借りたいときに頼りもしたけれど……。

ローラとふたりで行かせてもいいものだろうか。

こんなにうろたえているのはローラのためなの、それとも自分のため――？　ローワンとふたりきりで残されることになるとは、思ってもいなかった。しかも裸の女性がうじゃうじゃいるところで――。

「じゃあ、おやすみなさい。ありがとう、ローワン。電話してね、サム」ローラは言い、テディと帰ってしまった。

サムはワインのボトルを取ろうとした。だがローワンが持っていた。「ボトルからラッパ飲みでもするつもりか？　もっと強い酒を頼んでもいいけど。それともそんなに居づらいなら、もう帰ってもいい」琥珀色の瞳がサムを見つめる。サムはあわてて目を伏せた。もうワインは要らない。頭がくらくらしている。なんだかよくわからないうちに、急に顔が笑っていた。彼女は目を上げてローワンを見た。「で……あなたはあの子たちを犯っちゃう？」

「それは状況によるな」

「へえ？」

「いまはノーだ。ここに来た目的はもう果たしたのか？　それなら帰ろう。それ以上飲んだら、僕の車のなかで吐きそうだからな」

「そんなことしないわよ！」

しかしローワンに手を添えられて立ったときは、店内がぐるぐるまわっていた。めちゃくちゃに。けれどなぜか、もう動揺してはいなかった。サムはローワンに付き添われるというより、抱えられるようにして出口に向かった。彼に寄りかかり、くすくす笑って彼のスーツの生地をもてあそび、アフターシェーブローションの匂いに酔っていた。

「どうしてみんな、こういうところに来るのかしらね？」

「さあ。どうしてかな」ローワンがつぶやきながら、サムを自分の車の助手席に乗せた。ドアを閉め、運転席にまわる。

「ねえ、ほんとにああいうので男の人はその気になるの?」サムが訊く。

ローワンはギアを入れ、サムを見やった。「女はどうなんだ?」

「テディとローラには効いたみたいよ」サムは眉間にしわを寄せた。「あのふたり、大丈夫だと思う?」

「前は夫婦だったんだろう」

「ええ、そうよ。でもいまは……」

「いまは、なに?」

「わからない」

「何十人もの人間が見てる前で帰ったんだ。きみの従姉妹は心配ないよ」

サムはバックミラーに映ったローワンと目が合い、顔が赤くなった。「そういう意味じゃなくて。べつにテディは……いやだ、私なに言ってるのかしら」

またローワンに見つめられているのがわかる。けれど彼はなにも言わなかった。サムは頭をもたせかけ、目を閉じてめまいをこらえた。

数分後、彼女はローワンにつつかれていた。はっとして、ついうとうとしていたのだと気づく。

「サム!」

サムは跳び起き、車から降りてよろけた。すばやくローワンがまわってきて、彼女が倒れる前に支えた。

「大丈夫よ」

「玄関まで送っていくよ」ローワンがサムを抱き上げ、玄関に向かって二、三歩進んだ。

「鍵は持ってる?」

「もちろん」

サムはハンドバッグを探り、鍵を見つけた。ローワンが彼女の手から鍵を取る。

「あの、本当に大丈夫だから。こんな……」

「しゃべるな、サム」ローワンは鍵を差しこみ、そしてなかに入った。「ベッドまで連れていくよ」

「だめ……」

「ベッドに引っ張りこむとは言ってない。連れていくだけだ」

サムはローワンの首に抱きついていた。ローワンが早足に階段を上がる。サムは彼を見つめていた。不安を感じながらも、彼の頰の肌ざわりや、口の大きさや、指に絡みつく髪の長さを意識していた。

しばらくして、ローワンは彼女をベッドに下ろして靴を脱がせた。彼の手の感触が、信じられないほどエロティックに感じられる。

ローワンがベッドカバーをかけた。サムが彼の手をつかむ。

「ローワン……」

「ん?」

「あなたは……あそこでなにも感じなかった? だってその……あそこはすごく……なんていうか……。テディはローラを抱えて飛び出していっちゃったでしょう」

「セクシーってこと?」

「いえ……」

「サム、僕を誘ってるのか?」

「ちがうわ!」

「よかった。今夜はだめだ」

「えっ?」

「今夜はだめだ。ところで僕たちは、あそこでなにをしてたんだ?」

「なによ、私が妙な気まぐれを起こしてストリップを観たくなったとは思わないわけ?」

「思わないね」

「私だって物のわかる女なのよ。遊び心のいっぱいある、ね」

「きみがそうじゃないとは言ってない。ただあそこには、なにか理由があって行ったはずだ」

「ちょっと羽目をはずしに行っただけ。それだけよ。スリルがあってよかったでしょ」

「きみとローラのふたりだけで?」

「あら、あそこには独身の男性だっているじゃない」

「へえ、なるほど。きみはローラといっしょにストリップを観にいって、男をつかまえようとしてたんだ?」

「かもね」

「たしかに、テディはすぐその気になってたよな」ローワンは笑った。「まあいずれ、本当のことを話してもらうよ」

「私にもいろいろあるのよ」

「それはよかった。さあ、もうおやすみ、サム」

「どこか……ほかのところに行くの？」

「だれかほかの女と寝にいくかってことか？」

「ち、ちがう！　そんなこと訊いてないわ！」サムは強がった。

ローワンは一瞬なにも言わず、サムを見つめた。小さな笑みを浮かべている。それからサムのそばに腰を下ろし、彼女の髪を後ろにすいた。「サム、今夜はなにがあっても絶対にきみには触れない。そんなことをしたらますますきみを怒らせるだけだからね。家に帰るよ。ダンサーがセクシーだったかって？　刺激的だったかって？　まあ、かなりね。それで僕があの子たちと……いや、ほかのだれとでも、やりたくなったかって？　ああ、なったさ――もしいまここに、きみがいなかったらね。じゃあきみにその気になってるかって？　そんなことわかるだろ」ローワンは立ち上がって部屋を出た。サムはまだくらくらしている。それでも妙に高ぶっていた。彼はすぐに、水とアスピリンを持って戻ってきた。「これを飲んで。落ちつくから」

サムは言われたとおりにした。

「防犯ベルをセットしておくよ。暗証番号を思い出せる？」

サムはローワンに顔をしかめたつもりだった。けれど笑っていた。ああ、完全に飲みすぎだわ！「本当に帰るの？」

「ああ。どうして？　帰ってほしくない？」

「そんな、ちがうわ！」

「きみはいま、僕とまともに話ができる状態じゃない」

「いい気になっちゃって」

「きみはろくに目も開けてられないじゃないか」

「あら、そうかしら」そう言ったものの、言われたとおりだった。サムは疲れきっていた。目を閉じて世界を締め出したかった。

「ほら、おとなしく防犯ベルの暗証番号を言って、おやすみ」

サムが番号をつぶやく。

そして目を閉じた。そのあとのことはもう、なにも覚えていなかった。

10

こんなに早く電話がくるとは思っていなかった。

レイシーは水曜の午後に学校から帰ったとたん、ミスター・スノーデンって人から電話よ、と母親に呼ばれた。

ミスター・スノーデンなんて人は知らない。レイシーは眉をひそめて受話器を受け取り、いったいなんだろうと思いながら「もしもし?」と出た。

「やあ。きみがパーティに出ると聞いたものでね」

「えっ?」

「いまひとりかな?」

「いえ!」

「じゃあこのまま聞いて。金曜の夜、新しい子にうってつけの仕事があるんだ。元気で踊りのうまい子にぴったりのね。きみも知ってる友人からきみを紹介されて、この機会にどうかと思ってね」

そう言われてピンときた。これはロレッタが話してくれた仕事の件——クラブとは別口のストリップの紹介だ。レイシーののどに力が入った。怖い。でもここは聞くしかない。もしかしたら自分は、この危険の香りに魅かれているのかもしれない。

「お話を詳しく聞かせてください」

ミスター・スノーデンはゲーブルズ・エステートの住所を読み上げた。高級住宅地だ。それから彼は、時間にじゅうぶん余裕を持っていくようにと言った。広告代理店のエグゼクティブのバースデーパーティだから、ケーキから飛び出してちょっと脱いでやればいいということだった。

「それはとてもお徳な話ですね！」レイシーは母親のほうをうかがって笑顔を見せながら言った。手は電話のコードを握りしめている。「おいくらなんですか？」

「五百ドル。チップをもらったらその分も」

レイシーは口があんぐり開きそうになった。五百ドル。クラブで一晩にもらえる金額の倍――いや、四倍だ。

「どうする、やるかな？　今回はきみの力試しだ。もちろん、うちも斡旋業者として試されることになる。きみの実力についてはお墨付きをもらったから、大事な仕事を任せるんだよ」

「光栄です。ええ、ええ、ぜひ行かせてください」

ミスター・スノーデンは住所をくり返した。レイシーが電話を切ると、母親が哀しそうに目を見はってこちらを見ていた。まさか聞かれたのだろうか？　レイシーの心臓が跳び上がる。

「ママ――」

「ああ、ほんとにごめんなさい！　すごくそのお買い物に行きたそうなのに、私ったらほとんどお金がないのよ。この前の夜は買い物には行かなかったの。行かなくてよかった。小切手の口座の残高があんなに少なくなってるなんて、知らなかったわ。わけがわからない。そんなにたくさん小切手を切った覚えはないのに」

レイシーはほっとして笑い出してしまった。母親をぎゅっと抱きしめる。「ママ、それはね、ATMっていう自動支払い機だからよ。出てくるお金はただじゃないの。お金が入ってなきゃ出てこないのよ。どうやらママは、小切手を書かなければお金はなくならないと思ってるみたいね」

「ああもう、いやになっちゃう！」ローラはため息をついた。「私って、あなたたちふたりに迷惑のかけっ放しね」

とっさにレイシーは、母親をきつく抱きしめていた。「ママはよくやってくれてるわ。お金のことなら心配しないで。先週パパがおこづかいをくれたの」

ローラの瞳がくもる。父親のことを口にしたのはまずかったとレイシーは思った。

「ママ――」

しかし母親は、父親をけなすようなことはなにも言わなかった。「あのね、お父さんだってけちなわけじゃないのよ。警官はあんまりお給料がよくないから。お父さんだってできることなら、あなたをニューヨークのしゃれた学校に入れたいと思ってるの」

どうしてこんなにやましい気持ちになってしまうのだろう、とレイシーは思う。

「わかってるわ、ママ」もう一度レイシーは母親を抱きしめた。つい力が入りすぎてしまう。

だがローラは気にしていないようだった。「愛してるわ。あなたのことは本当に大切に思ってるの」

「私もよ、ママ。嘘じゃない」

ふたりが抱き合ったとき、また電話が鳴りはじめた。レイシーは、天井を突き破るかと思うくらい飛び上がった。

「あらやだ、電話にそんなに驚いて」ローラが笑った。

「ええ、そうよね、電話なのに。私が出るわね」そう言って電話に飛びつく。

「レイシー！」

「あら！」レイシーはほっと胸をなでおろした。相手はジャネットだった。何年も前からの友だちで、同じ夢を追いかけている仲間だ。

「いい話よ」

「えっ、なに？」

「『風が吹くとき』の全米ツアーのキャストを、ニューヨークでオーディションするんですって。今週末。一般公募だから、大手エージェントに入ってなくてもいいって」

レイシーは眉をひそめた。「えーっ、そりゃあニューヨークに住んでる人ならいいでしょうけど」

「だから何人かでいっしょに行きましょうよ。あなたと私とサラとケイシー。夜遅くに出るの。ケイシーはいま地元のショーに出てるから、それが終わるのを待ってさ――金曜の夜に、新しい格安航空会社の飛行機でマイアミ空港から飛べばいい。深夜の便よ。なんと往復で百五十ドル！　部屋も四人で泊まれば、ひとり百ドルくらいになるわ。あと食事代が百ドルあれば行ける。どうする？」

「行きたいけど、でも――」

レイシーの声がしぼんだ。そんなお金はない。それに、母に金を無心することもできない。でもお金なら手に入るではないか。金曜の夜遅くまでには、十分すぎるほどの額が。

「深夜の飛行機って言った？　ニューヨーク行きに深夜の便があったなんて知らなかったわ」

「あるのよ、新しい航空会社に――まさかそれが怖いんじゃないでしょうね？　前は大きな墜落事故があったけど、新しい名前になってからは空の上でいちばん安全な会社だって言われてるわよ。もちろん、連邦航空局はやいのやいの言ってるけど」

「ちがう、ちがう、怖いんじゃないわ」レイシーはあわてて言った。「夜中の十二時。十二時なら間に合うわ」

「じゃあ行くのね！」ジャネットがほっと息をついた。「ああ、よかった！　四人で部屋とタクシー代を出し合ったほうが、ずいぶん安くなるもの」そこでくすくす笑う。「私ね、ニューヨークでは地下鉄に乗りませんって、ママの前で聖書に誓わなくちゃならなかったのよ。私たちマイアミに住んでるのにねえ？　ここだって犯罪天国じゃない！」

「行く、うん、行くけど――」レイシーは母親が心配そうな目で見つめているのに気づき、言葉を途切らせた。「あとでまたかけるわ」

そう言って電話を切った。「ママ、金曜の夜に友だちと飛行機でニューヨークに行くことにしたの。いいでしょ？」

「え、ちょっと待っ――」

「大丈夫。ちっとも危なくないわ。みんないっしょに行動するから。ケイシーは街をよく知ってるし。彼女のところは数年前にこっちに引っ越してきたばかりだもの。本当よ、ママ。安全だし危ないこともしない。ホテルの電話番号も教えるし――」

「いえね、詮索するわけじゃないんだけど――」

「舞台ツアーのキャストを公募してるのよ。とってもいいミュージカルなの」

母親の目に涙があふれた。母はいつも、いちばんあなたのためになることをしなさいと言っている。もし自分で決めたのなら、ニューヨークの学校へ行ってもいいとまで言ってくれる。しかしレイシーは、母が不安に思っていることも知っていた。離婚してひとりになったいま、子どもを失うのはつらいのだ。

ローラが顔をくもらせた。「お父さんにお金をもらわないとね。いまは本当にないのよ。それにサムにはいつもお金を借りていて、情けないわ。いつもちょっとずつしか返せなくて。私って本当にお金のことはだめね――」

「ママ、お金ならあるわ。貯めてるって言ったでしょ」レイシーは唇をなめ、少しばかり嘘をつくことにした。「飛行機は九十九ドルしかしないし、ちゃんとした部屋を百五十ドルで取ってシェアするの。タクシーに乗ったって四人で割れば、ひとり一ドルかそこらで移動できるわ」

ローラは娘をまた抱きしめた。「ああ、わくわくするわ。すてきな週末になりそうね！」

「ありがとう」レイシーは急に浮かない顔になり、母親をもう一度抱きしめた。「ママ、すごく疲れてるみたい。なにかいやなことでもあったの？ 今朝はパパの声がしてなかった？」

「あ……そうなの、お父さんが来たのよ」ローラは言った。

「またけんかしたの？」

「ううん、ちょっと疲れてるだけ。あなたは信じないかもしれないけど、ゆうべはサムがストリップクラブに行くって言い出してね」

レイシーの顔から血の気が引いた。「なんですって？」

「いきなりなのよ！ それでほら、サムはいつも私と出かけるでしょう。エイダンやあなたがなにかやるときは、私がサムを引っ張っていくから。それで……夜遅くまで出かけてたの」

「それでどこ――どこに行ったの？」

「ハイウェーにある店よ」

「ええっ」

「あら、そんなにいやなとこじゃなかったわ。けっこう……おもしろかった。そんなにショックを受けないで――私たちみんな大人なんだから」

レイシーは死にそうな気分だった。

「お父さんも来たのよ」

「パパが？」びくびくするあまり、レイシーの声はうわずった。

「サムがどういうつもりなのかわからなかったけど……ママはちょっと怖くてね。あなたのお父さんに電話したのよ。最初は来られそうもなかったんだけど、なんとか間に合って、それで……」

「それで?」レイシーがかすれ声になる。

「それだけよ。お父さんも来たってだけ」

「あっ、まさか! パパは泊まってったのね! ここに!」

ローラが赤くなった。図星だとレイシーにはわかった。あやうくひざまずき、ゆうべはクラブの仕事がなかったことを神に感謝しそうになった。

両親がクラブに行った――そしていっしょにここに戻ってきた! めまいがする。気絶しそう。吐きそう。ああ、なんてこと……。

パパがクラブに来た。

そしてママも……。

「また行ったりしないわよ――ね?」

「あなた大丈夫? 熱があるんじゃない?」ローラが心配そうに言う。

「ママ!」

「なに?」

「いいえ、いいの、なんでもない。あの――愛してるわ、ママ。私、宿題しなくちゃ」

レイシーは母親の頬にキスし、逃げるように部屋に行った。ばたばたと駆けこんで息を切らす。紙袋がいるかもしれない。息苦しくて気が遠くなる。

クラブに電話して、すぐに辞めなきゃ。いえ、でもお金は要るわ。ううん、だめ。辞めるのよ、いますぐに。ああ、ゆうべステージに立っていたらどうなっていたか。両親が自分を見て、娘だとも知らずに見て、熱くなってそれで……。

レイシーはいますぐクラブに電話して辞めようと思った。大丈夫だ。辞めてもまだプライベートパーティがある。そちらのほうがお金もずっといい。それに、ずっと〝安全〟でもある。

モリーがまた来てくれた。一筋の希望の光を見たようで、サムの心はなごんだ。目を覚ましたときは割れるような頭痛もなく、運がよかったと思う。けれども水曜の午後にもなると、不安がつのっていらいらしてきた。

クラブに行って、いったいなにがわかった？　なにもわかっていない。わかったことといえば、自分が臆病で、ずいぶんワインが飲めるということだけ。それにローワンには情けないところを見せてしまった。それを考えると一日じゅう悩むだけなので、仕事に集中しようとした。

マーニーの捜査には、ふたりの刑事が当たってくれている。じょじょに本腰を入れつつはあるが、それでもまだ、大人の女性がいなくなって大騒ぎするほどの時間は経っていないということだった。ローレンス刑事とオスターマン刑事。ふたりはジムにも現れた。ひとりはのっぽのやせ型で、もうひとりはデパートのサンタクロースみたいに丸々としていて、〝ローレルとハーディ（米国の喜劇俳優）〟を彷彿《ほうふつ》とさせる。ふたりともテディの知り合いだ。いちばんの腕利きを手配するという約束を、テディは守ってくれたのだ。彼らは法律事務所を中心に、マーニーが弁護したクライアントを徹底的に調べ上げていた。

ストリップクラブのことを話すべきかどうか、サムは迷った。しかしなにをどう話せばいいのかわからない。ロレッタには警察に話さないと約束したし、なんの証拠もないのでは話せやしない。怪しい点などなにもないのだから。たぶん警察のにらんだとおり、マーニーのクライアントを調べるのが正解なのだろう。

いまはもう夕暮れどきだった。外に出るとモリーが泳いでいるのが見えたので、サムはレタスを取りに家のなかに戻った。また外に出てくると腰を下ろし、モリーにレタスをやりながら、手招きしては頭をかいてやったり話しかけたりした。

静かな夜。海の色彩はすばらしい。なにもかもが穏やかで美しかった。

ふと背中にローワンの気配を感じた。いや、正確に言えばローワンというよりだれかが背後に立っている気配を感じたのだが、振り向くとやっぱり彼だった。

サムはまた水辺に目を戻した。「断りもなく人のうちの裏庭に入ってきちゃだめじゃない。玄関をノックしなくちゃ」

「したよ。返事がなかった」

「だったら、いまは人に会いたくないってことかもよ」

「でも思いきって裏にまわってみることにしたんだ」

サムはローワンに、どう言って帰ってもらおうかと考えた。でも実際には帰ってほしいと思わなかった。両足を水につけたまま、まっすぐに湾を見つめる。ローワンがその隣りに腰を下ろした。彼はショートパンツとポロシャツに裸足という格好だ。彼も船着場から足を下ろし、サムがマナティをなでると自分も手を伸ばした。サムは、モリーが彼を知らない人だと思って、鼻を突き出し泳ぎ去ってしまえばいいのにと思った。けれどモリーはそんなことはしなかった。ローワンの近くをすいすい泳ぎ、おとなしくなでてもらっている。

「この子は本当にかわいいね」ローワンが言った。

「そうね」突き放すようにサムがつぶやく。

「人なつこいよ」

「人なつこすぎるのかも。そのうちまたスクリューに引っかかってしまうわ。こんなふうにえさをやっちゃいけないのかもしれない」

「でもこの子はめったにこのへんを離れないと思うよ。ボートが危険だっていうことはわかっただろうし」

「そうね。でも私たちだって、懲りずに失敗をくり返すこともあるわ」

「それは僕のことを言ってるのか？　それともきみのこと？」

「たぶん両方」

ローワンは体を起こし、手のひらで海水をすくった。「僕はきみを傷つけようと思ったことはない」

「たとえそうだとしても、あなたはずいぶん立派にやってくれたわ」

「許してくれる方向で、少し考えてみてくれないか」

「そうね」サムはやっとローワンのほうを見た。「でもなぜか……そうしたいって気持ちがわいてこないの」そう言ってサムは赤くなった。自分がどんなにひどいことを言っているか気づいたから――それに、ゆうべの彼がどんなに紳士だったかも思い出したから。「あの――私はただ……過去には戻れないと思うだけ。もう二度と、お互いに好きになったり信頼し合ったりはできないと思うの」

「そうか、それなら僕にできることはあまりないな」ローワンはそう言ったが、動こうとはしなかった。いまは一日のうちでいちばん美しい時間だ。空も海もほんのりと紅色に輝き、空にはオレンジ色のストライプが入っている。波の向こうに、キー・ビスケーンに建つ家々が古代の宮殿のようにきらめいていた。

サムはじっと湾を見つめつづける。「ゆうべは帰ったのね。いてもよかったのに。私は反抗できるような状態じゃなかったんだから」

「だからこそ帰ったんだ。でもそうだね、いればよかったな」

「あなたにはひとつ借りができちゃったわ」

「いいよ、そんなの。ねえ、サム、これだけは誓って本当なんだ。信じてくれと頼むつもりはない。どんなに信じてほしくてもね。でも……ダイナは自滅寸前だった。僕にはそれがわかった。家に戻ってきたときの彼女はひどい状態で。どんなになっても結婚した相手だ。放ってはおけなかった。そんなことをしたら、僕は自分が許せなかっただろう」

「あのときもそんなことを言ってたんじゃなかったかしら」

「そうかな？　じゃあなんて言えばよかったんだ。〝ああ、悪かった。きみはすばらしい恋人だったよ、ありがとう。でも妻が見つかったんだ。やっぱり妻とは別れられない。妻は麻薬中毒で、そばについていてやらなくちゃいけないから〟とでも?」

サムが勢いよく振り向く。「そうよ!」

ローワンは頭を振った。「僕はもう妻を愛していなかった。もちろん気にかけてはいたさ。でも愛してはいなかった。彼女がいなくなったとき——もちろん僕がなにかしたと疑われて告発される前だけど——正直言ってほっとしたよ。妻は……僕にしがみついていた。自分のしてることが自分でもわかってなかったんだろうと思うけど、とにかく妻は手がかかった。最初に彼女が行方不明になったとき、ありがたいとしか思えなかったよ——これでやっと息がつけるってね。そんなとき、きみに出会った。そして恋をした。きみはダイナとはなにもかもちがってた——強くて自立してて、自分をしっかり持っていて。睡眠薬がなくても眠れるし、薬がなくても目が覚める。アルコールがなくても一日が過ごせる。きみはすがしい空気みたいだった。星の瞬きみたいだった。きみといると笑えた。きみは僕の演奏を聴いてくれた。きみのすることにはなんでも真心がこもってた。妻の言ったことは当たってたよ。僕は彼女を愛していなかった。でも努力しなくちゃと思った。自分の力で妻を強くできると思っていた。ひとりでも生きていけるように、立ちなおらせることができると思っていたんだ。それがまちがいだったよ。でもああするしかなかった。あれでよかったのかどうかはわからないけど、ああするしかできなかった」

サムは両脚を抱えこんだ。「なんて言ってあげたらいいのかわからないわ。初めてあなたに会ったとき、私はもう離婚したんだと思ってた——」

「妻とは終わったって言ったんだ」ローワンが静かに口をはさむ。「嘘はついてない。正式に離婚したとは言わなかったよ」

サムは肩をすくめた。「そう。私は自分の信じたいことを信じてしまったのね。でもあなたのことは愛してた。あなたが逮捕されたとき――」

「あれは単に事情聴取を受けただけだ」

「なんでもいいわ。警察はあなたに手錠をかけて連れていった。でも私にはどうでもよかった。あなたが無実だってわかってたもの。あなたを愛してた。いえ、あなたを崇拝してた。まわりの見えなくなったグルーピーみたいに。いま振り返ってみると哀れなものよね。でも……でも私はあきらめた。そうするしかないでしょう？　そしてあなたは奥さんのもとに戻り……私の家族は事故にあった。父が死に、母はひどいけが。あのころは人生でも最低のころだったわ。でもなんとか切り抜けた。だからもう昔に引き戻されたくないの。またあなたを好きになりたくないの」

ローワンはサムを見ていた。哀しげな笑みを浮かべている。手を伸ばして彼女の髪をなで、こぶしを頬にすべらせる。「じゃあ好きにならなくていい。ただの隣人――友人にしてくれればいい」

「友人？」

ローワンの笑みが大きくなった。海のほうを向く。「いや、そうだな。セックスっていうのは生きてるものの本能だ。だから僕たちはみんな、いつもだれかとセックスしたいと思ってる……そしてきみと僕には実績がある。しかも、激しさと安らぎの両方が手に入ることを知ってる……」

「あなたって信じられない神経してるわね」

「そうかな？　ゆうべのきみはすんなり落ちそうだったけど」

「な、なに――」

ローワンが笑った。「もう一回クラブに行ってみようか。今日はどんな気分になるか」

「さっきからひどいんじゃない」

「一生懸命になってるつもりなんだけど……どう思う？」

「海にでも潜って、頭を冷やしてくるべきだと思うけど！」

「それ、けっこういいかもな。きみは海に潜ったことある？　僕はスキューバの道具を山ほど持ってるよ」

サムはすぐには言葉が返せなかった。しかしローワンが話題を変えたのだとわかって肩をすくめた。「ええ、ときどき潜るわ。とくにモリーがいるときにね。あの子、人間と泳ぐのが好きなのよ」

「へえ？」

サムはローワンをちらりと見た。ゆったりとくつろいでいるように見える。彼にはあれほどつらい思いをさせられたというのに、それでもどうしようもなく惹かれているのがわかる。そして、彼もつらい目にあってきたのだということもわかっている。ダイナのこと、それからビリーのこと。サムは、自分が父親を亡くしたときどんなにつらかったかを思い出した。そして、もしああいうときに警察やレポーターに追いかけまわされ、やることなすことといちいち説明を求められたらどんな気分だったろうと考えた。

しかしいまのサムは冷静だった。ここでまた妙な雰囲気になるようなことは言いたくない。けれどこうしてローワンのそばにいて、話をしているのは心地よかった。

「サム」ローワンが静かに切り出した。「どうしてあのクラブに行ったんだ?」

「マーニーが前にあそこで働いていたの」そう言って彼を見やる。「なにかわかるんじゃないかと思って……でもあんな情けない結果になっちゃった」

ローワンが心配そうな顔をした。「サム、いくら友だちを助けたいからって、得体の知れないやつらに関わっちゃいけない。警察には連絡したんだ。もうきみにできることはない。なにかすれば、危険な目にあうだけだ」

「いいえ、なにかもっとできることが――」

「ないよ。もしマーニーになにかあったんだとしたら、それと同じ危険に足を踏み入れることになってしまう」

サムはローワンを見た。「法律事務所と仲良しなのはあなたでしょう。あそこでなにが起こってるのか、探り出してもらえないかしら」

「そうだなあ」

サムがなにも言わないうちに、不安そうな声が聞こえてきた。

「ミスター・ローワン、セニョール・ローワン……」

ふたりともぱっと振り向いた。中年の少しふっくらとした、メイド姿のヒスパニック系の女性がやってくる。クロトンの葉とハイビスカスの花が服から突き出ている。茂みをかきわけてやってきたにちがいない。

「アデリア！」ローワンが驚き、彼女を迎えようと立ち上がった。「どうした？　大丈夫かい？　なにがあった？」アデリアに駆け寄り、彼女の手をとって全身に目を走らせる。

しかしアデリアは勢いよく首を振った。「ちがいます、ちがいます、私の心配はいりません、ミスター・ローワン。でも彼女が帰ってきたです！　あのいやな女が帰ってきたです」

「マーニー？」サムが飛び上がった。

アデリアはサムのほうを見て眉をひそめた。「いえ、いえ、あのレポーターの女です」アデリアがあわてて説明する。「玄関まで来てベルを鳴らしたりドアをたたいたり！　私が知らんぷりをしたら、どうしたと思います？　家の裏にまわって、入ってきたですよ！　だんなさまを探してプールをのぞいたり、地下に忍びこんだり。だんなさまが楽器を置いてるところです」

ローワンがサムに目をやる。「この近所では、人のうちに勝手に入って会いたい人間を探す病気がはやってるらしい」

「あの女はあなたを探して追ってきてます、ミスター・ローワン」アデリアが注意した。「私を見たらしいです。それで茂みのなかまで私を追いかけてきたです」

ローワンは無言だった。

サムは自分の手を見下ろした。震えている。ああもう、こんなことしたくないのに。彼女は顔を上げてローワンを見た。「うちに入る？」

「ああ」ローワンはそれだけ答えた。

サムは立ち上がり、手の泥を払って家のほうへ歩いていった。地下に入り、ふたりもあとに続かせる。ドアを閉めて外を見たところで、テーラードスーツを来た若い女性が茂みのなかからがさがさと出てきた。

茂みを出たところにすぐプールがあり、彼女はあやうく落ちそうになった。魅力的な、二十代後半の女性。短く切りそろえたこげ茶色の髪が、顔のまわりで揺れている。彼女はバランスを立てなおし、うかがうようにあたりを見まわした。

「あのおばさん、どこへ行ったのよ」ドアを通しても聞こえるくらいの声で、若い女が言った。

アデリアがスペイン語で悪態をつく。

「出ていって、ちょっと言ってやったほうがいいかも――」ローワンが言いかけた。

「ふうん。でもきっと彼女はそれを書きたてるでしょうね」サムが警告した。「しっ！」若い女がサムの庭を歩きまわり、船着場のほうへ行くのが見える。女は水辺をのぞきこんだ。そして戻ってきて、プールのまわりをうろつく。

「こんなくだらない――」ローワンがつぶやいた。

「ローワン、静かに。聞こえてしまうわ」

ようやく女性は向きを変え、サムの家のおもてのほうへ行きはじめた。どうやら獲物は取り逃がしたと思ったのだろう。そして、もう一度クロトンとハイビスカスの茂みを通り抜けることもないと考えたらしい。

「彼女がどこへ行くか確かめましょう」

サムは先に立って一階に上がり、おもてに面したリビングルームの窓のカーテンを注意深く開けた。レポーターは自分の赤いジープに戻り、ドアを開けて乗りこんだ。エンジンのかかる音がするまでサムは待った。しかしいっこうに聞こえない。レポーターがこちらを向くと、車の後部に男がひとりいるのが見えた。彼がジープを降り、ローワンの玄関に向かう。

アデリアがスペイン語で怒ったようになにかつぶやきはじめた。

「本気であなたを追いかけてるみたいね」サムが小声で言った。

「そのようだな」

「どうして？」

「昔の話をまだ追ってるのさ。僕のことなんかもう古いのにね。いま来たところを引き返そう、アデリア」ローワンが家政婦に言った。

アデリアはうなずいたが、サムに向きなおった。「ありがとございました、ありがと《グラシャス》。こんなふうになかに入れてくださって、どうもご親切に」

「ああ、ほんとにね《グラシャスリー》！」ローワンがつけくわえる。

彼はくるりと背を向け、地下に降りていき、フレンチ・ドアを抜けてパティオからさらに外へ出た。アデリアがずっとそのあとをついていき、サムもふたりのあとに続いた。

「くそ！」ローワンが悪態をついて足を止めた。茂みがまた動いている。

「ねえ、海から帰ってみたら」サムが提案した。

「えっ？」

「海よ。このへんも少しガスや燃料が混じってたりするけど、それほどひどくはないの。マリーナとは比べものにならないわ」

「いい考えだな」

「ええっ、だめです！　だめ、だめ！　海になんか入りません！」アデリアが抗議する。

「いいえ、あなたはしばらくうちにいてくれたらいいのよ」サムが言う。「ローワン、あなたは早く——」

しかし彼はすでに動いていた。運動選手のようにしなやかな身のこなしで、音も立てずサムの庭を突っ切り、船着場に行って水に入っていた。

それと入れ違いに男が現れた。マーニーの家の茂みでとどまっている。アデリアがまたスペイン語でぶつぶつ言いはじめた。〝警察《ポリッツィア》〟という言葉が混じると語気が荒くなる。男はまた茂みのなかに引っこんだ。

サムはこらえきれず、笑い出してしまった。アデリアの肩を抱く。「なかに入りましょう。いっしょにワインでも飲みましょ」ワイン。やめておいたほうがいいかもしれない。ううん、大丈夫。今夜はヌードの女性を観ているわけじゃない——ラッパ飲みなんかしたくはならないわ。

「いえいえ、そんな。ありがたいですけど、仕事中ですから。私はセニョール・ローワンのために働いてるのだし——」

「夜もずっと働いてるの？」

「いいえ、まさか！」アデリアは目をむいた。「まさかそんな。だんなさまはいい方で、いままでのなかでいちばん働きやすいです」そこで天を見上げる。「最初は怖かったですけど。ミス・ニューキャッスルとお会いして思ったです。アデリア、この人のところで働くなら、歩道でも磨いてたほうがいいって。私、法律事務所で働いてたんです。でも新しい清掃会社に変わってしまって、それで会社は……」そこで間をおき、さげすむように鼻を鳴らした。「私をこきつかってもうけてたんです。わかります？」

「ええ、残念ながら」

「でもミスター・ローワンは……早くお帰りと言ってくれるし、私のしたことにお礼を言ってくれるし――それにもう〝ボーナス〟っていうものをくださったし。だんなさまは最高です！　だんなさまのためならいつでも働きます。今度はあのレポーターの女の頭を、麵棒《めん》でぶってやります！」

サムはまた声を上げて笑った。ローワンは本当にいい人を雇ったものだ。アデリアがラテン系らしい黒い瞳を光らせ、あのおしゃれな髪型をしたレポーターを追いかける姿が目に浮かぶ。

「この次はあの女がプールに入る番ですよ。ねえ？　全身ずぶぬれになるのはあの女」

「ほらほら！　ワインを飲まなくちゃ」

アデリアは困った顔をしてまた断ったが、サムは押しきった。サムはふたりともにワインをつぎ、いつしかパスタを作っていた。

アデリアは楽しい女性だった。それに、ゆっくり気をつけてワインを飲んでいると、だんだん落ちついてきた。

アデリアは、故郷のキューバにいる姪《めい》や甥《おい》の話をしてくれた。彼女は姉の家族をアメリカに呼び寄せるために、お金を作っているのだという。

「法的には大丈夫なの？」サムがたずねた。

「キューバって国をご存じないですね。法律なんてお金で買えるです。たぶん法律を破らずに呼べると思うです。お役人を買うにはもっとお金が要るかもしれないですが。ここでさえ、お金は大きくものを言うでしょう？　ミスター・ローワンが助けてくれます、きっと」

「でもあなたは法律事務所で働いてたって――」

「はい。移民専門の弁護士さんがいます。でもミス・ニューキャッスルが、自分の力でなんとかしなさい、そうすれば神様もほかの人も助けてくれるって言ったです！」アデリアは十字を切った。

サムは一瞬、目を伏せた。そう、マーニーはきっとアデリアを助けるだろう。マーニーは冷酷でわがままで野心家ではあるけれど、いったんこうと決めたら引かない頑固者でもあった。アデリアの仕事に対する考え方や決意を、マーニーなら高く買うはずだ。

アデリアと自分に、サムはシンプルなマリナーラ・ソースのパスタを用意した。ローワンの家政婦は遠慮ばかりした。サムは皿を出すときもワインをつぐときも、アデリアをむりやり座らせておいた。アデリアはだんだんよく笑うようになり、小さかったころのキューバの話をした。結婚もしたが、夫は何年も前にキューバの刑務所に入れられ、もう生死もわからないという。自分がまだ夫持ちなのか、未亡人になったのかもわからないのだ。

「あなたにできることはなにもないの？」

「あるかもしれないです。ミスター・ローワンがミスター・デイリーのところに行ってくれたので。ミスター・デイリーには力がある。政治家に知り合いがいるし、ときどき……」

「あなたのご主人はもう亡くなってるかもしれないのよ」

「わかってます」

「でもね、再婚したいと思ったときのために——」

「いいえ」アデリアは結婚指輪をくるりとまわした。「フリオとは深く愛し合ってました。いまでは会ってもわかってくれないと思うですが——私、太ってるでしょう? でも昔は細くて可愛かったです。夫もすごくハンサムだった。夫は誇りを持って——自分の信じてることを言わなきゃならなかった。だから連れていかれたです。でも私はずっと夫を愛してます。ずっと祈りつづけるだけ。おかしいですか? 太ったおかしなおばさんですか?」

「いいえ、アデリア。とってもすてきよ。あなたも、あなたの考え方も」そこまで言って、サムは言葉に詰まった。アデリアの言ったこと、アデリアの結婚した男性のことを思う。もしまだ生きているとしても、何年も幽閉されたままの人のことを。

だが人生というものは、人の思いや信念にこそ支えられるものだ。いや、人そのものの存在に支えられるのだろうか。たとえ他人になんと言われようと。なんと思われようと。

「アデリア、少し席をはずしてもいいかしら? ちょっと電話をかけてこなくちゃいけないの」

「はい《シ》、私、片づけます」

「だめよ!」

「いいえ、片づけます。でないともう二度とお邪魔しません」

サムはどうしたものかとため息をついた。「わかったわ。お皿をカウンターに置くだけしてちょうだい。あなたは働くためにここにいるんじゃないんだから。あなたは——隠れてるんだから」

「はい、ミス・サム」アデリアは承知した。

しかしサムが二階のデスクの電話に向かいかけると、アデリアが皿を集めてこすっているような音が聞こえた。サムはやれやれと頭を振る。下に降りてくるころには、きっともう皿を洗ってふいて片づけてしまっているだろう。

だが急に、どうしてもテディに電話をしなければと思ったのだ。実際に捜査をしている刑事にかけてもよかったが、もし法律事務所でなにかわかったとしても、おそらく彼女には教えてくれないだろう。

夜も更けてきていた。しかしテディがかなり遅くまで仕事をするほうだということを知っていたので、サムはまず警察署の直通番号をダイヤルしてみた。呼び出し音が鳴り出すか出さないかのうちにふと外を見た彼女は、だれかがマーニーの家の芝生に立っているのに気づいた。レポーターだろうか？

いいえ、ちがう、とサムは思った。あの人影はほとんど茂みのなかに隠れている。

呼び出し音はまだ続いていた。テディは出ない。留守番電話に切り替わる。べつの番号——緊急用のポケットベルの番号が告げられ、それからメッセージの受付になった。この電話はべつに緊急というわけではない。「テディ」サムは茂みのなかの人影から目を離さずに話しはじめた。「サムよ。電話をちょうだい。できるだけ早く」

サムは電話を切ると、家のおもて側の窓にまわって外をのぞき、レポーターがまだジープのそばにいるかどうかを確かめた。

赤いジープはもうない。

そのとき電話が鳴り出し、サムは飛び上がった。電話に飛びつく。こんなに早くテディから電話が返ってくるなんて。

「もしもし？」

「うちの家政婦を人質に取ってるのか？」

「ちがうわ！　夕食を食べたのよ」

「へえ、本当？」ローワンはうらやましそうだ。

「なによ、なにか問題でも？」

「なんだい、そうとがるなよ。べつにアデリアがきみと食事をするのは大歓迎さ。彼女はあったかくてすばらしい人だからね、おいしいものを作ってあげたんだろうね？　僕はただ夕食と聞いて、腹が減っただけだよ。いや、大丈夫かなと思って電話したんだ」

「ええ、大丈夫よ。ただ――」サムの言葉が途切れる。

「なに？」

「レポーターは帰ったみたい。赤いジープがないから。他に車も見当たらないし――でもマーニーの家のおもての茂みに、だれかいるのよ」

「だれかって？　男？　女？」

「わからないわ」

「僕が行って見てくるよ」

「だめよ、ローワン、待って。警察に電話したほうがいいわ。ローワン――」

「茂みに人が立ってるってだけで警察を呼ぶわけにはいかないよ」

「だって、マーニーを誘拐した人かもしれない」

「マーニーが誘拐されたかどうかなんて、わかってないじゃないか」

「でもだれかにむりやり連れていかれたんだと思うの」サムは頑固に言い張った。「マーニーのことはよく知ってるもの」

ローワンがため息をつくのが聞こえた。そして言う。「もしだれかがマーニーを連れていったのなら、どうしていま戻ってくるんだ?」

「だって犯罪者は……現場に戻ってくるものなんでしょう?」

「それ、経験で答えろって言ってるのか?」つっけんどんにローワンが訊く。

「ちがうわ、私はただ――」

「行ってくる。すぐにわかるよ」

「だめ――」

「サム、大丈夫だ。注意するから」

「だめよ、ローワン、だめ!」

しかし彼はすでに電話を切っていた。

11

ローワンは静かに地下から家を出て、ゆっくりと進んだ。今日はまったくとんでもない日だ。レポーターから逃れるために海に飛びこんだ。そして今度は、マーニーの庭に入りこんだ侵入者を突き止めようと、暗いなかをこそこそ動きまわっている。

音を立てないよう自分の家の横側にまわる。できるだけ茂みのこちら側に身を隠す。サムの言ったとおりだ。だれかいる。マーニーの家をじっと見上げている。かなり奥まった、茂みすれすれのところにいる。

ローワンはほんの少し近づいて止まり、眉をひそめた。

この距離からだと、夜の訪問者がかなりはっきり見えた。黒のリーバイスにチョコレート色のポロシャツ……闇によく溶けこんでいる。上背はかなりあり、華奢《きゃしゃ》な感じだが、この暗闇ではなんとも実際のところはわからない。

ローワンはあえて危険を冒さないことにした。

いちおう、腕には覚えがある。昔はよくユアンがほかの子にいじめられ、ローワンはそのたびにかならずやり返していた。十歳のころに殴り合いをしたあとは、年配の熱血教師に指導され、けんかをしたくなったら学校のボクシング部かレスリング部で発散しろと言われた。

ローワンは相手との距離を測った。そして敵の体の大きさと体重も、できるだけ。スピードはパワーに匹敵する。相手が武器を持っているなら、それを使われる前に倒さなければならない。

ローワンは茂みに沿って、マーニーの敷地のいちばん奥をすばやく移動し、サムの家の近くへまわった。男との距離はだいぶ縮まった。そしてさらに近づく――もう音を聞かれてもかまわない。いっきに飛び出し、ありったけのスピードで襲いかかった。

敵の不意を突く。ローワンは侵入者にタックルして地面に倒した。男の口からヒューッと息がもれる。男は苦しげにあえぎながら、口をひらいた。

「ちょ、ちょっと！」

聞き覚えのある声だ。ローワンは男をひっくり返した。マーニーの弟だ。

「セイヤー？」

「そうだよ、セイヤーだ……勘弁してくれ、べつになにもしやしない。起こしてくれよ」

ローワンは立ち、青年に手を差し出した。セイヤーがその手をつかんで立ち上がる。しかめ面でローワンを見ながらジーンズとシャツの汚れを払う。「どうも。さっきのタックル、ミュージシャンにしてはすごかったよ」

「すまなかったな。セイヤー、こんなところで茂みのなかをうろついて、いったいなにをしてるんだ?」セイヤーがマーニーの庭に目をやって、息を呑む。ばつが悪そうだな、とローワンは思った。気まずそうに立っている青年をじっと見つめたあと、もう一度ローワンはたずねた。「セイヤー、こんなところでなにをしてる?」

「マーニーが戻ってきたかどうか見に来たんだけど、ノックしても返事がなかった。この世の人間の半分はこの家の鍵を持ってるみたいなのに、残念ながら僕はそのなかに入ってないんでね」

「彼女は帰ってきてない。僕もだんだん心配になってきてるところだよ」

「ああ、僕も心配してるんだ」

「それで、どうして茂みのなかに隠れてたんだ?」

「隠れてなんかいない」

ローワンが眉を片方くいっと上げる。

「本当だよ……」セイヤーはあたりを見まわして笑った。彼はマーニーによく似ていた。なかなか興味深い青年だ。ハンサムすぎてきれいと言ってもいいほどだが、このルックスと華奢な体つきのわりに女っぽくはない。「まあ怪しく見えるかもしれないけど」とセイヤーが言った。「だれも出てこなかったから、家を見たくて裏にまわったんだ。建物を見てただけだよ」

「建築に興味があるのか?」

「芸術にね。僕は芸術が好きなんだ。絵を描いてはココナット・グローヴの街の道端やビーチで売るもんだから、姉さんにはばかにされてるけど。僕は満足してるのに、姉さんにはわからないらしい。そこそこの稼ぎはあるんだけどね」

「いや、きみが満足してて生活もしていけてるなら、すばらしいことだと思うよ」

「そう、すばらしいんだ、本当に。でもいまはマーニーがとても心配で」

「みんな日に日に本気で心配になってるんだ。マーニーが自分から仕事をすっぽかすなんて考えられないだろう?」

「ああ」セイヤーがためらいもなく同意する。「でも父さんは……」

「なんて?」

セイヤーは頭を振った。そしてローワンを見て肩をすくめる。「父さんは飲んだくれのろくでなしさ。マーニーに会いたがってる。会えないなら、法的に死亡宣告を出せって」

「なんだって?」

「あんまりだろ?」

「まあ、ありがたいことに、法的な死亡宣告を受けるには相当時間がかかるだろうがね」

「ああ。頼むから人には言わないでほしい。僕も父さんの面倒は見ようとしてるんだけど──やっぱり親だからね。でも父さんはどうしようもないアル中だ。マーニーは父さんを憎んでた。そして父さんもマーニーをね。父さんは自分のおかげでマーニーは生まれたんだから、マーニーが手に入れるものはすべて自分のものだと思いこんでる。マーニーのほうは、父さんなんかいなくても成功したんだから、さっさとくたばって子ども孝行しろって思ってる。最悪だね。うまくいってない家族の話をするのは」

ローワンはとくになにも言おうとはしなかった。ただ頭のなかで、自分の人生にもつらいことはあったが、自分の家族はこんなに崩壊してはいなかったと思っていた。コリン・ニューキャッスルのことはもう知っている。マーニーから聞いていたからだ。

「ローワン?」

名前を呼ばれたローワンは、サムが玄関から出てきているのに気づいた。ぎょっとして、うかつに外に出てこないようあとで注意しなければならないと思った。彼からすぐに連絡がないからといって、外に出てきたりしては危険だ。

「ああ、サム。僕はここだ。マーニーのところだ。セイヤーもいる」

「セイヤー？」

サムが自分の家の前庭からぐるりとまわって敷地の端まで来て、茂みのそばにいるふたりを見つけた。「まあ、セイヤー！　こんばんは。ここでなにをしてるの？」

「姉さんの様子を見にきたんだ」

「まだ帰ってないのよ」サムは彼を気遣い、小声で言った。

「うん。ローワンに聞いたよ」

「警察も捜してくれてるんだけど」できるだけ明るい声を出す。

「ああ、知ってる。僕もしつこいくらい質問攻めにされたから。まるで僕が姉さんになにかしたって言わんばかりだった」

ローワンが咳払いをした。「さっききみも言っただろう。家族がうまくいってないって」

セイヤーは怒ったような、傷ついたような瞳でローワンをにらみつけた。「僕はマーニーのことを愛してる！」きっぱりと言いきった。「あなたはわかってない。たしかに姉さんは僕のことを情けないと思ってるかもしれないけど、姉弟ふたりきりで育ったんだ。わからない？　ああ、きっとわからないだろうね！」そう言って彼はうつむいた。「おかしな家庭だったよ」と吐き捨てるように言う。

「セイヤー、うちに寄ってかない？　アデリアと私はパスタを食べたところなの。たくさん残ってるし」

「僕はお邪魔しにきたわけじゃ――」

「ちっとも邪魔なんかじゃないわ。あなたは私の親友の弟じゃないの。どうぞ入ってちょうだい」

ローワンはサムをじっと見た。彼女はいまにもこの青年を抱きしめて、女らしい思いやりで包みこんでしまいそうだ。ふたたびセイヤーを見る。いかにも芸術家肌の青年だ。細身で華奢で、長めのきれいな髪。大きな瞳。

だがローワンはさっき彼にタックルした。細身ではあるが力はある。つらい過去を背負いながらも、自分というものを見つけようともがいている青年――いや、そのつらい過去のせいで、少しばかり精神が弱くなっているかもしれないぞ。

「セイヤー、お願い、寄っていって」サムは言い張った。ハシバミ色の瞳がきらきらして、グリーンとゴールドが際立つ。きれいな長い素足がショートパンツからすっと伸び、髪はピンで無造作に留め、乱れ髪が女らしい顔にふわりとかかっている。なんとなくはかなげだ。

ローワンはまた咳払いをした。「なあ、パスタなら僕は大歓迎なんだけど。僕も招待してくれるのかな？」そう言ってサムをじろりと見る。むりやり笑顔を作った。「いや、結局うちの家政婦もずっと人質に取られてるみたいだし」

ようやく彼がそこにいることに気づいたのか、サムははっとしたような感じでローワンを見た。「あなたの家政婦を人質に？」

「アデリアだよ」

「ああ。そうね。ええと――もちろんあなたもどうぞ」

ローワンとはだれかが庭にいるという話をしたのだから、ここで無視するのは失礼というものだろう。

「ありがとう」

さすがにアメリカ。家政婦の人柄の良さに主人もあやかることになった。

そうして三人が芝生を突っ切っていると、この岬の三軒の家に向かってくる一台の車のライトが見えた。サムが目の上に手をかざす。「いったいだれ……」

マーニー？

マーニーであってほしいというサムの願いが空しい望みであることを、みんなわかっていた。

車はマーニーのものではなかった。マーニーの車は黒のBMWだ。この車の色は明るい。

「レポーターが戻ってきたのかもよ、ローワン」サムが注意した。

「早く入ろう」ローワンはまた全身に緊張が走るのを感じた。サムの肩に手をかけ、彼女を急がせようとする。しかしサムがそれを制した。

「あ、いいの、大丈夫。私の従姉妹の子だわ」

「だれだって？」

しかしサムはすでにそちらに行きかけていた。小さな黄色のホンダが私道に停まる。そこからレイシー・ヘンレーが降り立った。サムは彼女を抱きしめた。

「ローラ・ヘンレーの娘さん？」セイヤーがローワンに小声で訊く。

「そう」

「わあぁ」

すごくきれいな子だ。若くて品があって、カモシカみたいな。たしかダンサーだとローラが言っていた。しかもうまいらしい。その話もうなずける。セイヤーは前に彼女の兄がビーチで演奏していたとき、彼女が曲に合わせて踊る姿を見ていた。

セイヤーはローワンの前に飛び出し、車のほうへ向かっていった。ローワンも肩をすくめてあとに続く。

「首の筋がちがっちゃって、痛いの」レイシーが言っている。「電話しようと思ったんだけど、ママに車で行っちゃいなさいって言われて。あなたは家にいるだろうからって。それに私……今夜はちょっと落ちつかなくて。しばらく外に出たかったの。ママが言うには、今日はあなたから過激なお遊びのお誘いはなかったから、家にいるはずだって」

ローワンは下を向いて笑いをこらえた。サムの顔は赤かぶみたいに真っ赤になっている。

「クラブの話を聞いたんだね？」ローワンが言った。サムがぎろりと彼をにらむ。

「ええ」そう答えたレイシーは、なぜかサムよりもさらに気まずそうだった。

「ええと、じゃあさっそく、首の手当てをしましょうか」サムが言った。「なかに入りましょう」

しかしレイシーは聞いていなかった。彼女はローワンを見つめ、さっきより少し落ちついた様子でにっこりした。「ミスター・ディロン。お会いできてすごくうれしいです。母が困

ったときに助けてくださったって聞きました。それに先日は、兄のことでも大変お世話にな
ったそうで。兄にはどんなに励みになったか知れません。あなたが演奏を見にきてくださっ
て、おまけに兄とグループのことをとてもほめてくださったなんて」
「本当にすばらしかったんだよ。僕はお世辞や嘘は言わないから」
「でもそれでも……あなたが来てくださっただけで……」
レイシーにそこまで礼を言われると、ローワンのほうが気恥ずかしくなってきた。しかし
彼もよく覚えている。音楽の世界は厳しい。レコード会社からデビューするまで、そしてラ
ジオ局やMTVに取り上げてもらうまでは、その他大勢のひとりにすぎない。険しい道のり
なのだ。
「楽しませてもらったよ」ローワンはそう言うにとどめた。
サムが咳払いをした。「ええ、レイシー。彼はすばらしいわ。私たちみんな彼が大好きよ。
で、そろそろなかに入りましょ？　ああそうだ、あなたこちらの――」
しかしローワンのすぐ後ろでそわそわしている青年を紹介する必要はなかった。
「やあ、レイシーだよね？」セイヤーが一歩前へ出る。
レイシーの目が丸くなり、セイヤーに手を握られるとはにかんだような笑みを浮かべた。
「あの、こんばんは、レイシーよ。でも前に会ったことがあるわよね――？」
「セイヤーだ。マーニーの弟の」
「ああ！　兄の演奏をよく見にきてくれるでしょう。ほんとにありがとう。だってほら、売
出し中のときって、地元のクラブでお客さんが来てくれるかどうかがすごく大きいの」

「うん、知ってるよ。僕も絵を描いてるから、お客さんに見にきてもらうのはやっぱり大事なことなんだ」

「私の友だちにね、ニューヨークやロサンゼルスに行った人もたくさんいるのよ。向こうで雇ってもらって、地元に帰ってきてショーをやるの！」レイシーが言った。「じつは私もね、この週末に計画があるの。なんだと思う、サム？」

「なにかしら？」

「それがねえ！　友だちがキャスト募集のショーを見つけてね、グループを組んで費用を出し合って、挑戦しに行くの！　すごいでしょ！　ここでもやる予定のショーに出るために、ニューヨークまで行ってオーディションを受けるのよ！」

「まあ。がんばってね、レイシー。あなたならきっと大丈夫」

「うん、絶対だよ」セイヤーが口をはさんだ。「きみは上手だもの。ほんとにうまい。最高さ」

「そんなことわからないでしょう」

無邪気に笑うレイシーは、セイヤーしか目に入っていない。

「いや、僕はきみの動きを見たことがあるんだ」そう言ってセイヤーはにっこりした。「エレガントとしか言いようがなかったよ」

レイシーはずっとにこにこしている。彼女もセイヤーも、ほかに人がいることなど忘れているようだ。

ローワンがサムを見た。サムもローワンを見返す。彼は肩をすくめた。「パスタはどうする？　きみとどこかに出かけてもいいけど。あのふたり、しばらく放っておいても大丈夫そうだ。僕たちがいなくなっても、帰ってくるまで気づかないよ」

サムはふふんと笑った。「首の手当てをしなきゃならないのを忘れてるわよ」

ローワンはにやりと返した。サムが赤くなり、ぱっと目を伏せる。まるでなにか感情を隠すかのように。やはり、二度と彼と関わりたくないと言った決心が固いのだろうか。そう、彼女ははっきりとそう言った。

でもそうじゃないかもしれない。ゆうべのことだってあるし……。

いや、あれは飲みすぎとストリップのせいだ。

今日のサムはもっとガードが固い。まるで、ふたりの関係はまったく変わっていないと決めつけているかのようだ。話をするのはいつだってあんなに楽しかったのに。ローワンは彼女に初めて会ったときのことを思い出して、胸が痛んだ。あれはゲインズヴィルの小さなコーヒーハウスだった。あの夜はバンドのメンバーはいっしょにいなかった。あの場にいた友人に頼まれて、店のオーナーのギターでアコースティック演奏をした。サムはあとで彼のところにやってきて、歌声がすばらしかったですと言ってくれた。バンドで演奏しているときもすてきだけれど、前にコンサートに行ったとき、アンプの調子が悪くてドラムが大きすぎたことがありましたね、と。「でもそうなりやすいんですよね。私もドラムが好きだからわかります」彼女はそう言った。

その夜、あとでローワンはサムの演奏を聴いた。彼の家で。しかしサムは泊まっていかなかったし、彼と寝ることもなかった。おやすみのキスをして別れた。そのとき彼を見つめていたサムの、あの無邪気な美しい瞳——どこか分別を残した瞳。「あなたは結婚してるんじゃあ——」

「いや」ローワンはそう答えた。「もう終わったんだ」

嘘ではなかった。けれど本当でもなかった。そしてそのことが、彼を悩ませることになった。

ふと気づくと、サムが家に戻りはじめていた。ローワンはあわてて思い出を振りきって現実に戻り、彼女のあとに続いた。レイシーとセイヤーも、サムとローワンがいたことを思い出したらしく、あとからついてきた。

玄関では心配そうなアデリアが出迎えた。「ミスター・ローワン、大丈夫ですか?」

「ああ、アデリア。心配ないよ。こちらはマーニー・ニューキャッスルの弟さんでセイヤー。それからサムの従姉妹の娘さんのレイシー・ヘンレー。セイヤー、レイシー、アデリア・ガルシアだ」

「でも茂みのなかにいた人は?」アデリアが訊いた。

「僕です」セイヤーが言った。「でも茂みのなかに入ろうと思ったわけじゃなくて——家を見てただけなんです。姉がどこに行ったのかと思って」

「そのうちに帰ってくるわよ」レイシーがむりに明るい声を作る。

「うん、マーニーだからね。姉は気まぐれで大胆なことをするから」セイヤーも話を合わせた。

「それに、彼女の車もハンドバッグもないんでしょ? パパがそう言ってたわ」レイシーが励ますように言った。

「車と言えば……」急にサムがつぶやいた。「あなたの車は？　セイヤー。ここにはどうやって来たの？」

「ああ――車で来たんじゃないんだ」

「じゃあここまで歩いて？」サムが眉をひそめる。

「いや、ボートで来たんだよ」

「ボート？」ローワンが鋭く訊き返した。またローワンとサムが互いに顔を見合わせる。ふたりともはっと気づいたのだ。だれかがボートでここまで来て、マーニーと彼女のハンドバッグを彼女の車に乗せて走り去り、また海からか徒歩かで戻ってきて、ボートを回収したということもありうるのだと。

セイヤーだってボートで来たではないか。

「ボートが好きなの？」レイシーがセイヤーにたずねた。

「ボートも海も。海は浮かぶのも潜るのも好きだな。ダイビングしたり海の生き物を見たり。いろいろね」

「すてきだわ」

「きみは？」セイヤーがレイシーに訊く。

「私も海は大好き。踊りの次に、この世でいちばんすばらしいものだと思うわ」

ふたりは腕を組み、家の奥に入っていく。アデリアは若いふたりを見て、次にローワンとサムを見た。

「そういうこともありうるわよね？」サムが言った。

「ああ、もちろん。どういうことでも可能なんじゃないか？」ローワンが答える。

「もっとパスタをゆでるなら、お湯を沸かしますけど」アデリアが言った。

「いえいえ、いいの、あなたは座ってゆっくりして――」サムがあわててアデリアのほうに向いた。

「いえ、あなたのほうこそゆっくりしてください」アデリアが言い、キッチンに戻っていった。

ローワンは、自分に対するサムの態度がさっきよりもやわらいだようなのを見て喜んだ。しかし彼もまた、サムと同じ不安を感じていた。この小さな岬の端には部外者は入れず、すっかり安全なような気がしていた。車の行き来も簡単に目に入る。しかし、海は家の裏手に広がっているのだ。しかも夜になって暗くなると、ますます目が届かなくなる。

「サム」ローワンが彼女を見て言った。「僕たちは、マーニーが消えたのがここからだったのかどうかもわかっていない」

「あら、あなたは彼女が週末で遊びに行ったんだと思ってたんじゃなかったの」

「ああ、まあね」

「だったらどうして？」

「週末はもう終わった」ローワンは静かに言った。

サムはキッチンに向かった。ローワンもついてくるのがわかる。キッチンではお湯の沸くなべのそばでアデリアがソースを混ぜていたが、サムは代わろうとはしなかった。レイシーとセイヤーはドア近くの籐《とう》のいすに腰かけ、互いに顔を寄せ合って話しこんでいる。ふたりは赤ワインを出していた。サムがそれを取り、ローワンにもつぐ。

「また赤?」愉快そうにローワンが訊いた。

「やめてよ。しらふで頭がしゃんとしてるときにからかわないで」サムが彼にワイングラスを渡す。

ローワンはワインを飲み、サムを眺めた。彼女は心配している。本当に心から。もちろんローワンも心配はしているが、マーニーになにか起きたとしても、サムのようには影響を受けないだろう。個人的にマーニーの心配を本当にしているのは、サムと、おそらくマーニーの弟だけだろう。

もし彼が、姉の失踪に関与しているのでなければ。

「時間が経つにつれて、警察も本腰を入れてくれている」ローワンが言った。気休めにすぎないが。「警察を信じて待つしかないよ」

サムは自分のワインを、まるでテキーラのようにいっきにあおった。今夜は落ちついていているようだ。「みんな、マーニーは週末で遊びに行ったんだって思ってる」

ローワンがグラスのなかでワインをまわした。「サム、警察が捜査してくれてるんだ」

「でも見落としてることがあるんじゃないかしら。犯人はボートでやってきて、マーニーもハンドバッグも車も持ち去って、それから――」

ローワンがサムの手に手を重ねた。サムがその手を見つめる。一瞬、彼はサムが手を振りほどくのではないかと思った。「あまりそのことで気に病んじゃいけない」

サムはまだ彼の手を見つめつづけている。ローワンは手に力を込めたかった。でも勇気がなかった。サムの手からは命が、脈動が感じられる。こんなにもあたたかい。こうして触れるだけで、痛いほどの衝撃が全身に走る。覚えのあるこの感覚。彼女を安らぎで包みこみ、元気づけてやりたくなる。いや、それだけじゃない。この体で昔の感覚をもう一度味わいたい。思い出したい。彼女とふたりで横になって。怖いくらい鮮やかに、昔の記憶がよみがえる。サムの匂い。肌の感触。動き方。彼女のすること。あのころから流れてしまった年月など、すぐになくしてしまえる。彼女の頰に触れて、親指で唇をなでて、いまを忘れて、ふたりを苦しめた一切のものから夜の闇へまぎれてしまいたい。

そしてあの——めくるめく快感のなかですべてを忘れてしまいたい。

それさえできたら……。

なんてこった、僕はまだ彼女を愛している。

「あの、お夕食」サムが言った。

彼女は手をほどいて向きを変え、食器棚から皿を取り出すと、レイシーとセイヤーに料理を取りに来てと言った。

ローワンのことも忘れてはいなかった。サムはパスタを皿に盛り——ちょっと盛りすぎではあったが——カウンターに持ってきた。

「きみは食べないのか?」

「アデリアといっしょに食べたから」

パスタは美味《おい》しかった。そしてありがたいことに、話題がマーニーからそれた。レイシーは友だちとニューヨークに行くので舞い上がっていた。セイヤーは自分の仕事の話をしたが、そのあとふたりはローワンにいつ活動を再開するのかと質問攻めにした。

「僕はもう引退したんだ」ローワンは答えたが、サムが真剣な顔で彼を見ているのに気づいた。そのわけが知りたくなる。

「引退なんてだめ！」レイシーが言った。彼女はとてもいい子だ。熱意があって、一生懸命に生きている輝きが感じられる。「芸術家っていうのは、どんなジャンルでも引退なんてしないものですよ！ 芸術家は死ぬまで創作活動をしてなくちゃ。あなたならおわかりでしょう！ でももちろんなさってますよね。あなたの家は楽器でいっぱいだって母が言ってました」

「曲は作ってるんだよ。ただ、きみのお兄さんがやってるように、演奏してまわりたくはないんだ。ほら、〝ここに行ってあれをした〟っていうような世界はね」

「ほんとにすばらしいグループだったでしょう。あれ最高だった。〝ブラック・ホーク〟！」

セイヤーが熱っぽく語る。

「グループね。たしかにいいグループだった。でももう解散したから」

「ドラマーの方が亡くなったんですよね」レイシーが言った。「でもいいドラマーならほかにもたくさんいます！ サム、あなたも昔はドラムをやってたでしょう。私たちみんな、聴くのが大好きだったのよ。兄さんなんか、親戚のなかであなたがいちばんかっこいいって。小柄なのに、ドラムの前に座るとすごかったじゃない！」

サムは凍りついたように見えた。さりげなくこう答える。「ええ、でも私も引退したのよ。

私は引退してもかまわないでしょう。芸術家じゃないんだから。いまの仕事にも満足しているし……あら、もうこんな時間。遅くなっちゃったわ。アデリア、後片づけはもういいわ。あとは私がやるから。レイシー、あなたも明日学校があるんでしょう？」

「ええ、もう帰らなくちゃ」レイシーが名残り惜しそうに言ってセイヤーを見た。「パスタをごちそうさま、サム。セイヤー、あなたに会えてほんとによかったわ」

「僕もだ、レイシー、僕も」

「それからローワン……ありがとうございました！」レイシーは彼の頬にキスした。

「あっ、レイシー！　あなた、首は？」サムが訊く。

「首……」レイシーは肩をすくめて笑った。「もう治っちゃった！」

みんな玄関に向かいはじめた。アデリアはまだ皿を洗おうとしていたが、サムがやめさせた。「もうお仕事は終わり！　おうちに帰ってちょうだい。それから、私にできることがあったら、ご主人のことでもなんでも、遠慮なく言ってね」

「ありがとうございます《グラシャス》、ほんとにありがとう《ムチャス・グラシャス》！　でもお皿は全部――」

「だめ！　あなたを雇ってる引退したミュージシャンだって、たまには自分のお皿くらい洗うわよ」

ローワンは笑った。こんなことで怒ることもない。ところでサムは、ドラムをやめたことをやはり気にしているらしい。だったらどうしてやめたのだろう。

「ああ、かわいそうなアデリア！　いやーな仕事場に戻って荷物を取って、今日はもうお帰り！」ローワンが言った。

うだ。

アデリアがけたけたと笑った。頬がバラ色に染まっている。どうやらとても楽しかったよ

レイシーはもう玄関を出ていた。セイヤーが彼女の車まで送っていく。

「私、荷物を取ってきて、今日はおいとまします」アデリアが言った。

「いつでも遊びに来てね！」サムが声をかける。

「はい。もしジムに通ったら、また細くなりますかね？」

「ええ、よかったらやりましょうよ」

レイシーの車はバックしていた。セイヤーはみんなに手を振り、マーニーの家の庭に向かった。

「すぐに戻るから」こう言ったのはローワンだ。セイヤーについていって、彼のボートを見ることにしたらしい。

「べつにいいわ――私はもうなかに入って鍵をかけるから」あわててサムが言った。「わざわざ庭の様子を見てもらってありがとう。おやすみなさ――」

「いや。鍵はかけていいけど、とにかく待ってて」ローワンは引かなかった。

サムが返事する間もなく、ローワンはすぐにセイヤーのあとを追った。ゆっくりと、音を立てずに動いていく。セイヤーは茂みに沿って、マーニーの敷地の端を進んでいる。船着場まで来ると、小さなモーターボートのもやい綱をはずした。

エンジンがぶるん、とうなり、セイヤーはあっというまに海の上を行ってしまった。

ローワンは船着場まで歩いていった。サムのところのよりも大きい。干潮のときなら、小

さなボートがふたつは下に隠しておけそうだ。見つかることはないだろう。

もちろん、湾に出れば隠れることはできないが……。

しかしたいてい、夜でも湾にはボートが出ている。晴れた日だったらいつでも十艘《そう》くらいはいる。しかも金曜の夜ともなれば……。

そうだ、ほとんど気づかれずに、このへんのどこからでもボートでやってきて立ち去ることができるだろう。

ボートが使えることはわかった。それで、いったいどういうことになる？　マーニーは家からいなくなったのか？　それともだれかと出かけて、そこから消えたのか？　もしそうなら、もし彼女がなにかの犯罪に巻きこまれたのなら、どうして彼女の車が出てこない？　それにハンドバッグも。

そして――遺体も。


アデリアはローワンの家の裏にまわり、そこから入った。今夜は本当に楽しかった。かつては自分もすてきな家を持ち、子どもたちの駆けまわるなかで夫のフリオのために掃除したり、料理したりする生活を夢見ていた。けれど結婚してまもなく、フリオは反体制者として逮捕された。そして一九八一年、アデリアに船で密出国する機会がめぐってきたとき、フリオは行けと言ってくれた。自分もすぐにあとを追うからと。

しかしいま、夫がどこにいるのか、キューバで知っているものはだれもいない。アデリアをアメリカへ逃がすのに協力してくれた人たちも、ほとんどなにも探り出すことができていなかった。じつはアデリアはそれほどの年ではない。まだ四十にも届いていない。ほかの男性と出かけることのできたときもあった。だがいまはそんなことは考えもしない。彼女はフリオを愛していた。昔の幸せなころを覚えていれば、それがいちばんいいのじゃないかと思う。

アデリアはキッチンを抜け、くたびれた革のハンドバッグを取った。とても大きくて使いやすいバッグ。教会のバザーで買ったものだ。じつにアメリカらしい。彼女はこの国が大好きだった。

ハンドバッグのなかにはコンパクトが入っている。アデリアはそれを取り出し、開けて鼻の頭をチェックした。てかてかしている。顔も体も少し丸くなってしまった。ミス・サムの誘いを受けて、エクササイズをしに行ってもいいかもしれない。いつかフリオが帰ってくる日のために。

ふいにアデリアは、背筋に氷水をかけられたようにひやりとした。いま鏡のなかに、なにか影がよぎらなかった？　一瞬、黒いものが映ったような……だれかいたような……。

とっさに彼女は振り向いた。

なにもない。

家のなかにはだれもいない。静かだ。動くものはない。なにも。

でも……。

アデリアはぞっとした。口が乾く。手のひらに汗がにじむ。

早くここから出なくては。彼女の頭が働きはじめた。こんなに人気《ひとけ》のない小さな岬でも、住人はいつも玄関に鍵をかける。けれどミスター・ローワンは、隣りの家にだれがいるのか見に出てきただけだ。鍵などかけなかったにちがいない。

彼女は気が動転した。家のなかにだれかいるとかいないとか、そんなことは知りたくもない。コンパクトをぱちんと閉めてバッグに突っこむと、まっすぐ玄関に向かった。急いで閂《かんぬき》をはずし、外に走り出る。

外に出ると、迫りくるような恐怖感は薄らぎはじめた。いるかいないかはわからないが、もうその影からは逃れたのだ。アデリアは車に向かいながら、ふたりの留守中にだれかが家に忍びこんだかもしれないということを、ミスター・ローワンに言うかどうか迷った。けれど、ばからしくなった。アメリカ人なら、腰抜けの臆病者と言うかもしれない。ミスター・ローワンにはそんなふうに思われたくない。それにもうおやすみなさいを言ってしまった。彼女は意を決したように、小さな赤のホンダに歩いていった。

夜になって風が出て、木々や茂みが音を立てはじめている。アデリアは顔を上げてあたりを見まわし、また暗い影にぞっとした。

まるでだれかに見られているような気がする。

そう、見ている……。

そして待っている。

呼吸している……。

闇のなかに眼が潜む。

「ミスター・ローワン？　ミスター・ローワン？」アデリアは呼んでみた。

返事はない。

彼女は車に乗りこんだ。そして、慎みのあるヒスパニック系の女性らしからぬことをした――力まかせにギアを入れ、エンジンをふかしてタイヤをきしらせた。

ローワンはマーニーの庭の外側をまわり、サムの前庭に戻ってきた。軽く玄関のドアをノックする。が、返事はない。もう少し強くノックしてみる。やはり出てこない。

彼はためらった。

もう少し粘ってみてもいいか。ローワンはドアをたたき、大きな音を立てた。サムには戻ってくると言っておいたのだから。

しかし、だからこそドアに鍵をかけて出てこないのかもしれない。今夜のサムはしらふだし、ストリップみたいな刺激もないわけだから、彼のような気分にはなっていないのだろう。火花が弾けたようなあの感覚……もう一度触れたい、感じたい、香りを嗅ぎたいというあの……。

もう家に帰れ。ローワンは自分に言い聞かせた。

もしもサムがそういう気持ちになったときは、電話をくれるだろう。

ローワンは手を上げた。最後にもう一度、ノックしたい衝動に駆られる。しかしぎゅっとこぶしを握りしめ、ノックするのをやめた。

向きを変えてマーニーの庭を突っ切り、自分の家の玄関まで戻る。

家を出たのは裏からだった。

ドアのノブを握ったとき、アデリアの小さな車がなくなっているのに気づいた。しかし玄関に鍵がかかっていなかったので、ローワンは驚いた。アデリアらしくないなと思いつつ、そろそろとドアを開ける。だがさっきはふたりとも家の裏から出たのだから、それで玄関が開いたままなのかもしれない。鍵をかけ忘れても仕方がないか。

しかしローワンは落ちつかない気分で足を踏み入れた。なにかおかしいというやな感じが、腹のあたりでもやもやしている。こんなときは、なにをどう調べればいい？　こういう大きな家をいっぺんに見るのは厄介だが……上から下へ見ていくことにしよう。

ローワンは静かに二階へ上がっていった。まずは自分のベッドルームに行く。ゴルフクラブを持っていてよかった。クローゼットのなかに、ピン社のゴルフセットが置いてある。クラブを出して握ると、少しは心強くなった。

薄暗いなか、目を慣らしながら二階の部屋を見まわっていく。二階はだれもいない。キッチンに降り、一階の客間なども見ていく。下にも人影はない。

やはりただの思いすごしだったか。

最後にローワンは地下に向かった。そこには彼の楽器がずらりと暗闇のなかに並び、奇妙な静けさに包まれていた。

演奏を待っている楽器ほど、静かに思えるものはない。

この暗闇でなにか音がするのではと身がまえていると、いっそう静かに思えてくる。

しかしおかしなところはない。この闇の静けさに隠れている人影もない。ローワンは地下のスペースを歩きまわり、闇に乗じて潜んでいる者がいないかどうか確かめた。

だれもいない。

だが、いた形跡があった。

このまえローワンがドラムをたたいたとき、ドラムスティックはスツールの上に置いておいたはずだ。しかしいま、スティックはスネアドラムの上にある。

スツールの上に置いたというのは本当にたしかか？

まちがいない。僕にはわかる。

ローワンが考えこんでいると、電話が鳴り出した。


絶対にローワンだろうと思った。だからサムは電話に出た。最初は出るつもりはなかった。彼とは話したくない。彼の声など聞きたくない。心を乱されたくない……。

二度と関わりたくない。

しかし何度か鳴るうち、出なければならないとサムは思いなおした。ローワンに心配させるのも悪いからだ。

それでサムは、留守番電話に切り替わる直前のコール四回目で出た。

「もしもし？」

なにも聞こえない。切ろうかと思う。そのとき……

息づかいがした。そして小さな声。「見えるよ」

「ローワン？」

「きみが見えるよ」

「だれ?」

「放っておけ。いいか? 放っておけ」

「なにを放っておくの? いったいだれなの?」

「放っておけ。放っておくんだ」低いかすれ声。しわがれた声。作っているような声。

いたずら電話なの?

いや、そうは思えない。

なんだかぞっとする。つららの先で背筋をなぞられたような……鋭すぎて、冷たすぎて、まるで焼けるような……。

ほとんど聞き取れないくらいのささやき声。「きみが見えるよ。放っておけ。きみが見える」

「ねえ、だれなの? いったいなんの話をしてるの?」

「これだけは覚えておけ。きみのすることも行くところも、おれは知っている。放っておくんだ」

「あなたいったいだれ?」

「きみを見ている」

「なに――」

ぷつりと電話が切れた。

一瞬、サムは怖くなった。いや、ぞっとした。さっきから背筋がぞくぞくして止まらない。手足まで冷えてくる。のどがこわばり、息が荒くなってくる。

ふいに腹が立った。こんないたずら電話。庭に入ってきてうろついたやつかもしれない。だれかが彼女を怖がらせようとしている。怖い思いなどしたくない。こんなことをする人間は許せない……。

怒りで体があたたかくなった。強さが戻り、正義感に燃える。

だがすぐにしぼんだ。

怒りもあたたかさもいっときだけ——すぐに消えていく。

ふたたびぞくっとした。氷のような冷たい手に首をつかまれ、首から背中へ、恐怖が移っていくような気がする。

そのとき、また電話が鳴りはじめた……。

12

サムは受話器を取らず、留守番電話に切り替わるのを待った。今度はあの男じゃないわ、と自分に言い聞かせる。テディから聞いた話だが、日に何百人もの人がいやらしい電話や脅迫めいた電話を受けているという。しかし警察にできることはほとんどない。警察が動くためには、しつこくかかってくるとか、あるいは……。

留守番電話に切り替わった。ローワンの声が聞こえてくる。

「サム、大丈夫か？　おい、このまま一晩じゅう心配してるなんて気が変になるじゃないか」

声の調子もさることながら、最後の大げさな言い方にも心を動かされてサムは電話を取った。

「もしもし！」自分でも息が切れているのがわかる。

「サム？」

「ええ、そうよ、私。どうしたの？」

「いや、べつに。僕はただ……きみ、いまうちに電話した？」

「あなたのところに？」サムが一瞬間をおく。「いえ、してないわ！　あなたはした？」

「してない。いや、ちがう。つまりこの電話はしてるけど、この前にはしてない。どうして? そっちでなにかあった?」

電話でローワンと話していると、サムはそれほど怖くなくなった。それどころかあたたかさが戻ってきた。それに憤りも。彼の声にはそういう力がある。

さっきのはいたずら電話だったのだ。彼女を怖がらせるための電話。だれかが彼女に怒っているのか、それとも偶然かかってしまっただけなのか。

「いいえ、べつになにも。ちょっといたずら電話があっただけ。どうしてそんなに私のことを心配してるの?」

「わからない。ただ……いや、わからない」ローワンはしばらく黙りこんだ。「きみはジャーマン・シェパードかロットワイラー犬を飼おうと思ったことはある?」

サムは笑った。「ないわ。犬は好きだけど――仕事が忙しいし」

「本当に? レイシーはきみのことをケトル家のママ(農場一家を描いたシリーズ)みたいに言ってたけど。いつも居心地のいい家にいるって。まあ、ストリップクラブに羽目をはずしに行く日はべつとしてね」

「あら、楽しいこと言ってくれるわね。でもレイシーの言ったことはまちがいよ。それにそんなこと、あの子は絶対に言わないわ。あちこち私を連れまわしてるのは、あの子のお母さんなんだから」考える前に口が動いていた。言ってから、しまったと思う。これではつまらない生活を送っていたことがばれてしまったかもしれない。ジェット機であちこち旅行したり、クラブに入りびたったりしてないことは当然だとしても。

「そっちに行ったほうがいいと思うんだけど」

「だめよ！　そんなことよくないわ」

「よくなくてもいいんだ」

「来なくたって、どうせそんなに離れてないじゃないの」

「マーニーだってそうだった」

ふたりとも、過去形を直そうとはしなかった。

「僕のことは大きなロットワイラー犬だとでも思ってくれればいい」ローワンが言う。

サムは迷った。電話を切ろうと思った。まずはお礼を言い、そのあと、あなたはいろいろ力になってくれたけどもう私には関係のない人だ、私は前へ進もうとしているのだから、もう二度とあなたとは会いたくないと言えばいい。

でもそんなことは、本心ではなかった。

もし電話を切ったら、一晩じゅう眠れないだろう。目を覚ましたまま、ずっとおびえていなくてはならない。そしてまた彼に電話してしまう。それはなお悪い。

サムはわざとらしくならない範囲で、できるだけ大きなため息をついた。「いいわ、わかった。でもどうしてそんなに心配してるのかわからないけど」そこで言いよどむ。「その、だって本気で心配してるみたいだもの。単に……」

「ひもじいだけじゃなくて？」彼の声が甘くなる。

「ローワン――」

「心配なんだ」

「どうして?」

「そっちに行ってから話すよ」

「わかったわ」

ローワンは五分と経たないうちにやってきた。自宅の鍵を手に持っている。緊迫した様子だ。サムの家の玄関に入るなり、くるりと振り返って鍵をした。「防犯ベルもセットして」

「いったいどういうこと?」サムが問いただす。

ローワンは肩をすくめた。「それが……よくはわからない。ただ……」

「なに?」

「きみのところにいるあいだに、だれかがうちにいたような妙な気がするんだ」

「えっ?」

「だれかがうちにいたように思うんだ」

「なにか盗まれたの? 壊されたものでも――」

「いや」

サムは言葉に詰まってローワンを見た。うちに来るための口実なのだろうか? いや、彼は大まじめに見える。それに……

彼女も同じように落ちつかない気分を味わっていた。だれかに見られているような。だれかが近くにいるような。だれかが……

〝きみが見えるよ〟あの男はそう言った。

「妙な気がするっていう以外に、だれかがいたかもしれないっていう根拠はあるの?」サムはできるだけ冷静に、論理的に考えようとした。

「ドラムスティックが」

「え? なんですって?」

「ドラムスティックがね、動いてたんだ。僕はスツールの上に置いてたんだけど、スネアドラムの上にあった」

「どこに置いたか、考えちがいをしてるのかもよ」

「いいや」

「でも」

ローワンが手を上げた。「もちろん絶対とは言えない。まずありえないことではあるけど、それでも可能性はある。だから――警察に連絡してもどうにもならないだろうな。僕はだれかが家に侵入したという気がしてる。でもなにも盗られてない。乱されてもいない。変な伝言も残ってない。そいつはただ家のなかに入って、ドラムスティックを動かしただけだ」

サムは彼を見つめていたが、向きを変えて家の奥に入っていった。ローワンもすぐあとに続く。「お茶をいれたばかりなの」

「僕はバーボンをもらうよ」

「じゃあ私もそうするわ」

「きみはバーボン、嫌いだろう」

「飲めるようになったかも」

「ワインなら飲めるはずだけど」

「やめてよ! 今日はもうワインは飲まないわ」

「ごめん——でも僕は飲まずにいられないな。いっしょに飲もうよ。ジン・トニックは好きだっただろ? それとも好みが変わった?」

「コーヒーがブラック党だったことは覚えてなかったでしょ?」

「きみって、ほろ酔いのときがいちばんいいんじゃないかな」

「おもしろいこと言うわね」

ローワンはサムを追い越し、先にキッチンに入った。ふしぎだが、彼はキッチンの勝手をよく知っているようだ。でも入ったことがあるのだから当然かもしれない。さっきパスタを食べた。そのときキャビネットの中身も見たのだろう。彼は酒を並べたキャビネットを見つけ、自分にバーボンをついだ。それから彼女のためにジン・トニックの材料を取り出した。

「私を酔っ払わせるつもりなの?」

ローワンがサムを見つめる。

サムの顔が赤くなった。

「そんなつもりはないよ」ローワンが言った。「今夜はそれほど急いで帰ろうとも思ってないし」酒をサムの前に置くと、体を起こして面と向き合った。「少し酔ったほうが、きみはやさしくなる。ふだんは手厳しいからな。べつに酔わそうっていうんじゃない。女を口説くにも僕なりのポリシーがあるんだ。きみだって僕を帰したいんなら、どうしてなかに入れた?」

サムは手にした酒を止め、ゆっくりと顔をしかめた。「断ってもむだだと思ったからよ」

「あれ、きみも軽くなったんだ」

「あなたがしつこかったんでしょ！」

ローワンが頭を振る。「ちがうね。きみが僕を入れたのには、ほかに理由がある」

「へえ？」

「きみはおびえてる」彼が図星をさした。

「そう？」

「なぜか落ちつきをなくしてる」

「だれかが家に入ってドラムスティックを動かしたって言ったのは、あなたじゃない！」

「どうしてドラムをやめた？」いきなり話題が変わり、しかもずばりと訊かれてサムは不意を突かれた。

「なに――私は――」

「うまかったのに」

「あら！　あなたのせいで私がドラムをやめたと思ってるの？　とんだうぬぼれね！　ちがうわ、そんなんじゃない。私の父もドラムをやってたって言ったでしょ。高校、大学とずっとやって、そのあともバンドを続けてた。でも教えるのも好きだったから、プロにはならなかったのよ。でも私にドラムを教えてくれたのは父だわ。私は父が死んだからドラムをやめたの。あなたには全然、関係ないんだから」

ローワンは少しうつむき、ジャック・ダニエルの黒のオン・ザ・ロックに入った氷をまわした。そしてふたたび彼女を見る。真剣なまなざしだ。「きみのお父さんは、きみがドラムをやめることを望んでたのかな？」

「そんなこと——あなたに心配してもらわなくてもいいわ！」サムはきつく言い放った。カウンターのスツールを降り、グラスをつかんでジン・トニックをあおる。

やめておけばよかった——と心のなかでサムは毒づいた。でももう遅い。頭がくらっとし、ふらついてしまう。すぐにローワンが手を差し伸べて支えた。

倒れそうになっていなければ、サムは手を振り払っていただろう。「大丈夫よ」

「気をつけて」

「飲ませたのはあなたでしょ」

「その一杯だけにしておけ」

「なによ！」

「いいね」

そんなことわかっている。ローワンの自分を見つめるまなざしに、サムの心は千々に乱れた。ゆうべの記憶が断片的によみがえる。

サムは頭を振った。「すごく疲れてるの。もう寝るわ」

ローワンが一瞬間をおき、探るように彼女を見た。「僕は帰ったほうがいい？」

「あなた——いるつもりだったの？　つまり——一晩じゅう？　いえ、だって……ゆうべはさっさと帰りたいみたいだったから」

「ゆうべはね。でも今日は……ああ、いるつもりにしてた」

「ど――どういうふうに？」

ゆっくりとローワンの唇に笑みが浮かぶ。「どういうのがいい？」

「ローワン――」

「サム、いったいなにがあった？　そんなに酔ってもいないのにカリカリして……」

サムはためらった。ローワンの真剣なまなざし。彼女の腕をつかんだ手。サムは彼を見上げ、また目を落とした。「そうよ、怖いの」

ローワンが一瞬、黒いまつげを伏せた。のどがぴくりと動く。彼はまたサムを見て、抑えた声で話しはじめた。「きみが怖がっているのはわかってた。どうして怖いのか、もう少し詳しく話してくれないか」

サムは唇をなめて湿らせた。「電話があったの」

「なんの電話？」

彼女は肩をすくめた。ローワンの手が痛いほど腕に食いこんでいる。彼の声がかすれているのに気づく。彼はなにか、彼女の知らないことを知っているのだろうか？

なにか犯人に心当たりでも？

ローワンの真剣さに少し怖くなり、サムは頭を振った。「さっきもちょっと言ったでしょ。電話があったの。きっと――ただのいたずら電話よ。退屈した子どもがかけたりするでしょう？　ひそひそ声でささやいたりして。へんなやつよ」

サムの腕をつかんだローワンの手に、さらに力がこもる。「ささやいたって、なにを？」

「べつに……たいしたことは」

「サム、そいつはなんて言ったんだ?」

「あの……」声が小さくなり、サムはローワンと目を合わせた。「私が見えるって」

「で、それが僕だと思ったのか?」ローワンが信じられないというように訊いた。

「いえ……私は——」

「いいよ」

ローワンが彼女の腕を放す。

サムは気持ちを落ちつかせた。すると急に腹立たしくなってきた。「もう、いやね。あなたただなんて思うわけないでしょう。こうしてあなたをうちに入れてるんだから」

ローワンはサムを通り越して電話の前に行った。「警察にかけるから、その電話のことを話すんだ。それから、僕がここにいても気にしなくていい。いやなんだったら、僕に愛想よくしたり丁寧にふるまったりしなくてもいい。いないものと思ってくれてかまわない。大きなロットワイラー犬とでも考えてくれ」

サムがテディの電話番号を教える。

「留守番電話だ」しばらくしてローワンが言った。

「じゃあ自宅にかけてみて」サムがまたべつの番号を言う。

しばらくのち、サムはテディと話をしていた。さっきかかってきた電話の内容を、一言一句思い出そうとする。なぜだかわからないが、そのとき彼女がはっきり思い出せたことといったら、ささやくような低い声だけだった。あの声を思い出すと、それだけでまたぞっとした。

「きみが見えるって、その男は言ったのか？」テディが二度同じことを訊いた。

「ええ……たしかそう言ったと思うわ。私が見えるって」

「脅すようなことは言ったのか？」

「ええ！　〝放っておけ〟って言いつづけてた。それはたしかよ」

「しかし、たとえばマーニーになにかしたとか、きみの隣りの住人になにかしたとか、きみになにかするとかは言ってないんだな？」

「ええ」

「じゃあ、ただのいたずら電話かもしれない」

「そうね、そうかも」

サムのすぐ近くに立っていたローワンには、テディの言うことが聞こえたらしい。

「でもいたずら電話じゃないかもしれないだろ！」ときつい声で言う。

テディが黙りこんだ。しばらくして、「それくらいわかってるって、ロックスターに言ってくれ」と返ってきた。

サムはすうっと息を吸いこんだ。ローワンになにも言う必要はない。聞こえているのだから。そのローワンが、彼女から受話器を取った。「警察は市民を守ることになってるんじゃないのか？」

どうしてかわからないが、テディは少し折れたらしい。彼の声は聞こえなかったものの、しばらくしてローワンがやりきれないといった感じで笑った。「彼、電話会社の発信番号表《スター・シックス》示サービス《ティ・ナイン》を使えって言ってる。うまくすると、すぐに相手の番号がわかるかもしれないって」

「ええ、そのサービスには入ってるわ」サムが言う。「でも——使うことになるなんて思わなかった」

「どうせガードのついた番号だろうさ」ローワンは肩をすくめた。そしてまたしばらくテディと話をする。ほとんど聞き役にまわっている。ふと彼の顔に、驚きの表情が走った。一瞬の間があき、「ああ、いいとも」と答える。

そしてローワンは電話を切った。

「どうしたの?」

「いや、いたずら電話なら警察の手に負えないほどあるってさ。それに今回の相手は、べつにきみののどを裂いてやるとか、捕まえに行ってやるとか、そういうことをなにも言ってない。だから待つしかないってテディは言ってる。もしまた電話があったら、手を考えるとさ」

「マーニーがいなくなったことに関係してるとは思ってないの?」

「さあ。でも脅しかどうかもはっきりしない電話が一回来ただけじゃあ、打つ手がないってのはわかるな」

「最後はなにを話してたの? どうして驚いた顔をしてたの?」

「いや、明日いっしょに釣りに行かないかって誘われたから」

「テディがあなたを釣りに誘った?」

「ああ。ゆうべもいっしょに出かけたわけだしね。まあ、彼とローラはすぐに帰ったけど」

ローワンはにこりとしたが、すぐ真顔になった。「このあいだロックスターだってことをからかって悪かったって。それから息子のために骨を折ってくれてありがとうって。それで明日、大沼沢地《エヴァグレイズ》に釣りに行くからいっしょにどうかって」

「それで、あなた行くの？」

「いいじゃないか。エヴァグレイズは好きだし。それにテッド・ヘンレーのこともっとよく知りたいしね」

「どうして？」

「どうしてってなんだよ、疑り深いな」

「テディがなにか怪しいとか思ってるわけじゃないんでしょう？」

「なんで？　きみは思ってるのか？」

サムは勢いよくかぶりを振った。「まさか！　彼はローラのご主人だった人よ。レイシーとエイダンのお父さんでもあるし。警官だし」

「そう。彼は警官だ」

ローワンの声の調子からすると、警官だからと言ってみんな信用できるわけじゃないと思っていることはわかった。それも仕方ないのかもしれない。

「そう、まあいいわ」サムはぼそりと言ってうつむいた。「私……本当に疲れちゃった。正直言って怖いし、動揺してるし、あなたがいてくれてうれしいけど、でも――」

「なに？」

「これでも頭ははっきりしてるの。お互い楽しく話はできたけど、でもやっぱり私にはまだわだかまりがあるわ。あなたとは寝られない」

ローワンがにやりとする。「そんなこと頼んでないよ」

「憎らしいこと言うわね、ひっぱたくわよ！　だって遠まわしに言ってたじゃな――」

「それはきみと寝たいからさ」

サムはゆうべのことを思い出した。ゆうべ、自分はローワンに触れたかった。触れてほしかった。彼の体温と……

高ぶりを感じたかった。

「でも――」

「でも寝るんだろ。いいよ。おやすみ。僕は戸締りを確認するから。いいね？」

「どうぞお好きなように。ゲストルームは二階の左よ。タオルもそのほかのいろいろなものも、バスルームのクローゼットに入ってるわ。自由に使って」

「ありがとう」

ローワンは腰に両手を当て、階段を上がっていくサムを見ていた。

そう、ただじっと見守っていた。どうもおかしなことになっている。彼女の家にまでやってきて、二階に上がっていく彼女をおとなしく見ているだけとは。

どうもおかしなことになっている。そう、サムは彼にいてほしいと思っていた。でもそれは安全のため。ただそれだけ。

ああ、でも今夜は心が危うい。

もちろん、このままますぐベッドに入るのがいちばんいい。いちばんくたびれた、色気も素っ気もないパジャマを着て。実際、サムはそういうパジャマを持っていた——冬に母のところへ行くにはちょうどいい。だからそのパジャマを着て、すぐにベッドに入ればいい。そうしなくちゃいけない。

けれど彼女はそうしなかった。

服を脱ぐと、サムは湯気の立つシャワーの下に入った。髪を洗う必要はない。脚のむだ毛を剃ることもない。どうしてそんな気を遣わなくちゃならないの？　そういうことを気にするようなことは起こらないんだから。

ローワンが家にいる。ゆうべは彼女が飲みすぎていたから帰ってしまった。

でも今夜はちがう。

サムはお気に入りの香水入り石けんを使い、丁寧にむだ毛を剃り、髪を洗ってコンディショナーも使った。そしてシャワーから出ると、ごしごし髪の水気を取りながら、ボディにどのローションをつけようかと考えた。もちろん、肌がつっぱるといけないからだ。ただそれだけ。

しかしサムがお気に入りのパウダーやローションを前に考えていると、また電話が鳴りはじめた。バスローブのひもを結び、手早く髪にタオルを巻いて、電話に出るつもりでベッドルームの電話に急ぐ。

ううん、待って。

まずはだれなのか確かめないと。

サムはバスルームを飛び出し、階段を駆け下りて留守番電話に向かった。

すでにローワンがいた。じっと待って聞いている。

留守番電話がまわり出す。サムの声が流れる。

沈黙。

さらに沈黙。

長い長い沈黙。

そのあと小さく……

かちりと切れた。

13

　サムはローワンを見つめた。また寒気がしてきたことを悟られまいとして、肩をすくめる。こんなことってあるだろうか。一瞬の沈黙がこれほど恐ろしく感じるなんて。

　でもいまはローワンがいっしょにいてくれる。ふたりは顔を見合わせていたが、ふいにどちらも笑顔になった。

「発信番号表示サービス《シター・シックスティ・ナイン》！」大声で口をそろえる。サムが電話に飛びつき、番号をプッシュする。すぐにオペレーターの声が聞こえ、先ほどの番号にはサービスが適用されません、と答えた。

「だろうと思った」ローワンが言う。

「それじゃあ……」

「また同じ男だと思ったかって？　でもどうして今度は切ったんだろう」

「この前は私が出たもの。今回は留守番電話になったでしょ。たぶん声を録音されたくなかったんじゃないかしら」

「もしかしたらテレホンセールスだったのかも」

「こんな夜遅くに？」

ローワンがふっと笑った。「そういうがむしゃらなやつもいるんじゃないかな。まあとにかく、もうきみのことは見えなくなったと思うよ。そもそも見ていたとしての話だけど」

彼の言うとおりだと思いながら、サムはあたりを見まわした。家じゅうの窓のカーテンが引かれている。カーテンのないフレンチ・ドアの上半分には、布巾がつるしてあった。

「ありがとう」サムはつぶやくように言った。迷惑な電話相手については、ローワンの言うとおりだろう。伝言を残さない人はたくさんいる。そう思うだけで、彼女は少しほっとした。

「礼なんかいいよ」

ローワンがそう言いながら近づいてくることに、サムは気づいた。とっさに逃げ出し、階段を駆け上がっていこうかと考える。だが足が固まっていた。脚に力が入らない。サムは動きたくなかった。どこへも行きたくない。どこか体の奥で、自分が自分をののしる声がする。でもどうでもいい。ばかみたい。哀しいくらい肉体に負けている。本当に、彼にはもう関わりたくないのに。そうなったらつらいのに。いろんな考えだけが、サムの頭のなかでぐるぐるまわっている。そのあいだにもローワンは近づいてくる。今度はちがう結果になるかもしれない。時が変われば……状況もちがえば……。

でも……

保証はなにもない。不安は消えやしない。

なのにサムは彼がほしかった。ゆっくりと燃えたつような甘い欲望が、不安をしのいでしまう。なにも言わないでほしい。いいかどうかなんて訊かないでほしい。このまま暗闇に呑みこまれたふりをしてしまいたい。なにも訊かず、なにも答えず、なにも……。

ローワンが彼女に触れた。最初は顔。指先が頬をなでる。こぶしが額をかすめる。親指の先が下唇をなぞる。この感触……この触れ方はなんなのだろう。もちろん彼には、もっと濃厚な触れ方をすることだってあった。指先で触れるだけ。舌先で触れるだけ……触れるか触れないかのソフトなタッチなのに、ものの数分でクライマックスに持っていかれた。どうしようもなく好きだったあの感触。でもこれは……。

彼女の顔に触れる、この指先の感触。その指先にこもったやさしさ。彼を知ってしまったあと、いままで長いあいだ渇きつづけてきた。まるで不毛な砂漠にいるように。あの感触を、あの感覚をいちど知ってしまったからには、ほかのものでは物足りなかった。だめよ、ひとりで眠ったほうがいい。でも、でも……。

ローワンが微笑みかけた。「きみはどんなときでも、信じられないくらいセクシーだ」

「あ、あら、私だって努力してるもの」サムは冗談めかしてみた。ぬれた髪に、バスローブ姿——。「だって私はダンサーじゃ……ストリッパーじゃないし……」

「よかったよ」

「でもああいう人たち、きれいでしょう。あなただって寝てみたくなることがあるって言ったじゃない」

「この世にきみさえいなければね。きみがいると、ほかにはだれも目に入らない」

「あなたっていつも口がうまいのね」

「お世辞じゃない、本当のことだ。それに僕は、女性の着ているものを脱がすのがうまい。しかもいまのきみはあまりたくさん着てないから助かるよ」

こんなことで笑っちゃいけない。

でもサムは笑ってしまった。

「なにも着てないときも、やっぱりきみがいちばんきれいだ。本当に、きみよりきれいな女なんていない。ひとりも。世界じゅうのストリッパーを探しても。でもストリッパーを見てきみのことを考えてしまったけど。なにも着てないきみをね」

ローワンはサムに口づけた。彼はためらうということがない。おざなりなこともしない。思いきり唇をふさぐ。なにも訊かず、まっすぐぶつけてくる。サムの唇はすぐにひらいた。情熱的な彼の唇に、考えるまもなく反応する。彼の舌にのめりこんでいく。熱く湿った舌が、深く奥まで探るように入ってくる。サムは頭で冷静に考えようとした。これはセックス。ただのセックス。人間の本能。呼吸するのと同じように、だれにでも必要なもの。だれもが願ってしまうもの。簡単に落ちなければ大丈夫。深く関わらずにいれば大丈夫。心まで奪われなければ大丈夫……。

そう、これは本能よ。長いあいだ飢えていたんだからかまわないじゃない。ローワンなら安心。彼なら私をよく知っている。どこをどう触れればいいのか。いつじらすのか、いつ奪えばいいのかよく知って……。

口づけが激しくなった。もう冷静に考えてなどいられない。心まで求められるようなキスだった。身も心も投じなければ、この激しさにはついていけない。全身の隅々まで触れられるような口づけ。甘い灼熱《しゃくねつ》の炎が呼び覚まされる。血のなかを駆けめぐる。触れられたところから、濃密な欲望が頭をもたげる。触れられていない場所までうずき出す。

だからサムは口づけを返した。

ローワンの唇を味わい、口の奥まで入りこむ。抱きついて引き寄せる。彼の腕にも力がこもり、引き締まった体が押しつけられた。甘美な世界がいっきにはじけ、サムは全身が目覚めていくような気がした。

ローワンが彼女の頬に触れた。たこのできた指はやさしいだけでなく、官能的でもあった。指がのどもとまでそっと下りていく。ローブの前がはだけられる。

ローブのひもは軽くしか結んでいなかった。

彼の大きな手が胸を包みこんだ。乳房に手を添わせたまま、親指がエロティックに乳首をなぶる。サムはひざがくずおれそうになった。熱いもので全身が満たされて、血が逆流する。そのときローワンが唇を離し、一歩後ろへ下がった。ローブがはだけられたままの彼女を眺めて、もう一度前に歩み寄る。そしてローブを肩から抜き、床に落とした。それからまた後ろへ下がる。思わずサムは、体を覆い隠したくなった。恥ずかしくて怖くて……でも手が動かない。

「とても……きれいだ」ローワンがつぶやく。

「寒いわ！」ささやくようにサムが言う。

ローワンの唇がわずかにゆるんだ。「こんなに熱いこの街で？　それじゃあ、どうにかしなくちゃならないな」

冗談めかした言葉。けれどサムは身震いし、突然まわりを見まわした。

「全部閉めたよ」とっさにローワンが言う。

「でも……」

〝きみが見えるよ！〟

ローワンもそのとき、例の電話を思い出したらしい。一歩近づいてサムを抱きしめた。そのまま彼女の背中に両手をはわせ、お尻にまで下ろしてさらに抱き寄せる。サムは体がかあっと熱くなり、欲望をかきたてられた。服伝いに、硬くなった彼のものが感じられる。「大丈夫だ。隠れることなら僕にまかせておけばいい。まわりを見てごらん。全部きっちり閉めてあるだろう。だれにもなにも見えないよ。きみは安全だ」

「安全？」サムが確かめる。

「そうだ……なにも、だれも、きみには近づけない！」ローワンはサムを安心させた。彼女の髪をやさしくすいてやる。サムは猫のように甘えてすりよっていきたくなった。

「なにも、だれも私には近づけない——あなた以外は」サムはそう口にした。軽い感じで言えただろうか。おびえているこの気持ちが、声に出なかっただろうか。もう後戻りはできない。言わなければいけないことは山ほどある。彼女はたしかなものがほしかった。でもそんなものが手に入らないことはわかっている。それが人生というものだから。

じゃあいったい、いま私はなにをしようとしているの？

ひとときがほしいだけ？

ええ、ほしい。でもそれ以上のものも……。

ローワンが少し体を引き、サムの目をじっと探った。そっと彼女のあごをなで、頬に触れる。強いまなざし。彼はゆっくりと笑みを浮かべた。「きみの言うとおりかもしれない。僕

いる。

「ふふ、私もいまちょうど同じことを考えてたのよ！」

ローワンの瞳はゆるがない。ゴールドの輝きを保ったまま、飛びこんでこいと瞳で語りかけている。彼はもうこれ以上、なにも説明しようとはしていない。説明ならもう終わってい
る。

そう、かつて私は飛びこんでいった。彼を愛し、そして失った。

「やっぱり安全でなくちゃだめよ」サムが真剣な声で言う。言わなければならなかった。なのにいまの彼女には、ローワンも裸になってほしいということしか考えられない。いったい自分はどうなってしまったのだろう？　恥じらいも慎みもなくなっている。あのいまいましいストリップのせいにちがいない！

「それならもう手遅れだ」ローワンが答える。「それに、きみは嘘を言ってる」

「え？」

ローワンは笑っていた。「きみはセックスしたいんだろう」

「なによ、私のしたいことがそんなにはっきりわかるわけ？」

「だってそれは、ゆうべからはっきりしてる」穏やかな声。

「あら、そうだった？」

「それに今日も、きみはバスローブのままここまで駆け下りてきた」

「ゆうべは――」

「僕も紳士だった。でもいまは……きみはセックスしたくて仕方がない。だからそうする」

「新聞にはあなたは身勝手じゃないって書いてあったけど、そんなの嘘ね！　それにあなた、まちがってるわ。私がこうして下りてきたのは、あなたに思い知らせるためよ。昔あきらめたものは――つまり私はもう手に入らないって。あなたなんか、私にとってなんでもないの。家のなかでは毎日裸で歩きまわってるんだから。今日もこのまま帰ってちょうだい」

「なるほど」そう言うがローワンは動かない。「そのほうがいいのかもしれないな。じゃあ行けよ。僕にはどうすることもできない」彼はじっと待つ。サムはまるで、夜の闇にからめとられたような気がした。一歩も動けない。彼の瞳のせいだ、ここから動けないのは――。

一瞬のち、ローワンが小声で言った。「行かないのか」

「ゆっくり考えてるだけよ」

「そうか。僕も、決めるのはきみだって言ったしな」

「そんな簡単なものじゃないわよ。もう私はここにいるんだから、あなたはそう言っちゃえば楽よね……私はこうしてここにいるんだから」

「ばかな。僕のほうから帰るのは、ずっとつらいことなんだぞ！」ローワンが急に苦々しい口調になった。「くそっ、たしかに僕はきみを傷つけた。でも僕がどんな気持ちだったかわかろうとしてくれたって――」

「私の気持ちだってわかってくれなかったじゃない！」

「じゃあお互いさまだ。それはもう昔のこと。いまはいまだ……それにきみは……信じられないくらいきれいだ」ローワンがつぶやく。低くかすれた声で、サムの耳に熱くささやきかける。「昔よりもっと。僕の覚えているきみよりずっと。でも昔でさえ、きみはこの世のものとは思えないほどきれいだった」

「嘘ばっかり」

「僕は嘘なんかつかない」

「それならどうして、あんなもののみごとに私に背を向けてしまえたの?」サムはのどに涙声を詰まらせながら言った。

ローワンは答えなかった。サムののどに口づけたかと思うと、両手でサムの体を抱えこみ、ゆっくりひざをつきながら、彼女のおなかまで唇をはわせていった。サムが彼の髪を両手でつかむ。いまにも倒れそうだった。もう言葉はいらない。言い争いももう終わり。過去は振り返らない。ローワンはいまここにいる。熱い唇をサムの敏感なおなかに押し当て、両手で彼女のお尻をつかんでいる。彼がさらに顔をこすりつける。じらすように愛撫する。サムの手が彼の髪にさらに絡みつく。抗《あらが》う言葉を口にしたが、息を呑んだあとはねだる言葉に変わった。ローワンはこぶしで彼女の内ももをなで、同じ場所に唇をはわせる。羽根のように軽く――次はもっと強く。指がゆっくり上にすべりあがる。サムの体の奥にあった渦が、どんどん広がってきた。強く大きく、欲望を呼び覚ましていく。ほしい、もっとほしい、ああ、お願い、どうか触れて……なでて……そして奪って……。

触れてほしい。奪ってほしい。絶妙なローワンの指先。ときには大胆な指先。じらしてその気にさせる。そしてやわらかな舌先。熱くうずくサムの源を探り当て、耐えられないほどの欲望をかきたてる。サムは言葉にならない声を上げた。あなたなんかほしくない、あなたなんかどうでもいい――まだそんなことを言おうとしている。でも彼女にはわかっていた。

もしいま本当に彼が帰ってしまったら、きっと死んでしまうだろうということが……。「やめて、お願い！」サムはついに懇願した。両手で彼の黒髪を握りしめ、全身をわななかせている。ほてった体が空気をひんやりと感じ取る。燃えるように熱いところと、震えるところ。

「お願い……」

なにかが体のなかで生まれようとしていた。あまりにも甘美で、とても我慢できないものが。体温は跳ね上がっている。頬は上気し、息が荒くなっている。とても続けていられない。やめなくちゃいけない。でも結局、やめられなかった。この感覚に身をまかせ、のめりこんで体を震わせることしかできない。もう触らないでと彼に懇願しながら、それでも体をあずけてしまう。ああ、もうこのまま……。

全身にほてるような快感が走り、サムは思わず悲鳴をもらした。でもそんなときでさえ、この明るさが気になった。もっと暗いところで闇にまぎれ、この快感も恥ずかしさも抱えこんでしまいたい。一瞬、どうしてマーニーはこういうことが簡単にできるのだろうと思った。こんなにも自分をさらけ出さなくてはいけないのに、何人もの相手と肌を合わせることができるなんて。そのときローワンが立ち上がった。サムは目をつぶって顔を伏せる。しかし彼はサムのあごに手をかけて上向かせ、また唇を重ねた。サムが目を開けると、彼は微笑んでいた。彼の瞳がすぐ近くにある。グリーンとゴールドの入り混じった瞳。ふたりのあいだに起こったことよりも、さらに濃密さを感じさせる瞳。「まだそんなに恥ずかしい？　きみは本当にかわいらしい人だな。もう僕のことを知りつくしているはずなのに、それでも横を向こうとする」

「ただの演技かもよ」サムはもごもご言って、むりに目を合わせた。「私はあなたを知りつくしてる――でもあなたは私のことをそんなに知らないかも……」

ローワンがサムの唇に指を押し当て、「黙って」とやさしく言った。

サムはかぶりを振り、彼にくってかかった。「私がずっとあなたを待っていたとでも思ってるの？　いつか私のところに来てくれるって、待ちこがれてたとでも？」

「そうなの？」ローワンが笑顔で訊く。

「ばか言わないで！」

ローワンは怒らない。笑顔のままだ。「どうして？　僕はいつもきみのことを考えてたよ」

「よく言うわね！」サムの声が消え入るように小さくなる。「会う人会う人、女ならだれでも品定めしてたくせに」

「べつに女は抱かないと決めたわけじゃないからね」

「口のへらない人ね」

ローワンはさらに笑顔を大きくして、サムを抱え上げた。体格差があるので楽々だ。「階段を上がろうか。それとも――まだ考え中？」

「ああもう、殴っちゃおうかしら」

どうしてこんなにすばらしいのだろう。ローワンのそばにいることが。どこかとてもなつかしい。私を抱く彼の腕……この力強さ、くつろいだ感じ。彼はいつでもまっすぐに感情をぶつけてくる。でも昔からすばらしかった。

ああ、すてき……。

廊下の明かりが、サムのベッドルームにも差しこんでいた。ローワンが彼女をベッドの上におろす。影になった彼の顔が見える。ローワンがシャツを脱ぎ、ブロンズ色の肩と胸があらわになった。靴も、ショートパンツも、ブリーフも脱ぎ捨て、ベッドに上がりこんでくる。ああ、すてき。むき出しの裸体が、ぴったりと寄り添う感触。熱い！　これまで知りもしなかったあたたかさ。手を伸ばして触れたい。自分をせきとめようとしてこれまで重ねてきた言いわけを、すべて忘れたい。体がうずく。胸が熱くなる。サムはローワンを抱き寄せようとした。しかし彼は彼女を押し戻し、体を引いた。そしてどこか厳しい声でこう言った。

「完全にふっきることはできなかった」

「え？」サムにはローワンの存在が、響くように感じられている。息づかいの音。心臓の鼓動。あごの線がこんなにも間近にある。肌の感触が手に取るようにわかる。彼の匂い。筋肉の流れ。くすぐるようにエロティックな、彼のものが当たる感触。そこは大きく脈打っている。もうこのまま、早く夜の闇に呑みこまれてしまいたい。

「きみの存在を完全に消し去ることはできなかった」

「そんなことはどうでもいいの。いまは……だってこれは――なにかを約束しようってわけじゃないもの」サムの声がどこかすがるように響く。「隣り同士のふたりが、ちょっとセックスしようとしてるだけ」

「どうでもよくなんかない」ローワンは譲らなかった。「大切なことだ。きみはいつでも僕のそばにいた。ダイナといても、だれといても、いつもきみがそこにいた。きみの記憶は絶対に消えなかった。一度もだ。ダイナにはそれがわかっていた。妻を救うために、いくら愛していると言っても信じてくれなかった。僕のやり方がまちがっていたのかもしれない。でもわかってほしい。もしもう一度やりなおせるとしても、僕はやっぱり同じことをするだろう」

「わかったわ！」サムが口をはさんだ。「わかったからもうやめて。お願い、なにも言わないで……」サムはローワンの首に抱きつき、ふたたび彼を引き寄せた。唇を求めて押しつける。舌で彼の唇をくすぐり、全身をのけぞらせてしがみついていく。ローワンの体が緊張するのがわかった。サムはさらににじり寄り、彼の顔に手をかけて激しく唇を重ねた。さらに両手を彼の肩に、背中に、お尻にはわせていく。爪でひっかいたり肌をこねたり、そっとなでたり押さえたり。片手をふたりのあいだに持ってきて、彼の胸もとから下へすうっとなぞった。引き締まったおなかをなで、さらに下まで手をおろしてペニスを包みこむ。そして、なでて、しごく。ローワンの胸の鼓動が激しくなり、うめき声がもれた。かと思うともうサムの手は横に押しのけられ、それ以上は攻められなくなった。ローワンの体が彼女の脚のあいだにぴったりと入る。すぐに彼の親指が伸び、サムのなかでうずいてどうしようもなくなっている部分をなで、湿らせて、次への準備をさせた。サムが彼の肩口に声にならない叫びを上げた瞬間、彼のものが入っていた。最初はゆっくり……狂おしいほどゆっくりと入ってくる。深く、もっともっと深く……サムの指が彼の背中に食いこむ。サムの体がしなり、彼の体に押しつけられる。ローワンが一度体を引いた……そしてふたたび奥へ、奥へ……ああ……もっと奥へ。サムが彼の肩をつかみ、頭をのけぞらせる……。

ローワンの視線を感じる。見られているのがわかる。でもとても目は合わせられない。サムはなにかつぶやき、熱に浮かされたようにせがんだ。すると……答えが返ってきた。ローワンが力強く動き出す。彼女をきつく抱きしめたまま、両手が背中を下りていき、お尻をわしづかみにしてもっともっとと押しつける。サムは全身で彼を感じていた。血にも、手足にも、体の真芯にも、脚のあいだにも、彼の存在が響いてくる。両脚の付け根には、エクスタシーの渦がどうしようもなく高まりかけていた。ローワンにしがみつく。体をゆらし、震えながらくねらせる。やがて……力強いローワンの肉体さながらの、強烈な絶頂感につかまった。思わず悲鳴を上げ、真っ暗な闇に落ちていく。そのあとも体の真芯から波紋のように、あとからあとから歓喜の波が押し寄せ、そのたびに体がわななく。

それを追いかけるようにローワンが彼女のなかで達し、脈動するのが伝わってきた。はじけるようなあたたかさがサムを包みこむ。ゆっくりと時間が流れ、暗闇のなかで満ち足りた空気がふたりをさらっていく。そしてふたたび、夜の帳《とばり》が降りてくる。夜の闇が、過去を連れてやってくる。あまりにも早すぎた。どうしてもっとこらえられなかったのか。どうしても彼がほしかった。昔とまったく同じように。彼のすべてがやはり愛しかった。彼の体の大きさも、体つきも、日焼けした肩も、胸毛の形も、匂いもまなざしも声も触れ方も、なにもかも……。

そしていま、ローワンの手はサムの頬をなでていた。サムは彼の体を求めた。その気持ちはいまも変わっていない。けれど体だけじゃない。彼女は彼を愛してもいた。その気持ちも変わらない。でもさっきは流されてしまっただけだ。なぜか彼女は、そう安易に彼を手に入れてはいけないような気がした。過去はまだふたりの前に立ちふさがっている。だから訊いた。「マーニーといっしょにいたときも……私のことは頭から離れなかった？」

言ったとたん、サムは唇を嚙んだ。やはり口にしてはいけないことだった。

ローワンが立ち上がる。みごとな裸体に動揺をにじませて。彼は窓辺に歩いていき、少しだけカーテンを開けた。その窓からは海が見えることをサムは知っている。海だけでなく、マーニーの家も。

ローワンは答えない。サムは彼の背中をじっと見つめた。くっきりと浮かび上がったまっすぐな背中。引き締まったお尻に、力強さを感じさせる長い脚。この人は後ろ姿もかっこいい。サムはいつのまにかベッドカバーとシーツを引っ張り上げ、なかにもぐりこんでいた。起き上がり、シーツといっしょにひざを抱える。「あなた、マーニーと寝たんでしょう？」小さな声で確かめる。

ローワンが向きなおり、サムを見つめた。暗く影になっていて、目の表情は読み取れない。きっと彼のほうからも、彼女の目は見えない。

そばに戻ってきてほしい。なにも訊かなかったことにしたい。どうか、答えはノーであってほしい。

「ああ《イエス》」ローワンはぽつりと言った。

「わかったわ」

「いや、わかってない。きみはなにもわかってない」

「なにをわかれって言うの？」サムはざっくばらんな感じで訊こうとした。

「僕はきみが忘れられなかった。なにをするにもきみの影を追い求めていた。きみを思い出させてくれるものならなんでも――欠点さえうれしかった。でもきみの言うとおりだ。僕はきみを突き放した。この世界のどこかで待っていてほしいとも思わなかった。きみがいなくても生きようとした」

「マーニーはきれいだものね」サムは肩をすくめた。

「いや、ちがったよ。マーニーは――」

「だめ！　もういないみたいな言い方は！」ものすごい勢いでサムが口をはさむ。

ローワンはひるんだ。自分が過去形で話をしたことに気づいていなかった。「マーニーは心に傷を負っていた。深すぎて、とうてい癒《い》えることのない傷を」

サムはシーツをつかんだ。「マーニーが傷を負っていたのは知ってるわ。たぶん――」

「彼女は虐待を受けていた。しかも性的虐待だ。十歳のころから。彼女だってふつうの子どもと同じように愛情を求めていた。でも彼女が得られたのは、おぞましい最悪の裏切りだった。きみも彼女の父親には会っただろう。どんな人生だったか想像できるかい？」

サムは目をつぶった。ああ、また後ろめたく思ってしまう。「マーニーは友だちよ」ぽつりと言った。「でも――ええ、彼女の人生を想像したことはあるわ」

「彼女はきみのことがとても好きだった」

「やめて！　そんなふうに、もういなくなったみたいに言わないで」

「いなくなってるじゃないか」

サムが唇をなめて湿らせる。「そんなこと信じられない。信じたくない。きっとどこかにいるわ。そして助けを求めてる」

〝放っておけ〟あの男はそう言った。

どうして？　探せばマーニーは見つかるの？　それとも彼女はもう死んでいて、サムも同じ目にあうということを警告したの？

ローワンがベッドに戻ってきた。黒髪が乱れて額にかかり、のどの血管が脈打っている。サムのそばで足を止め、こぶしを握りしめたままこう言った。「サム、放っておくんだ」

〝放っておけ〟あの声もそう言った。

サムが両手を差しのべる。「私になにができるのかしら？」

「警察が動いてる。警察に任せるしかないよ」

サムは首を振り、ひざをさらにきつく抱きかかえた。「この街で毎年どれくらい人が殺されているか知ってる？　何十人もよ。人が行方不明になるのなんかしょっちゅうだわ。警察が無能だって言ってるわけじゃないの。警察は懸命に捜査をしてるってわかってるわ。ただ……」言葉に詰まってローワンを見る。「警察は何十件もの殺人事件を抱えてるし、まだなんの手がかりもないし。マーニーは消えたまま――」

「手がかりならある。かならずある。だから警察を信用するんだ」今度はローワンが言葉に詰まる。「もし警察が信用できないなら、僕を信用してくれ。マーニーのことをうやむやにはさせない。彼女が見つかるまで」

「生きてても、死んでてもよ？」苦しそうにサムが言った。

「生きてても、死んでても」

それからしばらく、ふたりとも黙りこんだ。

「またベッドに入ってもいいかな？」ローワンが訊いた。

「だめだって言ったら？」

「そうだな、いまは強引になるかな。今日は長い一日だった。疲れてるし、気が短くなってるんだ」

「だめだなんて言うわけないわ」

「それ、熱烈に誘ってくれたんだと思って喜ぶことにするよ」ローワンはシーツを持ち上げ、サムの隣りにすべりこんだ。そして力強くあたたかな腕をまわそうとする。サムはとっさに身がまえた。臆病な自分が自分でもいやになる。

「サム！」ローワンがつぶやく。

サムは力を抜いて彼に寄りかかった。そしてため息をつき、向きを変えて彼の胸に寄り添った。

「うん、そのほうがずっといい」ローワンがつぶやき、サムの髪を後ろになでた。「これから僕たちはどうなるのか、考えはじめてるんだけど」

「その前にマーニーを探さなくちゃ」

「マーニーは探すさ」ローワンの言葉に嘘偽りはないようだった。

「でもそうしたら、やっぱり……」

「なに？」

「あの、マーニーがあなたに戻ってきてほしいって言ったら？」

ローワンはサムを自分の胸から起こし、枕の上に押さえつけてのしかかった。ハシバミ色の瞳がゴールドのようにひときわ明るく鋭い光を放ち、彼女を見すえる。「きみはなにもかも聞き出したいんだね？　なにもかもこと細かに。わかった、話すよ。僕がこの家を買ったとき、きみがここに住んでいるとは知らなかった。偶然マーニーと再会して話をした。いっしょに酒を飲みながら。いろんなことを話したよ。彼女は自分の生い立ちを話した。僕は親しい人たちの死を見つめてきた話をした。彼女のおぞましい性的虐待の話には耳を奪われた。そして彼女は、僕が愛した人たちを救えなかった罪の意識に耳を傾けてくれた。少しばかり酒を飲みすぎて、僕たちはお互いを慰め合うことになった。そのこと自体は、それほど悪いことでもなかったよ。ふたりとも大人で独身だったし、これまでの人生に傷つき打ちひしがれてたから」

　むき出しになったローワンの感情に、サムは深く胸を突かれた。いくらローワンと深い関係になろうと、過去にどれだけ傷つけられようと、踏みこんではならない場所に入ったことがサムにはわかった。これでは人の心を土足で踏みつけにしているようなものだ。「やめて！」サムはそう言っていた。「私は聞いちゃいけないことだったわ。ごめんなさい——」

「いいんだ。だって僕がきみのことを知ったのはそのときなんだから。きみがここに住んでるってことをね。僕はきみのすぐ隣りに住むことになる。きみにもう一度会える。そう思ったら、もうマーニーのことは眼中になかった。ただもう冬の枯れ木みたいに萎《な》えてしまって、それで口論になった——マーニーは僕のことを役立たずと言ったよ。そのとおりだ。そのときのマーニーにとってはね。だからわかるだろう、マーニーは僕になんの未練もないさ。これで気が済んだ？」

「そんな――まさか。私、本当に詮索《せんさく》するつもりは――」

「ごまかされないよ！」

サムは身をよじってローワンの下から逃れようとしたが、まったく効き目がなかった。ローワンは彼女をがっちりともとに戻し、今度は体ごとベッドに釘づけにして顔をぐっと近づけた。

「ほかに知りたいことは？」

「ないわ、離して、こんなのやめて――」

ローワンが唇をふさいだ。ふたりの脚と脚を重ね合わせ、腰も胸もぴたりと添わせて押さえつける。彼の体毛の荒い感触が、サムのやわらかな肌を刺激する。舌を乱暴にもぐりこませ、唇をむさぼる。両手は手錠のようにサムの手首をつかんで放さない。彼の体のたくましさは酔いしれるほどだ。ローワンが唇を離した。「もう一度訊く――ほかに知りたいことは？」

サムは唇をなめて湿らせ、微笑んだ。「あなた、本当に枯れちゃったの？　マーニーに？　私のせいで？」

「誓ってもいい」大まじめな顔でローワンは言った。

「でもいまは枯れてないわ」

「わかってる。それもきみのせいだ。自分にどんな力があるかわかった？」

サムの笑みが大きくなる。「本当に私にはそんな力があるの？」

「あるさ。試してみようか?」

しばらくのち、サムはローワンと横になっていた。

彼女の体と重なった彼の体は、熱っぽくたくましかった。こうして腕に抱かれている安心感は、これまで怖くて思い出すこともできなかったもの。彼の吐息が首にかかり、眠っているのだろうかと思う。

こんな……こんなのはすばらしすぎる。これほどの感覚はこの世にふたつとない。こんな、こんな……。

どんな感覚と言えばいいのか、サムにははっきりわからなかった。セックスそのものもすばらしい。たしかにいい。マーニーがセックスは大切だというのもうなずける。けれどそれ以上のものがもっとある。マーニーはどんなにたくさんの男性と寝ても、こういう気持ちを味わったことはないのじゃないだろうか。いまのこれが、セックス以上のもの。大切にされ、安全に守られているという感覚——ゆったり、のびのびとかまえていられる。たぶん、そもそもサムがローワンに惹かれたのは、この感覚のせいだったのかもしれない。彼は崇拝などされなくてもよかった。好かれる必要さえなかった。彼は音楽が好きで、演奏が好きだった。けれど音楽そのものを愛していたから、ほかのミュージシャンを見てほめることも大好きだった。だから彼はサムを勇気づけてくれた。彼女の演奏を聴き、いっしょに演奏して喜んでくれた。サムならドラムで身を立てることもできると言ってくれた。女性ドラマー、とくに腕のいい女性ドラマーはひっぱりだこだ。サムは父親の話をした。父がどんなにドラムを愛しているか。でも教えることのほうがもっと好きだということを。

ふたりのあいだにはたくさんのことがあった。

そしてあの記事。

ダイナ・ディロンは失踪した。ローワンは警察の捜査に対し、妻とはもうずっと冷めきった関係だと無愛想に話した。そして留置場に入れられた。

彼はサムを守ろうとしてくれたが、結局は妻のもとに戻った。でも彼の言ったことは本当なのだろうと思う。彼は本気で、ダイナを救えると思っていたのだろう。けれど、一晩体を重ねたくらいで、過去に受けた苦しみをすべて洗い流せるだろうか。

だめだ。

セックスはいい。セックスはすばらしい。でもそれだけじゃないものがある。

ふたりを癒《いや》してくれるものがあるとしたら、きっとその部分だろう。そしてそれは、マーニーが一度も味わったことのないものだ。たぶんマーニーは、それを味わうチャンスを子どものころに奪われてしまったのだろう。

サムは自分の体に置かれたローワンの手に手を重ね、ぎゅっと握りしめた。

そして目を閉じる。人生には保証などない。マーニーは消えてしまった。日に日に心配はつのってくる。

低い、ぞっとするようなあの声は、脅しをかけてきた。きみが見える、きみが見えるよ……きみを見ている……見えるよ……。

外には恐ろしいことがたくさんある。

身も凍るようなことがたくさん。
でも今夜のサムは、あたたかかった。
今夜一晩、せめて一晩、このぬくもりに酔っていよう。

14

朝になると、ローワンはいなくなっていた。

けれどメモが残っていた。〈すばらしい夜をありがとう。コーヒーが下にできてる。防犯ベルもセットしておいた——僕はテディとジャングルに出かける用意をする。夜に話をしよう。ローワン〉

サムはメモを読むと、手のなかでくしゃっと丸めた。気負いのないくだけた調子のメモ。たしかに彼女は、これまでローワンのことをずっと思いこがれてきた。

でも……

簡単すぎた。早すぎた。状況に流された。だれでもみんな、だれかと寝ている。最初のデートで。いま私たちが生きているのは、自由な世界。でもサムは、そうやすやすと男性を近づけてはこなかった。ローワンへの想いをずっとひきずっていた。それが彼女に重くのしかかっている。感情のもつれは、人の心をずたずたにしてしまうから。だからもう一度、こんなに早く危険をしょいこむのは怖かった。男性と関わるときはとにかく慎重にならなければいけない。

そんなことを言って、もうゆうべでどっぷり首まで浸かってしまったくせに。

ここは少し抑えてかからないと。

サムはシャワーを浴びて着替え、コーヒーを飲みに下へ降りていった。ゆうべは、ローワンがカーテンを引いてくれてありがたいと思った。あの電話におびえてうろたえていたから、プライバシーを守れるのがうれしかった。そしてもちろん、そのおかげでふたりに起こったことも。でも明るくなるとまた太陽が恋しくなり、ゆうべほど怖くもなくなってきた。

そこでカーテンを開けた。ガラス窓にあたたかな陽射しがふりそそぎ、きらきら輝くすばらしい海の眺めがまた広がる。サムはコーヒーをついで、天気のいい外をしばらく眺め、それからベッドルームに戻って出かける準備をした。ドレッサーの上にコーヒーカップを置き、テディが来る前に少しだけお化粧することにする。

もう窓辺に行ってマーニーの家を見るのはやめようと思った。もうこれまで、見すぎというくらい見ている。

でもそう考えてもどうにもならなかった。毎朝、毎晩していたように、やはり窓辺に行って外を見てしまった。マーニーの家はひっそりと静まり返り、いまだ秘密を抱えこんでいる。けれどコーヒーを飲みながら見ていたそのとき、だれかが階段を上がっていくのが目に入った。

思わずどきっとした。玄関のドアをノックする音が聞こえ、その人物がマーニーの名前を呼ぶのが聞こえる。だれかはわからない。サムはカップを置き、階段を一段飛ばしで駆け下りると、芝生を走り抜けてマーニーの家に急いだ。

玄関の前にはだれもいない。振り返ってみても、車もない。さっきの人間はボートで来たのだろうか?

ぞっとしながらサムはあたりを見まわした。軽く風が吹いている。木がゆれて、生い茂った葉がささやいているように思える。

〝きみが見えるよ!〟

一瞬、また背筋がぞくりとした。それを振り払うようにぶるっと体を震わせる。いまはもう朝だ。

しかしこの小さな岬に人の姿はない。だれもいない。マーニーの家は空っぽだった。

そうであってくれなくちゃ、とサムは思った。彼女はいま玄関から飛び出し、ドアを開けたまま来てしまったのだ。

どうしよう! サムは自分をなじった。家の玄関はここからでも見える。でも、さっきは背中を向けてしまった。

いいえ、たったあれだけのあいだにだれかが忍びこむなんてありえない——そう自分に言い聞かせる。それに車だって一台も見当たらない。

おまけに今日は木曜日で、朝も早い。テディもローワンのところにはまだ来ていないだろう。ローワンは家にいるにちがいない。もしいなくても、アデリアが仕事に来ているはず。

だからサムはひとりきりじゃない。

それでもまだ、背筋がぞくぞくする。

〝きみが見えるよ……〟

サムは腹立たしくなって体をぶるっと揺すった。だれかがここに来て、マーニーを呼んだ。

大きな声で。それはべつにおかしなことじゃない。

サムは背筋を伸ばし、マーニーの家をまわりこんでみた。「あの、だれかいるの？　だれなの？」

返事はない。

サムはきれいに手入れされた裏庭にまわった。クリスタルのようなプールの水を、そよ風がなでていく。クロトンとハイビスカスもさわさわと音を立てている。湾のほうでは、ブルーグリーンの海が波を立ててきらめいている。

〝きみが見えるよ……〟

サムはうめくような声をもらした。ここにはだれもいない。でも木や茂みに眼があるような気がする。見られているように思う。

いまは朝なのよ。サムは自分を奮い立たせた。

「ねえ！　だれかいるの？　なにか用なの？」

返事はない。

まだ寒気は消えない。サムは自分の家にも戻りたくなかった。おびえてしまっていた。そこでぐっと歯を嚙みしめる。自分の家に戻らなくてどうするの。ハンドバッグも鍵も家のなかだし、車をガレージから出して仕事に行かなければならない。「マーニー」サムはつぶやいた。「もしただの遊びで出かけてたりしたら、あざができるくらい殴っちゃうからね！」

サムは茂みの外をまわって自分の家に戻ろうとした。茂みに見つめられているようなこの気分、どうにかならないものだろうか。ついつい足が速くなってしまう。

さらにもっと速く。

ついには走り出した。

サムはすっかり取り乱し、自分とマーニーの家の庭を隔てているクロトンの茂みをぐるりとまわった。髪が顔にはりついている。

そのとき、だれかとぶつかった。

ものすごい勢いだったので、転びそうになる。両手が伸びてきてつかまれた。サムは悲鳴を上げ、無我夢中でこぶしを振りまわし、たたきつけた。相手の手がゆるむ。サムは相手もろとも倒れこんだ。

「サム、サム、サム!」

男は危うくサムの上に乗りそうになったが、とっさによけて地面に倒れ、痛そうな息とうめき声をもらした。

サムが目をしばたたく。そのとき男は、彼女の目にかかった髪を払おうとしていた。見上げると……ローワンだった。口もとに小さく笑みを浮かべ、ゴールドの輝きを放つ瞳で少し心配そうに見ている。

「ローワン!」サムが消え入るような声で言った。

そしてこぶしを握りしめて彼の胸をたたいた。「なによ! 死ぬほど怖がらせて!」

「死ぬほど怖がらせた? ぶつかってきたのはきみだよ」

「茂みのなかでなにをしてたの?」

「たったいま、きみの家から来たところだけど」

サムが眉をひそめる。「どうして私の家にいたの？」

「どうしてって、きみを探してたんだよ。そしたらきみの声が聞こえて、なにをしてるんだろうって見にきたんだ」

ローワンは立ち上がり、手を差し伸べてサムを立たせた。サムは素直に助けを借り、立ったあとニットのパンツからクロトンの葉を払い落とした。

「マーニーのところにだれがいたか、見なかった？」サムがたずねた。

「マーニーのところにだれかいたのか？」

「玄関のドアで男の人がマーニーの名前を呼んでたの。あなたがうちに来てたのなら、その人の声を聞いたんじゃない？　女の人だったかもしれないけど。ううん、やっぱり男の人よ」

「サム、僕はだれも見なかった」

「そんなはずないわ！」

「でも見なかったんだ。きみの声は聞こえたけどね。だからここにまわってきて、きみとぶつかった」

ローワンは眉根を寄せた。心配顔になっている。それも当然だろう。マーニーの家の庭にだれかがいたかもしれないのだから。それともサムの頭がおかしくなっているのだろうか？

サムは彼の顔をじっと見つめていたが、両手をぱっと上げた。「本当にだれかいたのよ！どうして突然その人が隠れちゃうの？　たしかに声が聞こえたわ――しかも大声。近所に私たちがいるのに。声を出せばあなたにも私にも聞かれるって、わかってるはずよ」

「じゃあ、もしそいつがマーニーを探そうと思って呼んでたのなら、彼女の失踪には関係ないやつじゃないかな」

「でも急にいなくなっちゃうなんて!」サムはもどかしげに叫んだ。それから小声になって言った。「そうだ、私の家!」

「なに?」ローワンの眉間のしわがさらに深くなる。

「玄関のドアが開けっ放し――」

「なんだって?」

あきれたような声。男が女に〝おまえってしようがないな〟と言うときの声だ。

「なによ、そんなふうに言わなくたっていいでしょ! 急いで出てきたんだから仕方が――」サムは話そうとしていたが、ローワンはすでに彼女の家の玄関に向かって駆け出していた。「ローワン、ちょっと待って! もしだれか……危険な人がいるのなら、テディが来るのを待ったほうがいいわ」

だがローワンはもう家に着いていた。玄関のドアを開けてなかに踏みこむ。

そしてサムも、彼のあとにくっつくようにして入った。

ロレッタは早めに出勤するのが好きだった。前の晩にロースクールの授業があろうが、例の――うんともうかる仕事があろうが関係ない。彼女は有能だしやり手だし、運もよかった。あまり眠らなくても平気な体質なのだ。

それに、マーニーが失踪してからというもの……。

ロレッタはコーヒーをいれた。これも毎朝の日課だ。

そしてやはりいつものように、マーニーのデスクに湯気の立つブラックコーヒーのカップを置いた。意味のないことかもしれない。でも毎日こうして、マーニーが出てきてくれることを祈っている。

ケヴィン・マディガンのデスクにはコーヒーを置かなかった。彼は熱いのが好きだからだ。それに熱くないと文句を言われる。べつにそれを気にするわけではないが、みんなの前で怒鳴られるのはいやだった。

ケヴィンったら、あの引き締まったすてきなお尻で仕事に励めばいいのにねえ――ロレッタはにやつきながらそう考えた。今朝はまたリー・チャップマンが来る予定だ。彼はマーニーがいなくなったことでだいぶいらつき、よその事務所で弁護士を探すぞと脅しをかけてきている。もちろん、自分は無実だと言い、それを証明するためなら最高の弁護士にいくらでも金を出せると言っている。

ロレッタはミスター・デイリーにもかならずコーヒーを出していた。彼には専属の秘書がついているが――もっとも本人たちは秘書ではなく〝アシスタント〟だと言っているのだが――彼はロレッタのいれたコーヒーを気に入ってくれていた。それに彼女のほうも、ミスター・デイリーは好きだった。あれくらい上の人になると気むずかしくなっても仕方がないのに、彼はざっくばらんでえこひいきもしない。

しかしそのミスター・デイリーもまだ出勤していなかった。

　ロレッタはまたデスクにつき、不安そうな顔で頭を振った。いったいここは最近どうなってるのかしら？　しかるべき場所と時間に人が来なくなっている。

　そのとき電話が鳴った。すかさずロレッタは受話器を取り、超一級の営業用の声で応対した。相手は当然、彼女が出るものと思っていたようだ。

「金曜の夜、パーティに出られるか？」声の主は、自称〝手配人《アレンジャー》〟の男だった。この男がパーティを〝手配《アレンジ》〟している。しかしどことなく声が変だ。それに、ふつう仕事場には電話してこない。もちろん、留守番電話に伝言を残したこともない。「金曜日？　ええ、なんとか」

「絶対に大丈夫か？」口調が鋭い。

「ええ」ロレッタはもう少しはっきりと答えた。

「よし。かならず来い。絶対にすっぽかすな。おまえの年下の友だちにも仕事を手配した。今週の金曜は大事なパーティが二件ある。友だちにもかならず出ろと伝えておけ。でないとおまえも厄介なことになるぞ」

　年下の友だち？　ああ、そうだ、レイシーのことだ。

「友だちにもかならず行かせるわ」

「そうしてくれ。ところでこのあいだの夜、クラブにおもしろい客が来ていたぞ」

「おもしろい客？」ロレッタは思わずおうむ返しに言った。

「口に気をつけることだな、ロレッタ。おまえはしゃべりすぎる」

「え……い、いったいなんのことだか――」ロレッタがつっかえる。しゃべりすぎたってどういうこと？

もしかしてサムがクラブに行ったの？

「いいや、おまえはしゃべりすぎだ。おれはおまえがしゃべってるところをちゃんと見てる。おまえのことはいつも見てるからな」

「そんなことできるわけ――」

「できるんだ。見えるんだ。だから気をつけろ。じゃあ、いまから住所を言う。二度とへまはするな。へまをしでかした人間がどうなるか、わかってるだろうな？」

「き、消えるの？」ロレッタの声が小さくなる。

男はなめらかな声で言った。「クビになるんだよ。さあ、住所を言うからな」

ロレッタは住所を書きとめ、電話を切った。むかついていたし、動揺もしていた。あんな男のことは忘れなきゃ！　でも……いったいだれがクラブに行ったのだろう？　サムだったら、あんなところへひとりでは行かないだろうけど。

ロレッタはコーヒーカップを取り、一口飲んだ。やはり自分のいれたコーヒーはおいしい。妙なものだ。彼女は、わが師とあおぐマーニー・ニューキャッスルのようになりたいと願っていた。強くて意思が固くて、あらゆる常識を打ち破ってわが道を行くような女に。

なのに……。

一瞬ロレッタは、なにもかもまちがっているような気がした。目標を達成するためならどんな手段を使ってもかまわないと、そう考えていたはずなのに。それにもうひとり、女性をこの道に引っ張りこんだことを考えると気が引けた。あの可愛らしい、無邪気な目をした若々しいミス・レイシー・ヘンレー。彼女を引きずりこむことだけは、してはならなかったのじゃないだろうか。絶対に。

でも、もう遅い。


サムの家にだれかいる。

入ったとたん、ローワンにはわかった。

奥の部屋だ。キッチンの奥のファミリールーム——いや、フロリダルームという名前だったか。フロリダルームからは、プールとさらにその向こうの船着場に行ける。なにか小さな音……なにかが動くような……こすれるような音がする。忍び足かと思うほど軽い……足音？　スリッパが床にこすれるような音が、くり返しくり返し、リズムを刻んでいるように聞こえる。

ローワンは戸口のすぐ外に立って耳を澄ました。サムがその後ろに来る。彼に触れはしないが、息づかいが聞こえるほど近くに立つ。

ローワンが彼女に、じっとしていろと手ぶりで示した。しかし彼女から、かぶりを振る気配が返ってきた。

あくまでもローワンは、少し離れていろとサムを制した。それからしゃがみこみ、壁にへばりついたままじりじりと進んでいった。緊張が高まってくる。壁をぐるりとまわりこみ、大きな弧を描いてキッチンに入る。そこにはオープンカウンターがあり、フロリダルームが見渡せるようになっている。

ローワンはそこから、小さな音を立てていた人物を目にした。

立ち上がり、サムをそばに引き寄せる。

そこにいたのはグレゴリーだった。ジーンズと格子柄の半袖シャツという格好で、ファミリールームに立っていた。

サムが朝カーテンを開けておいたので、また太陽が差しこんでいる。少年の黒髪ときれいな顔に、陽射しがふりそそいでいる。ローワンの胸がずきりと痛んだ。遠い記憶に埋もれていたこの痛み。彼の弟も、やはりきれいな顔立ちをしていた。髪も黒かった。しかし甲状腺の異常で心臓と肺に負担がかかり、顔は幼いままだった。しかしグレゴリーの場合は、身体は丈夫で、異常が見られるのは精神のほうだ。それでもローワンは、弟と同じ魂を彼のなかに感じ取っていた。知か。美か。なにか独特なすばらしいもの。ユアンの場合は美術だった。グレゴリーは音楽だ。こんなときでさえ、彼の動きにはリズムがある。心のなかでリズムを感じ、それに合わせて動いているのだ。こんなふうに外の世界に目を向け、なにかを探しているように見えるときでさえ……。

いったいなにを探している？

「グレゴリー！」サムが声をかけた。

少年は振り返らなかった。ただじっと外を見つめている。外にあるマーニーの家を。

「グレゴリー！」サムはもう一度呼んだ。ローワンをキッチンに残し、グレゴリーに近づいていく。彼の真ん前まで行き、私の目を見てちょうだい、と手で合図する。ようやく彼はサムを見た。「どうやってここに来たの？　おうちの人は？」

グレゴリーは答えなかったが、サムと目を合わせた。サムは手を伸ばし、彼の頬にそっと触れた。彼がサムの手を握る。サムはローワンを見た。「どうやってここに来たのかしら。今日は来る予定じゃなかったのに」

「きみがマーニーのところで声を聞いたというのは、彼じゃないのかな?」

サムはグレゴリーを見て一瞬ためらった。が、首を振る。「ちがうわ」

「絶対に?」

「この子はしゃべらないもの」小声でサムが言った。

「でも、前に名前を言ったのを聞いたよ」

サムは顔をゆがめてグレゴリーを見つめた。「この子は自閉症なのよ? たしかに名前を口にすることはあるわ。それはわかってる。でも私が聞いたような言い方はしない。ときには単語を並べて、文章でしゃべることもある。触れられて反応したり、自分の名前に反応することだってある。でも私が聞いたような呼び方はしないし、それにどんな状況であっても、この子がマーニーの家に行って名前を呼ぶなんて考えられないわ」

「でも」ローワンが注意を促した。「その子はいつもマーニーの家を見つめてる」

そう、たしかにそうだ。そう思ったサムは、突然、ローラがマーニーと電話で話したあのディナーの夜を思い出した。マーニーが行方不明になる直前のことだ。

「どうした?」ローワンが鋭い声で訊いた。

「あの……マーニーと電話で話した最後の夜のこと……グレゴリーはやっぱり彼女の家を見つめてたわ」

ローワンが考え深げにグレゴリーを見やる。「マーニーの家に行ってみよう。グレゴリーといっしょに」

「ローワン、でも――」

「大丈夫」

サムはまだ不安だった。繊細なグレゴリーになにか悪い影響を与えてしまわないだろうか。

「サム、この子に悪いことはなにもしないよ」ローワンが言った。

「でもわからないわ。なにか心理学的なことが――」

「僕が目の前にあるものを見ようとしてないっていつも言ってたのは、きみじゃなかったっけ？」

そんなことを彼に言っただろうか？　言ったかもしれない。彼がほかの人たちみたいに――マーニーの化粧品がきちんと並んでいないというような大事なことをわかってくれなかったとき、ついいらいらして。

「行きましょう」サムは言った。

彼女はグレゴリーと腕を組み、ローワンの目を見すえた。ローワンは先に立って芝生を突っ切り、マーニーの家に向かった。

ローワンは自分の持っていた鍵を使った。

家のなかに入ると、ふたりはグレゴリーの様子を見守った。彼はまず、家の奥に向かった。ふたりとも顔を見合わせながら、あとについていく。しかしいきなりグレゴリーはきびすを返し、階段を上がってマーニーのベッドルームに行った。

すばらしい景色の広がる窓から、明るい陽射しが差しこんでいる。グレゴリーは部屋の真んなかに、身じろぎもせず立っていた。かと思うと、マーニーのドレッサーに行ってじっと見つめた。サムの心臓がどくんと鳴る。マーニーはあまり子どもの相手が得意ではなかった。実際、グレゴリーの前では居心地が悪そうにしていたこともある。けれどサムがついているときは、やさしく接していた。家を案内したときも、他の人にするのと同じように熱心に説明していた。

そしてグレゴリーも、化粧品の位置が変わっていることに気づいたのだ。

「ちがうってわかるのね！」サムは押し殺したような声で言い、トレイを見つめるグレゴリーを抱きしめた。グレゴリーが手を伸ばす――本当はどう並べたらいいか知っていて、直そうとでもするように。

サムがその手をつかんだ。「だめよ、もうすぐ指紋を取ることになるでしょうから」

サムが振り向くと、ローワンがベッドをにらんでいた。濃い色のマホガニー材も、陽射しが当たって明るい色に見える。いきなりローワンがしゃがみこんだ。手を伸ばしかけて、ふと止める。

「ローワン？」

サムも彼のそばにかがんだ。ローワンの指さす先に、なにか小さく光るもの……ベッドの脚になにかついている。

「なに？」サムが訊いた。

「たぶん血だ」

「ええっ」

「サム、落ちついて。血といってもほんの少しだ。マーニーが脚でも剃っていて切ったのかも――」

「脚ならバスルームで剃るわ！」

「いや、僕は、血が少ししかついていないってことを言ってるんだ」

「警察に見てもらわなくちゃ」

「ああ。テディがもうすぐ来る」

立ち上がったサムは、急に寒気を感じた。「グレゴリーをここから連れ出しましょう」

三人はマーニーの家をあとにした。サムの家に戻ってすぐに、玄関のベルが鳴った。ドアを開けると、玄関前の階段にテディが立っていた。

テディはしかめ面だった。「自分の家にいると思ってたんだがな！」といらだたしげにローワンに言う。

「あんたに見てもらいたいものがあるんだ」ローワンは厳しい声で言うとテディを外に押し返し、サムとグレゴリーを残して出た。

ふたりの男性はしばらく帰ってこなかった。サムは気をもんで待ちながら、グレゴリーにビデオをかけてやった。血がついていた……だからといって、マーニーになにかあったというわけじゃ……。

ふたたび玄関のベルが鳴る。サムは急いで出た。ローワンとテディだった。「鑑識を手配するよ。どうせいずれは来ていただろうがね」

「じゃあ――」

「だからってなにもないぞ！」テディはきっぱりと言った。「うろたえないでくれ。ところで、きみも来るそうだな」

「えっ？」

「きみも釣りに来るんだろう」

「そんなこと、いま初めて聞いたわ」サムはローワンを見た。「私は仕事があるのよ」

「きみはオーナーだろう。つまり電話すれば、一日休みが取れるってわけだ」ローワンが言う。

「ここのところちょっと休みすぎてるの」サムがやり返す。

「だったら、あと一日くらいどうってことないだろ」テディが口をはさんだ。

サムにはテディの口調が少し皮肉っぽく聞こえた。しかし、彼の行動はどうもなにもかもしっくりこない。どうしてテディはローワンを沼沢地に誘うことにしたのだろう？　これまでローワンのことは嫌っていたようなのに。サムは怪しく思ったが、そんなことを考えるのもばかげていた。テディがローワンを沼沢地に誘い出し、頭を殴って沼に放りこむとでも？まさか。テディは警察官だ。でも、沼沢地ならいくらでも死体を始末できる。奥深いフロリダの沼沢地よりはるかに人目のあるところでも、死体は出てこないのだから。

だがテディは刑事だ。自分の仕事を誇りに思っている。小さな手がかりがしばしば犯罪を暴くということを、よく知っている。

それにやっぱり、テディは人殺しなんかじゃない！　ローワンと殴り合うことはあるかもしれないが、かといって……。

「そうね、行こうかしら」サムはふいにそう言った。

「えっ、ほんとに?」ローワンが驚いてくるりと向く。

「なによ、あなたが誘ってくれたんだと思ったけど!」

「そりゃそうだけど……」

「あっ、グレゴリー!」またサムが急に言った。

「そう、グレゴリーだ」ローワンも口をそろえる。

「いったいなんの話をしてるんだ?」テディが訊いた。

「グレゴリーが来てるのよ。私が外に出たとき、どこかからふらっと入ってきたみたいで」

サムは男性ふたりに向かって手を振った。「あなたたちは行ってちょうだい。私はグレゴリーの家族に連絡して、迎えが来るまで待つから」

「いや、時間はある。沼沢地がなくなるわけじゃなし」ローワンが言った。

「それがだな」テディが不機嫌そうに言う。「なくなってるんだよ。開発ってやつさ。ブロウォード郡の西の住宅地だって、半分は最近になって沼沢地にできたものだ」

「テディ、このあたりの土地の半分は造成地じゃないの」

「そうだ。でも沼沢地が縮んでることに変わりはない!」テディにとって、環境問題は大問題だった。べつに動物愛護論者というわけではない。彼は狩りが好きだ。釣りの許可証も持っていて——じつはワニだって獲れる。シーズンになると、テディは真っ先に出かけていく。

「砂糖産業のせいで沼沢地はめちゃくちゃだ。自然が根こそぎなくなろうと、開発業者は屁とも思わない。海も生態系も壊してるってことに気づいちゃいないんだ。とにかくすばらしいんだ。行けばわかる」

「行ったことならあるよ」ローワンが言った。

「沼沢地に？」

ローワンが肩をすくめる。「プロペラボートで釣りにね」

「だが今日はかなり奥地まで入るぞ」テディがにやりとした。「古い区域だ。ふだんは人が入らない」

「テディ、沼沢地はどこも古いじゃない」サムが言った。

テディがあははと笑う。「そりゃそうだ。けど、最近じゃあまり知られてない区域だってことさ。何年も前はちょっとしたオアシスだったんだぜ。水路や小高い肥沃台地《ハンモック》がたくさんあってな。男はみんなそこらまで出ていって、週末の隠れ家を作ったもんさ――」

「男っぽい人がでしょ。週末になると暴れてたのよね」サムが口をはさんだ。

テディはサムに顔をしかめてみせた。「あんなに何回も連れてってやったのに」

「あんたは土地を持ってたのか？」ローワンが訊いた。

「いや、まさか。国の土地だよ。だからおれたちの〝男の週末の家〟は壊されちまった。おかげで植物も茂り放題さ。もったいないよなあ。でもまあ、昔はこのへんももっと小ぢんまりしてたけどな。マイアミったって、こんな国際都市でもなんでもなかった。いまここに住んでるやつらは、何十万人もいるくせに沼沢地を見たこともないんだから。あーあ、南フロリダの住人がみんなトラックとボートを持って、ピットブルテリアを飼って――沼沢地に週末の隠れ家を持ってたころはよかったよなあ」

「はいはい、そうね、テディ」サムが言った。

「きみの親父さんは、トラックもボートも沼沢地の隠れ家も持ってたよな」

「ピットブルテリアはいなかったけどね。それだけでもうアウトでしょ。父がかわいがってたのはチワワだったから」

「大自然を愛する男のロマンをけなさないでくれよ！」

「ねえ、もう行ったほうが――」サムが言った。

「大丈夫、待つよ」あくまでローワンは言い張った。サムがため息をつく。「それでもいいかしら、テディ？」

「ああ。コーヒーはあるかな？」

「ええ、あるわ。どうぞご自由に。私はちょっと失礼して、電話をかけてくるわ」

サムは奥に向かった。フロリダルームの小さな籐《とう》のデスクに、電話が置いてある。ラカータ家に電話して、グレゴリーが来ていますと伝言を残すつもりだった。きっとだれも出ないとは思うが――グレゴリーがここにいるということは、両親あるいは父親か母親のどちらかが近くにいるということだから。

それでもサムはラカータ家に電話し、伝言を残した。受話器を置いたとたん、玄関のベルが鳴った。サムが駆け足で玄関に向かい、あとからローワンとテディも続く。彼女がドアをぱっと開けた。

ハリー・ラカータがひどく心配そうな顔をして立っていた。「サム、お邪魔して申しわけない。じつはそこの通りのカフェで仕事の打ち合わせがあってね、グレゴリーを連れて行ったんだ。すぐそばにいたはずなのに、いなくなってしまって――」

「ここにいますよ」サムが言った。「いまお宅に電話したところです」

ハリーがほっと息をついた。こわばっていた顔がゆるむ。「アニーは家にいるんだが、ベッドで横になっていてね。ちょっとした用事だから、グレゴリーがいっしょでも大丈夫と思ったんだが。ちょっと目を放したすきにいなくなって」

「ええ、お察しのとおりここに来てます。あの子なら大丈夫ですから。どうぞなかへ」サムが言った。

ビジネススーツをぱりっと着こんだハリーが、なかへ入った。テディに挨拶し、ローワンを見て礼儀正しく待つ。サムはふたりが初対面だということに気づき、彼を紹介した。「お会いしたいと思ってました」ハリーが言った。「じつのところ、あなたの音楽にはあまり詳しくないんですが、息子が夜に帰ってきてあなたのお名前を口にしたものですから」

「えっ、本当に？　それはうれしいです。うちは楽器だらけですから、そこが気に入ったんでしょう」

「息子によくしてくださったそうで。本当にありがとうございました」

ローワンは肩をすくめた。「僕のほうこそ楽しかったですよ。息子さんを見てると、親しかった人間を思い出すもので。それにあの才能はすばらしい。将来はあの才能を生かせるんじゃないでしょうか」

「さあ、どうでしょう」ハリーが両手を上げた。「昔は少ししゃべったんですが。それから後退して、いまではほとんどしゃべらなくなりました。なんとも厳しい状況ですよ。少し前進したかと思えば、それよりさらに後退する。一生、人前に出られるようにはならないかもしれませんが、それでもかまいません。妻も私もあの子を愛してますから。あの子なりにいちばんいい状態になってくれたら、もうそれで。さて、本当にありがとうございました。もう息子を連れて帰ります。みなさんも予定がおありでしょう」

彼はフロリダルームに行き、しばらくして息子の手を引いて出てきた。

ふたりが玄関を出ようとしたとき、急にグレゴリーが足を止めた。ローワンをじっと見つめ、にこっと笑う。「ロー、アン！」

「やあ。また近いうちにうちに来て、ピアノを弾こうな？」

グレゴリーは答えなかった。「ロー、アン！」とくり返す。

「本当にどうも」ハリーが言った。

「いやいや、こちらこそ本当に楽しいんですから」

「グレゴリー？」ハリー・ラカータが声をかけ、息子の腕を取った。グレゴリーはきれいな目を伏せ、父親といっしょに背を向けて出ていった。

「さて、私たちも出かけましょうか？」サムが言った。「なにか持っていく？　飲み物とかポテトチップスとかサンドイッチとか。向こうでピクニックを――」

「ああ、出かけよう。いますぐに。食い物や飲み物はいいよ、サム。そんなことしてたら永久に出られなくなっちまう。そのへんのセブン・イレブンに寄っていこう」テディが言った。

「あんたは出られるか、ローワン？」

「ああ、大丈夫だ」

テディはきびすを返して出ようとした。先に立ち、ドアをばたんと開ける。しかし外に人がいてびっくりし、飛びすさった。

フィル・ジェンキンズだ。

Tシャツとジーンズというフィルは、見るからにマッチョでたくましい。長年の日焼けで肌は濃いブロンズ色。着ているものはしっかり洗濯してある。ジーンズは青くTシャツは真っ白で、まくりあげた左袖にマールボロの箱をはさみこんでいた。

「おや、これはヘンレー刑事」

フィルの声には、どこかばかにしたような響きがあった。

テディがぶっきらぼうに答える。「ああ、正真正銘の本物だぜ。いったいなんの用だ?」

「いや、マー——ミス・ニューキャッスルのことがなにかわかったかと思ってね」

「新しい手がかりはなにもないよ、フィル。すまんな」テディはそう言って首を振り、マーニーの家を見やった。

「まだ仕事が残ってるんだよ。彼女の許可がないと進められない」フィルもマーニーの家を見て、また三人に目を戻した。「それに、彼女には金も貸してるし」

「フィル、あなたさっきマーニーを探しに来た?——彼女の家に」サムがたずねた。

フィルがやわらかなブルーの瞳をサムに向け、ゆっくりと微笑んだ。以前、マーニーがよく彼の話をしていたことを、サムは思い出した。そう、マーニーは彼と寝ていた。それ以上のことはあったかしら? なにか……犯罪を匂わせるものは? ああもう、頭がおかしくなりそう! なにを聞いても裏がないかと勘ぐってしまう!

サムは急に落ちつかなくなった。なんとなく、フィルに品定めされているような気がする。あらゆる部分を見られているような。マーニーはいなくなった。今度はサムに鞍《くら》替えしようというのだろうか。

「いいや」しばらく間をおいてフィルが答え、たくましい腕を組んだ。「ここには来ていない」

「本当か?」ローワンが鋭く訊く。

フィルはローワンのほうに向いた。目の表情がさっきとは変わっている。「いま来たばかりだ。トラックもすぐそこに停めてある」挑みかかるような口調だった。

思わずサムは首を伸ばして確かめた。フィルの言ったとおりだ。

「マーニーの居所はまだなにもわかっていない」テディが言った。

「じゃあ彼女が見つかったら——もしくはなにがあったかわかったら——すぐに知らせてくれ」

「それは全員に知らせるよ」テディが答える。

「そうか、わかった」フィルは三人をもう一度見つめ、袖にはさんだ煙草の箱から一本抜いて、むこうを向いた。

それからまたテディに向きなおり、煙草を親指にトントンと当てた。「あんたはマーニーになにがあったんだと思う、ヘンレー刑事?」

「そんなことわからん」テディが言った。

「でもあんたは刑事だろ。もうわかったことがあるんじゃないのか」

テディは後ろにもたれ、マッチョなフィルに対抗するかのように腕を組んだ。「ああ、まあ、少しはな。あんたたちふたりにはまだ話してなかったが、事件の匂いがしてきたからには言っておいたほうがいいか」テディはローワンとサムに言った。そしてまたフィルを見る。「マーニーは行方不明になった日の晩、何度か電話を受けてる。家の電話でな。そのうちの何本かはサムの家からだった。だが、その他の電話はいったいどこからかかってきたと思う？」

サムはかぶりを振った。男たちはじっとテディを見つめるだけだ。

「マーニーの携帯電話からだ。彼女は自分の携帯から、家の電話に通話を受けてたんだ。しかも、その携帯がきれいさっぱり消えちまってる。マーニーと同じようにな」

15

インターコムが鳴った。ロレッタは点滅しているボタンを押した。

「ロレッタ、ケヴィンだ。コーヒーを持ってきてくれ」一瞬そこで間があき、自分の考えたことにむっとしたような声でケヴィンはこうつけくわえた。「頼む《プリーズ》」

「すぐに持っていきます、ケヴィン」

ロレッタはコーヒーをつぎ、彼のオフィスに入った。広々として調度品も立派なオフィスだ。窓からはマイアミの街並みが見える。オフィスはブリッケル・アヴェニューにあり、眺めは街でも最高だ。ケヴィンのオフィスの奥の窓は、海に面していた。

しかしマーニーのオフィスはさらに格が上だった。奥と横、両方の窓が海に面している。マーニーとケヴィンはオフィスをめぐって大げんかをした。ケヴィンはマーニーのオフィスがほしかったのだ。もちろん彼女は手放そうとしなかった。

そしてマーニーが勝った。

そのことを思い出したおかげでロレッタは、ケヴィンにコーヒーをいれろと命令されてもさっさと動くことができた。まったく、私は彼の専属召し使いじゃないっていうの！

「どうぞ。熱々のおいしいコーヒーです！」ロレッタはコーヒーを置いた。

コーヒーくらい、ケヴィンも自分でいれられたはずだった。それほど忙しくもないのだ。実際、いまも彼は高級な革張りの回転いすにもたれ、両手を頭の後ろで組んで、いい天気の外を眺めている。

「ありがとう、ロレッタ。きみのコーヒーはうまいからな」

「ありがとうございます。ほかになにかご用は？」いくらか語気も荒くロレッタは訊いた。

ケヴィンが肩をすくめる。「ああ、それがね。回覧がまわることになると思うが——警察がまた聞きこみにくるはずだ」

「どうしてですか？」

さっきまでケヴィンはくつろいでいるようだった。それが突然、鋭い視線をロレッタに向けた。「マーニーの携帯電話のことで」

ロレッタはきょとんとして彼を見た。「携帯電話がどうかしたんですか？」

ケヴィンの目がすうっと細くなる。「なくなったんだ」

「それがなにか？　彼女のハンドバッグもないわけだし。そのなかに入ってたんでしょう」

ケヴィンがゆっくりと頭を振った。「それがなにか、だって？」とくり返す。組んでいた手をほどき、立ち上がってロレッタの後ろにまわりこむ。彼の目はまだ窓の外に向けられていたが、ロレッタはいまにも殴りかかられるのじゃないかという不安に襲われた。これまでケヴィンが怖いと思ったことなどないのに。

「金曜の夜、マーニーは何度も電話を受けてる」

「あの、お友だちのサムが夕食に誘おうとしてたみたいで——」

「その電話はマーニーの家に、マーニーの携帯電話からかかっていたんだ」

「なんですって？　そんなばかな――」

「そう、ばかげてる。マーニーが自分で自分に電話をかけたとでも考えなければね！」

ロレッタは開いた口がふさがらなかった。ケヴィンがうんざりしたように首を振る。「おいおい、ロレッタ、なんとか言ってくれよ！」

「え――あの……」口ごもってしまう自分がロレッタはうらめしかった。本当はケヴィンに、その態度をなんとかしろと言ってやりたいくらいなのだが……。

なんとか彼女はこらえた。

「マーニーになにも悪いことが起きていないといいんですけど。いまあなたが言ったことを考えると、だれかが彼女の家にいっしょにいて――彼女に電話をしていたってことになるわよね。彼女の携帯電話を使って、彼女の家の電話にかけていた――そしてそのあと、彼女をさらっていったって！　あなたには悪いけど、マーニーが厄介ごとに巻きこまれていなければいいと思うわ。ましてや……」

「死んでなければいいと？」ケヴィンがそっと言う。

「あなたはそのほうがいいんでしょう？　マーニーのオフィスだって、お給料アップだって、本当は自分のものだって思ってるんでしょう？」

ロレッタは自分の声がうわずっていることに気づいていなかった。いきなりケヴィンが彼女の肩をつかみ、激しくゆさぶった。「黙れ！」ケヴィンの声が鋭く響く。手の力もゆるまない。指が彼女の肩に食いこみ、ハンサムな顔もこわばっている。「くそっ、なんてこと言うんだ！　僕だって彼女が死んでりゃいいなんて思わない！　ああ、たしかに彼女はいやな女だよ。オズの魔法使いの西の魔女みたいな女だ。でもきみは彼女の秘書で――」

「アシスタントよ」ロレッタは震えながらも、冷静な声で言った。「それに、あなたのアシスタントでもあるわ」

「ああ、はいはい、アシスタントね」

「しかも有能な！」

「そうだな」

「いい仕事をしてるんだから」

急にケヴィンはにやりとし、ロレッタの肩にかけた手をゆるめた。目つきが変わる。なにやら妙な感じに光っている。「ああ、そうだ。そういえば、きみはいい仕事をしてるって聞いたよ。すばらしいんだって？」

「いったいなんですか？」

ケヴィンのにやにやは止まらない。「いや、小耳にはさんだだけだよ。きみは有能だって。どんな仕事でもね」

ロレッタは後ずさり、警戒するように彼を見た。「いったい私になにをさせたいの、ケヴィン？」

「マーニーの携帯電話がどこにあるか、知ってるかどうか聞きたいだけだ」

「私は持ってないわ。もしだれかがマーニーをからかうつもりで、彼女の携帯から電話をしてたのなら、その男が――」

「女かもしれない」

「どっちでもいいわ！　その人がマーニーの携帯を持ってるんでしょうよ」

「だがそこが問題だ。だろう？　いったいそいつは、いつマーニーの携帯を手に入れたんだ？」

「わからないわ」

「それはきみが、いままでそのことを考えていないからだ。考えろ。思い出せ。金曜のことを。そうしたら、マーニーが最後に携帯を持っていたのはいつなのか思い出すはずだ。そのときだれがいっしょにいた？　そのあといっしょにいたのはだれだ？　警察もそれを知りたがるはずだ」

「だったら、警察に話します」

「僕も知りたいんだ、ロレッタ。思い出したら教えろ」

ロレッタは内心震えていたが、マーニーにほめてもらえるような態度をとりたかった。

「じゃあ、少し考えさせてください……」彼女はにこっと笑い、オフィスを出た。

驚いたことに、ロレッタがドアを閉めたあとでケヴィンがまた開け、小声でこう言った。

「ロレッタ、きみはもうひとつの仕事もよくやってるんだろうねえ。本当にすばらしいそうじゃないか。まあ近いうちに、僕もこの目で確かめさせてもらうよ」

ロレッタは鳥肌が立った。こんなにハンサムなくせに、こんなにおぞましい男がいるだろうか。いったいこの男は私のなにを知っているというの？　それをいったいどうするつもりなの？

ケヴィンが訊く。「クラブの夜の仕事は楽しいかい、ロレッタ?」

「いったいなんのことだか――」

「とぼけてもだめだ」

「そんな――」

「ロレッタ、悪あがきはよせ。僕はクラブに出資してるんだ」

ロレッタが愕然《がくぜん》として息を呑む。

ケヴィンは微笑んだ。「なにも違法なことじゃない。きれいなもんだよ。本当のことがばれて困るのは……きみだけなんじゃないかな。さあ……仕事に戻りたまえ。まだこれから一日、長いんだろう?」

くすくす笑いながら、ケヴィンはオフィスに戻っていった。

自分のデスクに戻ったロレッタは震えていた。いったいどうやって仕事をしろというの?少し横にならなくちゃ。そうよ、そうしよう。

しかしそのとき、彼女は今朝受けたばかりの例の電話を思い出した。あれはケヴィンからだったのだろうか?　あの声はケヴィンだった?　ロレッタはぎゅっと目をつぶり、考えようとした。

怖くてたまらなかった。

「テディ、だれかがマーニーの家にいて、マーニーの携帯で彼女に電話をかけてたってわかったんでしょう。それに血痕も見つかったとなると――」

「サム、警察の仕事をおれに講釈するのはやめてくれ！」

三人はいま、タミアミ・トレイル通りにある〈ビッグ・アルの店――ワニランド・餌販売〉に来ていた。血痕が見つかったあと、テディは鑑識を呼んだ。しかし彼は捜査に加わることはできない。マーニーを個人的に知っているからだ。そこでサムは現場にいたいと言ったが、長居は無用ということになった。血痕の調べがついたら、すぐに警察からテディに結果が知らされることになっている。

しかしテディはいまだにぶすっとしていた。とにかく一日、釣りをしてのんびり過ごしたいのだ。

サムは黙った。ジーンズと長袖のシャツ、そしてウインドブレーカーを腰に巻きつけた格好だ。髪はえりあしでねじって留めている。小柄で華奢《きやしや》だが、TPOを心得た雰囲気が漂っている。店では彼女も自分の餌を選んだ。彼女は男にも負けないくらいの釣り上手だ。テディとローラが結婚したとき、サムもよくふたりにくっついて沼沢地に釣りに来ていた。

サムはローワンに、どろどろした虫除けの薬を渡した。たしかにテディは沼沢地によく通じているのだろうが、ローワンにも実地体験はある。南部に来たとき、ミコスキ族のプロペラボートツアーに参加したからだ。ここよりもっと北の、ビッグ・サイプレスと呼ばれる区域にも行ったことがある。そのときは、セミノール族のミュージシャングループと競演する企画があったのだ。彼らの演奏はすばらしかった。

サムは自分に入り用なものを買い、外の車に戻っていった。店のドアが閉まったとたん、テディがローワンのほうに向いた。

「あんた、あの気味の悪い子どもとどうなってるんだ?」テディは無遠慮に訊いた。

「えっ?」

「ほら、あのグレゴリーって子だよ。めったに口をきかないって話なのに、あんたが現れるといつもあんたの名前を言うじゃないか。どうしてだ?」

「最初に言っておくが、おれはあの子を〝気味の悪い〟子どもとは思っていない!」ローワンが鋭い声で言い返した。テディはまるでローワンに手錠をかけるか撃ち殺すかして、さっさと縁を切りたいというような顔をしている。「いいだろう、ヘンレー」ローワンは押し殺したような声で言った。「あんたはおれのことが気に入らない。おれを信用してない。なのにどうして釣りに誘った?」

テディは目をそらし、茶色の髪をなでつけた。「借りがあるんでな」

「は?」

「借りがあるだろ……息子の」

「借りなんかひとつもありゃしないさ」ローワンがきっぱりと断言した。「息子さんはいいものを持ってる。あんたのために彼を援護したわけじゃない」

「そうか、ならいい。たしかにおれはあんたを信用してない。あんたがこの街に現れて、マーニーが消えた。それにあの子ども――グレゴリーも、あんたが現れるたびに妙なことになる。まるであの子がなにか目撃したようじゃないか。なんで〝ローアン、ローアン〟って言うんだ?」

「そうだな。あの子がなにか目撃したようにも見えるかもな。だけど、あの子がおれを怖がっていないからだとは考えられないか？　あの子がおれを信頼しているからだとは？」

「あんた、あの子に催眠術かなにかかけてんのか？」

「いい加減にしろ！」

「だがマーニーはいなくなった。あんたが隣りに越してきて――マーニーが消えたんだ。あんたは前にも女房が消えたんじゃなかったか？」

「戻ってきただろう」ローワンが事実を思い出させる。だんだん頭に血がのぼってきていた。手のひらは汗ばみ、首にも力が入ってくる。

「ああ、そうだったな」テディは言い、少しおとなしくなった。「くそっ、だけどあんたはマーニーと寝てたんだろうが。で、マーニーは消えた」

ローワンはテディが弱腰になったことに驚き、じっと彼を見つめた。やれやれと頭を振る。これはとことん話しておいたほうがよさそうだ。「ああ。でもあんたも彼女と寝てたんだろう？」

テディは持っていた食料品の袋を持ち上げてみせた。「そうとも言えんな」ぽつりと言う。「彼女がおれと寝たのは、そのうちローラに見せつけてやろうと思ってたからだ」そこで苦々しいため息をふーっとついた。「マーニーに笑われたよ。たわいもないってな。彼女にとっては、セックスなんか息をするのと同じだ。たいしたことじゃないのさ。でも……」

「でも？」

「後味が悪いぜ。彼女はおれを利用したんだ。とことん頭に来たよ。わかるか？」

「ああ」ローワンが言った。

テディは肩をすくめ、ローワンの向こうに目をやった。「そうか。あんたならわかるかもな」テディが言いよどむ。「離婚の危機に陥ったとき、サムもローラもおれがだれかとつきあってることは勘づいてたらしい。でもだれなのかはばれなかった。おれの知ってるかぎりじゃ、マーニーは絶対に言わなかったようだ。最初は言うつもりだったんだろう。おもしろいことになると思ってたんじゃないか。だが、サムの友情をなくすのもばからしいと考えたんだろうよ。彼女は一言ももらさなかったと思う」

「そういうことだったのか。おれはべつに、なにも話すつもりはないよ」ローワンは言い、こう続けた。「おれの出る幕じゃないからな、テッド。いつかあんたが話す気になったなら、それは最高の選択だと思うよ。でもどうするかはあんたが決めることだ」

テディは神妙な顔でうなずいた。「すまんな。さあ、行こうか。サムのやつ、きっと自分の話をされてると思ってるぜ。ほら、こっちを見てる。あの顔、おれたちがけんかかなにかしてると思ってるな」

「くそ、そう思われるのはだれのせいだか」ローワンがぼそりと言った。

いやみはテディには通じなかった。

昼ごろにはロレッタもいらいらしていた。警察は何度も電話してくる――なのにだれもいない。彼女が刑事と話をするしかなく、金曜の出来事を何度も何度もくり返し話した。マーニーが最後に携帯電話を持っていたのを見たのはいつだったか、ということを。

ケヴィン・マディガンは早退し、ミスター・デイリーは出勤していない。ロレッタは長い昼休みを取って外に出ることにした。どうせだれにもわかりはしない。

好きなレストランに向けて車を走らせようとして、考えなおした。最近、おなかに少しぜい肉がついてきている。ランチはやめて——エクササイズにしよう！

もうジムには入会していた。肉をつけるよりも取るほうに時間を使うのが、賢いというものだろう。それに、もう一度サマンサ・ミラーと会うのも楽しみだ。

しかしジムに行くと、サムは休んでいることがわかった。残念だったが、エクササイズはすることにした。けっこうなペースでウォーキングマシンを使いはじめる。

しばらくして、思わせぶりな口笛が小さく聞こえた。「やあ、これはこれは！　さっそく来てくれたんだね」

少し顔を向けると、ジョー・テイラーがいた。サムの共同オーナーだ。思わずロレッタの顔がほころんだ。彼とはサムとランチに出ていたときに偶然会って、もう少しでデートに誘われるところだった。ああ、やっぱりすてきな人だわ。背が高くて筋肉がついてて。わあ、ほんとにすごい筋肉！　盛り上がった二の腕に、六つに割れたおなか。鋼鉄みたいなあの脚。ポスターのモデルになれるわ。

ロレッタはくすくす笑いまでもらしそうになった。彼はどこもかしこも大きいと、マーニーから聞いたことがある。マーニーには秘密などない——なんでも話してくれる。彼女の毒牙にかかった男たちは、それを知らないのだから気の毒なものだ。ロレッタはついマーニーをけなすようなことを考えて後ろめたくなり、笑顔がこわばった。

「こんにちは、ジョー。サムに会いたかったんだけど、今日はいないみたいね」

「彼女は今日は予定が入ってないんだ。それで沼沢地に釣りに行ったらしいよ」

それを聞いてロレッタは身震いした。「あんなところ行きたくないわ。とってもだめ！」

ジョーがふっと笑う。「だろうね。おれもあのへんはもうおもしろくなくなったな」

ロレッタは頬を染めて笑い、体が心地よくほてるような感覚を味わいながら会話を楽しんだ。「前は沼沢地が好きだったってこと？」

「ああ……法律が変わる前はね。おれが子どものころは男たちが猟や釣りをして、小屋も建てたもんさ。いまはもう全部取り壊されたけどね」ジョーが渋い顔をする。「ほら、開発ってやつさ」

「うーん、そうね……私にしてみれば開発はありがたいことだけど。虫とか蛇とか、夜に咬まれるようなのがきらいだから」

ジョーがロレッタに近づいた。「ちょっと咬まれるだけでも？」そっとたずねる。どこか甘さのある声だった。

ロレッタはまた声を上げて笑った。デートに誘われるのかしら？「咬むのがだれかにもよるわね」

ふたりの後ろから、だれかが部屋に入ってきた。ウォーキングマシンの前の鏡に体が映ったが、ロレッタには首から上が見えない。

「ジョー、ちょっと！」

「ああ！」ジョーは返事をしたが、うれしそうではなかった。「じゃあまたな、ロレッタ。できれば……」

「なに？」

「あ、うん。いつか、そのうち、どこかで会わないか」

「すてきだわ」

「おい、ジョー！」

鏡のなかに、頭のない胴体と長い脚が映っている。

その体と脚が歩いて去っていく。

やあね、とあとになってロレッタは思った。どうもついていない。ここぞというときに、客がジョーを呼びにくるなんて……。

さっきの声には聞き覚えがあった。だれの声かは思い出せないが、たしかに聞いた声だ。

そしてロレッタははっとした。マーニーの相手のひとりだ。ああまったく、自分の上司はそこらじゅうの男と寝ているのだろうか。

ふいにロレッタは寒気を感じた。ケヴィンのオフィスを出たときと同じように。

でもいまは昼日なかだ。ジムには人もたくさんいる。ばかばかしい。

それにケヴィンのことは……いやなやつだけど、それだけだ。彼は他人をいじめるのが好きなだけ。空威張りをしているにすぎない。

でもマーニーはそんなやつらを敵にまわして闘い、鼻をあかしてきた。

そして、その報いを受けた……決定的な代償を払ったのだろうか？

ロレッタは足を止めた。汗がたらたらと流れている。なのに寒くて仕方がない。

気をつけよう、と彼女は心に誓った。とにかく絶対に気をつけなくては——。

16

「ここも昔はほんとによかったよなあ！」テディがしみじみと言った。「何年も前は、まだ自然が手つかずで残ってた」

ローワンも自然は好きだった。山、荒々しい海岸線、岩、はじける波。どこまでも陸と海と空だけが広がる世界。

大沼沢地《エヴァグレイズ》には、幹線道路はほとんど通っていない。もっと北のブロウォード郡にはワニ通り《アリゲーター・アレー》という道路があって、現在は州間《インターステート》高速道路の一部になっている。彼らが通ってきたのは、タミアミ・トレイルだ。この通りにもいまでは、街に向かって人家が建っている。しかし西へ西へと来るにしたがい、文明の色はじょじょに薄れていく。

そして草地が筋状に広がりはじめる。沼やぬかるみにはスゲが生え、そのあいだを縫うように水路が走り、あちこちに小高い台地《ハンモック》がある。広大な無人の地だ。わけのわからない生き物がうようよする、恐ろしい場所だと思う人もいるだろう。だが原住民のセミノール族やミコスキ族のように、一九世紀の大量虐殺を逃れてきた人々にとっては、ここは安息の地だった。

しかしだれであろうと、知識を備えたうえで慎重に行動しなければならない場所にはちがいない。

いま三人はビッグ・アルの店で小さなモーターボートを借り、水路を用心深く進んでいた。こんなボートでは、自分の位置をきちんと把握していないと危険だ。スイレンが蔓《つる》をからませて生い茂っていたり、植物の根のからまったところに浅瀬ができていたりする。一見かなり深く見える水路にも、いきなり地面が筋状に走っていることもある。しかしテディは、おれにまかせておけと太鼓判を押していた。それにサムもこのあたりには通じている。「昔からもう何度も、ビッグ・アルの店から来てるのよ」サムがローワンに言った。

「テッド、よそ者の僕が言うのもなんだが、このあたりにはかなり手つかずの自然が残っているみたいだな」ローワンが言う。彼の向かいに座っているサムがにこっと笑った。

「でもまだビッグ・アルの店からそう離れてないんだぜ」とテディ。

「へえ。それで、きみにもいまの位置がわかってるのか？」ローワンがサムに、エンジンの音に負けじと声を張り上げて訊いた。

サムはうなずいた。「この真正面に、台地があるでしょう？」

ローワンは体をひねり、サムの言う真正面という方向を見やった。なるほど、たしかに台地がある――ような気がする。彼にはどこもかしこも同じようにしか見えなかった。

「あそこにね、古いピクニック用のテーブルがぼろぼろだけどまだ残ってるの。そこでランチにしましょうか？」

「ああ、いいね」

サムはスニーカーがぬれるのもかまわずボートを降りた。どろどろした虫除けもよく効いているようだ。「エイボンの〝スキン・ソフト〟っていう商品なのよ」サムは、後ろから食べ物の袋を持ってボートを降りてくるローワンに言った。「このカバーを広げるのを手伝ってちょうだい。テーブルはかなり長いこと使われてないみたいね」

ふたりはサムの持ってきたカバーを広げた。ふつうのシートより厚手だが、けばだった毛布とはちがって小枝や草がくっつかない。「まわりに気をつけてね。蛇がいるから！」サムが注意する。

ローワンはうなずき、彼女といっしょにカバーを敷いて、その上にごろりと寝そべった。蛇か。たしかにいやなものだが、きれいな生き物でもある。三人が落ちついた場所は水の来ていない小高くなった土地で、松の木に囲まれていた。木々がざわめき、哀しげな鳥の声も聞こえる。空の色はパウダーブルー。雲が点々と浮かんでいる。サムは食べ物と飲み物を並べはじめた。テディがやってきてビールを取り、また釣り道具を点検しに戻っていった。しばらくして、サムはローワンの隣りに寝ころんだ。今日の彼女は髪をポニーテールにし、化粧はほとんどしていない。そのせいか、まわりの大自然と同じようにひときわナチュラルな美しさが際立っていた。

「私が子どものころ、父はここに来るのが大好きだったの」サムが話す。「テディの家もそのころは農家をやっていて、この近くに住んでたのよ」

ローワンはサムが話しつづけるものと思っていたが、彼女はそれきり黙ってしまった。大きな虫が彼の顔の近くに飛んできたが――〝スキン・ソフト〟を嫌ったのか――飛び去っていく。テディが釣り竿をいじっているのをぼんやり眺めていると、サムが彼の視界をさえぎった。彼女は片ひじをついて起き上がり、真剣な目で彼を見つめた。「マーニーはあなたのことを一言も私に言わなかったわ。あなたがあの家を買うこと、途中から知ってたんでしょうに。一度も私に注意しろとは――」

「注意しなくちゃならないような人間だとは、思わなかったのかもしれない」

サムは赤くなった。「ううん、あなたはとっても危険な人よ。たぶんマーニーは、あなたを独り占めしたかったんだわ。まったく、あなたっていったいなんなのかしら。まるでハーメルンの笛吹きみたい。マーニーはあんなにだれでも手に入れておきながら、あなたをほしがった。従姉妹のローラだって、あなたに近づくために私をあっさり放り出した。うちのマナティでさえ、みんなを振りきってあなたのところへ行くし……グレゴリーも初対面のころからあなたの名前を呼んだわ。いったいどういうこと？」

ローワンは両手を上げた。「僕の魅力だ！」と自嘲ぎみに言う。

サムは頭を振った。「どう考えたらいいのかわからないわ。グレゴリーは私の名前なんか一度も口にしたことがないのに」

「きみは、僕がマーニーのこととなにか関係があると思って――」

「ちがうわ。私はただ、どうしてグレゴリーがあんなふうにあなたの名前を言いつづけるのかふしぎなだけよ」

ローワンはいらだちながらも楽しい気分で、ごろりとサムのほうに転がった。しかし彼女の目の表情を見て止まる。彼女は真剣だ。大まじめだ。「いったい僕になにを言わせたい？僕は悪魔で、特別な力を持ってるんだとでも？」

「まさか」

「あの子が僕に心をひらくのは、たぶん僕のほうに思い入れがあるからさ！　あそこにいるわれらが沼地の案内人、きみのもと義理の従兄弟殿みたいな人間は、ああいう子を知的障害児だと思ってる。ふつうの人間とは見ていない。理解できないんだ――」

「あなたはできるの？」

「ああ、できる」

「どうして？」

「そんなことどうでもいいだろう」

「でもすごいことだわ」

「ああ、そうかもな。たぶん……」

「たぶん、なに？」

ローワンは困ったように息を吸いこんだ。「だいぶ前に、僕には死んだ弟がいるって話をしただろう」

「ええ、子どものころでしょう。でも詳しくは――」

「僕は一度、ダイナに弟の話をした。そしたらダイナはおびえてしまってね。子どもは絶対に作らないでおこうって言われたんだ」

「そんな、ひどい。どうして――」

「ユアンは自閉症だと考えられていた。当時ではまだまだ耳慣れない言葉だったけど――なかなかしゃべりはじめることができなかったんだ。それで弟は手術を受けた。ちゃんとしゃべれるようになったよ。とても頭のいい子だった。でも声帯がだめになったのと同じ理由で、他の器官も悪くなってね。心臓が小さかったし、甲状腺にも異常があった。背中が曲がったまま、体も大きくならなくて。何年も学校のクラスメートからいじめられて、そして死んだ。でも僕は兄だ。いつだって弟のことは理解できた。しゃべれないときでもね。だからたぶんグレゴリーは、僕が人の内面を見ることができるって感じ取ってるんじゃないかな。わからないけど。僕の弟は、たしかに見た目はふつうじゃなかったかもしれない。でも心のなかは、僕の知っているだれよりもきれいだったよ」

ローワンはそこでふいに口をつぐんだ。いったいどうしてこんなにしゃべってしまったのだろう。あっさりと簡単に済ましてしまうべきだったのに。〝僕には問題のあった身内がいた。だからああいう子たちの大変さに、人よりも慣れているんだろうね〟くらいでよかったのに。

サムは目を伏せていた。濃いまつ毛が下りている。「きっとあなたの言うとおりね。ダイナの言ったことはひどいけど——自閉症の原因はまだわかっていないのよ。遺伝かもしれないし、そうじゃないかもしれない。遺伝子の組み合わせで起こるのかもしれない。そうね、たしかにグレゴリーみたいな子がいたら大変だわ。でも彼だって、他の人と同じように生きる権利のある、ひとりの人間よ」彼女はそこでぱっと目を開け、ローワンと目を合わせた。そして赤くなり、あわてて起き上がって雰囲気を明るくしようとした。「ああ、ほんとにいい天気。まだシーズンじゃないなんて信じられないわ！　もう春が——」

「今度はきみから話を聞きたい」ローワンが言い、鋭いまなざしでサムを釘づけにした。

「この前の夜、どうしてきみはストリップクラブへ行った?」

サムは軽く頭を振った。「それはストリップが見たくて——」

「サム、ごまかすな——本当のことを言うんだ」

サムは大きく息を吸いこんだ。「行方不明になった女性たち——マーニー、コール・ローウェンシュタイン、それから若い秘書——彼女たちはみんなあのクラブに関わってたの」

「テディにそのことは話したのか?」

「いいえ、まだ。これは内緒で聞いた話だから。それにコールの話は本当じゃないかもしれないし。ただの噂《うわさ》なのよ。彼女が変装して、あの、きわどいことをするのが好きだったっていうのは」

「きみはあそこに関わるな」

「なんですって?」

「サム、まじめに言ってるんだ」

「ローワン、べつに私はあそこの仕事に応募しようっていうんじゃないのよ。でも……ねえ、テディ!」サムが急に叫んだ。「サンドイッチを食べてから釣りにしましょうよ。暗くなるまでここにはいたくないわ」

「ああ、そうだな」テッドはにっと笑っていじっていた釣り竿を置き、カバーのほうにやってきた。「なんだ、ごそごそ這いまわる虫が怖いのか?」

「七面鳥《ターキー》とサラミとツナがあるけど?」サムは無視してたずねた。

「全部ひとつずつ。おれ、腹ぺこなんだ」テディはずいぶんリラックスしているようだ。そんな彼を見ていたローワンは、本当に沼沢地が好きなんだなと思った。

「本当にここが好きなんだな」ローワンは声に出してテディに言い、サムからサンドイッチを受け取った。人間というのは、妙なことを覚えているものだ。ローワンはターキーが好きだった。サムが渡してくれたのはターキーのサンドイッチで、全粒粉のパンにライトタイプのマヨネーズ、レタスとトマトとスイスチーズの薄切りが入ったものだった。

テディは笑顔でサンドイッチをほおばり、それから話した。「ああ、好きだね。いまでもここに来ると、なにもかもから逃げ出せるような気がするんだ。もちろん、昔とは事情がちがうがな。子どものころは、ここは本当に世界の果てみたいだった。水路ももっとあって――ワニが水路に入って亀を喰らって――」

「いまだってよく水路に入ってくるじゃない」サムが言った。

「あいつらは生まれながらのハンターだ。自然界のバランスを保つのに一役かってる。弱い者、とろい者を喰うことでな」

「子どもやペットが被害に遭うこともあるわ。開発された地域に入ってきたときには」

「だから、開発なんかよしときゃよかったんだ」

サムはため息をつき、横目でテディを見た。「そうね。ワニのことも怖がりすぎて、ちょっとやりすぎたかもね。どうせなら、とことん狩ってやればいいのよ!」

テディはにんまりした。言い合いを楽しんでいる。「だが、あいつらはハンターのなかのハンターなんだぜ!」

「あなたの腕前だってすごいんでしょ」サムが声を荒らげる。

テディはまたにやっと笑った。「はあ……でもここにいるやつらはちょっとちがうんだな」

「ここのは凶悪そうだよな」ローワンが口を出す。

「あ、やっぱり？」驚いたことにテディは同意した。「あの黒くて小さい目。水面からちょろっと出てて。それにあのあご……」

「そのワニだけど」サムがすかさず言った。「あそこの水路を見てよ。あっちの台地のほう。あの水際で、少なくとも七匹は日光浴してるわ」そう言って身震いする。「もう出たほうがよくない？」サンドイッチの包み紙を集めはじめ、紙袋にごみを全部まとめた。ごみはすべて持ち帰る――このあたりにごみの収集はないのだ。

「そうしよう」テディが言った。「おい、ローワン、焼け落ちた小屋の跡があるぜ。見にこいよ」

「ああ」ローワンはサムに顔をしかめて見せ、立って彼女に手を差し出した。

「小屋なら私はいっぱい見たわ。建ってるのから半分崩れたのから、焼けたのから。あなたはテディといっしょに行ってちょうだい。私はここを片づけるから」

ローワンはテディが立っているところへ行った。取りたてて見るものもない。自然が自然に返ろうとしているだけだ。小屋の土台部分と、焼け残った丸太がちらほらと残っているが、もう植物の蔓や根っこに覆われていた。「足もとに気をつけろ――厄介なガラガラヘビに出くわすこともあるからな」

ローワンは十分注意した。もしかしてテッド・ヘンレーは、彼がガラガラヘビを踏みつけることを期待して呼んだのだろうか。いや、ここでのテディは、どうも人がちがっているようだ。殺人課の刑事というより、大きな子どもみたいになっている。

「ねえ！　釣りをするの、どうするの？」サムが声をかけた。彼女はボートの近くの水辺に立っている。食べ物のごみは、袋に全部まとめてアイスボックスといっしょにボートに置いてあった。

五分後、三人は台地から離れた。サムはまだ水路に集まった半ダースほどのワニを見ていた。ローワンはなんとなく、ワニもこちらを見返しているような妙な気分になった。あの黒い瞳が、彼らの動きのひとつひとつを追っているように思える。

「心配するな、やつらには自然の餌がここいらにあるさ」テディが愉快そうに言った。

「いや、本気で心配してるわけじゃないよ——僕を突き落とそうとは思ってないんだろう？」ローワンが言う。彼はサムの隣りに腰かけていた。テディのほうへ身を乗り出してにやりと笑う。「そうなったら、あんたも道連れにしてやるからな」

テディがにっと笑い返す。「へえ？」

「かならずだ」

「ちょっとふたりとも！」サムがうめいた。「釣りをするの、しないの？　あそこの小さい沼はどう？　あそこには入ったことなかったんじゃない？」

テディは小さなエンジンをうならせ、舵を切り返した。「よさそうだ！」

その沼に着くと、彼はエンジンを切った。「ここでいいか？」

「ええ」サムが答える。

ボートの中で身を低くしたまま、サムは手際よく釣り竿に餌をつけ、水に投げ入れた。男ふたりもそれにならう。三人とも最初は一心に神経を集中していたが、時間が経ってくると姿勢をくずし、クッションにもたれてリラックスした格好になった。

「なあ、あんたはずっとこのへんに住んでるのか?」ローワンが言った。

「ああ、そうだ」テディがサムのほうにあごをしゃくる。「サムも同じさ。それにローラも、ふたりの家族も。おれたちは開拓者みたいなもんなんだ。おれのとこと、サムたちのところはずっとな」

その声はうちとけたように聞こえたが、どこか釘をさすような響きもあった。まるで〝おれたちは土地の者だが、あんたはちがう〟とでも言うような。

「スコットランドか」テディが言った。「寒いんだろうな?」

ローワンは肩をすくめた。「ああ、寒い時期が長い」

「なあ、バグパイプの音楽ってやつ、あんたは本当に好きなのか? いや、その、ありゃあしばらく聞いてると、猫が一斉にみゃあみゃあ鳴いてるように聞こえてこないか?」

ローワンは野球帽を押さえつけ、目のあたりを隠すようにした。「バグパイプはかなり好きだな。演奏のほうはうまくないが」

「ふたりとも静かにしてくれない?」サムが言った。「これじゃちっとも釣れないわ」

しかしちょうどそのとき、ローワンの糸にたしかな手応えがあった。彼はぐっと引き、ぶじに魚を引っかけた。そしてふたりの声援を受けながら、魚に思う存分暴れさせた。

しばらくのち、魚はボートに上がっていた。

「きれいな魚だわ」サムがたたえる。

「少し小さいな」テディがコメントした。

「小さいだって、ばか言うな」ローワンが反論した。テディはにやりと笑い、それ以上はなにも言わなかった。

さらに五分後、サムががばっと体を起こした。

「なにか掛かったか？」テディが訊く。

「ええ……」

「で、引っかけたのか？」またテディ。

「ええ……でも動きがないわ」

「なんだ、それじゃ底に引っかけちまったんだ！」テディが言った。

「いいえ、ちがう。それなら感触でわかるわ。テッド、私は子どものころから釣りをしてるのよ。そんなことまちがえないわよ」

「じゃあ引き上げてみろ」

サムは彼をにらみ、それから眉をひそめて釣り糸を上げはじめた。ローワンが前かがみになって手を貸す。彼女は渋い顔をした。「木の枝か、なにか流れてたものを引っかけたみたい……糸をはずして、もう一回やりなおしたほうがいいわね」

「ほら、釣り竿をちょっと見せて」

ローワンがサムの釣り竿を手にして糸を巻き上げ、先になにが掛かっているのか手応えを確かめようとする。釣り針はまったくゆるまない。なにかにしっかりと引っかかっていた。

彼はもう少し糸を巻き上げてみた。

「わかった。たぶん……葉のついた枝の束じゃないかしら」サムが言った。「釣り針と餌は回収できると思うわ」ローワンが糸を巻き上げるあいだ、彼女はボートから身を乗り出し、浮かんできた塊に手を伸ばした。そして糸の先をつかもうとしたそのとき。

サムはびくりとし、動かなくなってしまった。

「サム……？」

彼女はさっと身を引き、あわてて立って離れようとした。視線はまだ水面に釘づけになっている。ボートが激しくゆれる。

「サム、どうした……？　頭がおかしくなったのか？」テディが険しい声で訊いた。

「サム！」ローワンが手を伸ばしてサムを引っ張った。彼女は氷のように冷たい。身を固くして震えている。「サム、いったい――」

「ひっ！」サムが息を呑んだ。

ローワンは彼女を自分の後ろにやり、身を伏せさせた。そう遠くないところにいるワニの姿がちらりと頭をよぎる。とくにワニが怖いわけではないが、できれば危ないことはしたくない。だが、こんな反応をしたサムは見たことがなかった。これほどおびえているサムは。

ローワンはボートの横から身を乗り出した。

そしてそれを見て――

触ってみる。

はっとし、おののいて体を引っこめた。

「おい、いったいなんなんだ？」テディがもどかしげに言った。「いったいなにが掛かったんだ？」

ローワンはのどに酸っぱいものがこみあげてくるのを感じた。いまや臭いが彼のところまで届いてくる。沼でも最悪の臭い。肉が腐った、死の臭い。

「物じゃない——人だ」ローワンが力のない声で言った。

「なんだって？」テディが思わず訊き返す。「なにが掛かったたって？」

ローワンは歯をくいしばり、ゆっくりとテディに向きなおった。「死体だ」

「死体？」

「いや、胴体……と他にもう少し」ローワンはそう言い、藻《も》と黒い泥にまみれたものにむりやり目を戻した。口で息をしろ、と自分に言い聞かせる。「ほ——本物だ。まちがいない。ばらばらにされたか……これだけしか残らなかったか。これは……なんとも言えないが……胴体と、腰の一部と、片脚の付け根部分だな……」

「男か、女か？」

それはよく見なければわからない。泥だらけになった衣服の切れ端がついている。この骨の様子からすると……。

噛みちぎられたのか。

なんてこった。

ローワンはごくりとつばを呑みこんだ。胸の部分が見える。遺体の状態はひどいものだが、性別ははっきりとわかった。

いや、本当にわかるか？　あの塊の部分は、本当に胸だったものだろうか？　もうあちこちの肉がなく、骨だけが光っている。だがそのとき……組織らしいものが見えた。筋肉か？肉なのか？

ハエが一匹飛んできて、かつては命の宿っていたその塊に止まった。

「おそらく、女性の胴体だと思う」ローワンは言った。

「まさか……」サムの息づかいが彼の耳に入る。

「マーニーじゃないでしょうね？」

17

サムは吐きそうだった。このままボートから飛び出して、全速力で泳いで逃げたかった。どうにかそれをこらえ、ボートにとどまっている。

しかし泥と藻だらけになった胴体に目をやるだけで、臭いが鼻をついた。

また吐きそうになる。

携帯電話を貸してくれとテディに言われ、サムはなんとか取り出した。テディが発見物について警察に報告し、なにやら専門用語でしゃべっているのをじっと聞いている。

ローワンが抱きかかえてくれていた。でも寒い。ぞくぞくする。こんなに汗をかいているのに、体のなかは凍るようだ。

あれはマーニーなんだろうか。

最初に現場にやってきたのは、ミコスキ族の警察官ジミー・ピューマだった。すぐ後ろにリック・ミラというドクターを連れている。ミラはマイアミ・デイド郡の検視官補佐だった。世間というのは狭い。ミラも偶然、サムたちと同じように釣りに来ていたのだ。

ミラは水中の死体を調べたあと、証拠が失われないよう慎重に運ぶ方法をジミーとテディに指示した。死体は袋詰めにされてビッグ・アルの店に運ばれ、〝肉運搬車〟が着くまで待つことになった。テディいわく、郡の霊柩車のことだ。そのときすでに、ミラはこれだけのことを口にしていた。「二十代後半か、三十代前半の女性だな。骨盤が残ってるから、それについてはもっとはっきりするだろう。だが彼女がいつどうやってここに来たのか、あるいは身元などの重要なことは……手も、顔も、歯もないからなあ。胴体と骨盤だけじゃ……」

「だがまあ、女性が殺されて、犯人に切断されたということはまずまちがいないだろう」ジミー・ピューマが言った。

「いや、それもはっきりとは言えない」ミラが正す。

「じゃあ、はっきり言えることはなんなんだ？　女性が死んでるってことか？」ローワンが言った。

「そうとがるな」ミラが言った。「あの遺体は長いこと泥のなかに埋もれてたんだ」そこで彼は、みんなが自分を見ていることを意識した。「いや、ほら、ワニってのは獲物を溺《おぼ》れさせるだろう。獲物が暴れなくなるまで水中に引きずりこむ。自分がけがをしないようにな。まあ、ワニが簡単にけがをすることもないんだが。捕食動物ってのはだいたいがそういう行動をする。シャチもやはり獲物を振りまわし、あわてさせて力を奪う。抗《あらが》えないようにするんだ。自己防衛の本能ってやつだな」

「本能ね」ローワンが小声でくり返した。そのとき彼は、すぐ後ろにいるサムがまた吐き気をもよおし、真っ青になっていることに気づいた。「その女性がどういう死に方をしたにしろ、その……どれくらい水に浸かってたかはわかるのか？」

「まだ確かなことは言えないね」ミラはできるだけ明るい声を出そうとした。「これは難事件になるだろうな。じつに大変な事件だ。だが」表情まで明るくしてこうつけくわえた。「解決できない事件などない。ウジの事件だってあったし」

「ウジ？」

「ああ、そうなんだ。その事件では女性の遺体がウジにすっかり喰われちまっててな、担当の刑事が頭のいいやつだったんだが――被害者の夫が毒を盛ったと確信していた。で、専門家がウジをまとめてミキサーでスープにして、そのウジスープから毒が出るかどうかを検査した。刑事のにらんだとおりだったよ。ウジのやつ、青酸カリだらけだったのさ。すごいだろう？」

サムはまた吐きそうになった。

ウジのスープ。

死体……ぷかぷか浮いて、泥と藻にまみれて緑色……頭もない……。

だめだめ。口から息をしなくちゃ。ローワンが言ってくれたとおりに。口から息をするの。

死体を発見したのはテディだが、彼には捜査ができなかった。捜査に当たるチームがべつに到着し、そのなかでもロルフ・ランドンという男が指揮を取っていた。最初、テディはおもしろくない顔をしていた。死体を見つけたのは彼だ。被害者がだれかによっては、これは大きな事件になるだろうというのに。

けれどサムはとにかくここを離れたかった。疲れていた。暑さと沼地と――遺体がそばにあるということで、なんとも汚れたような気がしていた。遺体を発見したときよりも、気持ちはしっかりしてきたように思う。死体を見つけて気分のいい人などいないだろうが、ショックを受けたといっても人に介抱されなければいけないようなことはない。しかしもう、家に帰りたかった。

だがここまで運転してきたのはテディだ。彼はいま冷蔵装置のところに行き、ビッグ・アルの店にやってきた刑事のひとりと言いあいをしている。そろそろレポーターたちが事件を嗅ぎつけ、やってくるんじゃないかとだれかが言うのも聞こえた。

ローワンがテディのところへ行った。「サムをここから連れ出そう」

「私は大丈夫よ」サムが言った。

ローワンが彼女を見つめる。「レポーターたちが来るんだぞ?」

「それはいやだけど」

「だが――」テディが口をひらく。

「おい、おれたちはどうせ今日は徹夜だ」ロルフ・ランドンが言った。彼は殺人課の刑事にしては、かなり能天気っぽい男だった。「心配するな、テディ。逐一おまえさんに報告するよ」

「ああ、ぜひ頼む、ロルフ。この事件はどうにも放っておけないんだ」

「ああ、わかってる。ここいらの地域はおまえさんにとって大事な場所だもんな」

ふたりは翌日、沼に潜ることについて話していたが、もうあたりは真っ暗になっていた。沼地には夜行性の捕食動物もたくさんいる。こんな暗闇のエヴァグレイズでは、ほとんどなにも見つからないだろう。

とうとう三人はビッグ・アルの店を出た。サムはほっとした。

「これからどうなるんだ？」三人がテディのジープに乗りこみ、タミアミ・トレイルを東へ逆戻りする道すがら、ローワンが訊いた。

「ああ、見つけたものは検視局に運ばれる。採取できるかぎりの組織サンプルを取って――」そこまで言ってテディは口をつぐんだ。「すまん。とにかく、あるだけのものを解剖するんだ」

「あの――私たちが見つけたものからなにかわかるのかしら？」サムがたずねた。

「わかるとも。医療電子工学って聞いたことあるだろう。最近の技術はすごいぜ。まあ、調べる対象物はあまりないが……だいたいの年齢と身長、体重くらいはわかるだろう。肺の部分がだいぶ残ってれば、溺死かどうかもわかるしな。それに骨を調べれば――」テディはまたしばらく口をつぐみ、それからバックミラーに映ったサムと目を合わせた。

「どうぞ続けて」サムが力のある声で言った。

「手足が切断されたのか……」

「喰いちぎられたのかがわかるの？」

「ああ」テディが低い声で答えた。「明日、明るくなってから、警察のダイバーたちがあそこに潜る予定だ。もっとほかの体の部――いや、証拠があるかもしれないからな」

「まあ」サムが息を呑んだ。

「また吐きそうなのか、サム？」テディが訊いた。

「よせ、ヘンレー、黙って運転してろ！」かばうようにローワンが言った。

「吐くようなことはないわ」サムが言った。本当にそのとおりだといいのだが。彼女はぐっとつばを呑みこみ、口で息をした。

「潜るのには興味があるな」ローワンが言った。

テディは今度は、バックミラーに映ったローワンと目を合わせた。「そう思うか?」

「ああ。すごくね。おれもダイバーの資格は持ってるから」

「そうか」

あとはもう家に着くまで、あまり会話はなかった。テディがサムの私道に車を乗り入れる。そのときマーニーの家の前に、警察の車が二台と古いベージュのBMWが停まっているのがわかった。テディは静かに車を降り、目を細めてマーニーの家を見た。「あそこでなにをやってるんだ。ちょっと行って見てくる」

ローワンもジープから降り、サムに手を貸そうとした。「大丈夫よ」とサムが言う。

だがローワンは、サムから意識がそれているようだった。やはりマーニーの家を見ている。三人が見ていると、だれかがマーニーの家から出てBMWのほうに歩いてきた。

「セイヤーだ」ローワンがつぶやいた。

「マーニーの弟か。なんてこった、おれはまた……」

「勝手に想像するのはよせ!」ローワンが固い声で言う。

テディはセイヤーを少し足止めさせた。そして、マーニーの家に向かった。セイヤーはそのまま自分の車に歩いていく。

「セイヤー!」ローワンが声をかけた。

「あっ、やあ!」セイヤーが弾んだ声で返事した。

もしどこかで姉の遺体が見つかったというのなら、これほど軽いくだけた調子で話すことはないわよね——とサムは思った。

「いったいなにごとなんだ?」

セイヤーが車に着いた。サムの見たところ、彼は細身で黒髪でアーティストらしい雰囲気が漂い、とてもかっこよかった。きちんとプレスしたリネンのズボンとシルクのシャツを着ている。「さあ、わからない。警察はなにも教えてくれないんだ。テディが言うには、たぶん指紋と……血清学の専門家がなかを調べてるんだろうってことだったけど」

セイヤーは明らかに、血痕のことは知らないようだった。「少なくとも、なにかしようとはしてくれてるのね」サムが言った。

「ああ、そうだね」セイヤーが気を取りなおすように言う。

「でもきみはどうしてここへ?」ローワンがたずねた。

セイヤーが肩をすくめる。「ここ数日、父の姿を見てなくて。それでここにいるかもしれないと思ったんだ」

「めかしこんでるのね」サムが言った。「お父さんを探すにしては服が立派だわ」言ったとたん、サムは後悔した。まるでセイヤーがなにかしたのではないかと、いかにも怪しんでいるように聞こえる。

だがセイヤーは怒らなかった。「画廊のオーナーと会う約束があってね。絵を見せることになってるんだ。その人は画廊を二軒持っていて、ひとつはココナット・グローヴ、もうひとつはアヴェンチュラにあるんだよ」

「すごいわ。お姉さんもきっと喜ぶでしょうね」

セイヤーが笑う。「そう思う？　どうかなあ。マーニーは、芸術なんてくだらないと思ってるみたいだから」

「そんなことないわ、絶対――」

「いやだな、マーニーのことはみんな知ってるだろ。とてつもない額で絵が売れるんならべつだろうけど、マーニーは全然興味ないさ。ねえ、僕の絵、見る？」

「ええ、見たいわ」サムは言った。「でもシャワーを浴びないと――」

「見ようじゃないか」ローワンが言った。

「そうこなくちゃ！」

セイヤーは喜んで車のトランクにまわり、大判の紙ばさみを取り出した。サムもローワンについていく。

セイヤーが革の紙ばさみのファスナーを開けた。

街灯の明かりに、最初の絵が照らし出される。

サムは悲鳴を上げそうになった。思わずローワンの腕にしがみつく。

それは油絵だった。惹きこまれるように美しい――

沼沢地の絵。

いま帰ってきたばかりの場所そっくりだ。

台地に水路……極彩色の羽をした鳥。闇のなかでは、ワニの目が水面すれすれに覗いている。空には、この世のものとは思えない輝きを放つ夕日。

「これは！」サムは息を呑んだ。体の力が抜ける。

「もっとあるんだ！」セイヤーはサムの反応に喜んだ。「これは僕の気に入ってるやつでね」彼は次のキャンバスにそっと手を走らせ、陽射しを受けて輝くサギの絵を見せた。次の絵は、沼で釣りをしている原住民の老人。その顔の表情がすばらしい。茂みにいるアメリカライオンの絵もある。それから沼の絵がもう一枚。今度は沼から上がろうとしている女性の絵。彼女の背中から水が流れおちている。優雅で上品。身につけているのはジュエリーだけ。肢体は夜の闇にとけこみ、どこか沼と同じような魅力を醸している。美しさと、危険の匂い。

「どの絵もすばらしいよ」ローワンが言った。

「本当に？　ありがとう。うれしいなあ」

ふたりはなんとも気軽に話をしていた。サムは叫び出したい気分だった。いま彼女たちは、沼地から帰ってきたばかりだ。

そこで死体を発見した。

そしていま、セイヤーがその現場を再現しているような……。

でも彼の絵は、沼から上がった女性の絵なのよ、とサムは自分に言い聞かせた。なにも死体が描かれているわけじゃない。

ただの女性の絵。

沼で裸になっている。

「本物のモデルさんがいたの？　沼でヌードになって、ポーズをとってくれるような？」サムが訊いた。

セイヤーがあははと笑った。「いいや。沼には行ったけどね。それに何人かの女性といっしょに行ったこともあるよ。でも沼でポーズをとってもらったわけじゃない。記憶を頼りに描いただけさ。沼は本物だけど」彼は少年ぽい笑みを見せた。

「この女性には本当に惹きこまれるな」ローワンが言った。「僕らの知ってる人？」

「それは絶対に秘密！　あっと、もう行かなくちゃ」セイヤーが陽気に言った。「約束の時間に遅れてる」そこでサムを見て眉をひそめた。「大丈夫？　幽霊みたいに顔色が悪いよ！」

サムはあわててうなずいた。

「今日はずっと釣りをしてたからね」ローワンが説明する。

「へえ、どこで？」セイヤーがさらに眉を寄せて訊いた。「湾に出たの？　あそこにいたらすごい日焼けを――」

「エヴァグレイズだよ」ローワンが言った。「きみの絵に描かれてる場所とそっくりだ」

「え、そう？　僕もエヴァグレイズは大好きなんだ。機会があればいまでも行くよ。でもみんな、あそこの本当の〝自然な〟美しさはだいぶなくなったと考えてるけど。僕もあそこには、絶対に人の手を入れてほしくない場所があるんだ。ひとりになって自然と語り合うには、最高の場所だから」

サムはぐっと歯を噛みしめた。「そうね、最高の場所ね」

セイヤーがローワンににやっと笑いかける。「デートするにはもってこいでしょ？」

「ああ、そうだな。もってこいだな」

「向こうでなにか見つけたのかな。それでそんな変な顔をしてるわけ？」ふいにセイヤーが訊いた。

「じつは――」サムが口をひらきかけた。

「死体を見つけたんだ」ローワンがぼそりと言ってセイヤーを見る。

まさか彼はセイヤーのことを……？

なに考えてるの。あれがだれなのかもわかってないのに！　あれはマーニーじゃないわ！　セイヤーがあの死体に関係してるはずがない……。

だったらどうして、こんなに動揺しているの、どうしてこんなに怖いの？

それは……私たちがいたのとまったく同じ台地を、セイヤーが描いてるからよ。でも本当にそうなの？　台地なんてどれも似たように見える。暗くて植物が茂っていて、きれいな鳥がいて……

恐ろしい肉食獣の眼が光っている。

「死体！」セイヤーが叫んだ。

「ああ」ローワンは腕を組み、セイヤーの車にもたれて彼を見た。「サムが釣りをしていてね。死体を引っかけたんだ」

「なんてこった！」セイヤーがふたりをまじまじと見る。啞然《あぜん》としているようだ。「まさか――マーニーじゃないよね！」

「ああ、マーニーじゃない」

「よかった！」

「どうしてお姉さんかもしれないと思ったの？」サムの語気が荒くなる。「彼女は沼が嫌いなのに」

「ああ、うん、それはそうだけど、父さんが――」

「親父さんがどうしたって？」今度はローワンが詰め寄った。

「いや、子どものころ、ときどき父さんに連れられていったんだ。僕は沼が大好きだったけど、マーニーは嫌ってた。いまでも父さんは沼に行くんだ。腹がへって、マーニーや僕から金がもらえないときにね」セイヤーは顔をしかめてみせた。「僕ら、父さんに金をやってるんだ。でもぜんぶ飲んじゃうんだけどさ」

「それなのに、まだあげてるの？」サムが言った。

「まあ、父親だからね」

「親父さんが頭にきて、お姉さんを沼に引きずり出したと思ってるんじゃないのか？」ローワンがたずねた。

「まさか！」セイヤーがおののく。

「でもきみは、死体がマーニーだったんじゃないかって訊いただろう」

セイヤーは両手を上げた。「そうじゃなくてよかったよ。ねえサム、本当に大丈夫？」

「ええ、大丈夫よ」

セイヤーはローワンに目を向けた。「じゃあ、もうほんとに行かなくちゃ。おやすみなさい。頑張ってくるからね」

彼は紙ばさみのファスナーを閉め、車の運転席側にまわった。サムとローワンが車から離れる。

セイヤーは手を振り、車を運転して去った。

そのとき、テディがマーニーの家から出てきた。「まったく、彼女がぶじで戻ってきたら、カンカンになるだろうな！　家のなかはめちゃくちゃだ」

ローワンはもうそちらを向いていた。刑事がひとり、マーニーの家から出てこようとしている。手にはまだビニールの手袋をはめていた。

「ローワン、こちらはオルドリッジ刑事だ。オルドリッジ――」

「もう会ってる」ローワンが冷ややかに言った。

「ああ。でももう一度、お話を聞きたいんですがね、ミスター・ディロン――」オルドリッジが口をひらいた。

「どうしてですか。何度聞いても答えは同じですよ」

「まあ、そこをなんとかご協力願います。いろいろと採取しなくちゃならんので――」

「協力はしますよ。なんでも採取してけっこうです。でも答えは変わりませんよ。たしかに僕はマーニー・ニューキャッスルと関係がありました。でも彼女の失踪にはなにも関係ありません。僕らの関係は真剣なものじゃなかった。友情みたいなもんです」

オルドリッジはサムを見やった。まるで具合の悪いところに居合わせましたなとでも言うように。そしてまたローワンに目を戻す。「一晩かぎりの遊びってことですかな？」

「友情です」ローワンはくり返した。

「今日はヘンレー刑事とごいっしょだったとか――そして死体を見つけたと」

「私が釣り上げたんです」サムが言った。

「そうですか。ではまた、のちほどお話を」オルドリッジがローワンに言う。

「いつでもいますよ」ローワンが答える。

「町を離れないでいただきたい」

「そんなことはしません」

「そうですか。では……みなさん、この家にはもう入らないように」

オルドリッジは立ち去った。

「くそったれ野郎め！」テディがつぶやいた。

「あの……テディ」サムが言う。「今日は釣りに連れてってくれてありがとう。大変な一日だったわね」

「ああ。あんたたちにはすまないことをした。ナマズでも揚げて食おうと思ってたんだが。こんなことに巻きこむつもりじゃなかったんだ」

テディはジープの運転席に乗りこみ、窓からサムを見た。「大丈夫か？」

サムがうなずく。

「またあとで話をしよう」テディがローワンに言った。

サムとローワンは私道に立ち、テディを見送った。車が見えなくなるとサムが言った。

「今度こそシャワーを浴びなくちゃ」

「ああ、僕もだ」

サムは向きを変え、自分の家に帰りはじめた。「ちょっと待って」ローワンが呼びとめた。

「少しきみといっしょにいることにしよう」

「私なら大丈夫」サムはそう言って鍵を差しこみ、防犯ベルの番号をプッシュした。

「それは僕が決めるよ」ローワンは冗談ぽく言おうとした。そしてサムといっしょになかに入り、二階へ駆け上がった。しばらくして降りてくる。「だれもいない」

「いったいなにがあると思ってたの？」

「べつに。でもあとで悔やむよりは、用心しておいたほうがいいだろう？」

どうやら彼は、これで帰る気はさらさらなさそうだ。

「ローワン、私、本当にシャワーを浴びたいの」サムの心のなかでは、あの胴体の光景が少しずつ現実味を失ってきていた。彼らはマーニーを見つけたわけではない。みんなの生活はこのまま続いていく。見つかった女性の身元も、どうやってあそこに行ったのかも、わからないかもしれない。

だがローワンは素直に帰ろうとしなかった。「サム……わかってほしい」

サムは妙に緊張した。「え、ああ。あなたとマーニーのことね。よくあることだわ」

ローワンが首を振った。「そんなんじゃない。彼女は傷ついてた。ぼろぼろだったんだ。それで、はずみでそうなってしまった。もう二度とああいうことはない」

「ローワン、そんなこと私には関係ないでしょう」

「いや、ある」

「ローワン、お願い――」

「ああ、僕もシャワーを浴びなくちゃいけない。服も着替えないと。あとで電話するよ」

「そうね」

ローワンは出ていきかけた。

「ローワン？」

「なに？」玄関のドアでためらう。

「セイヤーは頭のおかしな人殺しだと思う？　沼をうろついて、裸の女性が出てくるのを待つような？」

「どう考えたらいいのかわからないよ。きみもだろ？」

ローワンはドアを開け、彼女を残して出ていった。


ローラ・ヘンレーが買い物から帰ってくると、息子の部屋から音楽が聞こえていた。驚いて眉をひそめる。夜のこの時間にエイダンがいることはないのに。

彼女は息子の部屋に行った。ああ、やはりエイダンがいる。ローラは一度ドアをノックし、さらに大きくたたいた。するとエイダンが来てドアを開けた。彼は電話中だったが、にこっと笑って一歩しりぞいた。手招きして母親をなかに入れる。

「ええ、はい。いえ、大丈夫です。直前でもかまいません。いえ、伺います。人も呼びますよ、かならず」

エイダンは電話を切り、わっと喜びの声を上げてローラに抱きついた。「母さん！」

「どうしたのよ？」喜び勇んでいる息子を見て、ローラもうれしくなった。

「母さん、母さん――この日曜日、ココナット・グローヴである大きな無料コンサートに出てくれって頼まれたんだ！」

「すごいじゃないの、エイダン」

「ああ、すごいよ！　でも、ああ母さん、力を貸してよ——お客さんを集めなきゃいけないんだ」

「ええ、集めますとも。レイシーも動いてくれるだろうし、サムだって——」

「それから、なんとかしてローワン・ディロンも連れてきてくれる？」

「そうね、たぶん」

エイダンは母親の頬にキスした。「みんな呼んでよ。知ってる人みんな。サムはジムのお客さんを全員連れてきてくれるかもしれないし。マーニーの法律事務所の人だって」

「そうね」

「もちろんレイシーだって助けてくれるよね。まあ、あいつは明日行っちゃうけど」

「ああ、そうだった、忘れてたわ」

「すごいぞ、僕らふたりともビッグチャンスだよ。ねえ、母さん？」

「ええ」そのあとローラは、もうしばらく息子と話をしていた。息子のことも娘のことも、本当にうれしい。子どもたちのことは心から愛している。ふたりには最高のことが起こってほしいと願っている。でもときどき、とても寂しくなることがあった。ふたりの人生はまだ始まったばかり。なのに自分の人生は……。

子どもたちがいなくなったら……

ひとりぼっちになってしまう。

ローラはあごを上げ、本当によかったわねともう一度言い、息子の部屋を出た。レイシーのほうは、明日出発することになっている。

彼女は娘の部屋に行き、ドアをノックした。

「どうぞ！」

ローラはなかに入った。レイシーは襟や裾にゴムの入ったベビードールスタイルのパジャマ姿で、ベッドに座っていた。そのパジャマのせいか、とても幼く見える。

そして途方に暮れたような、おびえたような顔をしていた。

「お兄ちゃんのことは聞いた？」ローラがたずねた。

「ええ、すごいわよね」レイシーは大きな笑みを浮かべた。しかしすぐに笑顔は消えた。

「それにあなただって――ニューヨークに行くんだものね！」

レイシーはまた微笑んだ。少し顔色が悪い。ローラは娘の隣りに腰を下ろした。「ねえ、本当にお金は大丈夫なの？　ママ。なんだったら私ももう少し――」

「いいの！　大丈夫よ、ママ。本当に大丈夫」

「そう。顔色が悪いわ」

「疲れてるだけ。それにどきどきしちゃって」

「そうね。邪魔しちゃってごめんなさい。もう寝なさいね」

ローラは部屋を出ていきかけた。

「ママ！」レイシーがあとを追い、母親に抱きついた。「本当に愛してるわ。とってもよ」

ローラも娘を抱き返した。「ええ、ええ。ママもあなたを心から愛してるわよ！」

「ママの自慢の娘になりたいの」

「いつだってあなたは自慢の娘だわ！」

「だといいけど」レイシーがつぶやく。

「ほら、もうやすみなさい。明日は大変な一日になるんだから」

レイシーは母親の頬にキスした。「ママには想像できないくらい大変かもしれないわ」


ローワンは家の奥の大きな窓の前に立ち、海を見つめていた。隣りのマーニーの家にはまだ警察がいる。

あの死体を見つけたことで、彼も動揺はしていた。しかし心が乱れているのはそのせいだけではない。

ローワンは目を閉じた。絵、声、音。すべてが彼の前で渦を巻いているように思える。セイヤーの絵にはふしぎなものを感じた。沼の絵……。

急にぞくりとし、ローワンはきびすを返した。サムをひとりにはしておけない。

そのとき電話が鳴った。サムだと思い、すぐに出る。「もしもし？」

沈黙があった。一瞬、サムのところに電話してきた妙なやつかと思う。しかしいったいだれが……。

「ローワン」

テディだ。

「うん？」

「明日、ロルフが警察のダイバーを潜らせるそうだ」

「当然だろうな」

「おれも行くんだが」

「そうか。あんたは事件に関わりたがっていたからな」

「ああ、そうなんだ。ところで、あんたは本当に資格を持ってるのか?」

「ああ」

「潜る気はあるか?」

「かまわないのかな?」ローワンは訊いた。正気か、僕は! なんだってあんなところに潜りたがる?——死体の一部を捜すんだぞ? 僕は刑事じゃない。なんの責任も義務もない。潜ったって楽しくもなんともないんだぞ!

「ダイバーが少なくてな。ロルフにあんたのことを話したんだ。ピクニックをするわけじゃないってことがわかってれば、かまわないそうだ」

「それはわかってるさ」

「やるか?」

「ああ」

「でもまだ百パーセント確実な話じゃないんだ。ロルフも上に伺いを立てなきゃならん。でもオーケーが出たら、外部のダイバーとして雇うことになる。いつもあんたがもらってるようなギャラは出せんが」

「ダイビングで金をもらったことはないよ」

「人気ロックスターのギャラじゃないってことだよ。わかるだろ」

「金は必要ない」

「じゃあ、明日の朝一番に会おう」テディが言った。

「ああ、用意しておく」そこで一瞬、ローワンはあることを思って言いよどんだ。「ちょっと知りたいことがある――あんたなら調べてもらえると思うんだが」

「なんだ？」

「このあいだ行ったストリップクラブのオーナーがだれなのか、知りたいんだ」

「それならもうわかってるぞ」

「ほんとに？」

「ああ。サムは知らないのか？」

「ああ、知らないと思う」

「なんだ。おれはまた、それでこのあいだ行ったんだと思ってたよ。あそこはリー・チャップマンが代表を務める会社が所有してる。資金の出どころだとか、共同オーナーだとかについてはわからないが、マーニーは関わってたと思う。ケヴィン・マディガンもな」

「そいつはおもしろい。あの店が一連の失踪事件に関係あると思うか？」

「確かめてみる価値はありそうだな。もし関係があったら……どういうことになるんだ？この町で血の通った男の半分はあそこに行ってる。人気の店だからな」

「だが関係してるとすれば、オーナー側の人間だろう」ローワンは指摘した。「そう考えれば、マーニーの失踪についても捜査の幅は狭まるんじゃないか」

「かもな。おれはなんらかの確証がないと燃えないんだ。明日、沼に行くときにまた会おう」

ローワンは電話を切った。

そのとき窓に影がよぎったような気がして、とっさに振り返った。そしてうんざりしたように頭を振る。こんなに簡単にびくびくするとは情けない。

だが……

ローワンは外の海を見た。ボート。小さなボートがひとつある。いや、騒ぎ立てるようなことじゃない。ここは海辺だ。湾内ではボートで生活してる人間もいる。昼も夜も、ボートは海に浮かんでいる。

だが……

だれかが見ているような気がした。

だれかが外にいる。まちがいない。闇のなかでだれかが……

見ている……。

なにを見ている？　だれを見ている？

きみが見えるよ――男はサムにそう言った。

ローワンは海から目を離した。やはりサムをひとりにはしておけない！

18

電話が鳴っている。サムにはローワンだとわかった。留守番電話に切り替わる前に受話器を取る。

「ローワン？」

「ああ、僕だ」

「あなたの家はなんともない？　大丈夫？」

「出てったときのままだ。きみも玄関に鍵はかけたね？」

「ええ」

「なかなかおもしろいことがわかったよ」

「え？」

「いまテディに聞いたばかりなんだが――クラブのオーナーがわかった。ストリップクラブのね。リー・チャップマンだ」

サムが小さく息を呑んだ。「まあ、それじゃあ！」

「話はそう簡単にはいかないさ。彼は後押しを受けてる。法律事務所と――マーニーから」

サムは黙っている。

「いいかな？」


「知らなかったんだろう？」

「ええ。でも驚くような話でもないわね」

「そっちに行くけど、その前に少し用をすませたいんだ。いいかな？」

「ええ」

「よし。じゃあ玄関は閉めておいて。またあとで」

ローワンは電話を切った。サムはまた受話器を上げ、ロレッタの職場に電話をかけた。しかし遅かった。もう時間が遅すぎる。

ロレッタの自宅にかけてみた。出ない。サムは長いこと迷っていたが、このまま待っていることはできなかった。チャップマンは危険だ。ロレッタをクラブから遠ざけなくてはならない。サムは急いで服を着替え、玄関を出て鍵をかけて、緊張ぎみにあたりを見まわした。

ローワンはどこかに出かけた。

彼に知れたらカンカンになるだろうが。

かまわなかった。どうしても行かなくてはならないのだ。

ローワンはすぐにクラブに着いた。チャップマンになんと言えばいいのかよくわからなかったが、会わずにはいられなかった。だれかに見られていたということを伝えるだけでもいい。

車を降りようとしたとき、駐車場に見知った小さな車を見つけた。黄色いホンダ。レイシー・ヘンレーの車だ。

そのとき女がひとり、その車に急ぎ足で向かうのが見えた。クラブから出てきた女だ。レイシーではない。いや、やはりレイシーか。ローワンは車を降り、彼女より先に黄色のホンダに着いた。髪が全然ちがう。レイシーじゃない。顔は……ものすごい厚化粧。

だがそれはやはりレイシーだった。そしてローワンと目が合ったとたん、彼女は彼がだれかということに気づいた。

「えっ、どうしよう！」レイシーが息を呑む。

「ああ、本当にどうしよう、だよ」

「ローワン、ローワン、お願い……うちの家族には絶対――パパには――ああ、どうしよう！」

「レイシー、きみのお父さんはここに来たことがあるんだよ」

「パパは私がここで働いてることを知らないの」

ローワンは首を振った。「レイシー、だれにも言うつもりはないよ。でもここは辞めるんだ。マーニー・ニューキャッスルが行方不明になった。そしてほかに行方不明になった女性も、この場所と関係があったんだ」

「私の本名はどこにもばれていないわ。私の身元はだれも知らないもの。いえ、ひとりだけ知っている女性はいるけど、でも――」

「レイシー、ここを離れたら、もう二度と戻ってくるんじゃない」

「いま辞めてきたところよ。いえ、辞めようとしたんだけど、来週いっぱいまでやってくれって言われて――」

ローワンは彼女の両肩をつかんだ。「レイシー、ここを出てもう帰ってくるな。僕が話をつけておく。戻ってくるんじゃないぞ、いいな？」

レイシーは彼を見つめ、そしてうなずいた。涙があふれそうになっている。「家族には言わない？」

「絶対に言わない」

レイシーはローワンの頬にキスし、車に飛び乗った。その車が走り去るのを、ローワンは見送った。

さて、いままでリー・チャップマンになにを言うか考えていたが、それははっきりした。

ローワンはクラブに入っていき、用心棒の前を通りすぎた。

「お客様――」

「今日はショーを観に来たんじゃないんだ」

チャップマンが中央のテーブルに陣取り、胸の大きな女がくるくるまわっているのを眺めているのが見えた。ローワンはまっすぐそのテーブルに行き、チャップマンの目の前に立った。チャップマンが顔を上げる。笑顔になった。「おや、これはロック界の大スターのお出ましだ。なにか用かな、ミスター・ディロン？　まあ掛けて。飲み物を持ってこさせよう。いまの娘《こ》、よく見たか？　うちは選りすぐりの美女を使ってるだろう」

ローワンは腰を下ろした。「美女が入って――出ていくわけか」

「いったいどういう意味だ？」チャップマンの顔つきが怖くなる。

「美女がここから消えるってことだ」

チャップマンはつかのま黙っていたが、きれいに剃り上げた頭をかいた。「これは言っておくが――おれはひとりとして女に傷をつけちゃいない。女は好きなんだ。心底な。でもそれも、生きていてこそだ」

「じゃあ、あんたは――」

チャップマンがローワンのほうに身を乗り出した。「もし――もしだぞ――おれがだれかを殺したいと思ったら、その野郎を撃っちまえば済むことだ」にこりと笑う。

「わかった。じゃあこれだけ言わせてくれ――あんたのところの娘《こ》がひとり、ついさっき辞めようとした。で、だれかに来週いっぱい働くように言われたらしい。だが彼女はもう働かない。これ以上、彼女には一切手出し無用だ。いいか？」

チャップマンはまじまじとローワンを見た。「それは脅しか？」

「そうだ」

チャップマンは手をひょいと振った。「その娘はもう辞めるってことにしよう。だが彼女はいい子だった。じつによかった」

「それが聞けてうれしいよ」

ローワンは立ち上がり、チャップマンに背を向けて店をあとにした。

サムは自分の車が駐車場にあるのを見られたくなかった。だから隣りにある、近くのコーヒーショップ用のスペースに車を停めた。

建物に歩いていきながら、従業員用の出入り口はないのだろうかと考える。用心棒の前は通りたくない。

彼女はそのまましばらく建物を見ていた。すると女性がひとり、横のドアから入っていったので、足早にそこへ行ってなかにすべりこんだ。

廊下が伸びている。奥から女性の話し声と笑い声が聞こえてきて、急いでそちらに向かった。

顔立ちのきれいな黒人の大男が、サムの前に立ちはだかった。腕を組み、恐ろしいしかめ面をして、「おい、ここでなにしてるんだ？」と訊いた。が、ふいに笑顔になった。「すまん――あんたは今日入ったのか？」

「そうよ」と嘘をつく。「あそこが控え室？」

「ああ、行ってくれ。ところであんた、なんて名前にしてるんだ？」

「え？」

「ステージ用の名前だよ。なんていうんだ？」

「え、あの……〝水の女《ウオーターウーマン》〟よ」あわてて考え出す。

「可愛いな。ヘンだが可愛い」男はそう言い、手を振って行かせた。

サムは控え室に入った。六人ほどの女たちが着替えも途中という格好のまま、あちこちに座っていた。鏡の前で化粧したり、かつらをつけたりしている。

「ねえ、クリッシー、娘さんの具合はどう？」ブルネットの女が、部屋の反対側にいる赤毛の女に声をかけた。

クリッシーと呼ばれた女性がにこりと笑う。「そろそろ歩こうとしてるのよ。信じられる？　事故を起こしたときはもう歩けないだろうって言われてたのに、あの子、頑張ってるの」

「うわ、それは病院の支払いが大変でしょうね！」金髪の女が言った。

ブルネットの女がくすくす笑う。「ほんと、あの外科医とやってよかったわよ、クリッシー」

「やってないわよ！　食事に行っただけだってば！」クリッシーが反論する。

「あら、私ならやっちゃうな。私なんかもっと悪いことやってるもん！」ブルネットが言った。そこで鏡に映ったサムに気づく。ふたりの目が合った。「ねえ」とうさん臭そうに訊く。

「あんた、新入り？」

サムはかぶりを振った。「友だちを探してるの」

「ここに友だちがいるの？」

「ええ、名前は――」サムは言葉に詰まった。そう言えば、ロレッタがどういう名前を使っているのか知らない。

「なに？」

「あの、背が高くて顔がかわいくて――すごく……胸が大きい人」

ブルネットの女はけらけらと笑った。「私たちはみんな胸が大きいわよ」素っ裸で座っていた彼女は、深い胸の谷間を見せつけた。ふと険悪な雰囲気が消える。「ここにいるのが今夜の出番待ち。いまひとりステージに出てるけど、その子はぴかぴかの新入りよ。なにかほかに聞きたいことある？」

「いえいえ、もうないと思うわ、ありがとう」サムは控え室を出ていこうとした。一歩下がってだれかにぶつかる。ぱっと振り返った彼女は、血が凍るかと思った。

チャップマンだ。

「やあ、これは！　うちで働きに来てくれたのかな、ミス・ミラー？　あんたなら大歓迎だ」

サムが首を振る。「私は――」

「見学？」

「いえ、友だちを探して――」

「友だち？　おれの知ってる娘《こ》かな？　もちろん知ってるだろうな」

「もう帰るところなんです」

「しばらくいたら？　店のおごりで酒をごちそうするよ」

チャップマンがサムの腕をつかもうとする。サムは悲鳴を上げかけて後ずさった。

「おい！」

サムの視線が戸口に飛ぶ。ローワンがいた。ぎょっとすればいいのか、ほっとすればいいのか、わからなかった。

「サム、帰るんだ」

ローワンの口調がいやな感じだった。けれどチャップマンが彼女を見る目つきもいやだ。

「サム！」ローワンが怒ったように言う。それから彼はチャップマンを見た。「彼女に指一本触れてみろ――」

「おいおい！」チャップマンが両手を上げた。「どうぞ、ミス・ミラー、お帰りください。だがそこにいるあんたの……ご友人にも言ったが、おれは女が好きなんだ。傷つけたりはしない――楽しむんだよ」

サムは逃げるようにチャップマンの脇を抜け、ローワンの手をとった。彼の手が痛いほどサムの手を握りしめる。彼はぐいぐい手を引いて廊下を進んだ。ふたりとも外へ出ると、ローワンはサムを自分のほうに向かせた。「このばか！　いったいここでなにをしてるんだ？」

「あなたこそなにしてるのよ？」

「なに言ってるんだ、サム！　ここは危険だと言っておいただろう。僕は少し話を聞きに来たんだ」

「私だってここで仕事中だったのかも」

「おい、サム」

「ローワン、私のやることを指図しないで！」

「ああ、そうかい！　それなら僕は、きみを危ない目に遭わせないようにするだけだね」

「ローワン」

「車に乗るんだ」

「自分の車があるわ」

「じゃあ僕があとからついていく」

「はいはい、わかったわ」

サムもローワンもそれぞれ自分の車を運転して帰った。彼は自分のガレージに車を停めたが、すかさずサムの家の庭に入ってきて、彼女が鍵を差しこまないうちに玄関で追いついた。

サムは躊躇《ちゅうちょ》した。ローワンはもうなにも言わない。だが緊張感が漂っている。それはサムも同じだった。

「それはよかった」

「明日は仕事があるの。本当よ。仕事があるの」

「だから――」

「僕は帰らないよ」

「でも本当に明日は仕事があるのよ」

「きみの邪魔はしない。明日は警察が沼を捜索する――証拠品を捜すために」

「死体の残りをでしょう。それがあなたと私にどう関係があるの?」

「僕もテディといっしょに行くんだ」

「どうして?」サムがドアを開けてなかに入る。ローワンもついてきた。サムが向きなおって彼を見つめる。

「僕もいっしょに沼に潜る」

「あなたは警察のダイバーじゃないでしょう」

「でも資格は持ってる。外部のダイバーを雇うこともあるそうだ」

「あそこには蛇やワニがいるのよ――あなたも見たでしょう!」

「僕なら大丈夫だ。でもきみは――仕事に行ったらそこから出るな。いいな?」

サムはうつむいた。ローワンに言い返したかった。しかしクラブに従業員用のドアから忍びこんだのは、少し無謀だったかもしれない。さいわい、彼はサムがあそこに行った本当の理由を知らない。彼はクラブのオーナーを彼女に教えた。それを聞いたために、彼女が単身クラブを嗅ぎまわりに行ったと思っているようだ。

　ロレッタのことは彼に話したくなかった。

「お茶をいれるけど」少し様子をうかがうようにサムは言った。「あなたも飲む？」

「お茶か。ああ、もらうよ」

　ローワンはサムについて家の奥に入ってきた。サムがやかんを火にかける。

「沼に潜るって話だけどね、ローワン。正気の沙汰じゃないわ。なにか見つけたらどうするつもり？」

「僕は大丈夫だ。心配なのはきみだよ。クラブには近づくな」

「ローワン――」

「サム、本気で言ってるんだ。クラブには近寄らないって約束してくれ」

　サムはふたりに紅茶をつぎ、自分のカップに目を落とした。「テディも潜るの？」

「そう言ってる。でもまだふたりとも、潜るかどうかはっきりしてないんだ。捜査主任の考えしだいでね。まだ決まってないんだそうだ。沼を捜索してもっとほかの……あ、いや、捜索するかどうかはね」

「あれを発見したのは私なのよ――はっきり言ってかまわないわ！」サムが小声でつぶやいた。

「だから――証拠品だ。遺体のほかの部分とか、衣服、ジュエリー、凶器。いまの段階ではなんとも言えない。検視医によると、いまあるものからではあまりいろいろわからないということなんだ」

「じゃあれが――」

「マーニーかどうかもわからないのかって？　マーニーではないさ。血液型が一致しなかった」

サムは紅茶を一口飲み、カップを置いた。

「いったい彼女はどこにいるのかしら」

ローワンがじっとサムを見つめる。「わからない。でもかならず見つけよう。見つかるまではあきらめない。それだけはきみに約束するよ」

「えっ、どうして？」

ローワンはカウンターに身を乗り出した。なんとも言えない笑みを口もとに浮かべている。

「マーニーが見つかるまで、きみは僕たちのことを真剣に考えてくれないからさ」

サムは彼の視線から目をそらした。「彼女のことは本当に見つかってほしいと思ってるわ」

一呼吸の間があって、ローワンが静かに訊いた。「昼間あんなことがあったけど、大丈夫？」

「ええ、大丈夫。本当よ」

まるでゴールドの鋲《びょう》のように光るハシバミ色の瞳が、探るようにサムの瞳を見る。「嘘じゃないね」

「ええ」

「まあ、あんなことするくらいだから……」

「さっきの……嗅ぎまわってたこと？」

「そうだ。それが言いたかったんだ」ローワンはサムに近づき、彼女の手からティーカップを取ってカウンターに置いた。彼女のやわらかな髪に手を差し入れ、そっととかす。あごに手をかけると、唇を重ねた。ゆっくりと。さらにもっと深く、もっと誘うように、舌が彼女のあたたかな口のなかでそそるような動きをする。サムも口づけを返した。ローワンの腕のなかに溶けこんでいく。彼の鼓動、彼の内に燃える熱い炎が伝わってくる。

ニットのワンピースの端からローワンの手が忍びこみ、サムの肌をじかになでた。その動き。触れ方。どうしても惹きこまれていく。

その手がワンピースを頭から脱がせ、ブラジャーのホックを探り当てた。ブラがふたりのあいだに落ち、またふたりは重なった。

ローワンの手が……

体じゅうをさまよう。

上は乳房へ。

下は……。

唇を重ねたまま、サムが小さくあえいだ。ズボンのウエストに彼女の手がすべりこむ。前のボタンに届く。ひとつ、またひとつ、ボタンをはずしていく……。

男は見ていた。

いつだって彼は見ている。彼にはなんでも見える。なんでも知っている。彼がやっているのはすべて当然のことであり、正しいことだ。なのにだれも知らない。だれにもわからない。たとえばあのふたり……

あれこれ嗅ぎまわって、恥知らずな……

あいつらがあそこに行ったから、死体の一部が出てきちまった……

彼女のせいだ。

おまけにまだやめようとしない。死体を見つけただけでは物足りず、嗅ぎまわっている。彼女だけは大丈夫と思っていたのに。彼女だけはちがうと思っていたのに。少しもちがいはしなかった。いま彼女はなにをしてる？　本当の彼女がわかるじゃないか。ほかの女と同じだ。

ほら、あそこに見えている……。

男の体と、彼女の体。男に重なる彼女の動きは、まるで猫だ。男にすり寄って、体をゆすって。彼女はひざをついている。彼女が上で、男が下。彼女が背をしならせ、頭をのけぞらせる。あの体は完璧だ。彼女のしていることも、唇の動きもはっきり見える。もれる言葉が聞こえてくるようだ。あえぎ声も、ささやきも、全部……。

突然、男の腹が痛いほどひきつった。

彼女も同じだ。ちがわない。ほかの女と同じだ。わかっていたさ。彼女があのままでいないだろうということは。だが今夜……

おれは彼女がほしくなった。

おれのやるようなことを、世間のやつらは暴力だと言う。愛だとかセックスだとかとは考えない。だがやつらはばかなんだ。あいつらにはこの高ぶりがわからない。ふたつが結びついたときの、この究極の高揚感。おれが罰するのは罪を犯した女だけだということさえ、やつらは気づかない。世が世なら、べつの時代なら、ほめられていいことなのに。

ああ、サマンサ。

きみだけはやめておきたかったよ。

きみはちがっていた。でもそのままではいてくれない。あれほど清らかそうだったのに、きみはそれをけがした。ほかの女と同じように。前にも感じたことはあったが、いまこそ……いまこそきみがほしい。

きみは罪を犯した。

おれは見ていたんだ。

だからきみは、罰を受けなければならない。

サムは言葉どおり、仕事に早めに出かけた。ローワンのくすぐるようなキスで起こされ、玄関まで鍵をかけに行った——彼が帰るからだ。彼がいなくなるとサムはばたばたとシャワーを浴び、着替えて仕事に向かった。請求書や連絡ごとを片づけながら、しょっちゅう時計ばかり見ていた。九時をまわるとすぐ、法律事務所に電話をした。ロレッタが出ないので心配になったが、受付嬢が明るい声で、ロレッタは病気で休んでいると教えてくれた。かなりひどい風邪を引いたらしい。

よかった。風邪なら、クラブへは行かないはずだ。

それにサムは、ロレッタがいなくてどこかほっとしていた。自分がなぜケヴィン・マディガンに連絡を取ろうとしているのか——いや、連絡を取ろうとしていることさえ、だれにも知られたくなかったからだ。さいわい電話に出た受付嬢は派遣社員で、こちらの名前や会社名も訊かずに応対してくれ、すぐにケヴィンのオフィスにつないでくれた。サムは伝言を残すのはどうかと思っていたが、ケヴィン本人がいらだたしげな声で出た。

「ケヴィン?」

「はい、だれ?」

「サムよ。サマンサ・ミラー。ゆうべ、うちに伝言を残してもらったでしょう。ランチがどうとかって」

「ああ、そうなんだ、よかった! 時間あるかな?」

「ええと、その——」

「マーニーのことで一度会えたらと思ってたんだ。ほら、ちょっと思い出したことがきっかけになるってことがあるだろう。きみは彼女の親友だ。僕もきみほどじゃないけど、早く彼女が見つかってほしいと思ってるんだ」

「そうね、ランチでお会いしましょうか」

「どこがいいかな? 僕はあまり時間が取れなくてね。まったくまいるよ」

「そうね、まいることばかり」サムはぼそぼそ言った。セイヤー・ニューキャッスルの描いた、沼にいる女性の美しい絵がいやでも頭に浮かんでくる——それに、法律事務所の人間がストリップクラブと関係しているという事実も。

「僕がジムに行こう」ケヴィンが言った。「どうせ三十分くらいウォーキングしようと思ってたし。仕事が一段落ついたらそちらに行くよ。で、きみが出られるときいっしょに出よう」

「ええ、そうしてもらえる？」スケジュールをこちらに合わせてくれようとしているのはありがたかった。

ただし問題がひとつある。どうしてケヴィンはこれほど親切なのだろうか？


捜査主任のロルフ・ランドンは、じつはテディの友人だった。話のわかる男で、規則も快く曲げてくれる。前日の夜はビーチで殺人事件があり、さらに二件、処刑型の大きな殺人事件が重なって、被害者の遺体は湾から上がっていた。そういうわけで、警察のダイバーはふたりしか残っていなかった。ランドンはテディに、ありがたい、ぜひ潜ってくれと言った。ローワンについては少しためらっていたが、ローワンは免許証を持参していた。しばらくそれを眺めていたあと、ランドンは肩をすくめてこう言った。「なあ、わかってると思うが、これは最悪の仕事だぞ。泥のなかに潜るんだからな。それでも気が変わらないんなら……とにかく証拠を見つけることに専念してくれ」

「わかってるとも」ローワンは言い切った。

そうしていま、彼は水中にいる。

どうして地獄に潜るようなものだと言われたのか、よくわかった。

暑い日にもかかわらず、彼はかなり厚手のウエアを選んだ――テディの助言だった。沼のなかでいったいなにに遭遇するか、わかったものではないからだ。

それでもまだ最悪の水域にいるわけではなかった。最悪の場所には泥しかない。どろりとして、まるで豆のスープのなかを泳ぐようなものらしい。ここいらはまだ水路と呼べる。ところどころが丸く沼状になっている。ちゃんと水があるのだ。だが潜ったとたん、どれほど慎重に動いても泥や粘土が浮き上がり、目の前の手も見えなくなった。視界が泥一色になりはじめる。どうして人間がこういう状況でパニックを起こすのか、ローワンは実感した。目が見えない――なのに、周囲からは肉食動物の気配が痛いほど伝わってくるのだ。

上では警察の人間がボートに乗って見張っている。しかし安全の保障はない。この前見かけたときと同じように、ワニは近くの台地の水辺で日なたぼっこをしている。

ローワンは自分の呼吸の音を聞いた。ダイビングでも好きなことのひとつだ。どこか安心する――ふだん生きているなかで、唯一、自分が呼吸しているということを考えるときだった。彼は空気調整器《レギュレーター》で空気の量を調整し、しばらく浮いたまま、泥が沈むのを待った。それから動き出す。足ひれを底につけないよう注意すると、視界はぐっと澄んだ。

このあたりでは、水面下に植物の根が絡まっている。草も長く伸びている。泥が落ちついてくると、太古からの植物が茂った暗い沼底に、何十年分ものごみが沈んでいるのが見えてきた。ああ、たしかに人間がここに住んでいたのだ。泥のなかにビールの缶がある。さらに薄暗いなかで、妙にぴかぴかと突き出ているものがあった。ジャガーのボンネットの飾りだ。ナンバープレートは半分、泥に埋まっている。

頭蓋骨が見えた。

ローワンの動悸が速くなる。手を伸ばす。泥が上がる。

手袋をした手で頭蓋骨をつかむ。とたんに、乱れていた心臓も速くなっていた呼吸も、またゆるやかになりはじめた。

人間のものじゃない。

非常に長く、白く、はさみのような歯が何十もある。ワニの頭蓋骨だ。

ローワンは頭蓋骨を戻した。妙な寒気がする。慎重に向きを変え、泥を巻き上げないように進みながら、あたりを見まわしてワニが追ってきていないことを確認した。もし襲われたらどうなる？　水のなかにいるやつらはすばやい。しかも流れるように動く。あのあごの力ときたら……。

落ちつけ、落ちつけ、落ちつけ……。

ローワンはやるべき仕事に意識を戻した。

前方に光るものが見えた。かと思うと、見失った。この沼の底では、さっきのジャガーの飾りもそうだったが、水中に差しこむ太陽の光で物を見るしかない。

あ……また見えた。

じっと目を凝らす。だがまだかなり遠い。ローワンは前に進んだ。するともう一度、同じところに光るものが見えた。

なにかがマスクにぶつかる。

はっと身を引き、泥が舞い上がる。

魚だ。ただの魚。

くそっ。

ローワンは自分にいらだちながら待った。また泥を上げてしまった。あたりが真っ黒になる。

じっと待つ。

ゆっくりと、泥が沈みはじめた。まるで永遠に時間がかかるような気がする。潜水時間と空気の残存量を、コンピューターでチェックした。最初は見えなかった。さらに計器を顔に近づける。まだ潜って二十分しか経っていない。空気はたくさんある。

そのとき目の端に、なにか動きが映った。今度は気をつけて向きを変える。だがなんであったにしろ、もういなかった。

吐く息が泡になって上がっていくのを眺める。じっと待つ。

また見えた。かすかに光るものが。一瞬の輝きをとらえ、また見失う。

ふたたびローワンは前に進んだ。

木から落ちた大きな枝に行きついた。松の木か？　さっきの閃《ひらめ》きは、この枝の塊から見えたように思う。

とにかくゆっくり、とにかく慎重に、また見失うことのないように近づいた。ああ、あった。細い木の枝についている。

手を近づける。

ブレスレットだ。

きれいで上等な細工。ゴールドに、小さなダイヤモンドがちりばめてある。さらに手を伸ばす。これは、昨日見つけた遺体がしていたものだろうか。

それに触れてみる。

そのとき彼は気づいた……。

ここにあるのはたしかに木の枝だ。巨大な、枝葉のたくさん伸びた大枝。だがブレスレットがついていたのは枝ではなかった。

枝ではない。木の一部ではない……。

一見、水のなかでゆらめく細い小枝のように見える。手招きしているみたいだ。まるで人間の手のように……。

そう、それは人間の手だった。

しかも腕だけの……。


クライアントのリハビリを終えてオフィスに戻ってきたサムは、ケヴィン・マディガンが彼女のデスクに座ってフィットネス雑誌を読んでいたので、びっくりした。彼が顔を上げる。

ケヴィンはフィットネス用の服装ではなかった。運動したのでないことは明らかだ。チャコールグレーのスーツ、小麦柄のネクタイ、濃いピンク色のシャツがびしっと決まっている。黒髪とハンサムな顔立ちも加わって、まるでファッション雑誌のモデルのようだ。二年ほど前、サムは彼とデートしたことがある。楽しくてチャーミングで、完璧な紳士だった。彼は玄関でサムの手を取り、触れるか触れないかのキスをした。また会おうというようなことを言われたが、彼女はしばらく旅行に出るとかなんとか、しどろもどろに言いわけした。あのとき、彼女の心にはなにか引っかかっていた。いまになって思えば、どんなことがあってもあのときの自分はそういう気にならなかったのだろう。彼女はケヴィンのように完璧じゃないだれかを求めていた。もう少し人間臭さがあって、たくましいだれか――ローワンを求めていた。それとも彼女は、ケヴィンになにか……

ねちねちしたものを感じたのだろうか？

とにかくケヴィンは完璧すぎた。長身で黒髪でハンサムで頭がいい。しかも弁護士。顔も広い。そんな彼には、自分の見てくれをそっとチェックしようとする癖があった。実際、いまもそれをやっている――サムのほうを見ているようで、じつはその向こう――デスクの後ろの鏡に目がいっている。サムは笑ってしまうところだった。ジョーも自分をチェックするのが好きだ。しかしジョーの場合は憚《はばか》りもない。だれかが鏡の邪魔になっていたら、丁重にどいてくれと言うだろう。

「ケヴィン！　運動するんじゃなかったの」

「いや、そうも思ったんだけど、やめたんだ。かまわないかな？」

「それは全然」

「すごく盛況だね」

「ええ、金曜の午前中は混んでるの。平日は夕方の五時以降がいちばん混むんだけど。みんな仕事帰りに寄るから。土曜と日曜の午前中も混んでるわ」

「けど、今日の金曜はみんながずる休みしてるみたいだな」ケヴィンは前のめりになった。

「だれがいたか見たかい?」

「ええと、ほとんどみんないたように思うけど」

ケヴィンがいすにもたれる。「そう?」

サムはデスクの上で手を組んだ。「ちがった?」

ケヴィンが笑う。カナリアを食べたばかりの猫みたいな笑いだ。「フィルがいた」

「え?」

「フィルだよ。改築業者のフィル。マーニーの改築業者」

いや、フィルはいなかったはずだが……しかしエクササイズルームは混んでいたから、見落としたのかもしれない。サムは笑顔を見せた。「フィルのことはあなたも知ってると思ってたわ。ほら、彼はあなたのクライアントの仕事をたくさんやってるでしょう。コール・ローウェンシュタインの家も、彼が請け負ってたんじゃなかった? 彼女が失踪したとき」

「そこなんだよ、まさに」

「そういう話は警察にしたほうがいいんじゃないかしら」

ケヴィンは肩をすくめた。「僕はただ、きみがこの件をどう考えてるのかなと、思っただけだよ。たしかに僕もマーニーとは知り合いだ。マーニーを知ってる男は山ほどいる。僕らはときどき助け合う間柄だった。でもきみは、だれよりもマーニーをよく知っている。僕の知ってる人間のなかで、マーニーが本当に好きだったのはきみだけだ。きみのことは悪く言ったことがなかったよ。ただ……」そこで言葉を切ってにやりとする。

いいわ。訊いてあげることにしよう。

「ただ、なんなの、ケヴィン?」

彼はためらったが、ふっと惜しむような笑みを見せた。「ただ、きみを友だちに持つのは、ときどき聖母マリアを友だちに持つようなものだって言ってたよ。〝我なんじよりも清し(イザヤ書65—5)〟ってね」

サムは肩をすくめてなにもコメントしなかった。

ケヴィンもそのまま話題を移した。「ランチにはもう出られる?」

ローワンがいたら、首を絞められるかもしれない。いや、まちがいなく絞められる。しかし彼は、クラブに近づくなと言ったのだ。彼女はケヴィンをここから連れ出したいだけだ——彼にクラブのことを訊ける場所へ。

「あ……ええ、もちろん。着替えてくるわね」

サムはケヴィンをオフィスに残し、女性用の更衣室に急いだ。だれもいなかった。自分の大きなロッカーを開け、ノースリーブのニットのワンピースを見つけて引っ張り出す。ロッカーの近くに立ったままジム用のウエアを脱ぎ——そこで凍りついた。

後ろでなにか物音がしたように思ったのだ。とっさに振り返るが、だれもいない。

でも……

そくりとした。

たしかに、だれかに見られているような感じがあった。

きみが見えるよ……。

あの声がまた聞こえるような気がする。すぐ耳もとで、声が感じられるほど。

きみを見ている……。

サムはワンピースを着て更衣室を飛び出した。こんな真っ昼間なのに、どうしてこれほど恐ろしくなるのだろうと思いながら。

19

その日、発見をしたのはローワンだけではなかった。

テディが大腿骨《だいたいこつ》を見つけた。

さらに、皮膚の粗くなったベテランダイバーのアル・スミスも、あらたに腕を一本と大きな塊をひとつ引き揚げた。骨だというのはわかる。最初に見つかった骨盤つきの胴体と同じく、それにも少しばかり筋肉か組織が残っていた。

ローワンは警察のボートに座りこみ、発見物が袋詰めになってタグがつけられるのを待ちながら、ぼんやりとしていた。これまでの人生でもつらいことはあった。人の死も見てきた。大切なものを失い、魂を引き裂かれるような思いをしたこともある。

だがこんな経験は初めてだ。

人の命がただの残骸になる。古代の肉食獣に喰われて。べつにローワンは、死んだ肉体に特別な意味があるとは思っていない。臓器のドナー登録をしている彼にとって、それほど意味のあるものではなかった。しかし今回のこれは……。

あまりに人間味が感じられないとでもいうのだろうか。犠牲者がこれほど残虐な形でばらばらにされたとき、まだ生きていたのだろうかとつい考えてしまう。

骨、筋肉、組織……沼から揚がったものは、いったい体のどの部分なのだろう。それに、彼が見つけたものもある。ばらばらになりかけていた……手と指。腕と手首には……組織が細く糸状に残っていた。

そしてあのブレスレット。ジュエリーがこれほど身近に感じられるとは。ローワンはあのブレスレットが気にかかっていた。ひどく気にかかっていた。

どこかで見たような気がする。ゴールドの輪に、ダイヤモンドが美しくちりばめられた細工。

マーニーがしているのを見たのだろうか？

そのとき、アル・スミスがふいにローワンの背中をいたわるようにたたき、魔法瓶に入ったコーヒーを渡した。ローワンはありがたく受け取り、あたりを見まわした。沼はなんとも穏やかに見える。左側の台地の水辺ではワニが日光浴をしていたが、太陽は沈みかけていた。あたりはもう薄闇に包まれている。赤、ゴールド、深紅《クリムゾン》、薄紫《モーヴ》に彩られた景色。脚の長いツルが一羽、右のほうで歩いている。樹木はみずからの重みでうなだれ、枝が水面についている。その水面も、暮れゆく太陽の色に染まって輝いていた。

スミスがローワンの隣りに腰を下ろした。

「いやあ、まったく警察もとんでもないことをするもんだ。髪の長いヒッピーのロックスターをいっしょに潜らせるとは」

ローワンはにやっと笑った。このスミスという年配の男は、いったいいくつなのだろうと思いながら。「おれはちょうどヒッピーになりそこなった世代ですよ。それに髪も、これより長くしたことはないし」

「いや、それはべつにどうでもいいんだ。なんというか昔を思い出すとな、髪の長いヒッピー風のやつらがいちばんエヴァグレイズを気にかけて、アメリカライオンやマナティを見にきていたなあと思って。だが、ものごとってのはなんでもすぐに変わっちまう。たとえばどっかの島で、スポーツとしてダイビングをやるとするだろ。金持ち連中がすぐに集まる。若いのも年寄りも、とにかく金を落としていくやつらがな――で、急にそいつらは仲良くなって、ウツボやら、難破船の残骸やら、目に入ったサメやらをみんなで指さしたりするんだ。とにかくなにかに夢中になったと思いきや、すぐ冷める。エヴァグレイズのこともそうさ。昔は自然保護なんかうるさくなかったが、そこに損得勘定を持ちこんだりもしなかった。それがいまじゃ、砂糖農家やら開発業者やら……。昔はよかった。ほら、のんきな時代だったってやつさ。狩りや釣りの好きな男たちがいて、そいつらがやってくる。自然の大好きなバードウォッチャーがいて、そいつらがやってくる。で、だいたいハンターは自分の持ってきたビールの缶でも撃って、バードウォッチャーは虫にくわれる心配でもしてたわけだ」

「そんなに変わったようにも見えませんけどね」ローワンは言った。コーヒーはうまかった。太陽はまだ木々の向こうに見える。気温も高い。しかし彼は寒気がしていた。コーヒーがありがたかった。

「そうだな。本当には変わっちゃいない。いまでも死体を捨てるにはもってこいの場所だよ」スミスは言い、むっつりとして沼を見わたした。

「見つかった女性は殺されたと思ってるんですか？」

スミスがローワンを見て片方の眉をつり上げた。「なんだ、あんたはどう思ってるんだ？女がひとりでこんなとこへやってきて、ワニに自分を食べてくれと言ったとでも？」

「もしかしたら事故だったのかも――」

「ほんとにそう思ってんのか？　こういうときに大事なのは勘だよ、勘。そのつもりでもう一度よく見てみろ。どう思う？」

ローワンはにやりと笑った。「あなたの言うとおりですね」

「そうだ、彼女は殺されたんだ」

そのときテディが、ボートからボートへ飛び移ってやってきた。「やっと袋詰めとタグ付けが全部終わった。これで検視ができる」そう言うと、ボートの舵《かじ》を握っていた若い警官に「さあ、出発だ」と叫んだ。そしてローワンとアルの向かいに腰を下ろす。「よう、アル」と言ったところでエンジン音がとどろき、声を張り上げた。「おれたちの仕事ぶりはどうだった？」

スミスは後ろにもたれ、白い胸毛の上で腕を組んだ。「ああ、ふたりともよくやったよ、ヘンレー刑事」

テディがぶるっと震えた。「白状するがな、おれでさえ気分が悪くなっちまったぜ」

「あんたは殺人課の刑事だろう」ローワンが言った。「死体はしょっちゅう見てるんじゃないのか。それが仕事なんだから」

「ああ、だが……こういう言い方は不謹慎かもしれんが、おれがいつも見てる死体はもうちょっと新鮮でありがたいよ。でもアルは……死体が水に浸かって腐ってるところばかり潜るんだもんな。もっとひどい経験をいっぱいしてるんだろ?」

「ああ、そうだな」アルはそう言ったが、肩をすくめた。「だが今回も……かなりひどいほうさ」

テディはローワンを見た。「ひどい経験と言えば、あんたもしてんじゃないか? あんた、女房の死体を見たんだろう?」

ローワンはぎろりとテディを見返した。テッド・ヘンレーは自分の仕事にローワンを関わらせてくれている。しかしそれは、彼の弱みを見つけるためにやっているという感じだった。

「ああ、そうだ。妻と、それからビリー――バンドのドラマーもな」ローワンはアルに説明しはじめた。「車の事故だったんですよ。おれはビリーから車のキーを取ろうとしました。でも彼はもう一組キーを持ってて、運転席の下に磁石でくっつけてたんです。あいつが車を運転して出ていったとわかったとき、おれは追いかけました」そこで口ごもり、テディを見た。「あれはひどかった。本当にひどかった。おれが彼の妻を車から降ろしたとたん、車が爆発して」

「みんな同じだよ」アルが言った。「人が死ぬってのはいつでもひどいもんだ。無力感を味わうこともある。こんなことにならずに済んだのにって、つい思っちまうからな。人間が人間にすることを考えたら、この世のどこに神様がいるんだって気になるさ。人の死がつらくないときなんてない。絶対にな。命ってものはあっさり失わせちゃいかんよ。だが人が死ぬときにこそ、人間も他の動物と同じなんだってわかる。今回のようなことがあっても、ワニを責められやしない。あいつらは自然の摂理に従って生きてるだけだ。食物連鎖の一部なんだ。本当に残虐な動物を見つけようと思ったら、いつだって人間を見てりゃいいと思うよ、おれは」

彼らはまもなくビッグ・アルの店に到着した。

検視局から来たリック・ミラが待っていた。店の外にはロルフ・ランドンと彼の捜査チームがいて、発見物を検視官補佐に引き渡すのを取り仕切った。

「なんかわかったか？」テディがミラに訊いた。

「ああ。溺死ではなかったらしい」

「女の身元は？」

「まだ調査中だよ。だが他にも調べるものを、あんたが見つけてきてくれたからな」

「ふん、おまえはこの件をどう考えてる？」テディがたずねる。

「ヘンレー刑事。いったいいままで何度、あんたと組んできたと思ってるんだ？　確かなことがわかりしだい、あんたに教えるってことくらい、わかってるだろう」

「そうか、せいぜい励んでくれ。おれはその確かなことってのが早く知りたいんだ」

「ビールでも飲もう！」アル・スミスがローワンに言い、ビッグ・アルの店に彼を連れて入った。スミスがビールを持ってくる。

「ありがとう。つけにしといてもらえるかな」

「よっしゃ」スミスはにまっと笑った。「うちの子のために、CDにサインしてくれりゃいい」

「いいとも。喜んで」

「カップケーキも食べるか?」支払いカウンターの近くに並んでいるケーキを見て、アル・スミスが目を輝かせた。

「いや、甘いものは遠慮しとこう」

ケーキはほしくなかったが、ビールはさっきのコーヒーと同じようにうまかった。ローワンがビールを飲み干して振り返ると、驚いたことに、アルがもう一本ビールを手にしてにこにこ笑っていた。

「どんどんいってくれ。今日は運転してないんだろ」

「ありがとう。ちょっと失礼していいかな。電話をかけなくちゃならないんだ」

ローワンはサムの仕事場にかけてみたが、彼女はいなかった。家にかけると留守番電話になっている。伝言を残し、電話を切った。どうしてこんなに不安になるのだろう。

腕時計を見た。まだ仕事をしているはずの時間だ。たぶんサムは、場所から場所へ移動中なのだろう。

ローワンは目をきつく閉じ、サムを少しでもひとりにした自分の浅はかさを悔やんだ。わきあがる不安をぐっとこらえる。落ちつけ。ばらばらの遺体が揚がったというだけじゃないか。

いや。不安になる理由なら十分にある。

あの電話。サムのところにかかってきた、脅迫めいた電話。

ローワンはもう一度サムの仕事場に電話し、ディディと話した。「ディディ、ローワン・ディロンだ。サムがどこに行ったかわかるかな?」

「サム……ですか。うーん、はっきりしないけど、お昼に出たんだと思うわ。遅めのお昼。ジョーに聞いてもいいけど、いまは彼も見当たらなくて。ちょっと待ってね……サムは帰ってきたかしら……今日はほんとに混んでて忙しくて。マーニーの弟さんもサムに会いに来たのよ。みんなが彼女に会いたがってるみたい」

「あと数分で彼女が見つかったら、ビッグ・アルの店に電話するように言ってもらえないかな。それよりあとだったら、テディのポケットベルにかけてくれ。僕らはもうすぐ帰るから」

「ええ、わかったわ。でもサムの心配はいりませんよ、ミスター・ディロン。たぶんどこかで息抜きしてるだけだわ」

「そうだね、ディディ。ありがとう。彼女を見かけたらすぐ連絡させて。ビッグ・アルのところか、テディのポケットベルか。忘れないで」

ローワンは受話器を置いた。そのとき、リック・ミラがビッグ・アルの店に入ってくるのが見えた。

ミラはまっすぐコーヒーメーカーのところに行った。そしてコーヒーをつぐ。

「ああ！　ヘンレー刑事！」ミラが呼んだ。

「なんだ、ドクター？」

「確かなことが知りたいと言ってたな？」

「おお！　被害者のことがなんかわかったか？」

「ひとりじゃないな」

「なんだって？」

「百パーセントまちがいない。被害者はひとりじゃない。体のつくりがおかしい女性ならともかく、これまで見つかった体の一部はふたりの女性のものだ……それと、ひとりは身元が判明した」

まったくひどい一日だった。サムはそう思いながら家に入り、まっすぐ奥に行っていすに腰かけ、プールとその向こうの海を眺めた。

ケヴィン・マディガンとのランチは不愉快だった。クラブの話をすると彼はけんか腰になった。自分が加わったのはマーニーのせいで、資金的なことしか関係していないと言い張った。あそこに関係している人間は、みんな大もうけしているのだと。彼と別れるころには、サムは頭が痛くなっていた。

仕事場に戻ったとたん、改築業者のフィルがノーチラスのウエイト・マシンを使っているところに出くわした。彼は歯をくいしばって力を込め、怒ったような顔をして二の腕の筋肉を盛り上げていた。だが彼女を見るともちろん、押し上げていたウエイトを放して笑いかけた。「まだマーニーは出てこないのか？　おれのまわりでも警察がうるさくてね。彼女がおれに金を借りてたってことを、全然わかってくれないんだよ」

「ウエイトを上げるときは、もう少しゆっくりやったほうがいいわ、フィル。せっかくの運動の効果が半減しちゃうわよ」

「まさか。おれの腕にはちゃあんと効いてるよ」

フィルがにやりと笑う。サムも愛想よく笑い返した。

「おれみたいな仕事をしてれば、本当はここに来る必要はないんだがな」

「じゃあどうして来てるんだ？」サムの後ろからケヴィンが前に出て、フィルをじっと見すえた。

「どうして？」フィルがぽかんとし、それから笑った。「いや、おれは監督する立場なんだが、まだ自分でも現場に出るんだよ。体を衰えさせるわけにはいかない。仕事中に捻挫《ねんざ》なんてごめんだからな」

「ああ、なるほどね」ケヴィンが言った。「おれはまた、ここの金持ちの客と知り合いになって、値の張る改築をさせるためだと思っていたよ」

フィルの表情が暗くなる。

「おいケヴィン、おれだってな、おまえがここに入ったのは裁判を起こしそうな金持ちの客を探すためだと思ってたぜ」

「はいはい、ふたりとも」サムがケヴィンの腕を引っ張った。にこやかに笑ってはみせたが、内心、ふたりがこのジムで身につけた筋力をいまにもデモンストレーションするのではないかと気が気ではなかった。「ジムの料金を払ってくれさえすれば、目的がなんであってもそれはご自由です。ケヴィン、行きましょう」

「ああ。助かった。早くここから出よう。あの人がウォーキングしてる」

「えっ？」

「ミスター・デイリーがあそこにいるんだよ。ウォーキングマシン《トレッドミル》の上で歩いてる。いや、あれは走ってるんだな。心臓発作を起こしたとき、そばにいたくないからな」

ケヴィンはずっとサムの腕をつかんでいた。しかもきつく。サムはそれを振りほどき、さっき自分がいた部屋を見にいった。その部屋は鏡だらけで、部屋の四隅にテレビが置いてある。ひとりに一台スピーカーが使え、テレビか音楽を楽しめるようになっていた。ケヴィンの言ったとおり、ミスター・デイリーがウォーキングマシンに乗っている。べつに走っているというほどでもないし、心臓発作など起こしそうには見えない。早歩き程度だ。テレビも見ていないし、音楽も聴いていない。だがさっきのフィルと同じだった。ものすごく怒ったような顔をしていて、見ているサムはぞくりとしてしまった。もしマーニーがさらわれて、殺されたのだとしたら？　その犯人は、だれか彼女の知っている人物——彼女と親しい人物——前にも人をさらって、殺したことのある人物？

そして、マーニーと体の関係があった人物？　でもそう考えると、容疑者は列をなすほどいる！

ジョーがドアの近くで、新しいクライアントと話をしていた。ケヴィンといっしょに出ていくサムの顔を見て、彼はこう言った。

「おいおい、気をつけて」冗談めかして注意する。「人でも殺しそうな怖い顔をしてるぜ」

ジョーの言うとおり、サムはまさしくそういう気分だった。

サムは家の裏庭に出てプールサイドに立ち、しばらく湾を見ていた。風が強くなってきている。嵐になる兆しだ。

マーニーの家を見やる。芝生や茂みに、踏まれたあとがついている。マーニーが見たらきっと怒るだろう。

サムはまた海に目を戻し、小さくため息をついた。そのとき、車のドアが閉まる音が聞こえたように思った。庭をまわって通りを見にいく。するとローワンの家の前に、警察の車が停まっていた。沼に潜って、戻ってきたにちがいない。

こうして家にいることが、ローワンに知れてしまっただろうか。いや、たぶんわからないだろう――彼女の車はガレージに入れてある。サムは船着場に出て、モリーが来ていないか探した。マナティはいなかった。ローワンといっしょに、たぶんテディも帰ってきているだろう。もしかしたらテディは、マーニーの家を捜索した結果を知っているかもしれない。

サムはもう一度おもてにまわったが、警察の車はもうなくなっていた。肩をすくめ、自分の庭に戻ってくる。風がまた弱まっている。嵐は立ち消えになったのだろうか。

でも……

さっきより暗い。暗くて……どんよりしている。灰色の空。いまにも荒れ出しそうだ。

サムは自分の家を見やった。はっとして唇を嚙む。おもてにまわったとき、裏口を開けっ放しにしてきていた。

ベス・ベラミーはふうっと息をつき、足を止めてティッシュで顔の汗をふいた。大きな通りからこの岬の端までは、かなり距離がある。しかしベスは固く心を決めてやってきていた。なんとしてもローワンと話をする、と。

あるいは、彼の隣人と。あの隣人は、ローワンが寝ていた相手だ。昔、彼がまだ結婚していたときに。ああ、いまでは彼のことをこんなにも知っている。ベスは自分が誇らしかった。宿題をやり遂げ、そしてそれをずっと保持している。

ローワンには絶対に話をしてもらわなければならない。彼が見つからなかったら……彼の恋人を探すまでだ。ベスはふふっと笑った。あの人も気の毒に。ローワンはいい男だ。長身で、黒髪で、ハンサムで。そして気むずかしい。『嵐が丘』のヒースクリフのように。これまでベスは、有名な男たちと寝ては話題のインタビューをとってきた。

そういうやり方をするベスを軽蔑している同僚もいる。だが彼女は、そんなやつらをばかだと思っていた。彼女は若い。女として魅力もあるし、元気もある。どうせどこかでセックスはするのだ。セックスライフとネタ拾いを組み合わせるなんて、一石二鳥じゃないの。

ベスはまた足を止め、並んだ家を眺めた。どこにも車は見当たらない……いい兆候なのか、悪い兆候なのか。まあ、見つからないように、少しうろつ《スニーク》いてみればいい。そして待とう。必要とあらば、一晩じゅうでも。

彼女はおあつらえむきの靴をはいていた。スニーカーだ。それに服もちょうどよかった。緑色のホルターネックのワンピースに、長めのシャツをはおっている。涼しくて動きやすくて——茂みのなかに溶けこみやすい。

ローワンの家の前に来た。ベスは一呼吸おくと、茂みに突っこんで家の裏手に駆けていった。

彼女がいる……。

サムが。

あそこに。あんなに近くに。

自分の家をじっと振り返っている。怖がっているのか？　当然だな！

ああ、見える。彼女の動きが。外を見る様子が。

そしてあのときの光景を思い出す。あいつがいっしょだった。あいつの体の上で動く、彼女の体。彼女のしたこと。あの男が……彼女に触れる。彼女の肉体を感じている。彼女は純真無垢じゃなかった。ふりをしていただけなんだ、ほかの女どもと同じように……。

彼女は放っておこうとしなかった。どうあっても首を突っこもうとする。

もしかして知っているのか！

男は恐ろしいほどのパニックに襲われた。彼女は危険だ、危険すぎる……それに。

男は思い出す。

彼女とあいつが……触れ合っていた光景を。

あそこで……裸で……。


サムはびくりとして振り返った。なにかが聞こえたような気がした。自分の家のなかからではない。マーニーの家から？　いえ、ただの風。茂みがざわめいただけ。でも……まだ望みは捨てきれない。

「マーニー？」

返事はない。

「ローワン?」

やはり茂みががさがさ音を立てている。

「ちょっと、いったいだれ——!」

だれかがいる。彼女をつけまわしている。

「止まって! 止まりなさい!」サムは叫んだ。あたりはもう暗い。闇が迫る。風の音。のしかかるような夜の闇……。

あっ、あそこ! また茂みのなか。だれかが……なにかが……

逃げようとしている? いや、隠れているのだ。

「いい加減に出てきなさい!」

サムは茂みに飛びこんだ。自分の行動に自分でも驚いてしまう。茂みが大きくゆれる。ゆれがどんどん大きくなる。

だれだかわからないが、逃げようとしている。

「止まって!」

ふいに静かになる。

サムはきびすを返し——

悲鳴を上げた。

闇のなかにだれかいる。前ではなかった。後ろにいた。

手が伸びてくる。

こちらへ。

夜の闇のなかから、手がひとつ……。

20

ロレッタは〝仕事〟のとき、いつも明るくしていた。表面だけのときもあるが、大事なことだ。それに基本的に、人に会うのは好きだった。性的な欲求というのはだれでも持っている。たいていみんな少しばかり楽しみたくて、そういう場へ出かけるのだと彼女は思っていた。

ロレッタが引き受けたパーティは、だいぶ早い時間――カクテル・アワーに始まった。独身最後の夜、花婿のためにひらかれる男だけのパーティ。三十代後半のビジネスマンが、とうとう人生の大きな賭けに出る――初めての結婚というわけだ。

彼女を雇う手配をしたのは、新郎の付添人――つまり花婿の兄で、なかなかいい人だった。彼は内気なのか、パーティ会場となっている海岸沿いのプライベートクラブに彼女が着いたとき、顔を赤らめて話しかけてきた。「ボビーは遊びを知らないやつでね」と弟のことを説明する。「でもほら、あいつも男として夢のひとつやふたつは持ってると思うんだ。だれだってそうだろう?」

そうかしら、とロレッタは思った。彼女にはもう、あまり夢見るものは残っていないような気がする。しばらくこの仕事をすると、たいていのことはなんでもありになり、それも仕事のひとつと思うようになった。性別も関係なし、黒人、白人、黄色人種、混血あり。はっきり言って、もうやり残したことはあまりない。縛られたりたたかれたり、3Pや革の衣装をつけて鞭《むち》を振るったこともあった。

「そうさ、だれだって夢のひとつくらい……」兄はため息まじりに言った。

たしかに彼の言うとおりだ。まだロレッタにも夢は残っていた。すてきな男性に愛されるという夢が。

「心配しないで」とっさにロレッタはそう言い、にこりと笑った。「かならず最高の時間を弟さんにプレゼントしますから」

「ありがとう。いや、きみ本当にすてきだね。名前は？」

「シーラです」と嘘をつく。

ロレッタは本当のことを言ったことがなかった。この秘密の生活を、同じようなことをしていない人間には絶対に知られたくない。

「しっかり頼むよ、シーラ。ところでちょっと妙に思ったんだけど。きみの紹介者の電話番号は、友だちの友だちの友だちから聞いたんだ。少し変じゃないかな。いや、きみのところはデートクラブとして登録もされてないし」

ロレッタはむりやり笑顔を作った。彼女も〝紹介者〟に会ったことは一度もない。電話の声だけだ。その声も、時が経つにつれてだんだん薄気味悪くなってきていた。「デートクラブのカムフラージュはしてないのよ」可愛らしい声で兄に言う。

彼は笑った。「さて、ステージはあそこにできてるよ。音楽も用意してある。あとはあそこに出て……弟のひざの上で踊《ラップダンス》ってくれたらいいわけだ？」

「ええ、そうね」ロレッタは急に疲れを感じた。「いままでで最高のラップダンスにするわ」

小さな声でつけくわえる。

そうよ、そうするのよ。

仕事をするなら、いい仕事をしなくちゃね。

ローワンはシャワーの下に立ち、湯を熱くした。そのまましばらく頭の上から湯を浴びて、まわりに湯気がたつのを感じていた。泥を洗い流すのは気持ちよかった。いや、泥だけじゃない。沼の感触と——

死の臭い。

目を閉じる。目に残る光景を締め出すことができない。ばらばらの死体。残虐な殺人。ブレスレットのついた手首。

熱い湯をかぶっているというのに、ローワンは突然ぞくりとした。あのブレスレットをどこで見たのか、はっきりと思い出したのだ。

沼地が目に浮かぶ。彼らの行ったところ。水、台地、鳥、美しい夕暮れ……。沼から上がろうとしているひとりの女。絵に描かれたむき出しの背中。しかし顔はわからない。すらりとした美しい背中。長い手足。なにげなく水から上がろうとする女。匂い立つような色気と、高飛車な雰囲気……体の両脇におりた腕。身につけているのはジュエリーだけ。

手首にあるのは、あのブレスレット。ローワンは手を伸ばし、蛇口を探って湯を止めた。心がざわめく。そうだ、たしかに自分が見つけたあのブレスレットだ。

なんてこった、つまりあの絵の女は……

あの絵の女は、もうこの世にはいない。

「ちょっと！　待って！　止まりなさい！」

そう言ったところで、サムの大きな声がしぼんだ。ばかばかしくなったからだ。目の前に現れたのは、ローワンを追いかけまわしていたあのレポーターだった。

「いったいここでなにしてるの。人の家の庭をうろついて？」サムはきつい声でたずねた。

「あなたを探してたの――」

「私を？　いやだわ、ものすごく怖かったのよ。私を探してたのなら、どうして玄関のベルを鳴らさなかったの？」

「どうせ入れてくれないだろうと思って」

サムはまだ震えていた。それだけ怖かったのだ――そしてそれだけよけいに、自分が間抜けに思えた。「そのとおりよ。これは不法侵入でしょう。ここに入る権利はあなたにはないわ」

「あなたと話をしなくちゃならなかったの」

「あのね、ローワンがインタビューをいやがってるのなら――」

「私は彼の力になろうとしてるのよ!」

「それはあなたとローワンの問題でしょう。私は――」

「あら、よしてよ。あなたが彼の愛人だったってこと、だれでも知ってるわよ――彼がまだ結婚してたときにね。あなたなら彼に影響力が――」

「いいえ、影響力なんかないわ。彼はあなたと話をしたくないようね。私もあなたとは話したくないわ。出ていってちょうだい。他人の家を歩きまわる権利はあなたにないでしょう」

取り乱していたサムは、ローワンが茂みをまわって庭に入ってきたことに気づかなかった。

ローワンは激怒していた。彼に気づいたサムは、その顔から目が離せなくなった。これほど首筋をこわばらせ、顔をゆがめたローワンは見たことがない。「いったいここでなにしてる、ベス?」怒りをにじませた声で、彼は若いレポーターに詰め寄った。

ベスはすぐに言いわけを始めた。「現代はなにをしようと自由な――」

「ここは個人の私有地だ」

「でもあなたの家じゃないでしょう。私はミス・ミラーと話をしてるのよ」

「いいから彼女の土地から出ていけ!」

ローワンが女性レポーターのほうに一歩踏み出したのか、それともこちらに寄ったのか、サムにはわからなかった。とにかくレポーターは後ずさり、うしろの茂みに当たった。はじめておののいた顔をしている。自分がやりすぎたということがわかったのだろうか。

いや、いまのローワンはサムが見ても怖かった。暗くなりかけたなかで、大きな体と黒髪が無気味な雰囲気をかもし出す。体の両脇で、こぶしを握ったりひらいたりしているのがわかる。レポーターが去っていくのを、彼はじっと見つめていた。その顔つきはどきりとするほど鋭い。ハンサムな顔。

その顔が、いまはとても恐ろしい。

ローワンはサムのほうに向きなおり、口をひらきかけた。

しかし先にサムがこう言った。「あんなふうに彼女をおびえさせなくてもよかったのに」

「サム――」

「私も怖くなっちゃったわ」サムは腕を組んだ。身を守るかのようなしぐさに、自分でも驚く。そのときになって、彼女ははっと思いいたった。どうして彼は、わざわざ自分からすすんで沼に死体を探しに行ったりしたのだろう。警察でわかったことが知りたかったからなのだろうか？

サムは怖くなった。

それはローワンが殺人犯かもしれないから？　いやだ、なんてこと考えるの。

そんなあらぬ疑いを抱いて、怖くなるなんて。自分もほかの大勢の人たちと同じように、彼を疑ってしまうなんて……。

「サム、頼むよ……」

ローワンが一歩、サムに歩み寄って腕を伸ばした。サムは動かない。彼女はそのまま抱きすくめられた。彼の匂いを吸いこむ。彼が体の内に入ってくる。シャワーを浴びたばかりなのだろう、ムスク系のアフターシェーブローションの香りがする。ローワンは彼女のあごを上げ、唇を重ねた。

「やめて！」サムは身をよじり、彼の胸をこぶしでたたいた。「サム、だめだ、僕といっしょにいろ！　いまこんなところでひとりになっちゃいけない。やみくもに他人を信用しちゃあ――」

「いいえ、あなただけは信じなくちゃ！」

「いいんだ。僕も信用しなくていい」

そう言いながらも、彼はさらに一歩近づいた。

「ローワン！」

彼はやさしくふるまおうとはしなかった。もう一度キスすることもなかった。サムを抱き上げ、彼女の家に戻っていく。途中、彼女が暴れるのとドアを開けるのとでぶざまによろけた。サムの心臓は激しく打っていた。なんてこと、彼はびくともしない。動く筋肉にみなぎる力が伝わってくる。熱い体にひそむ、鋼のような強さ。サムのなかに恐怖がわいてきた。彼は、しようと思えばなんでもできる！　彼女もフィットネスの専門家だから力はあるつもりだが、でも……。

サムは暴れた。身をよじり、足を蹴り上げてたたいて……しかしローワンは痛くもかゆくもなさそうだった。彼にはなんでも好きなことのできる力がある。彼女には抗《あらが》いようがない。

ローワンはドアを開け、なかに入った。

「ローワン、ちょっと――」

彼はサムを下ろし、少し離れた。そして裏口のすぐ外に出る。「僕を信用するな。嫌っていい。憎んでもいい。僕をきみの人生から締め出したっていい。でも絶対に、うかつなことはするなよ！」

サムは戸口まで歩いていった。落ちついてよく考える必要があった。震える手で、ドアをばたんと閉める。

はるか昔、ローワンにされたのと同じことをしている。いまはただ、とにかく寒かった。どうすることもできない。サムはドアに鍵をかけた。

ローワンは、ドアのガラス越しにじっと見つめている。

「もう開けるなよ！」ぼそりと言った。

そして背を向け、帰っていった。

サムはしばらく身動きひとつせず、彼を見送っていた。心臓が激しく打っている。彼女はローワンを呼び戻したかった。さっきは驚いただけなのよと言いたかった。けれどそのまま立ちつくしていた。

夜が迫ってくる。

月が空にのぼりはじめた。

それでもサムは動かなかった。

ずっと震えていた。彼に戻ってきてほしかった。

でも怖かった……。


ベスは暗がりにひそみ、むかむかしながらローワン・ディロンの家を見ていた。さきほどとは反対側の彼の敷地内で、傷ついたプライドをなだめていた。

さっきは簡単に引き下がりすぎた。ローワンは脅しをかけてきたが、いったいなにをするつもりだったのだろう。恋人の家の庭で私を殴る？　マーニー・ニューキャッスルの家の隣りで？　それはすごい。すごい見出しになるだろう。あざのひとつやふたつ、作るだけの価値はあったかもしれない。

ローワンは怒っていた。ものすごく怒っていた。私の首を締め上げそうなほど。おいしい話のためなら、どこまで危険を冒せるだろう？　鼻くらいは折れてもいい。命までとられるのは……いやだ。

ベスはふふっと笑った。さて、さっきは追い出されちゃったけど。

もう少し、ローワンの家ににじり寄る。地下のフロアの窓の向こうに、彼の姿が見えた。その窓からは美しい湾の景色が望める。彼はドラムの前に座り、憑《つ》かれたようにたたいていた。怒りを発散しているのだろうか？

それとも、ベスがじりじり忍び寄るのを恐れている？

ローワンはいきなりいらだったように動き、ドラムスティックを置いた。そして立ち上がり、窓のほうに目をやって、外に出てくるかというような気配を見せた。彼の家の右隣りはマーニーの家だが、左側は空き地になっている。家を建てるには少し狭いのだ。だから、そちら側には身を隠せる茂みがない。ベスはあたりを見まわし、彼の家の船着場に潜りこむことにした。彼の持っている小さなボートに隠れられるだろう。

ベスは窓から下がった。

低く、体を低くして！　と自分に注意する。あれ？　でもなんだか大丈夫そう。ローワンはまたドラムに戻った。ドラムスティックを手に取って……

もう一度、激しいリズムをたたき出す。

ベスは下がったところで身を低くしたまま、それを眺めていた。

地面につきそうなほどかがんでいたそのとき、後ろにいるだれかにぶつかった。とっさに男だとわかる。

のどから悲鳴が出かかった。

手が口を覆う。

「しっ！」

パニックに陥りながら、ベスは振り返ろうとした。

「やだ、やだ……ちょっと！」

必死でもがく……。

やっと相手が見え……。

そのときオールが彼女の頭に振り下ろされ、うっすらとした夕闇が、真っ暗な世界に変わった。


サムは千々に乱れた心を抱え、キッチンで紅茶をいれていた。電話が鳴り出した。一瞬、電話を見つめ、それから飛びついた。

「もしもし？」

沈黙。

そして……

あの声。前に聞いたあの声……。

「放っておけと言っただろう」

「なに？　だれなの？　いったいなんのことを言ってるの？」

「きみが見えるよ。いつも見てる。いまも見てる。ずうっと見てるんだ。いつもいつも。きみの動きひとつひとつを。いまも見てる……。

そして待っている」

楽勝《ピース・オブ・ケーキ》だわ。

楽々お金が手に入る。

そう、楽々——とレイシーは思った。文字どおり、彼女はこれからケーキの一部になる。いや、今夜はペストリーか。いやらしい映画あり、酔っ払いあり、そしてたぶん、本物の売春婦も何人か雇われているのだろう。だが彼女はそこまでするつもりはない。なんと言われようと絶対に。

自分はケーキになるので十分だった。それ以上はなにもしやしない。

でもとうとうここに来てしまった。クラブにはもう近寄らないし、こういうこともこれきりだと思う。けれど、ニューヨークに行くためにはお金が要る。レイシーは顔が焼けるようにほてった。お金ならローワン・ディロンに借りることもできた。きっと助けてくれただろう。でも彼女は頼まなかった。あのときはとにかく恥ずかしかった。そして、クラブには戻らないと誓った。

プライベートパーティの仕事については、なにも話さなかった。

ゲーブルズ・エステートの高級邸宅には、迷わず来られた。ここの近所の人たちは、いったいどんなふうに思うのだろう。もし少しでも思うことが——気にすることがあればだが。でも住人たちは、それぞれ完全に切り離されていた。

このあたりの邸宅はどれも大きく、水辺ぎりぎりに建っている。敷地も広い。大きな土地に、瀟洒《しょうしゃ》なウォーターフロントの家。なかには一エーカー、いや、それ以上のところもある。巨大な桟橋を造っているところもあって、レイシーの家よりも大きな船が浮いていた。たいていが、近所の人と顔を合わせないようにしようと思えばできる家だった。ガレージは自動ドアになっていて、庭に一歩も出ずとも、自由に家に出入りできる。近所といえど互いに顔も名前も知らず、スモークガラスの入った高級車で行き来するというわけだ。

レイシーは緊張していた。どうしてなのかわからない。髪はけばけばしい真っ赤なかつらで隠す。厚化粧もする。なのになぜ、これほど動揺しているのだろう。いままで何十回も踊ってきた。何十回も服を脱いできた。ただ今回は……お店というわけじゃない。人と話をしなくてはならない。近寄ってくるかもしれない。それに、近くまで来られても、守ってくれる用心棒もいない。

レイシーは車を空港に置いてきていた。旅行に必要なものは、すべてダッフルバッグにきちんと詰めて、いま持っている。ここから空港へは、タクシーを使ってまっすぐ戻るつもりだった。荷物は手荷物だけ。ゲートでさっとチェックインし、出発すればそれでいい。空港から来るときはタクシーの運転手に道を指示したが、しろうとがしろうとを案内するようなものだった。タクシーは広々とした私道に入り、ケータリングのトラックの横に停まった。邸宅は、門のついたメインエントランスのずっと奥にある。昔の地中海風の館のように見えるが、実際はかなり新しいものらしい。このあたりではよく建てられる様式だった。中庭、アーチ、タイル、噴水があり、まるで小さめのイタリア式宮殿といったおもむきだ。

レイシーはタクシーを降り、料金を払った。

まだ建物を眺めているうちに、若い男がひとり足早に出てきた。片手にビールを持ち、ショートパンツとフロリダ州のTシャツを着ている。後ろになでつけたブロンド、涼やかなブルーの瞳。ラフな格好はしているが、ホワイトカラーのエリートという雰囲気が漂っていた。そう、人を見下したような雰囲気が。昼の仕事は、株式ブローカーか、弁護士か、銀行員か、あるいは前途有望な青年実業家だろう。しかしこの家は彼のものではなさそうだった。ここはあまりにも高級すぎる。たぶん、家柄のいい裕福なだれかの親が持っていて――息子がパーティのために使っているだけだろう。出てきた若い男は感じがよかった。にこにこ笑いながらこちらに来る。レイシーも笑顔を返しかけた。もしクラブで会ったとしたら、彼と踊っていたかもしれない。

いまのレイシーはおとなしい服を着ていた。テーラーカラーのコットンのシャツとジーンズ。しかし男は近づいてくると、いやらしい口笛を吹き、ぞっとするような目つきで彼女の体をなめまわすように見た。

「へえ、なかなかいいじゃない。こりゃ楽しみだ。きみ、ストリッパーだろ?」

「ダンサーです」

男が意地の悪い笑みを浮かべる。「ま、なんとでも言えばいい。僕はストリッパーを雇ったんだ。だから早く行って踊ってくれ。でも服はうまく脱げよ」

「なにをするかはちゃんとわかってます」レイシーは冷ややかに言った。

男は笑いはじめた。「こっちは大金を払ってるんだぜ。なあ、いったいおまえはなんのために雇われたんだ？」

「踊るためよ」そう言ってレイシーは歯をくいしばり、口ごもった。「それから、ストリップのため」と続ける。

「そうだ」

「でもそれ以上のことはなしよ！」きつく言い放つ。

「もっと稼ぐつもりはないわけ？」

レイシーは目をむいた。「そんな話は聞いて――」

この男は見た目は感じがよかったかもしれないが、実際はちがっていた。立派な仕事をパパに買い与えてもらった、ただのお坊ちゃんだ。甘やかされて傲慢《ごうまん》で、根性の曲がったみにくい人間。「V字のパンティをそれ以上あげるなとでも言われたのか？　まあそういう話ではあったけど」そう言って笑う。「でも特別サービスがあるんだったら――ちょっとオーラルでもやりたいとかさ――もっとずっと稼げるぜ」

レイシーの頬がかっと熱くなった。こんなにけがれた気分にさせられたのは初めてだ。こんなに下劣な、身悶えしたくなるような思いは。走ってここから逃げ出したい。でもお金も必要だった。今夜の遅くには飛行機に乗り、ニューヨークでジャネットとサラとケイシーと落ち合わなければならない。舞台ツアーのオーディションを受けるチャンスなのだ。本物の舞台、プロダンサーとしての舞台、夢の舞台に立つために。

「私がするのはダンスだけよ」レイシーが目をぐっと細める。

「おい、怒るなよ。ダンスったって裸でやるんだろ？　そうじゃないなら、帰ってもらわなきゃ」

「ええ、裸でダンスをやるわ」レイシーは歯をくいしばって答えた。「でもそれだけよ。わかった？」

「ああ」

涙が目に痛かった。なぜだかわからない。でもレイシーは、この男にわめいてやりたかった。自分の父親は刑事だ、妙なまねをしたら後悔させてやる、と。

けれどももちろん、そんなことは言えない。仕事をして、お金をもらって――空港に向かわなければならない。できるだけ早くすませることにしよう。

「どこへ行けばいいの？」冷たい目をしてあごを上げ、ぶっきらぼうに訊いた。

「なかに入れよ。案内する」

「お金は先にいただくわ――十一時にはここを出るから、タクシーを呼んでおいて。そういう約束だったでしょう」

「ああ、だけど、いたっていいんだぜ。どれくらいもうかるか、まだわかってないんだろ。きみがうまけりゃ――ま、ここにいる連中はどうせ酔っ払っちまって、うまいかどうかなんて関係ないだろうけどな！　すぐに千ドルはいくぜ」

「十一時に出なくちゃならないの。それが約束よ」

「体を売ってる女のくせに、生意気だな？」

レイシーはいまにも泣き出しそうだった。もういい。こんなひどい、おぞましい気分を我慢するくらいなら、追い返されてニューヨークに行けなくたってかまわない。そうよ、行けたってオーディションに合格するとはかぎらない。何十人も、いえ何百人もの女の子が応募しているのだろうから。彼女はあごをぐっと上げた。「そう言うあなたは、失礼なクソ野郎ね。さあ、料金を払って私の条件をのむか、それとも――」

「払うよ、払うよ。いますぐここで、現金払い。なんだよ、あとでまたべつの女の子を呼べるんだからな。おまえは払っただけのことはやれよ。かならずな」

男は先に立って歩きはじめた。

レイシーが唇をきつく噛む。

そしてついていった。


ローワンはいきなりシンバルを力まかせにめちゃくちゃたたくと、手で触れて動きを止めた。音がすうっと消えていく。

自分でも怖いくらいに傷ついている。デリケートになっている。サムはまだ彼を信用していない。マーニーのことではなにひとつ嘘をつかなかったし、サムを必死に守ろうとしてきた。ずっと誠心誠意、接してきたのに。

ローワンは立ち上がった。自分の見たものがなんだったのか——つまり、どうしてセイヤーの絵に描かれているのがコールだとわかったのか、サムには話しそびれてしまった。セイヤーが沼で描いたのはコールだ。それはまちがいない。絵と同じブレスレットがついたコールの手首を、この目ではっきり見たのだから。ローワンはテディに電話したが、伝言を残すことしかできなかった。サムにも話したかったのに、ベスの出現で忘れてしまった。サムに話すべきだろうか？　いや、まずテディに話して、彼女にはテディから言ってもらおう。

ローワンはまた歯を嚙みしめた。しまった。いまサムはひとりだ。テディにも連絡がとれていない。

彼は裏から家を出た。セイヤーが来たらどうするんだ？

ローワンはあわてて船着場に行った。最初はマナティだと思った。可愛らしくて大きなモリー。しかしそのとき、マナティがなにかを押しているのがわかった。なにかを鼻先で、船着場のほうに押しやっている……。

あれは人間？

「モリー……」ローワンは息を吸い、水に飛びこんだ。ああ、やっぱり人間だ。

ベス・ベラミーだ。

彼女の頭の傷から血が流れ出し、海を赤く染めていた。

21

「テディ！　またあの電話がかかってきたの！」サムは取り乱していた。コードを指に巻きつけ、必死で気持ちを落ちつけようとしている。テディには永遠に連絡が取れないのではないかと思った。最初、彼は電話に出なかった。そこでポケットベルにかけ、さらにもう一度かけた。そしてやっと返事があったのだ。

殺人犯はいまもどこかで彼女を見ているのだろうか？

すぐそこで待っていて、彼女がひとりになって隙を見せたら現れるのだろうか？

「サム、できるだけ早くそっちへ行く。いっしょに家を調べよう」テディが言った。どうやら車のなからしい。後ろで警察の無線がかすかに聞こえている。

「サム、おれたちが見つけたのは、どうもコール・ローウェンシュタインだったらしい」テディが言い添えた。

「なんですって？」

「ブレスレットがついた彼女の手も、今日ローワンが見つけたよ」

「な、なんてこと……」

突然、サムの玄関のベルが鳴る。彼女はびくっと飛び上がった。

「うちだわ！」

「サム、ローラかもしれない。日曜日のコンサートに行く話をするんで、きみのところへ向かってるはずだ」

サムは震えながら玄関に行った。のぞき窓を見て、ほっと安堵の息をつく。ローラではなかったが、ジョーだった。彼はどこかに出かけるのか、めかしこんでいた。申しわけないが、少し入ってもらわなければならない。

「ジョー！」サムはドアをぱっと開けて、彼を引きずりこんだ。

「おいおい、どうした？　なにがあったんだ？」

「変な電話があったのよ」サムは説明した。「ジョー、ちょっと入っていって。テディは電話でつかまったんだけど、すごく怖くて。私の代わりに家のなかを見てきてくれる？」

「いいとも。きみは戻ってテディと話して。おれがここにいるからって言うんだ。おれは二階を見てくるよ」

サムは電話に戻った。「テディ、ジョーだったわ。いま私の代わりに二階を見てくれて――」そこでサイレンの音を聞き、口を止めた。警察の車が彼女の家に向かっている。

「テディ、あなたサイレンを鳴らしてるの？」

「ああ、サム、もう切るぞ。すぐそばまで来てる。ローワンのところで事故があったらしい」テディが言った。

そして電話が切れた。サムが受話器を見つめる。

「ローワンのところで？」とつぶやく。

急にサムは、外に出るのも怖くなくなった。ローワンになにか起きたことのほうが心配だ。受話器を置くと、彼女は裏から飛び出した。茂みと生け垣をかきわけてマーニーの庭を駆けぬけ、ローワンの庭に入る。

さきほどサイレンの聞こえた救急車と警察の車が、すでに到着していた。テディもいる。そしてびしょぬれになったローワンが、救急車のそばに立ってテディや救急隊員と話をしていた。場は騒然としている。救急隊員はだれかけが人の応急処置をしながら、同時に病院の医師と交信していた。点滴がかけられ、毛布が手渡され、せわしない会話が騒々しく響く。サムはそのけが人を見た。あのレポーター。ベス・ベラミーだ。サムが目を上げる。ローワンと目が合った。

そのときだれかが、すっとサムの後ろに来た。ジョーだ。彼は両手をサムの肩にかけた。

「大丈夫だよ、大丈夫だ」

いいえ、大丈夫なんかじゃない。サムの目はローワンに釘づけだった。その視線が横たわったレポーターに移り、またローワンに戻る。

いったい彼はなにをしたの？

いいえ、ちがう、ローワンはなにもするはず……。

だが遅かった。とっさに頭をよぎった思いが、瞳に現れてしまったにちがいない。ローワンは彼女から目をそらした。刑事がもうひとり、テディのところに行った。みんな話をしている。ローワンは警官の群れのなかに埋もれてしまっている。制服を着た警官が、サムとジョーのところにやってきた。「すみませんが、ここから離れて――」

「近所の者です」サムが言った。

「どちらの?」

サムが指をさす。

「そうですか。それはどうも。お名前やら、ほかにも聞かせてもらえますかね。この三十分ほどはどちらにいらっしゃいました? なにか変わった音を聞いたとか、見たとか——」

「いいんだ、ここはおれがやる」テディが警官の背中をたたき、仕事に戻ってくれと示した。

サムは震えていた。「あれはベス・ベラミーなの?」

「ああ。ローワンが名前を教えてくれた。きみも彼女を知ってたのか?」

サムが肩をすくめる。「彼女はレポーターなの。ずっとローワンを追いかけてて」

「今夜は彼女に会ったか?」

「その——ええ」

「いつ?」

「そうね……そんなに前じゃないわ。彼女は庭に忍びこんで、うろついてたのよ」

テディはしばらく黙った。「ローワンも彼女に会ったのか?」

「ええ」

「それで?」

「出ていけって言ったわ」

「彼女を脅したってわけか?」テディが訊く。

「ち、ちがうわ! そんなんじゃ。ただ——出ていけって言っただけ」

「はあ、なるほど！」テディが小声でつぶやいた。「やっぱり脅したんだな？」

「ちがうったら！」サムは震えていた。「でもいったいなにが――なにがあったの？」

「ローワンは、家から出てきたら彼女が浮かんでたって言ってる」

「浮かんでた？」

「浅瀬にな」

「それで、ローワンが彼女を引き揚げたの？」

「本人はそう言ってる」

「ああ、テディ！　彼と話をさせて――」

「いまはだめだ。彼には警察本部に行ってもらう」

「逮捕されたの？」信じられないというようにサムが訊く。

「いや、任意で来てもらうだけだ」

「サム、サム、大丈夫だよ」ジョーが励ました。

「さてと、おれはあっちに行って、事情をよく聞いてこなくちゃならない。ここにはローラが向かってるはずだ。ジョー、あんたはいっしょになかに入って、家を見まわって鍵をかけてくれ。サム、きみの電話には明日、警察が逆探知器をつけるから――今夜は電話に出るな。留守番電話にしておくんだ。どうしてもきみに連絡を取らなくちゃならないときは、ローラの携帯にかける。いいな？」

サムは力いっぱいうなずいた。「テディ――」

「ローワンのことは心配いらないさ。大人なんだから」

しかしサムは心配だった。ローワンをもう一度見やる。彼は毛布を肩にかけ、手にコーヒーカップを持っていた。まわりを取り囲む警官たちから、ひときわ上にそびえているように見える。

ちょうどそのとき、ベス・ベラミーが救急車に運びこまれようとしていた。ローワンの目がふたたびサムの目と合う。彼はまた顔をそむけた。裏切られたという思いに凝り固まってしまったのだろう。

「行こう、サム」ジョーがやさしく言った。

「テディ、ベスは救急車で運ばれてるわ。ということは――」

「心臓は蘇生できた」テディが言った。「だが……」

「どうした？」ジョーがたずねる。

「まだ昏睡状態だ。ローワンの話だと、引き揚げたときから意識がなかったそうだ。そら、もう帰れ。連絡は入れるから。約束する」

「行こう、サム」ジョーが言った。

ローワンはいなかった。消えてしまっていた。警察はまだうろうろしていたが、ローワンの姿は見当たらない。

「また連絡する」テディが約束した。「信用しろ。それからきみにも証言をしてもらうかもしれない。とくにもし……」

「彼女が死んだら？」サムが訊いた。

「早く帰れ」

ジョーがサムを引っ張って庭を突っ切り、彼女の家に入った。「また玄関を開けたままにしちまってたな」ジョーが言った。「なかを見まわってくるよ」

サムは事件に呆然として、ただ突っ立っていた。

「いやまったく」ジョーが冗談めかすような口調で言った。「さんざんな一日だったな。家を見まわるのはちょっとおいといて」すたすたとキッチンに入っていき、サムにワインを一杯ついだ。彼女のところまで持ってきて、その手にグラスを押しつける。「ほら、おれはこの暗いジャングル屋敷を探検してくるから、これでも飲んでろよ！」

サムはうなずいた。そのとき玄関のベルが鳴った。ジョーが出る。従姉妹の声が聞こえてきた。ローラが着いたのだ。

奥に入ってきたローラはまっすぐサムのところへやってきて、彼女を抱きしめた。「かわいそうに、今週は踏んだり蹴ったりね！　でも大丈夫。ローワンは捕まりゃしないわ。すぐに帰ってくるわよ、心配しないで。それに私がついててあげるから」

「おれもいるよ」ジョーが断固として言った。

サムはぶるっと体をゆすった。自分はマーニーを見つけたかったはず。臆病者にはならないと決心したはずだ。「いいえ、帰ってくれていいのよ、ジョー。あなた、そんなにおめかししてるじゃない。どこかに出かける途中だったんでしょう」

「そんなことといいんだ。それほど大事な用でも――」

「ジョー、うちのクローゼットや部屋はみんな見てくれた？」

ジョーがにやりとし、力こぶを盛り上げてみせた。「人の隠れそうなところは全部チェック済みだ!」

「じゃあ、もう行って」

ジョーはうかがうようにローラを見た。

「私はここに残るわ。それに防犯ベルもあるし。怖くはないけど、私は人一倍臆病者なの。防犯ベルはかならずセットするから。大丈夫よ」

「わかった」ジョーもやっと納得した。「でもあとで電話して様子を聞くよ」

「ええ、ありがとう」ローラは笑ってこう言った。「サムは銃がきらいだけど、私は警察用の古い銃を持ってるの。ずうっと前にまだテディとうまくいってたとき、撃ち方を教わったのよ」

「そうか、それなら……」

「さ、もう行ってちょうだい。予定があるんでしょ」サムが言った。

ジョーはうなずき、ドアに向かった。「おれが出たあと、ちゃんと鍵をしてくれ」ローラが彼のあとについていき、鍵をかけて防犯ベルをセットした。そして頭を振りながら奥に戻ってきた。「まったくひどいことになったもんね。あのレポーターもばかよ」

「ローラ、彼女は意識不明の重体なのよ!」

「サム、それも自業自得じゃない。彼女はローワンを追っかけまわしてたんだから」

「死ぬかもしれないのよ」

「でもローワンはやってないわ」

「やってないって?」

「彼女、頭を殴られてたんだって」

「ええっ！」サムは座りこんで震えた。グラスのワインをいっきにあおる。ローラがそのグラスを取った。サムが自分の髪をぐっとかきあげる。「そんな、そんな……」

「ローワンがやるわけないでしょう！」ローラは怒った。

サムが従姉妹を見上げた。「だって……あなたは……知らないから。ローワンはめちゃくちゃ怒ってたの！　彼女を殴るんじゃないかって思ったくらい。あんな彼は見たことがなかったわ」

「彼のはずないわよ！　そんなこと絶対ない！」ローラがくってかかる。

サムはゆっくりとかぶりを振った。「ローラ、彼はあなたにはやさしかったでしょう。信じたい気持ちもわかるけど――」

「そうよ」ローラは頑固に言い張った。ぐっとあごを上げる。「彼は私の友だちだもの。もちろん、彼のことを信じるわよ。あなただって彼のことを愛してるんじゃなかったの？　昔、彼があなたを家から追い返したのもふしぎじゃないわね。あのときあなたは、彼に頼ってほしかった。でもそれだけの資格がなかった。いまだってないわね！」ローラはサムにぷいっと背を向け、離れた。「私はリビングルームで本を読んでるわ。今夜はもうこれ以上、あなたに言うことはないみたい」

「でも――」サムは言いかけたが、声がしぼんだ。なにもかもローラの言うとおりだ。

かつてサムは彼に誓ったはずだった。自分がそばにいる、なにがあってもついている、守ってあげる、と。

彼を信じる、と……。

そのとき電話の鳴る音がした。携帯だ。ローラの。

しばらくして従姉妹が現れた。「サム、テディだったわ。もしセイヤー・ニューキャッスルが来たら、どんなことがあっても家に入れるなって」

「どうして?」

「彼がコール・ローウェンシュタインの絵を描いてたんですって。ヌードで、沼にいる絵をね」


ロレッタは今世紀最高のラップダンスをやった。あまりによすぎて、若きエリートはもう内気でもなんでもなくなった。結婚式のための元気が残っているのかどうか心配になるほどだ。今回のグループはよかった。チップをはずんでくれた。人数は多かったけれど、金持ちで地位もある男ばかりだった。医者、弁護士、建築家、建設業者、政治家まで! そして当然、警察官もいる。どんなにめかしこもうと、かならずロレッタには警官の匂いが嗅ぎとれた。

そばに寄ってきて大胆になる男。引っこんで人の陰から見ている男。ロレッタはガーターベルトとTバックショーツだけになったが、どちらも札でいっぱいになった。

だが……。

仕事をするならいい仕事をしなくては。そしてロレッタはうまくやった。客もいい男ばかりだった。なのに着替えて帰るときの彼女は、あまり気分がよくなかった。とにかく今日はべたべたと触られた。仕事の約束にはなかったことだが、それはそれで金になった。彼女も少しのぼせていたことだし。

さあ、もう帰る時間……。

ロレッタは、花婿の兄にタクシーを呼ぶよう頼んでおいた。彼もそうすると言ってくれていた。しかしそのとき、耳もとで声がした。

「シーラ？　おい、シーラ？」

ぱっと振り向く。ロレッタの心臓が大きく跳ねた。

「ええっ、どうして！」

男は微笑み、彼女の頬に触れた。「ロレッタ……」

ああ、この微笑み……。

男がロレッタの腕に手をかける。「行こう」

ロレッタは一歩外へ出た。帰るために。しかしそこには、客の男たちのひとりがいた。

サムはクッキーを焼くことにした。心は乱れきっていた。ベス・ベラミーは意識不明の重体。コール・ローウェンシュタインは死んだ——そしていま、彼女の頭はセイヤー・ニューキャッスルの絵のことでいっぱいだった。

彼が犯人なのだろうか？

どうしてクッキーを焼くことにしたのか、サムはわからなかった。とにかくなにかしていたかった。クッキーの生地を切っていたとき、ローラがキッチンに入ってきた。「なにしてるの?」

「クッキーを作ってるの。ほら、好きな人を信じてる私としては、留置場に面会に行くときに手作りの差し入れでも持っていってあげたいじゃない?」

「そりゃそりゃ。でも教えてあげると、ローワンは何時間も前に警察を出たってさ」

「なんで知ってるの?」

「テディに電話をもらったのよ」ローラは顔をしかめた。「彼もとっくにパーティにでも行ってるみたい。後ろで音楽がガンガン鳴ってたわ」

「ローラ、テディはあなたのことを気にかけてるわ。あなたもそれはわかってるでしょう。このあいだのクラブでだって、ふたりでウサギちゃんみたいになってたじゃない」

ローラは肩をすくめた。「あの夜は楽しかったけど、まあそれだけ。いまはべつになんともないわ。いまは本当に気にしてないの。ただ子どもたちのことが心配で」

「どうして? レイシーはこの週末に大きなチャンスがあるみたいだし」

「まあね」ローラはカウンターにもたれた。「でも、もっと力になれたらいいのにと思って」

「あなたはよくやってるわ。夢に向かってがんばれって応援してるじゃない。だれだってそういうことをしてほしいものよ」

ローラは笑顔になった。「そうね。励ましと、お客さんね。日曜日には集められるだけ人を集めなきゃ」

「私もできるだけ人に連絡するわ」

「それにローワンもね。もしエイダンの曲のときにローワンが来てくれたら……」

「絶対に行ってくれるわよ」そこで言いよどむ。「逮捕されてなければね」

「テディも行くはずよ。警官を大勢連れて。だからそこんとこは、私がきつく言っとくわ。彼だって子どもたちを応援してるんだもの」

「クライアントにも電話してみるわね」サムがまたためらう。「あの法律事務所は妙なところだけど、ケヴィン・マディガンはやけに親切なの。彼に言えば、知り合いを連れて来てくれると思うわ」

「そうすれば、彼らを見張ってられるってわけね？　尋問もする？」

「ローラ、あの事務所の人たちは、この前行ったストリップクラブを所有してるのよ。リー・チャップマンといっしょに」

「知ってるわ。テディに聞いたから」

「だったら……」

「うさん臭くないかって？　単なるビジネスでしょ」

サムは頭を振った。

「ダンサーはきれいだったし、セクシーだったわ。大人の娯楽よ」ローラが顔をしかめた。

「私もまんまと乗せられちゃった」

「でもローラ……」

「なに？」

「わからないけど。ほかにもなにかあるんじゃないかと思ってしまうの」

「ちゃんとした人たちだって、生活のためにはああいうことをするわよ」

「チャップマンがちゃんとした人だと思う？」

「ううん。でもだからって、クラブのオーナーやダンサーや用心棒たちがみんな悪人だってことにはならないでしょ！」

「そうね」

突然ローラが笑い出した。「じゃあ、ダンサーでもストリッパーでも用心棒でも悪人でも、知り合いはみんな日曜日に呼んでね」

「ええ、全員呼ぶわ」

「よかった」

「まじめな話、友だちがいっぱい行くわよ。ジョーも来るはずだし、ハリーとアンのラカータ夫妻とグレゴリーも——みんないつだって私たちを応援してくれる」

ローラは笑った。「それに改築業者のフィルもいたっけ！　あの人、あなたのためならなんでもするわよ。おべんちゃらを使いまくって、この家を改築させようとするんじゃない」

「マーニーもいつも来てくれたわね。それにセイヤーも——」

「セイヤー！」ローラが身震いした。「ああ、サム！　私はその絵を見てないけど、めちゃくちゃ怖くない？　絵に描かれた女の人の手首のブレスレットがはっきりわかるって、ローワンがテディに言ったそうよ」

「つまり、セイヤーはコール・ローウェンシュタインを知ってたってことよね。でも知ってたってあたりまえだわ。セイヤーのお姉さんがコールの担当だったんだから」

「でもその絵はヌードだったんでしょ。しかも沼から上がったところ」

「彼女の遺体が上がったところよね」サムはそう言ってローラを見た。

突然、電話が鳴った。ふたりともびくっと飛び上がる。それから顔を見合わせた。留守番電話が電話を受ける。

沈黙……。


レイシーはもう死にたかった。

テーブルの下にもぐりこんで、死にたかった。

こんなのは耐えられない。もう絶対に、二度としない。

それでもやっと終わった。もうすぐ大きな銀色の翼に乗って、向かうんだ——ニューヨーク《ビッグ・アップル》へ。大金を抱えて。けれどもう、これほどお金が大事になることはないだろう。これが最後だ。

パーティでは〝お触り〟はないことになっていた。けれどレイシーは触られ放題だった。彼女はわめいて怒って——ブーイングを受けた。

でももう終わった、終わったのよ！　もう服も着替えたし、これで出ていける。まだずいぶん早い時間だった。あいつらはそれほど引きとめもしなかった……。

レイシーは外の美しい敷地に出て、新鮮な夜の空気を吸いこんだ。彼女を雇ったあの鼻持ちならないやつはタクシーを呼ぶと言ったが、まずはたぶん、しばらく待たされるだろうと思っていた。でもそんなことはどうでもいい。もう二度としない。絶対に。

「レイシー！」

小さな声で名前を呼ばれた。とても哀しげで、いたわるような声。

レイシーはびくりとし、どぎまぎしながら振り返った。いったいだれ？　だれが私をわかったというの？　ああ、どうしよう、こんなこと絶対に理解してくれやしな……。

「嘘っ！」情けない声が出た。

男は頭を振った。レイシーの顔が真っ赤になる。

「私――お金が必要だったの。お願い、だって……私……ああ、あんなにひどいと思わなかった。もう絶対、絶対、絶対やらないわ。本当よ、私――」

「車が向こうにある。もう帰れる？」

レイシーはうなずいた。男がレイシーを車に連れていく。そして助手席に座らせ、自分は運転席に乗りこんだ。エンジンがぶるん、とかかる。そしてふたりは、レイシーの汚点となる場所をあとにした。

「ニューヨークのことは本当に大きなチャンスなのよ――」

「わかるよ」

「でも空港には向かってないじゃない」

彼はレイシーを見た。「まだ時間がある」

レイシーは恥ずかしくてたまらなかった。なにも言えやしない。

でも……。

車はぐんぐん走った。街を出る。タミアミ・トレイルに入っていく。

沼地に向かっているわ、とレイシーは思った。

二時が近づき、サムは寝ることにした。

最初に電話をかけてきた相手はしゃべらなかった。

そのあと、テディとジョーのふたりが、様子を確かめに電話をかけてきてくれた。

ローワンからはなんの連絡もない。

サムは落ちつきなく寝返りをうちながら、恐ろしい光景を何度も何度も思い描いていた。

沼に浮かぶ死体。

いや、死体の一部……。

ローワンの家の芝生に横たわる、ベス・ベラミー。

それから絵。セイヤー・ニューキャッスルが描いた、沼から上がる女性の絵。

そんな想像をしながらも、サムは眠りに落ちた。

そして目を覚ます。恐怖に駆られて。どうしてなのかはわからない。

しかしすぐにわかった。

だれかが家にいる。ローラ。そうだ、もちろんローラがいる。廊下の奥のゲスト用ベッドルームで、ローラが眠っている。

だがちがう。すぐそこにだれかがいる。サムの部屋のなかに。

まさか、まさか、まさか……。

でもやっぱりいる！

影が見えた。男の影が……。

戸口にいる。動いてはいない。男はただ……

見ている。

待っている。

〝きみが見えるよ……〟

恐怖が全身を埋めつくす。サムは動かないようにした。起きていることを悟られてはならない。なんとかして暗い闇のなかにまぎれこみ、逃げ出さなくては。

でもどうやって?

ああ、神様、そんなことは絶対に……。

ローラは銃を持っている。

ローラはどこにいる?

男はもうローラを見つけたんだろうか。ローラの不意をついて、けがをさせて。ローラはもう……。

〝きみが見えるよ〟

〝きみを見ている……〟

〝待っている〟

〝きみが見える……〟

男が動いた。

もう遅い。サムはなにも持っていない。とにかく口を開け、悲鳴を上げようとした。

「やめろ!」男の声は険しくかすれている。

男が飛びかかり、サムが逃げるまもなく彼女の上にかぶさって、その口を手で押さえた。

「サム……」

22

ローワンは先にローラのところへ行った。彼はローラに、サムを起こして、彼と話をしてくれるかどうか訊いてくれと言った。しかしローラはここぞとばかりに縁結びの役を演じることにし、彼を直接サムのところへ行かせた。そこで彼は、サムを起こそうと部屋のドアをノックし、注意を促したつもりだったのだが……

結局、サムを怖がらせることになってしまった。

ローワンはサムに、自分だということをわからせようとした。サムの名前を呼び、叫ぶのをやめさせようとした。なんといっても、外の車には私服刑事が張りこんでいる。彼がサムを殺していると思って、刑事が駆けこんできたりしたらたまらない。

「サム！」

彼はサムの口を手で覆っていた。サムは足をばたばたさせ、悲鳴を上げて狂ったように暴れる。ローワンは彼女の上に乗っていたが、押さえこめずにいた。

「サム！」

やっとサムがおとなしくなった。暗闇のなかでくっきりとしたグリーンの瞳を見はり、彼を見上げた。ローワンの指は彼女の髪に絡みついている。彼の体はずしりとのしかかっていた。たぶんサムは、彼が自分を殺しにきたと思ったのだろう——今夜の彼女は、彼をあまり信用してないようだったから。

「頼むから静かにしてくれ。でないと、僕は逮捕されてしまう」

わずかにローワンが手をゆるめた。

「口から手をどけて！」嚙みつくようにサムは言った。

ローワンが体を起こす。「いったいなんのつもりなの？」サムが声を張り上げた。

「なんだよ、ノックしたんだ。ローラが入れてくれて——」

「それで、ベッドルームにいる私を襲ったってわけ？」

「襲ってなんか——」

「襲ったじゃないの！」

「ちゃんとドアをノックしたよ。そしたらきみが悲鳴を上げようとして。そりゃ黙らせなくちゃならないだろう」

「いったいここでなにしてるのよ？」サムは髪を後ろにやり、目を細めてローワンを見た。

「話をしにきたんじゃないか！」

サムがふっと目を伏せた。「留置場からは出てきたみたいね」

「留置場なんか入ってない。任意で事情聴取を受けに行っただけだ。朝になったら、きみのところにも話を聞きに来るらしい。心配するな——僕は誓って真実を話したから」

「それはどういう……」

ローワンはぺたりと座りこんだ。サムはブルーのやわらかいものを着ている。生地が体にまつわりついている。やけにどぎまぎさせられる。彼はぐっと息を呑み、大変だった今日一日を思い起こした。「だれかがベス・ベラミーを襲って、そのまま海に投げこんだらしい。あのマナティがいなかったら——死んでただろうな」

「モリーのこと？」

「あいつのおかげでベスは沈まずにすんだんだ。船着場のほうへ押してきてくれたんだよ」

「それであなたが……ベスを助けたのね。彼女を海から引き揚げて」

「助けたかどうかはわからない。まだ昏睡状態だ」

「でもあなたが彼女を引き揚げて……救急車《911》を呼んだんでしょう」

「ああ」

サムが枕にもたれてローワンを見上げた。大きくてきれいな瞳。髪がふわりと広がって、まるで甘い夢のようだ。やわらかなブルーの生地の下で、胸が上下している。彼女の息づかいが聞こえる。心臓の音も。いま目の前で、記憶にすぎなかった幻が本物になっている。ローワンの心のなかで、永遠に生きつづけてきた幻。そんな気がする。だが彼はもうぼろぼろだ。思ったよりもずっとこたえている。必要なら、死ぬまでも耐えていけると思う。しかしいまは、彼女に疑われているのが耐えられなかった。いまこのときだけは。

ローワンはサムのほうに身を寄せた。「きみを愛してる。忘れたことなど一度もない。僕のしたことはまちがってたのかもしれないけど、きみを守るためにやったんだ」眉を寄せ、額をこする。「どうか僕を信じてほしい。それでなくちゃやっていけない。僕を受け入れるか、突き放すか、どちらかだ」

サムは長いこと彼を見つめていた。「服がまだびしょぬれなの、わかってる？」

ローワンが肩をすくめた。「今日はあったかいし、刑事に毛布をもらった」

「ねえ、ベッドからおりて？」

彼はサムをうかがうように見ながら、言われたとおりにした。サムも笑顔で立ち上がる。

「タオルを持ってくるわ。あなた、海水でべたべたしてるわよ」

ローワンはただ彼女を見つめるだけだ。

「シャワーの場所はわかるでしょ。コーヒーとか紅茶とか、あたたかいものを用意しましょうか？　たしかチキンスープもあったと——」

「いや、そんな。チキンスープなんかいらないよ」

チキンスープだって？　いったいどういう意味だ？　彼女はなにを考えてるんだ？　決死の思いで正直な気持ちをぶちまけたっていうのに、いきなり世話を焼きはじめたぞ。

ローワンはシャワーの下に入った。おかしなものだ、いまのいままで、海水でべたべたしてるなんて気づかなかった。シャツには海草までついている。彼は服を脱ぎ、その日二度目の熱いシャワーを浴びた。いや、今日はもう土曜だ。もうすぐ夜が明ける。

湯気のもうもうと立つ湯をとめ、シャワーから出ると体をふいた。明るいバスルームから暗いベッドルームに入ると、一瞬、目がきかなくなった。

しかしすぐにサムが見えた。

さっきまで着ていたブルーのものはなくなっている。

サムは部屋の真んなかに立ち、彼を待っていた。そして彼のほうに歩いてきた。すべての感覚がくすぐられる。やわらかなぬくもり。いい匂いのする髪。美味しそうな肌。

サムがつま先立ちで、ローワンにぴたりと寄り添った。唇にキス。そのまま、唇にささやきかける。「愛してるわ。許してちょうだい」

「許す……」

「そうよ、許して」サムはくり返し、もういちど唇を重ねた。彼の唇を舌でくすぐる。彼の胸に、そっと乳房を押しつける。

「どうしてだ?」小声でローワンが訊いた。

「私はあなたを信じてなかった。信じ方が足りなかった。でも信じる気持ちっていうのが……」

「いちばん大事ってことか」

「でも、私はあなたを疑った」

「あなたは私を守ろうとしてくれたのよね。あなた自身から。でもやりすぎだったわよ」

ローワンはしばらくサムを自分から離し、彼女の目にじっと見入っていた。「うれしいよ、もう一度チャンスがもらえて」

サムがにこりと笑う。「そうね、うれしいわ」

「きみのためなら死んだっていい」

「そんなこと言わないで!」

「でも本当のことだ」

サムは彼を見つめたまま、こう告げた。「私はあなたがいなくなったら死んでしまうわ」

サムが動きはじめる。ローワンの胸にキスの雨を降らせていく。ローワンは彼女の髪に両手をからませた。彼女のやわらかさを感じ、香りを吸いこむ。体の奥で、欲望に火がついた。自分のものが彼女に当たるのがわかる。彼女を求めている。彼はじっと待った。大きくなるにまかせた。

苦しい。こんなにじらさないでくれ。

でもたまらない。

サムの体はシルクのようだ。まるで魔法のようにローワンの体をさまよう。くすぐるような唇が甘い。熱い。口づけられるたび、肉体に、欲望に、とろりとした溶岩を散らされるような気がする。サムが動く。やさしくあやすような手。唇。

この感触。

かすめるような口づけ……。

サムが下におりていく。流れるように。こんなにもそそられる。この感触。

このままもう、死んでもいい……。

ローワンのなかで音が弾け、その瞬間、彼はサムを抱いていた。なかに入っていた。いまはっきりとわかる。彼はずっとサムを愛していた。いつも彼女を求めていた。ふたつの体が汗ですべる。動きがせわしなくなる。彼のなかのなにもかもが、体の一か所だけに集中する。それでもこれだけはわかっていた……。

サムのためなら死ねる。そしてたぶんサムの言ったとおり――彼女がいなくなったら、自分も死んでしまうだろう。

レイシー・ヘンレーは小さくため息をつき、首を振ってセイヤー・ニューキャッスルを見た。

予定の飛行機には乗れなかったが、かまわない。まだ夜明けの便がある。友だちには電話して、遅れると説明しておいた。

レイシーはセイヤーとじっくり話をした。そして話をすればするほど、通い合うものを感じずにはいられなかった。セイヤーはアーティストらしい考え方で話してくれた。年上で世間のこともよく知っているが、やはりアーティストらしさが彼の身上《しんじょう》だった。彼は夢を理解してくれた。彼女のしたことを責めなかった。ただ、そんなことをしたらきみの才能がもったいないとだけ言ってくれた。

「あなたのほうこそ、これまでさぞつらい思いをしたんでしょうね。うちの家族が……ママやサムが話すのを聞いてたから。ひどい子ども時代だったんでしょう。それにお姉さんがすごく意地悪だって――いえ、ごめんなさい、こんなこと言って」

「いいんだ。姉さんはほんとに意地悪なんだから」

セイヤーはものすごくハンサムだった。細身で、でも強くて。それに彼の瞳は……とてもきれい。

「それにお父さんのことだって……話を聞いてるのよ。ひどい暴力を――」

「うん、たしかにそうだけど……」セイヤーは口ごもり、肩をすくめた。「もう長くないんだ。肝臓がだめになってること、本人も少し前から知っててね。よくもって、あと数ヵ月なんだよ。それを知ったとき、父さんがなにをしたと思う？」

「なに？」

「外に行って新しいウイスキーを買ったのさ」

「お察しするわ」

「僕は自分でも自分の気持ちがよくわからない。父さんはたしかに父親だけど、でも……」

「そうね。お父さんは暴力をふるってただろうけど、まだその……あなたに……」レイシーは言葉を濁した。

セイヤーが首を振り、にやっと笑った。「なあに、僕はずいぶんガキのころから強かったからね。いちばんこたえるのは、僕自身が父さんを愛してないってことさ。父さんは一度も僕たちを愛してくれなかった。で、僕も愛してない。だれだって愛情は持つべきなのにね」

「あの、セイヤー」レイシーはそっと切り出して腕時計を見た。もう朝の四時近い。「もう空港へ行かなくちゃ。次の飛行機に乗り遅れてしまうわ。その格安航空会社の便は、ふつうの時間帯だといっぱいになっちゃうの」

「ああ、わかった」セイヤーはそう言ってレイシーを見た。手を伸ばし、彼女を引き寄せる。

「セイヤー……」レイシーはとめようとした。

しかしセイヤーの言ったことは本当だった。彼は強かった。とても強かった。

ルネ・ディーターという看護婦が夜勤をつとめていたその夜、六三〇八号室から狂ったようにライトが点滅しはじめた。ルネが廊下を駆けていく。昏睡状態にある患者、ベス・ベラミーのモニター画面の生命線が平らになっていた。

「なんてこと！」ルネは舌打ちして、救急ボタンを押した。

すぐに同僚たちが飛びこんでくる。

「昏睡状態の患者だろう、いったい……」当直のドクター、テリー・ラーソンがたずねようとした。「リセット！」大声で指示を出す。

救急医療チームはあわただしく作業した。やがて……ふたたび生命線が動き出す。ベスは生きている。なんとか持ちなおすだろう。

ドクター・ラーソンはルネの肩に手を置いた。「よくやった。きみの処置が早かったおかげで助かったんだ。こういうケースは……まあ、ふつうは数日のうちに意識が戻れば……今回はいろいろと関心も寄せられているようだし……」

「ええ、だってこれですもの」べつの看護婦、コニー・フラナリーが言った。ドクター・ラーソンとルネが、彼女の指さしたほうを見る。

ベス・ベラミーにつながれている生命維持装置のコンセントが抜けていた。

「私じゃありません！」ルネが必死で否定した。

「コードに足を引っかけたってことは――」

「そんな！　ちがいます」

「じゃあ、もしかしたら准看護婦が――」

「シェリーなら休憩中です。いまは朝の四時半ですから――病院にはあまり人がいませんし」

ラーソンはしばらくルネを見つめていた。嘘ではなさそうだ。彼女は看護婦歴二十五年の大ベテラン。腕のいい、熱心な看護婦だ。

ドクター・ラーソンは指示を出した。「警察に連絡を。くそっ、この患者には警護が要る」

「担当の刑事さんはいませんが、あの殺人課のテッド・ヘンレーって人が遅くに来ました。ちょっと前、コーヒーを飲みに販売機まで行ったはずです」ルネが言った。

「警備室に電話しろ。その刑事を呼ぶんだ。それからルネ、きみも今夜はずっと彼女から目を放さないでくれ」

「はい、ドクター。承知しました」


翌朝、サムはかなり遅くまで眠っていた。ぱっと寝返りを打って隣りのローワンを確かめたが、彼はいなくなっていた。自分も起き、シャワーを浴びて下におりる。ローラがフレンチトーストを作っていた。ローワンはコーヒーを飲み、新聞を読んでいる。ローラはおしゃべりしていたが、ローワンが聞いているかどうかはわからない。彼は険しい顔で新聞に見入っている。どうやら一度、家に帰ってきたらしい。デニムのショートパンツと、グリーンのポロシャツという格好になっていた。

「ああ、サム、起きたの。簡単に話すけど——状況に変化はなし。ベス・ベラミーはまだ意識不明で——」

「先にあのことを話したら」ローワンが言った。

「彼女の生命維持装置のコンセントが、だれかに抜かれたんですって」ローラが言った。

「朝の四時半にね」

「あ、でもあなたはここに——」

ローワンがサムに微笑んだ。「きみは眠ってた。本当に僕がここにいたって言えるかい?」

「言えるわ」サムは断言した。「でもベスは大丈夫だったんでしょう?」

「まだ昏睡状態だ」

「それで、いまは警察の警護がついてる」ローワンが言った。「きみが僕を信じてくれてうれしいよ。きっと警察は、また僕がどこにいたか訊くんだろうね」

「あっ、そうだ!」ローラが大声を出した。「それからテディとロルフ・ランドンが、絵のことをセイヤー・ニューキャッスルに訊こうとしたらしいんだけど、全然行方がわからないんだって。なんだかどんどん恐ろしいことになってるわね。昨日はローワンとテディとべつのダイバーが、またもや死体の一部を見つけたし——」

「またもやって?」サムが自分のコーヒーをつぎながら訊く。

「べつの人間ってことだよ」ローワンが言って、新聞をたたんだ。

「べつの人間って……」サムは言いかけたが、恐ろしくなって声がしぼんだ。

「マーニーかって? ちがうさ」

「でもだれかが女性を殺して、遺体を沼に捨ててるってことにはなるじゃない」サムはコーヒーを口に運び、カウンターにもたれた。「私たちが見つけたのは、本当にコール・ローウェンシュタインなの? どうしてそんなに早くわかったの?」

「医療記録と照合したそうだ。コールは十八歳のとき、腰の骨を折っていた。落馬して」ローワンが説明した。

「セイヤーの絵のことは？」

「昨日見つかったもののなかにブレスレットがあったんだ。それと同じものがセイヤーの絵に描かれてたことを思い出してさ」

「あの子はどうも変だって、前から思ってたのよね」ローラが言った。

「まだ決めつけるのは早いよ」ローワンが注意する。

「でもセイヤーは沼で女性のヌードを描いてて、その同じ女性が同じ沼で死んでたわけでしょう」

「いま行方不明になってるのは、彼の実のお姉さんなのよ」サムが指摘した。

「そうね。それでそのお姉さんが死んだら、すべて自分のものになるわけじゃない？」

「父親が生きてるうちはだめだろう」ローワンが言う。

「ええ。でもあのろくでなしはいつ死ぬかわからないわよ。魚みたいに飲んでるんだから。あれじゃ肝臓がもたないわ」とローラ。

「ああ、でも酢漬けにすればいいんじゃない」サムがきついことを言った。「それなら保存がきくわ」

「そんなのやめてほしいわね。おお、こわ！」ローラが声を張り上げ、頭を振った。「たしかにマーニーのことは気になるわ。心配よ。でも私たちにはなにもできないじゃない。こんな神経のすりへるような時代だって、毎日生きてかなきゃならないんだから。世界は動いてるのよ。ねえサム、しつこくするつもりじゃないけど、明日のことをみんなに電話しはじめてくれる?」

「明日のこと?」

「エイダンがグローヴで演奏するでしょう?」

「ああ、そうだったわね」

「ローワンも、エイダンのバンドのときは来てくれるって」

サムはローワンを見て、片方の眉をゆっくりと上げた。ローワンが渋い顔で応える。

「できるだけのことをするって言ったんだよ。でも、僕はいないほうがいいかもしれないな」

「どうして?」

ローワンが新聞を折り返し、地元記事の見出しをサムに見せた。〝レポーター、取材の行きすぎか? ベス・ベラミーの事件は事故? 犯罪?〟

サムは彼から新聞を受け取った。記事はローワンのものだった。ベスがいたら喜んだことだろう。ローワンの過去がほじくり返されている。隣人の失踪も報じられている。記事の締めくくりはこうだった。〝連続殺人犯《シリアルキラー》の仕業か? 女性たちはいつまで犠牲になるのか。犯人はだれなのか?〟 はっきりとは書かれていないが、〝殺人犯はローワン・ディロンなのか〟と暗にほのめかしてある。

「こんなひどい――」サムが言いかけた。

「べつにいいさ。僕を疑ったのはきみだけじゃないってことだ」疲れたような声で、どこか苦々しげにローワンは言った。「しばらくうちに帰ってくるよ――明日の練習をしに。ずいぶん長いこと人前で演奏してないからな。ローラ、きみはここにいてくれ。銃を手放さないように」

ローワンは裏から帰っていった。サムはそれを見ていた。

「あーあ、だから言わんこっちゃない」ローラが言った。

サムがぱっと振り返る。「ローラ、あなたはいつでも私の味方だと思ってたのに」

「あら、味方だわよ。ばか言わないで。ほら、行ったら」

サムはにこっと笑い、ローワンを追って出ていった。マーニーの庭を突っ切り――茂みと警察のテープ囲いをまわって――ローワンの家に来る。彼のギターが聞こえた。一心不乱に弾いている。珍しく気が向いたのか――ジミ・ヘンドリックスのフレーズだ。

サムはプールサイドを通り、地下のドアまで歩いていった。鍵はかかっていなかったので、そのまま入る。ローワンはサムが来たのに気づいていたが、知らんふりをしていた。

サムはドラムのところに行った。指がうずいている。スティックを手に取り、腰を下ろした。バスをたたいてみて、さらにスネアドラムを試す。

それから、自分の腕前を。

ドラマーの役割というのは、リズムをとることだ。いちおうドラマーと名のつく人間なら、だれでもリズムはとれる。あとはスタイルだった。

サムがリズムをとる。そして驚くほどスムーズに、昔のスタイルも戻ってきた。

彼女はドラムが大好きだった。音も、動きも、強くたたくのも、弱くたたくのも。ドラムのたたき方は父が教えてくれた。ふいに彼女は、どうしてドラムをやめたりしたのだろうと思った。

自分で自分をこらしめていたのだろうか？

ローワンが弾く。サムがたたく。ふとローワンが手を止め、ギターを置いた。そしてサムに近づいていく。彼女はまだドラムをたたきつづけている。

どんどん激しくなる。情熱がはじける……。

サムがローワンを見た。彼のゴールドの瞳と、もったいないと言いたげな微笑みを。

「なんだ、たたけるじゃないか！」

「ずっと触りたいと思ってたわ」サムも小さな声で認めた。

「僕よりも？」

「あなたがいちばんよ。でもドラムも大好き」

「思いっきりたたくといい」ローワンはそう言った。しかし言っただけだった。彼はサムの手からスティックを取り、彼女を立たせて抱きしめた。「いいリズムには勝てないな」

「迫力あるでしょ」

「グイグイとね」

「情熱的で」

「メラメラだ！」

ローワンはサムをそっと床におろした。サムの指が彼の髪にからみつき、顔に触れる。ふたりはそのまま、ドラムのそばに作ったタオルのベッドで愛を交わした。

昼なのか夜なのか。夜なのか昼なのか。真っ暗な闇。もうどうでもいい。

彼女は目を閉じ、またひらいた。暑さ。寒さ。恐怖。焦燥。数えきれないほどの虫の咬み傷。

闇。恐怖。もうずっとここにこうしている。いいえ、だめ。じっとしていてはだめ。あいつが戻ってきたらどうするの？　どうなるの？　出口はかならずある。光はかならず見える。私には勇気がある。私は強い。私は私なんだから。かならずやれる。でもこれまで何度やってみた？　体を縛っているこのロープをさぐった。引っ張った。指から血が流れるまで。いえ、本当に流れたかどうかはわからない。こんな暗闇ではよく見えない……。

そのとき男の声が聞こえた。彼女の心臓が止まる。体が凍りつく。

「やあ、ただいま！」

この男はこんな暗闇でも目がきく。彼女のすぐそばにやってくる。こいつは私を見ていたのだ。私の考えていることがわかるのだろうか？　私がいつだって、逃げることを考えているのが？　かならず道はある、と。私は強い、と。かならず抜け出してみせる、と――そう思っていることが？

男はすぐそばに来た。彼女の頭に手をかける。そしてしゃがみ、彼女のあごに触れた。

「寂しかったかい？」

「だれがあんたなんか――」彼女が言いかける。

男は彼女をひっぱたいた。口のなかに血の味が広がる。涙がにじむ。

「ごめんなさいって謝れ」

男はすぐそばにいる。いまや隣りに座りこんでいる。これまでにされたいろいろなことが、彼女の頭をよぎる。神様、助けてください。私はそんなに強くありません。だめ、だめ、だめ。そんなことを言っちゃだめ！

「ごめんなさい！」彼女は声をしぼりだした。「ごめんなさい」

「寂しかったかい？」

「ええ、寂しかったわ。あなたがいなくて、ひとりで怖かった」

「でもいまはいるだろ」

「あなたは私を闇から守ってくれる」

「そうだ。おれが面倒を見てやる。おまえはおれの面倒を見るんだ。それでこそ成り立つってもんだ。だがもちろん、ちゃんとおれの言うことを聞かなかったらどうなるか、わかってるな？」

わかっている。

「おれの望みもわかってるな？」

「また彼女の目に涙があふれた。わかっている。なんでも言われたとおりのことをやる。どんなに死にたくても、どんな気持ちを味わわされても、どんなにひどいことをされても……

私は死なない。

しばらくして、男の笑い声が聞こえた。男の手が髪に触れる。「おまえは賢い女だ。最高に賢い」

「どうしてそんなことを言うの？」

「おまえは生きるためなら、どんなことでもやるだろう?」

「いったいなにを言ってるのか――」

「いや、わかるはずだ。おまえみたいに賢い女はそうはいない」

「いったいなにを――」

「いいや、わかるはずだ。おれは女をひとりしか生かしておけない。だがな、まわりにたくさんほかのやつもいるんだぞ。ちょっと左に寄ってみろ……」

そんなことはしたくなかった。だが仕方がなかった。

人の肌に触れる。

彼女は悲鳴を上げた。男は彼女を引き戻し、まずは笑って、それから彼女をゆさぶった。

「おまえは死にたくないんだろ? どれだけおまえが賢いか、とくと見てやろうじゃないか。女はこれからもっとやってくる。だがおれはひとりしか生かしておかない。さあ、どうなるかな? ずうっとおれの言うとおりにしてろよ」

する。絶対にする。死にたくない。涙を流しながら、彼女は頭を振った。男が髪をなでつづけている。吐き気がするようなやさしい手つきで。「なんでもおれの言うとおりにしろ。言うとおりに」そして男はまた笑い声を上げた。喜びをこらえきれないとでもいうように。

彼女はもう死にたかった。

でもそれと同じくらい、死にたくなかった。

「おまえが見える。いつだっておまえを見てる」

「わかっています」

「さあ、触れ……」
彼女はそうした。

午後遅く、サムはダウンタウンの警察本部に出向き、前の晩にベス・ベラミーに起こったことをすべて宣誓のもとに証言した。嘘などつかなかったが、不安ではあった。ベスを海から引き揚げて救急車を呼んだのはローワンだけれど、それでもベスと言い争いをしていたのは本当だから、十分怪しく見える。刑事たちはサムをけげんな目で見た。どうして女というのは男に惚《ほ》れるあまり、これほど怪しいやつでも信じようとするのだろう、と。サムはむっとし、ストリップクラブや法律事務所やリー・チャップマンのことを話した。刑事たちは、フロリダ州の適正な許可を受けてストリップクラブを所有するのは、べつに違法でもなんでもないと言った。しかし少しは気になったらしい。リー・チャップマンが堂々と外を歩いているということも、癪《しゃく》にさわっているようだ。

その日、サムはどうにも落ちつかなかった。事件がすべて明るみに出はじめたようで怖かった。うれしくはあったけれど、事態がよくなる前にさらに悪くなるのじゃないかと怖かった。ベス・ベラミーの意識が戻れば、なにか進展があるだろう。しかし彼女はもう二度も死にかけた。警察では三度目が絶対にないよう、気を引き締めてかかっている。

サムはその日不安だったが、ひとりになったことはなかった。ローワンが警察までの送り迎えもしてくれた。

サムの電話には逆探知機が取りつけられた。またあの男が電話をかけてきたら、相手を突き止めることができるかもしれない。

しかし事件のことばかり考えているわけでもなかった。サムはローラに頼まれたとおり、友人、知人に電話をかけた。ちがう男性と話すたび、その声があの〝放っておけ〟と脅迫してきた低いかすれ声ではないかと、耳を澄ましてしまう。

ロレッタには連絡がつかなかったが、留守番電話に伝言を残した。

「これからどうすればいいのかしら」サムはローワンとふたりになったときに訊いた。

「待つしかない。このまま進むしか」

「待ってるだけなんてだめよ。マーニーは危ない目に遭ってるかも――」

ローワンがサムの髪をなでた。「サム、こんなことは言いたくないけど。マーニーはもう死んでる可能性が高いよ」

「いいえ。まだ遺体が見つかってないもの。望みはあるわ」

その夜は、エイダンがバンド仲間を連れてやってきた。彼らはローワンの記事など気にしておらず、やはりローワンの手を借りたいということだった。

かえってローワンのほうが気にしたが、断ることはせずにエイダンたちと練習した。曲によってはサムまで入った。ローラは喜んでいた。「ほら、私たちの――サムと私のおじいさんはすばらしい演奏家だったでしょう。ヨーロッパじゅうをまわって演奏して。音楽の才能って遺伝するのね」

「じゃあ母さんはどうしちゃったのさ」エイダンがからかう。

しかしローラは肩をすくめてやりすごした。「ときどき遺伝子がすっ飛ばされちゃう人間もいるのよ」と笑う。

彼らはローワンの家のパティオでバーベキューをし、バンドの青年たちは遅くまで残った。テディもやってきて演奏を聴き、ほめちぎった。沼で見つかったべつの骨の身元は、まだわかっていない。ダイバーたちは、今日も明日も潜るということだった。

「コールの失踪が殺人事件だったとわかったからには、全部さかのぼって調べなきゃならん」

「あなた、捜査主任になったの？」ローラがテディに訊いた。

「いや、まだロルフのヤマだ」テディが答える。「だがおれも捜査に参加することを認められてるんでね」

「へえ？」サムが言った。彼女はそのとき、ローワンがテディを見ているのに気づいた。

「警察はまた僕を呼ぶつもりなのか？」

テディが肩をすくめる。「オルドリッジはいやな野郎だからな」

「僕を逮捕したがってるわけか？」ローワンがたずねた。

「テディ！」ローラが言う。

「いったいなんの容疑で？」サムが詰め寄った。「証拠なんかなにも――」

「おや、証拠ならあるぜ。ベス・ベラミーの殺人未遂」

「ローワン」サムが言った。「あなた、どこかに身を――」

「いや、僕は明日ココナット・グローヴに行くよ」ローワンはためらいもなく言った。「警察が僕を逮捕したいっていっても――ケヴィンがいる。サムはケヴィンを呼んであるんだろ。

彼は一流の弁護士だ。ほかにどんなことをしていようとな」

　パーティ気分はこわれてしまった。バンドの青年も、ひとり、またひとりと帰りはじめた。テディとローラはいっしょに帰った。ふたりいっしょの姿を見るのは、サムにはうれしい。ローワンがまたドラムをたたきはじめた。彼のドラムの腕はサムより上だ。だが彼は生まれながらのミュージシャンなのだから、それも当然だ。彼はいま怒っている。

　今度はサムがいたわる番だった。サムは彼のところに行き、ドラムスティックを取った。

「心配しないで」

　ローワンが首を振る。「逮捕されるのなんか怖くない。初めてでもないんだ。それに捕まったって、すぐに釈放されるさ。無実なんだから」

「もしベスが死んだら……」

「でも死なかったら、犯人の顔を覚えているかもしれない」

「大丈夫、回復するわよ」

「ああ、するとも」ローワンはそう言った。気休めなどでないことはサムにもわかった。

「じゃあ……どうしてそんなに……気をはりつめてるの？」

「きみだ」

「私？」

「きみが心配なんだ」

　そう言われてサムは背筋が寒くなったが、彼にはそれを見せなかった。「私の心配なんかいいのよ」

「きみはマーニーを見つけようとしている。いろいろ探りまわっている。それで事件が動いてるんだ。いいか、頼むから僕の言うことをきいてくれ――もうあれこれ探るのはやめろ。僕のそばにいるんだ。片時も離れないでくれ。わかったかい？」

「ええ、もちろん」

「僕のそばを離れちゃだめだ――どんなにマーニーを見つけたくても」

「わかったわ」サムは微笑み、手のひらでローワンの頬をなでた。「私もすてきなリズムは大好きよ」とそっとささやく。

やっとローワンに笑顔が戻った。彼は立ち上がってサムを抱きしめた。

深夜、サムの家の電話が鳴った。ローワンが目を覚まし、腕時計を見る。午前三時だ。

彼は跳ね起きると、タオルをつかんで腰に巻いた。留守番電話のところに走り、また殺人犯なのだろうかと思いながら待つ。

だが、自分の名前がテディの声で響いたのでびっくりした。「ローワン？　おい、ローワン。そこにいたら出てくれ。頼むから出てくれ。おい、サム、これを聞いたらローワンに電話するよう言ってくれ。いつでもいい。大事な話なんだ。だ――」

ローワンが受話器を取った。「テディ、おれだ」

「留守番電話じゃないのか？」

「ああ」

「サムにこんな話を聞かせていいものかどうか……あんたにも言っていいのかどうかわから

んのだが……」

「なんだよ、テディ、そっちから電話しといて」

「ああ、そうだな……いや、電話会社がマジで逆探知をしたんだ。そしたら、マーニーが消えたあとサムの家にかかってきた電話のうち、二回が——マーニーの携帯電話からだった」

ローワンは血管に氷水が流れたような気がした。犯人がサムを狙っている。サムを恐れている。彼女が危険にさらされている。

「テディ、なにか手を打たなくちゃだめだ」

「ああ、うちの署内の精神科医が言ってるんだが、こういうタイプの犯人は最初はゆっくり犯罪を犯していくものらしい。あっちでひとり、こっちでひとりって具合にな。だが……最後はコントロールがきかなくなって、そしてうっかりぼろを出す」

「そいつはありがたい」

テディがそこで言いづらそうにした。「だれが犯人かはわからんが——そいつはすでにぼろを出してる」

「え？」

「マーニーの携帯電話が見つかった。昨夜のことだ。刑事のひとりが拾ったんだ」

「どこで？」

「あんたの家の庭」

ローワンは大きく息を吸いこんだ。「ってことは……」

「あんたに忠告しときたかった——知らせておいたほうがいいと思って」

「逮捕状はもう出たのか?」

「まだだ。だがもうすぐ出るだろう。刑事があんたを見張ることになる」

「ありがとう」

「どうせサムも知ることになるだろうが——」

「明日の朝いちばんに、おれから話すよ」


真夜中。男が小さなボートを湾に浮かべている。車は南に置いてきた。そういうものはかならず南に置いてある。遠ざけてある。なぜならおれは頭がいいから。

だがじょじょに手に負えなくなってきた。慎重にならなければいけない。よくない兆候だ。以前はもっと辛抱強かった。じっと待った。じっくり女を選んだ。そして手もとに置いておいた。そして奉仕させた。もう奉仕できなくなるまで。そしてそのあとは……。

だがもう女を置いてはおかない。

そろそろ……

家のなかが狭苦しくなってきた。まるでハーレムだ——と男は愉快に考えた。だがそれでは危険だ。危険すぎる。

しかしどうでもいい。

おれはサムがほしい。今度は彼女だ。人間など簡単にいなくなる。何年も行方不明になれば、まわりのやつらも結局あきらめる。おれは頭がいい。穴も隙もない。まわりの人間をはめてやって、混乱してるのを楽しむことさえできる。

だがとにかく、今度はサムだ……。

きみが見えるよ、サマンサ！　おれにはきみが見える。

きみがほしい……。

男は目をつぶり、思い浮かべた。今夜、男は彼女を見ていた。いや、ふたりを見ていた。

あのふたりはまだ気づいていない。男がローワンの庭に携帯電話を落としてきたことを。

もうすぐ警察がローワンを捕まえにやってくる。かわいそうなサム。彼女はひとりになる。

そこでおれの出番だ。

愛。いや、情熱に溺れて、あのふたりは無防備になった。ドラムセットの後ろだったが、
ちゃんと見えた。

いまでも彼女の姿が目に浮かぶ……。

服を脱ぐ彼女。

その前にあいつ。

あいつが彼女に触れる。ぴたりと寄り添ったまま、彼女の前にひざをつく。彼女の頭がのけぞる。背中がしなる。おれにこんな苦痛を味わわせて。くそっ、彼女の声が聞こえるようだ。彼女の匂いも、感触も……。

もうすぐだ。

もうすぐ。

きみが見えるよ、サマンサ。

ああ、もうすぐ……

きみを手に入れる。

いや、やっぱりだめだ、それは危険だ。危険すぎる。だが……危険もゲームのうちだ。

おれはすばやい。おれがへまをするはずがない！

ぼろを出すことなどない。

男はじりじりしながら座っていた。苦痛をこらえて見ていた。歯をくいしばって。

明日。ローワンが逮捕される前だ。そうすればいままでのことも……これから起こることも、おれが疑われることはない。

23

エイダンは客の入りを心配していた。しかし要らぬ心配だった。サムが知り合い全員に声をかけてくれたが、それも必要なかった。日曜日は上天気。食品会社とラジオ局が主催したコンサートは、名もない一番手のバンドが演奏をはじめたときから人でいっぱいだった。

ケヴィン・マディガンがショートパンツと野球帽という格好をしているのは、なんとも見慣れない光景だった。だがキュートだ。

「じつはロレッタを誘いたかったんだけどね」バンドのメンバーたちが機材をおろしているそばで、ケヴィンがサムに言った。「連絡が取れなかった」

「私も昨日電話したのよ。そういえば返事をもらってないわ」

「週末で出かけたのかもな」ケヴィンがサムを見る。「彼女がアルバイトをしてるのは知ってるだろう」

「アルバイト？　クラブの仕事のこと？」

「ああ、いや、それとはまたべつのやつだ」ケヴィンは含みのある笑みを浮かべてサムを見やった。「聞いてない？」

「ええ、どんな仕事なの、ケヴィン？」

「パーティさ。プライベートパーティ。独身男のパーティとか、バースデーパーティとか」

「そんな、ケヴィン――」

「僕がやらせてるわけじゃないよ、サム。それにはまったくタッチしていない。まあ僕もいいかげん口や態度が悪いときがあるけど……ロレッタがどういう方法でこづかい稼ぎをしてようが、まったく関係してない。それは誓ってもいい。なにか飲む？　ソーダとかビールとか」

「けっこうよ」サムはそう言い、しぶしぶつけくわえた。「ありがとう」

「あ、リー・チャップマンがすぐ後ろにいる。きみが電話して誘ったのかい？」ケヴィンが訊いた。

そんなことを訊かれるとは、サムには信じられなかった。ローワンがチャップマンに気づいていなければいいのだが。

「ああ、でも」ケヴィンが口をひらく。「僕が言ったのかもしれないな。だってきみ、集められるだけの人間を集めなくちゃって言ってただろう」

「私は〝人間〟って言ったと思うけど」サムがぼそりとつぶやいた。

しかしそのときにはもう、チャップマンがふたりのところまで来ていた。「やあ、こんにちは」

サムはぎこちなく会釈した。

「マーニーの秘書のロレッタに会ったかい？」ケヴィンがチャップマンに訊いた。

「いいや。ここ二、三日は会ってない。金曜の夜に働いてたのは知ってるが」チャップマンが言った。

「ちょっと失礼。あのでかいアンプを運ぶのを、僕も手伝ってこよう」ケヴィンはそう言い、そちらに行った。

サムはリー・チャップマンを見た。彼がにこりと笑う。ああ、ローワンはどこにいるのだろう？

「あんたはおれが嫌いみたいだな？」チャップマンがたずねた。

「ええ、そうよ」サムは正直に答えた。

チャップマンがははと笑う。「まあ仕方ないか。それなりに理由があるんだろうな。しかしもう一度言っとくが、おれは女たちが死んでる事件には関係ない。女は好きなんでね。どれくらい好きかっていうと、一回にひとりじゃ足りないくらいだ。だがあんたの友だちのマーニー・ニューキャッスルについては——いてもらわないと困るんだ」

嘘はついていないという感じがして、サムは目を見はった。たしかにチャップマンのことは嫌いだ。これからも絶対に好きにはなれないだろう。しかし、なぜか信じることができた。

これほどあっけらかんと悪人づらをされると、疑いようがない。

「ロレッタが金曜の夜に働いていたことを、どうして知ってるの？」サムは訊いた。

チャップマンはしばらく、相手の胸の内を探るかのようにサムを見すえた。まだ笑っているような顔をしている。「それは、おれがストリップクラブのオーナーだからだ。それにおれ自身がスケジュールを組むこともある。金曜は別口があるとロレッタに聞いてたんでね」

「まあ、それじゃあ、その仕事が週末まで伸びたのかも——」

「それはない」

「どうしてわかるの？」

「ふん、彼女はストリッパーだ――気に入った男がいれば、そっちのほうの商売もする。おっと、だからってあらぬ疑いをかけないでくれよ。おれはポン引きじゃない。そっちは関係ない。おれは合法的にクラブを所有してるだけだ。人殺しじゃなくて、ただの資本家さ。金曜の夜に、ロレッタのパーティについては連絡を受けてる。かなり立派に仕事をこなしたあと、そこを出たそうだ」

「その別口のアルバイトを仕切ってるのはだれなの？」

「知らないのか？」

「ええ！」

チャップマンは肩をすくめた。「おれの口からは言えないな」

「警察には言わなくちゃならないわよ！」

チャップマンが笑う。「なら、おれを逮捕させることだ、ミス・ミラー。あんたが金もうけに興味がないのは残念だな――クラブに入るならいつでも歓迎するぜ。それじゃあ、そろそろ失礼するよ」

サムはチャップマンの後ろ姿を見送りながら歯ぎしりし、彼の言ったことをすべてテディに話さなくてはと思った。そう、今夜。これが終わって、みんながここから出たら。ローワンにも話をしなくちゃいけない。でもいまここで話すわけにはいかなかった。今日の彼はすでにかなり気が立っている。とにかく今日一日をぶじに終わらせるのが先だ。

別口のアルバイト……。

もしだれかがそのアルバイトを取り仕切っているのなら、おそらく女性たちが失踪したのはそのアルバイトのせいじゃないだろうか。

チャップマンは、サムになにも言おうとしなかった。からかうような笑みを浮かべたまま行ってしまった。まだ背筋の寒気もおさまらずにいたとき、サムはフィルに腕をさわられて飛び上がりそうになった。むりやり笑顔を作ってみせる。

改築業者として、工事の現場にも出ているフィル。今日の彼はタンクトップ姿で、刺青《いれずみ》のほとんどを見せつけていた。なかなかの男っぷりだ。よく鍛えた筋肉に、気どった男くさい笑顔。かなり早い時間からビールを飲んでいるのか、やけに陽気で、サムが戸惑うほどたくさんの男友だちを紹介しようとした。

しかしその紹介が始まるころには、ローワンがエイダンとその仲間の手伝いを終えていた。ローワンが糊のようにくっついていてくれたので、サムはほっとした。

さいわいローワンは、サムがリー・チャップマンと話していたことには気づいていない。建築現場で働く男たちはみな大きかった。けれどローワンもかなりの長身なので、男たちもうかつに手は出せないと思ったらしい。たぶんそのとおりだろう。

サムはストリップクラブにいた用心棒を思い出した。

ああ、やはりローワンに心配は無用だ。

ジョーも来てくれていた。ジムのクライアントをたくさん引き連れ、人混みを整理している。ミスター・デイリーの姿まであった。テディは大勢の刑事といっしょで、彼らのうちの何人かはローワンを油断なく見張っている。

サムは怖くなった。本気で怖くなった。その日の朝、テディから忠告の電話があったとローワンから聞かされた。彼女のところに犯人から電話があったことは、まちがいないという。

しかも犯人は、マーニーの携帯電話を使ったのだ。

そしてその携帯が、ローワンの庭で見つかった。明らかに、彼を犯人に仕立てようとする偽装工作だ。その点はいい。しかし警察からは、これだけの大騒ぎになったためにローワンが単にぼろを出しただけだと見られる可能性もあった。

ローワンがサムの手を握りしめ、あたりを見まわした。すばらしい春の一日だ。気温は二十度を超えている。このひらけた公園のまわりには緑が青々と茂り、ブーゲンビリアも咲き乱れていた。ここからは海とマリーナも見える。空は澄みわたり、海が陽射しを受けてきらめいている。ボートまでが音楽に合わせて小さくゆれ、ダンスをしているように思える。

「オルドリッジは、部下にかならず僕を捕まえろと言ってるらしい。みんなその機会を狙ってるんだろうな」

「ねえ、私たちは帰ったほうが――」

「いや、それはできない。でももし僕が捕まったら、きみは僕が釈放されるまでローラといっしょにいてくれ。いいね？」

「それはいいけど――」

「やあ！」

ハリー・ラカータがグレゴリーと妻のアンを連れ、こちらに手を振っていた。サムとローワンも手を振り返す。すると突然、グレゴリーが両親から離れた。そしてローワンのところに来て、ローワンに抱きついた。顔を上げることはなかったが、次はサムのところに来て抱きついた。サムが彼のやわらかい髪を後ろになでてやる。本当にかわいい子だ。

「ああ、よかった！」ハリーが言った。「サム、うちの子をきみたちといっしょに前に連れていってくれないかね？」

アンが笑い、こう言い添えた。「ハリーも私ももう年で。でもグレゴリーは音楽が大好きだから――」

「ええ、いいですとも」サムは承知した。「じつはローワンも演奏に加わるんですよ――」

「それにサムも」

「まあ、サム！」アンがうれしそうに言う。

「いいえ、私は今日は遠慮します。また今度の機会にでも」サムはローワンを見つめた。「ほら、エイダンがステージの端に立ってるわ。きっとあなたを探してるのよ」

ローワンが目の上に手をかざして陽射しをさえぎり、それからサングラスをかけた。「ああ、そうみたいだ。じゃあきみは――」

「グレゴリーといっしょに、すぐ前に行くわ」サムが約束する。だがローワンは聞いていなかった。彼は野外ステージの向こうを見ていた。

「どうしたの？」サムが声をひそめて訊いた。

「ほら――セイヤーだ。セイヤー・ニューキャッスル。きっと来るだろうと思ってたんだ。エイダンが演奏するときはいつも来るみたいだから。早くテディを呼んでこないと。いや、ほかの刑事のほうがいいか」

「どうしてテディじゃだめなの？」

テディがなにか事件に関わりがあると、彼は考えているのだろうか？

「いや、べつに――テディはいま見当たらないから」ローワンが言った。嘘をついてるのかしら、とサムは思う。

サムは歯をぐっと噛みしめた。セイヤーはかなり離れたところにいる。のんびりくつろいでいる様子だ。警察に追われていると思っていたら、まさかここには来ないだろう。

「急いで」サムの口調はどこかよそよそしかった。「バンドのみんなの期待を裏切っちゃいけないわ」

「野外ステージの真ん前に、刑事がひとりいるな」ローワンはそう言い、そちらに向かった。

「彼に言おう。きみもついてきて！」厳しい声で言い添える。

「わかったわ」サムがぼそりと言い、すぐにこうつけくわえた。「ここには何百人も人がいるのよ。これ以上安全なところなんてないわ」

「サム、もしはぐれたら、コンサートのあと〈ボーダーズ〉で会いましょう。いい？」アン・ラカータが言った。

「ええ、わかったわ」サムは夫妻に約束した。コンサートが終わるころには、野外ステージのまわりはごった返しているだろう。本屋《ボーダーズ》の近くなら、少しは静かで人も少ないかもしれない。

サムはグレゴリーの手をとり、人混みのなかを進みはじめた。

十八歳くらいの短髪、上半身裸の青年が、サムに笑いかけて大声で言った。「すいません、その子といっしょに後ろに下がってもらえますか！　ステージ前のこのへんは、踊り場《モッシュピット》になるでしょうから」

ああ、そうか、モッシュピット。エイダンのやる音楽はけっこうハードだから。若い子たちは互いに〝もみあって踊る《モッシュ》〟のが好きなのだ。かなり危ないことになる。サムは、自分の青春時代にそういうことが流行《はや》っていなくてよかったと思った。

「ありがとう！　グレゴリー、少し後ろに下がりましょうね」

移動するのもひと苦労だ。人が押し合いへし合いしている。

サムはなんとか場所を見つけた。だがふと気づくと、目の前に若者がいた。上半身裸で、背中には一面、刺青が入っている。同じ柄の絵――裸の女の絵ばかりが一ダースほど、背骨にそって彫られていた。脚を広げて座っている裸の女は、若者が筋肉を動かすたびに脚をさらに広げる。

「だめ、グレゴリー。ここもあなたにはよくないわ」サムはぼそぼそ言い、さらに後ろに下がりはじめた。しかしそのときふと立ち止まり、人混みの先を見て息を呑んだ。

刑事たちがセイヤー・ニューキャッスルのところに行っていた。話を聞いていたセイヤーが――激しく抵抗する。刑事のひとりが彼の両腕をつかんだ。

セイヤーは頭を振り、助けを求めるかのように人混みに目をやった。彼の目とサムの目が合う。彼は途方に暮れ、深く傷ついたような顔をしていた。一瞬、彼は刑事を振りきって逃げるのではないかと思えた。

サムはなんとも言えない気分になった。大人が子どもを罰しているような気分。でも彼は、コール・ローウェンシュタインを殺したかもしれないのよ。殺して沼に捨て、恐ろしい肉食獣の餌にしたかもしれないのよ。サムはそう自分に言い聞かせた。

あの絵！　あの絵を忘れちゃいけない。

しかしそれでも、なにかちがうような気がした。

セイヤーが肩をがくりと落とし、刑事に連行されるのをサムは見ていた。なぜだか彼は無実のような気がしてならない。どんなに証拠がそろっていたとしても。

でもセイヤーでなければ、いったいだれなのだろう？

ローワンも、刑事がセイヤー・ニューキャッスルを公園から連行していくのを見ていた。そしてギターをチューニングし、準備を整えた。安心していいはずだった。セイヤーの絵にはぞっとした。あれはあまりにも生々しかった。あれは絶対にコールだ。ブレスレットを見つけたのは、ほかならぬローワン自身だ。あのブレスレットが、絵にはっきりと描いてあったじゃないか……。

しかしローワンの気は休まらなかった。なにか釈然としないものがある。おそらく警察もそんなふうに感じるだろう。そして考えなおすのじゃないだろうか。犯人はマーニーの携帯電話を使って電話をかけてきた。その携帯が、ローワンの家の庭で見つかった。

あの日、ランチの時間にマーニーから携帯電話を手に入れることができた人間は、何人もいる——もちろん、セイヤーも含めて。

何人もの人間が、あの携帯電話を手に入れることができた。そこまではいい。

そして先週、それを使ってサムに電話をかけてきた。

そうだ、手に入れることができた人間は何人もいる。

だが、それを彼の庭に置くことができた人間は、いったいどれだけいるだろう。


なんだこれは、めちゃくちゃ混んでいる！　これは危険だ……。

いや、これだけ混んでいるからこそ、だれにもなにもわからない。それにこの音！　最初のバンドは演奏し終わった。いまはエイダンのバンドが演奏している。ラジオのアナウンサーが、かの有名な〝ブラック・ホーク〟のローワン・ディロンが競演します！　とがなりたてた。客がわあっと沸く。

ああ、これは危険だ！　だからこそ興奮する。ぞくぞくする。こんなに挑みがいを感じるのは初めてだ。音楽がすばらしい。ズンズン響く。

この大観衆。

男は微笑んだ。

ここに溶けこめ。溶けこむんだ！

ああ、あそこに彼女がいる。あのガキもいっしょだ！　くそっ、あの頭のおかしなガキ。

あいつは見ていた。知っているんだ。だがあいつは頭がいかれてる……。

サム。やわらかく体を包みこむジーンズにスニーカー。おろした髪がきれいだ。ナチュラルな美しさを持つ女。ニットのホルターネックの服を着ている。形のきれいな背中が引き立つ。彼女の動きに合わせてするすると動く……。

サムは必死で生きようとするだろうか？　おれの理想どおりの女になるだろうか？　ああ、早く知りたい。とにかく彼女を誘いこんで……。

いきなり音楽が大きくなった。聴衆が大歓声を上げる。耳が割れるような大音量……。

これだけの人間がいる。だが男はサムしか見ていなかった。

サムと、グレゴリーしか。

突然、グレゴリーが男を見た。そして悲鳴を上げた。

男は凍りつき、さっと身をかがめ、人混みのなかを進みはじめた。いまだ！　いまがチャンスだ！　あのガキが手を放した。いましかない……。

あのガキが、パニックを起こしてサムから離れた。

そして走り出した。

サムは一瞬、動かなかった。ぽかんとしていた。しかしすぐにグレゴリーのあとを追った。

男の心臓が激しく打っている。だが彼は笑い出した。ふたりは狙いどおりの方向に走っている。ボートのほうへ。公園を出て、通りを渡り、ボートのほうへ行ってくれる。彼は準備をしておいた。シャツのポケットに忍ばせたクロロフォルムを探る。

あとはタイミングさえ計ればいい。おれの笑顔。おれの思いやり。おれの笑顔と思いやりを、サムは疑いもしない……。

ふたりを追いながら、男はくり返していた。いましかない！　さあ、追いかけろ。走れ、走れ、走れ……。

ローワンは頭のなかで記憶をめぐらした。おとといの金曜の夜。ベスが来て、言い争いになって、そのあと彼女は海で見つかった。あのときサムといっしょにいた男を思い出す。彼女が信用している男。サムはあの男を頼りにしていた。だがあいつはずっといたんだ。あいつにはチャンスがあった。ベスを襲うチャンスが。そして——そのあとふたたび現れた。心配するような顔をして。力になるようなふりをして……やさしげな、思いやりのある保護者づらをして。

なんてこった。いま人混みの向こうに見えた。グレゴリーがサムから離れた。走っている。そして……人殺しも。

なんであいつだとわからなかった。あいつが急にサムのところへ行く。サムに手を差しのべ、言葉をかけて、また手を貸すようなふりをして……。

だめだ、サム！

だが彼女は微笑んだ。喜んであいつの手を借りようとしている。

ローワンはあせった。サムのところへ行かなければ。

「グレゴリー！」

こんなにおびえたグレゴリーは初めてだった。サムの声はちゃんと聞こえている。サムだとわかってもいる。しかしグレゴリーはサムを見て、その後ろを見て、また走り出した。

「サム！」

サムが振り返る。ああ、よかった！　応援が来た。

「グレゴリーがおびえて、人混みを走っていってしまったの。いったい全体、どうしちゃったのか」

サムはとっくに、まわりの人に〝すみません〟と言うのをやめていた。いまは助っ人も来た。ふたりでぐいぐい人混みをかきわけて進む。グレゴリーはまだふたりの前にいる。

グレゴリーがするりと道路に出た。

サムは悲鳴を上げた。車に轢《ひ》かれるかもしれない！　しかし道路はコンサートのために通行止めになっていた。だがグレゴリーは止まらない。埠頭のほうに全速力で駆けていく。

「待って！」

サムも全速力で追った。ひとりで。応援の男は遅れている。まったくグレゴリーは速い。どんどん、どんどん速くなって……。

大丈夫、あの子は泳げるわ、とサムは自分に言い聞かせた。グレゴリーは道路をそれ、草の上を走っていった。ひとつめの埠頭を、ボートのほうへ向かっている。

埠頭の端で、グレゴリーは止まった。

よかった。サムは心臓発作を起こすかもしれないと思ったところだった。息も満足にできない。止まらずにいられなかった。ひざに両手をつき、ぜいぜい息を切らす。天を仰いで髪を後ろにやり、グレゴリーを見て頭を振った。

「グレゴリー――」

グレゴリーが指をさす。

そしてまた悲鳴を上げはじめた。

けげんに思って、サムが振り返る。

助っ人がそこにいた。彼女のすぐ後ろで、やはり息を切らして。

「ねえ!」サムが声をかけた。「やっとあの子を追いつめたわ。どうしてあんなにおびえてるのか、わからないけど」そう言った彼女は、眉をひそめて後ずさった。助っ人が自分のほうに向かってきたからだ。グレゴリーはまだ悲鳴を上げている。その声がどんどん大きくなる……。

しかしだれにも聞こえない。

何千人も人がいるのに。

だれひとり聞いていない。

「サム、顔が汚れてる」

「えっ?」

「ハンカチがいるな」

男がハンカチを持っている。

「いや!」

だが男はそのまま近づいてくる。ハンカチを持って。ハンカチの臭いがサムの鼻をつく。

サムがはっとする……。

「いや!」

よろけながら身をかわした。なにかが聞こえる。私の名前? ローワン……ああ、こっちに走ってきているのはローワンなの？

「くそっ、サム！」男が言った。「きみにけがはさせたくない。おとなしくしろ」

サムは男に目の焦点を合わせようとした。「やめて、いったい――」

男がいきなり身をかがめた。オールを手にとる。

サムが悲鳴を上げようとする。

だが、オールが彼女の側頭部に振りおろされた。サムが倒れる。薄れていく意識のなかで、グレゴリーはまだ悲鳴を上げていた……。


曲の真っ最中に、ローワンはギターをはずした。

エイダンがけげんそうな顔をして振り向く。ローワンがある名前を叫ぶ。

そして野外ステージから飛びおりた。

「おい！　ディロン、止まれ！」野外ステージ近くを警護していた刑事のひとりが叫んだ。

だが止まれるわけがない。刑事に説明している時間すら惜しい。警察はセイヤーを捕まえた。だがセイヤーは無実だ。そして警察は、まだローワンを逮捕したいと考えている。彼がいちばん疑わしいのだから。

ローワンはなんとか人混みを抜けて、公園を出た。必死であたりを見まわす。一瞬、サムを見失ったかと思った。だがグレゴリーが埠頭の端にいるのが見えた。悲鳴を上げながら指さしている。サムがいた。ぜいぜい息を切らしている。

ふたたびローワンは駆け出した。

「おい、ディロン、待て、どこにも行かせないぞ――」

「行かなきゃならないんだ。いっしょに来てくれ。少しだけ時間を――」

「だめだ。おい、逃げるんじゃない――」

制服姿の警官が、ローワンを引き戻そうとした。ローワンをむりやり引っ張って、向きを変えさせる。「おい、あんたは有名かもしれんが――」警官がしゃべりだす。

時間がない。

「すまん」ローワンは謝り、右のこぶしを振った。警官が倒れる。

ローワンはふたたび走り出した。「サム！」大声で名前を呼ぶ。彼女は埠頭の上でふらついている。まるで酔っ払っているかのように。酔っ払って……？

薬だ。

だがまだ意識は失っていない！　闘っている！

彼は男を見た。長身で、黒髪で、オールを手にしている。それが振りおろされる。

「サム！」またローワンは名前を叫んだ。

サムが倒れた。

ローワンは通りを突っ切り、草の上を走り、埠頭を駆けた。こちらに背を向けた男めがけて、全速力で走っていく。男はいま、倒れたサムの上にかがみこんでいた。

「この野郎、殺してやる！」ローワンが叫んだ。

男がサムを抱いて立ち上がる。音楽とグレゴリーの悲鳴のおかげで、まだローワンには気づいていない。男はしっかりとサムを抱いたまま埠頭から飛びおり、小さなキャビンのついたかなり大きめのモーターボートに乗りこんだ。

グレゴリーはまだ悲鳴を上げている。指さしている。ローワンは狂ったように走りつづけた。

サムを襲った男が、キャビンのなかに消えた。

そしてまた出てきた。

ローワンの知っている男だ。くそっ、あいつが！

男は銃を持っていた。グレゴリーに狙いを定める。「このいかれたガキが！」

「やめろ！」ローワンが叫んだ。

あともう少しだった。「走れ、グレゴリー、走れ！」だがグレゴリーは動かない。ただじっと目を見はっている。だめだ、いけない！　グレゴリーには届かない。あいつをどうにかしないと。

ローワンは埠頭からボートに跳び移り、男にタックルした。ふたりがもつれ合って倒れこむ。銃声が響いた。グレゴリーの悲鳴がしぼんでいく。

ローワンの視界がゆらぎはじめる。

くそ！

すぐにわかった。

撃たれたことが。

真っ暗な闇。目が開いているのかどうかもサムはわからなかった。あまりに濃い闇に包まれて、まったく目がきかない。

とりあえず動いてみようとした。けれど頭に激痛が走る。焼けるような、光が散ったかのような痛み。まるで頭のなかで稲妻が炸裂し、神経も心もずたずたにされたような。

あまりの激痛にまた目の前が真っ暗になり、ゆっくりと気が遠くなる。

だがそのとき、痛みがじょじょにやわらぎ、鈍い痛みへと変わっていった。サムはもう一度動こうとした。たしかにここは真っ暗だ。でも目が見えなくなったわけじゃない。ダークグレーの世界が広がってはいるものの、ぼんやりとものの形や影が見えてきた。異世界のブラックホールに落ちたわけじゃない。命を失って、地獄の闇の穴に落ちたわけでもない。

そう、私は死んでいない。

まだいまのところは。

サムは目を閉じ、こみ上げてくる吐き気を抑えようとした。ぎゅっと目をつぶり、歯をくいしばる。胃のひどいむかつきも、感じられるだけまだありがたい。

たとえそこに……

しびれるような恐怖が混じっていても。

ふたたび恐怖心に襲われたとき、まだ命あることを実感した。そう、もちろん彼女はまだ生きている。生きていなければ、これほどの痛みを感じるはずがない。思わずうめき声を上げたくなったが、そんなことはしないほうがいいと自分を抑えつけた。

おそるおそる、もう一度そっと目を開ける。やはり暗い。お墓のなかみたいに。

なんてたとえをするの、とサムは自分を叱《しか》りつけた。

そのまま目を開けてまわりを見る。手足も動かしてみた。ああ、ありがたい。手足は動かせる。それにしてもここはいったい……。

犯人に連れてこられたに決まっている！

そうだ、あたりまえだ。でもいったいどこだろう。よく考えて。頭を働かせて。感覚を取り戻して。ここに転がったまま、漫然と怖がっているわけにはいかない。そんなことをしていたら、長くは生きられないだろう。

サムは慎重につばを呑みこんでみた。のどが乾いている。一瞬、またむかつきがこみ上げる。ああ、そうだ、薬だ。それが彼のやり方なんだ！

むかつきがおさまるのをじっと待つ。待ちながら、自分が情けなくなった。真実を探らなければならなかったのに。マーニーを見つけなくてはならなかったのに。

だめ、いまそんなことを考えてはだめ。ここがどこなのかを突き止めて、逃げ出さなくちゃ。

サムは腹ばいになっていた。そっと仰向けになる。全身の筋肉という筋肉、骨という骨が痛むようだ。どうしてだろう？　思い出せない。

本当に、いったいここはどこなのだろう。まわりの臭いもなんだか変だ。腐ったような臭い。蒸し暑い夜に家を閉めきったような臭い。泥、木、土、そしてこれは……

死を思わせる臭い。

サムはまた恐怖に呑みこまれそうになった。きつく目をつぶって深く息を吸う。気をしっかり持つのよ、ここがどこか突き止めるのよ、と自分に言い聞かせる。逃げ出さなければならない。逃げなければ、どうなるかはわかっている……。

サムは動きはじめた。猛烈に自分がいまいましくなる。気をつけろとみんなに注意されたのに。犯人にまで電話で警告されたのに。〝放っておけ〟と。

だれか助けに来てくれるだろうか。ああ、もちろんローワンは来てくれる。もし来られるものなら。

まだ死んでいないのなら……。

あのとき彼の声が聞こえた。私の名を呼ぶ彼の声が。

でもそのあと銃声がした！

ああ、神様。ローワンは守ろうとしてくれたのに。警告してくれていたのに。

どうあっても生きなければ。生き延びなければ。他の人たちをこの同じ罠にはまらせるわけにはいかない。

グレゴリーはずっと知っていたんだ。犯人の顔を見ていたんだ。でもグレゴリーにはどうすることもできない。

サムは懸命に動いた。手首と足首を縛られている。ロープを口に持ってきて嚙む。唇が切れる。ののしりの言葉と祈りの言葉を交互に口にしながら、必死で結び目を嚙みきろうとする。神様はみずからを助ける者を助けてくださるのだと、心を奮い立たせる。

結び目はほどけない。ちっともほどけてくれない。ああ、どうして、どうして……涙がにじんでくる。

だめ！

あせらないで。がんばるのよ。

あとどれだけの時間が残されているのだろう？

お願い、神様、お願いです。どうしても死にたくない。もう決してつまらないことで泣き言は言いません。だから助けてください。お願いします。

ほんの少しだけ、結び目がゆるんだ。たぶん彼は騒ぎに気を取られて、あわてて結んだのだろう。

ゆっくり……最初はゆっくり。

それから……。

粗いロープに唇がこすれ、やわらかな肉が裂けてしまう。のどがからからに乾いている。舌は風船のようにふくらんでいる気がする。ロープをほどこうと体に力を入れるたび、全身の筋肉が悲鳴を上げる。

そのとき結び目がほどけ、手首に食いこんでいたロープがようやく解けた。サムは起き上がり、足首のロープをほどいた。爪が割れる。指先にはきっと血がにじんでいる。足首が自由になった。とたん、恐怖に駆られてロープを蹴りはらう。次にサムは立とうとした。めまいがして、身動きできなくなる。ひざ立ちのままじっと耐え、めまいが薄れてくれるのを祈る。

立つのは早すぎた。

彼女は這って動きはじめた。

下の床は板張りだ。

古い板。泥まみれで、泥がきつい臭いを放っている。まるで自然にできた腐葉土のような臭い。

ゆっくり動くのよ。もうあせらないで。サムは自分を戒めた。

いまは静かだ。つまり、犯人はいま近くにいないのかもしれない。ここがどこかを突き止めて、逃げ出すチャンスだった。

けれどどうしても知りたい。ああ、そうだ、マーニーのことをどうしても探らずにはいられない。

サムは這った。壁に当たり、逆戻りしてまた進む。そして……

人間の体らしきものに触れた。

恐怖がのどもとまでぶくぶくとこみ上げた。かろうじて悲鳴を上げるのをこらえる。

マーニーのことを探り当てただけではない。サムはマーニーそのものを探り当てていた。

マーニーだ。冷たい。どれくらい冷たい？　死んでいる？　生きている？　めちゃくちゃ冷たい。のど、手首……脈は？　生きている命の証《あかし》は？

「マーニー！」

マーニーは動かない。

恐ろしさのあまり、最初は聞こえなかった。だがようやく耳に入ってきた。音……暗闇の向こうから聞こえる音。

足音。

人殺しが帰ってきたのだ。

しかも今度は、サムのところへ……。

ローワンはぼんやりと感じていた。陽射しだ。弱い陽射し。暮れゆく太陽の光。

なんだ……

おれはまだ生きているということか。

ここはどこだ？

サムは！　サムはどこだ？　考えろ。思い出せ。力をふりしぼれ。彼女を助け出すために……。

ボートのことは覚えていた。銃で撃たれたことも。あれはグレゴリーを狙っていたはずだ。そのことではよかったと思わなければならない。

しかしサムは救えなかった。いや、おれはまだ息をしている。くそっ、かならず見つけてやる。だがあいつはどこに行った？　どうなった？　銃で撃たれて、そして意識を失った。それから……

ローワンは顔をゆがめた。痛い。だが痛みはありがたい。生きている証拠だ。だがどれくらいの傷なんだ？

そうだ、ボートだ。モーターの音は覚えている。あのあと……

あのあとおれは、引きずっていかれた。毛布をかけられ、ボートのなかに転がされた。べつのマリーナに着くと、あいつはボートを引き揚げた。そしておれはトラックの荷台に乗せられた。あいつはおれをじっと見つめ、目をひらくこともないおれにこう話しかけていた。「まだ死んでないだろ？　だがもうすぐだな。串刺しの豚みたいに血が出てるぜ。それでい い。おれもたくさんの面倒は見られないからな。おれはひとりだけいただいて、あの女はあんたといっしょに残しておいてやる。あの女があんたを撃ち、そして自殺。すばらしい筋書きだ」

犯人は力のある男だった。ローワンは担がれたときにうっすらとそれを意識した。だが痛みはすさまじい。またボートに乗せられたことはわかっていた。犯人の手口はきちんと頭に入っている。あいつはまず、ターゲットを海からつけねらう。そして、湾で使ったボートは南のマリーナから陸に引き揚げ、車でエヴァグレイズに向かい、またボートを使って水路に出る。水路と――そして台地に。

今度もそうだった。ローワンはトラックの荷台からまたボートに放りこまれた。

そしていまは……。

ローワンは目を開けた。痛い。目をつぶる。もう一度開けてみる。ああ、太陽が弱々しい。午後も遅い時間だ。もう暗くなりかけている。それに、このあたりは緑が生い茂っているから、いつでも鬱蒼《うっそう》としている。

まちがえようのない匂いが漂っていた。沼沢地の奥深くに来ていることがわかる。そこで鼻を鳴らすような音が聞こえた。豚のような。いや、ちがう……

ワニだ。

ローワンは頭をひねった。五匹ほどいる。三十メートルほど離れた台地の上で、日光浴をしていている。彼は地面に転がっていた。泥の上だ。わき腹から出る血が、泥のなかに染みこんでいっている。串刺しの豚みたいに血が出ている。そう、それがいまの彼だ。

ワニがこっちを見ている、とローワンは思った。

動くのを待っているのか？　おれが走ったら、攻撃を仕掛けようと？

じっとしていろ。走るな。傷を負っていることを悟られてはならない。いったいサムはどこにいる？

ローワンは目を細めた。くそっ、どんどん暗くなってきている。おれひとりでは、サムを探し出せそうにない……。

そのとき、茂った木々のなかに彼は見た。

ずっと奥。古ぼけて傷んだそれは、まわりの景色に完璧に溶けこんでいた。もろに目にしたとしても、気づかないくらいだろう。以前テディが話をしてくれた、〝闘う男の週末の家〟のひとつだ。ほとんどは政府の命令で取り壊されたが、この小屋はずいぶん奥に引っこんでいてうまくカモフラージュされ、だれも気づかなかったらしい。

そう、殺人犯《あいつ》以外は。

エヴァグレイズに釣りに来たときも、このあたりには来ていたはずだった。これほど近くに来ていたのに、わからなかった。おれたちはただ、死体を見つけただけ……。

だがまちがいなく、あそこに小屋がある……。

木の小屋。それがいまは、自然の植物に覆われている。

ワニに襲われる前に、あそこにたどり着けるだろうか？　また撃たれる前に行けるだろうか？　いったいやつはどこにいる？　そしてサムは？
サム……。
くそっ、彼女はあそこにいる。
立たなければ。彼女を見つけなければ。きみのためなら死ねると、おれは約束した。
たぶんいまこそ、そのときが来たのだ。

24

「サム！」

犯人がサムのところへやってきた。彼は暗闇でも目がきくのだ。サムのほうはまだよく見えない。ぼんやりと姿形はわかるが、顔はわからない。

「サム、サム、サム！　ひとりでロープがほどけたんだね」感心したように、やさしく話しかける。いままでと変わらぬ、いつものしゃべり方だ。

サムは男を知っていた。よく知っていた。だがローワンを疑ったり、セイヤーの行動を気にしたり、チャップマンが恐ろしい人殺しだと考えることにばかりかまけていた。

いや、チャップマンは本当に人を殺しているのかもしれない。

だがコール・ローウェンシュタインを殺してはいない。

殺したのはジョーだ。

ジョー・テイラー。こともあろうにサムの共同オーナー。ほとんど毎日顔を合わせている相手。背が高くて、黒髪で、すごいハンサムの――ジョー。サムはその彼に、殺人犯がいないかどうか、自分の家を見まわってもらったのだ。

ジョーはあのチャンスを有効に使った。あの晩、彼はサムを元気づけるふりをして、マーニー・ニューキャッスルの携帯電話をローワンの庭に落とした。

「ジョー」サムは彼の名を口にした。吐きそうになりながら。

「やあ、ベイビー。そうだ、おれだよ。ベイビーって呼ぶと、きみはいつも怒ってたよな？　でもここではもう事情がちがうぜ」

そう、ちがう。これほどの恐怖も、これほど荒れくるう感情も、サムはいま初めて知った。ローワン。ローワンはどこ？　まさか死——？　そんな、ああ、神様、お願いです。でもあのとき、彼の声が聞こえた。あとを追ってくる彼の声が。だからもし生きているのなら……。それにマーニーもいる。生きてるの？　死んでるの？　手を伸ばせば届くほど近くにいる……。

サムは歯をくいしばった。吐き気と、意識が飛びそうになるのを必死でこらえる。

「どういうこと？」サムはジョーに訊いた。「私がなにをしようと、あなたは私を殺すんでしょう」

「まさか、そんなことあるもんか！　だってきみはちがう。ほかの女とはちがう」

突然、ジョーはサムの前にひざをついた。彼の手が頬に触れる。サムは身をよじって逃げたくなった。

しかし、そんなことをするのは利口ではないだろう。

「ああ、いい子だ。きみは賢い子だ。本当に殺したくはないよ。ときにはやらなくちゃいけないけど。そう、女のほうがそうさせるんだ。おれはただ楽しませてやろう、もうけさせてやろうと思ってお膳立てするのに、あいつらはどうすると思う？　おれの目をかすめて立ちまわりはじめるんだ」

「お膳立てって……」

「サム、きみはほんとにかわいいな。クラブだよ。ストリップクラブ。おれも出資してるんだ。いや、それ以上か。サイドビジネスも仕切ってるからな。プライベートパーティに女たちを送りこむんだ……だがあいつらは、ときどき勝手なことをやりだす。勝手に体を売るのさ」さもけがらわしいというように、とげのある声で言う。「女たちにはお勉強をしてもらう。ここにはルールがある。おれがルールを作り、おれでさえそのルールを守っている。きみもルールに従えば、長いこと生きられるよ」

サムは歯を噛みしめ、震えを抑えようとした。そうか、こういうことか。女が思いどおりになっているあいだは、ぶじでいられる。けれど彼の作った境界線を越えたら、彼のなかでタガが外れる。ああ、なんてこと。これまでずっと精神異常者《サイコパス》と仕事をしてきたというのに、ちっとも気づかなかった。

きみはちがう、とジョーは言った。

そのとおりだ。でもやがて、サムもローワンと寝るようになった。おそらくそれは、ジョーにとっては同じことだったのだろう。

そのとき小さなうめき声が聞こえた。しびれるような恐怖を味わっていながらも、サムはふいに心が躍った。マーニーは生きている。彼女に手を差しのべたい。もう一度彼女に触れたい。どれくらいの傷を負っているのか確かめたい。助けたい。

ああ、でも、自分自身ですら救えないでいるのに。

「ジョー、マーニーはけがをしてるわ」

「マーニーには薬を打ってある。ほら、彼女を置いて出かけなきゃならないことが多いだろう。おれがいないとき、うっかりけがをするといけない。だから薬を使ったんだ。だからこそ生きていられるんだ。まあ、打ち身やあざはあるかもしれないがな。逃げ出そうとしたから。でも、いまはいい子になった」

「ジョー、お願い、本当にひどいけがかもしれない――」

「いいや、サム。そんなことはないさ。マーニーは悪い女だ。おれたちはみんな知ってる。そしてあいつみたいな女がほかにもいるんだ」サムにはジョーがはっきり見えなかったが、笑っているのは感じられた。「あいつが悪い女だってことも、おれがあいつをどう思ってるかも、いつも話してやっただろう。彼女はおれを利用できると思ってた。おれをおもちゃだと思っていた。しかも物足りないおもちゃだ。だから教えてやったのさ。おもちゃはおれではなく、おまえのほうなんだってな。ああいう女はほかにもいる。おれが少々片づけたから、もうだいぶ少なくなったが……コールもそうだ。あいつは金を手にしたら、神にでも近づいたような気になっていた。だからそうじゃないって教えてやった。でもあいつは物わかりが悪かった。何度もチャンスをやったのに」

「ジョー、マーニーを助けてあげて。彼女はしっかり勉強したと思うわ。まだ死ななくてもいいのよ」

「いいや、だめだ」

「どうして、いったい彼女になにをしたの」

「べつにそうひどいことじゃない。だが、わかるだろ。ルールがあるんだ。まあ、きみのために少し曲げなきゃならないけどな。おれは本当にきみを手にかけたくはないんだ。なのにきみはマーニーのことを放っておこうとしなかった。しかもローワンがこの街にやってきて……きみは本当にいい子だと思ったのに。前にきみがおれを拒んだとき、そう思ったんだ。なのにやっぱりいい子じゃなかった。全然だめだ。おれはきみを見ていた。それでほかの女たちと同じように、償ってもらわなきゃならないと思った」

サムは必死で冷静さを保とうとした。いま取り乱してはいけない。「ジョー、ローワンはどこなの?」

「あいつは死んだ」

「嘘……そんなはずないわ」

「少なくとも死んでてくれればいい——そのほうがあいつのためだ。おれはあいつを撃った。きみも知ってるだろ。撃つまいとしたんだ。なのに、グレゴリーを殺そうとした弾丸に自分から飛びこんできやがった。あのガキは死ぬべきだよ、サム。あのガキはおれにとって危険だ。この世界では、もっとも適した者が生き残るんだ。グレゴリーは全然だめだ。それにローワンも、死んでないとしても深手を負っている。そして弱っている。もうすぐあいつらに見つかるさ。おれのペットにな。おれみたいに強いやつらだ。陸の上で、ローワンはあいつらに引き裂かれる。あいつらは夢中で喰らいつくはずだ。人肉の味を覚えさせてやったからら」

サムは吐きそうになった。だがそんなことをしてはいられない。ローワンは撃たれたのだ。

そしてどこか近くにいる。たぶん生きている。それを信じるしかない。それにマーニーも生きている。あきらめることはできない。戦わなくちゃならない。このゲームにつきあわなくちゃ……。

ああ、でもいったいいつまで。

「ジョー、お願い、聞いてちょうだい。私はあなたを助けたいの。あなたの気持ちもよくわかる。でももう終わったのよ。あなたは見つかって――」

「そうかな？　きみが警察に話したのは、チャップマンとストリップクラブのことだろう。みんな的外れのところばかり調べるさ」

サムは言った。「ジョー、あなたはストリッパーたちをプライベートパーティに手配していたじゃない。女の子たちはみんなストリップをして――おまけにあなたの指示でプライベートパーティもやってたんでしょう？　それにグレゴリーがあなたを見ているわ」

「ストリッパーを手配した男は、電話の声でしかない。しかも公衆電話だ。郵便局の私書箱みたいなもんさ。突き止められるわけがない。それにグレゴリーのことは……あいつは阿呆だ」

「ちがう、ちがうわ！　あの子はマーニーの家でなにかが起こったことを、私たちに教えてくれたのよ」

「へえ、それで証言台に立つってわけかい」

「でもコールが見つかってるわ。それに……べつの女性の遺体の一部も。マーニーだって失踪してるし――今度は私まで！」

「これから犠牲者がもうひとりと、きみの恋人の喰い残しも見つかることになるだろうな。で、きみもこのあたりにいるんじゃないかと思われるだろう。でもそれでも、おれは大丈夫だ。ま、どうせそんなことはきみが気にすることじゃないよ、サム。これからきみは、おれのことだけを考えるんだ」

「いったいどうういうこと、犠牲者がもうひとりって」

「サム、きみにそんなことはしないさ」

「ジョー、もしマーニーを殺したら――なにも言うことをきかないわよ」

「マーニーにはもう少し時間をやってもいい。だが、ロレッタもなかなか楽しいだろうな」

サムの心臓がどくっと跳ねた。「ここにロレッタがいるの？」

「ああ、サム、あいつはここにいて当然の女なんだ。あいつのしたことを見せたかったよ。あの売女！　マーニーがすべて手ほどきしたんだ。でも……マーニーにはまだおれも愛着がある。ようくお勉強してくれたしな」

「ジョー、ねえ聞いて。私はあなたの友だちでしょう――」

「ちがうわ、ジョー、そんな――」

「ちがう。きみはおれを拒んだんだ、サム。友だちのふりをしてただけだ」

「まあいい。これから償いはしてもらう。おれを喜ばせてくれよ、サム」

「ジョー、私はそんなこと――」

「じゃあ、殺すまでだ」彼はあっさりと言った。

「ジョー、私はあなたの言うとおりにはならない」サムは気丈に話そうとするが、いまにも流れそうになっている涙のせいで声がうわずっていた。「わからないの？　私はローワンを愛しているの。昔も、いまもよ。だからあなたを拒んだの。それはわかってちょうだい。もしローワンが死んだら、もう私を傷つけることなんかできないわ。あなたにどんなことをされたって、なんとも――」

「ああ、サム、こんなことになっても、まだおきれいなんだな。でもおれがマーニーを切り刻みはじめたら、きみだって気になるんじゃないか？」楽しそうにジョーは訊いた。「そばに来い、サム」

サムはまったく動かなかった。苦渋に満ちている。

「最初のお勉強だ、サム。そばに来い。おれはでかいナイフを持ってる。わかるか？」

サムはひるんだ。わかる。ナイフの感触が。暗くて目には見えない。しかしいま、ナイフは彼女の頬に触れていた。

「そばに来い……でないと、マーニーの手を切り落とす。マーニーはすぐ近くにいるんだ。やろうと思えば簡単だ。きみに彼女の血を塗りたくってやろうか」

なにか考えずにはいられなかった。ローワンは死んだの？　そんなこと、とても信じられない。もしそうなら私も死んで……。

サムはひざ立ちになった。わずかにジョーににじり寄る。ジョーは手を伸ばし、サムを引き寄せた。彼の二の腕の力こぶが感じられる。胸の盛り上がった筋肉も。

そうだ。サムは前に、人を殺すには力がいると考えたことがあった。ジョーにはまちがいなく力がある……。

しまうのではないかとサムは思った。まさかローワンの血では？　たとえきみが外に出られても……この台地には、おれが手ずから餌付けしたワニがうようよしてる。ドーベルマンより頼りになるぜ」

「ここがどこか、わかってるんだろう、サム？

「それでいい、サム」ジョーの指がサムの頬をなでた。指から血の匂いがする。気を失って
ジョーの指がサムの髪に絡みつく。彼の唇が唇に押しつけられるのを、サムは感じた。ああ、これまで何度ジョーの頬にキスし、彼を抱きしめ、安心感を味わったことだろう。

吐いてしまうのではないかとサムは思った。

だめ。いま大事なのは、なんとか生きながらえることだ。

「口を開けろ、サム」唇を合わせたままジョーがつぶやいた。

そんなことできない……。

サムの横で、マーニーがうめいた。生きている。まだ生きている……。

ジョーのキスが激しくなった。指がサムの髪をまさぐる。彼はサムを床に押しつけていた。両手が彼女の体を這う。サムが抗《あらが》おうとする。

「だめだ、だめだ……」ジョーが警告した。

サムがおとなしくなる。

さっきのナイフはどこだろう？　彼女は床をさぐって見つけようとした。

「これを探してるのか？」

ジョーがサムの上で体を起こした。刃が見えた。サムののどのあたりに。

「ちがうわ！」絶対に死にたくないという思いが、切実に迫った。

「嘘だな。お仕置きだ……お仕置きをしなくちゃ」

「やめて!」ナイフの刃が頬に当てられ、サムは思わずささやいた。

ジョーは切るつもりだ。どんなに痛いだろう。ゆっくりと、恐怖にさいなまれながらここで死ぬのだろうか。小さく切り刻まれて、太古の肉食獣の餌になって。

「やめて……」

突然、ジョーが体を起こした。サムは凍りついたまま、なにか彼の気になることがあったのだと悟った。小屋の外でなにかがあったのだ。

「もしまた動いたら、戻ってきたときに胸を切り落とすからな!」ジョーは脅した。

彼は立ち上がり、サムを置いていった。一瞬、光が差しこみ、ドアがばたんと閉まる。ジョーはいなくなった。

〝もしまた動いたら、戻ってきたときに胸を切り落とすからな……〟

しかし動かずにはいられなかった。これがたった一度のチャンスかもしれない。

サムは向きを変え、友のところへ這い寄った。「マーニー! マーニー! サムよ。私たち――」

「サム、ああ、サムなの!」マーニーは涙声だった。「ああ、なんてこと。あいつはあなたまで……」

「マーニー、ここから逃げるのよ。縛られてる?」

「ううん……ううん……たぶん……でももうわからない」

マーニーは縛られていなかった。サムは唇をなめて湿らせた。マーニーはジョーへの恐怖がつのるあまり、命じられたとおりにしていたのだ。服もろくに着ていない。だぶだぶのシャツ一枚だけ。いったい何度、彼女はレイプされ、切りつけられ、殴られたのだろう? ほかの女性たちがもてあそばれ、切り刻まれて、台地をうろつくあの獣の餌にされたところも見たのだろうか?

「マーニー! 立つのよ。ここから逃げるのよ」そう、どうあっても逃げなくては。でもこのどこかにロレッタもいる。ジョーの言ったことからすると、彼女もまだ生きているはずだ。彼女を置いていてはいけない。

もちろん、なんとか出られたらの話だが。

「ロレッタは?」サムは声をひそめてたずねた。

「たぶん死んでると思う。前に悲鳴を聞いたから」

「マーニー。手を貸すから立ち上がって。私の力だけじゃむりだわ。なんとか努力してちょうだい」

「もう立てないわ。だめよ……」

「立つのよ、マーニー」

サムは友をかかえて立ち上がらせようとした。あと少し。

そのとき、ドアが音を立てて開いた。

くそっ。撃たれるとはなんてざまだ。ローワンは口惜しかった。弾はわき腹のどこかに残っている。かなり出血もしてしまった。

もう小屋の様子は十分うかがった。ぼろ小屋の前に古いショットガンが立てかけてある。立つんだ。立ってあのショットガンを手に入れろ。小屋のなかに入るんだ。

だが、ショットガンが空だったら？　ジョーはばかじゃない。いや、それでもまだゴルフクラブの代わりくらいにはなる。

ジョーは武器を持っている。

だったらこちらは、向こうの不意をつかなければならない。

なんとしても小屋に入らねばならなかった。ジョーはあそこに入っていった。やつはあそこに女を閉じこめているんだ……

殺すまでのあいだ。

ローワンは慎重にシャツの裾を裂き、傷口を縛った。荒い息をしながら、これ以上待てないというところまでじっと待つ。そして立ち上がった。折れた枝がそばに落ちている。一匹目のワニがこちらに向かってきたのを見て、その枝をつかんだ。ありがたい。大きな枝だ。

その動きだけで気が遠くなりそうだったが、気合いの声をふりしぼって枝を投げつけた。スコットランドのハイランド競技を思い出す。そうだ、角材投げといっしょだ。枝はワニの鼻先にがつんと当たった。ワニが後退する。

ほかのやつらは……様子をうかがっている。

ローワンは小屋を見やった。音を聞きつけられただろうか。ドアのほうに行きかけたが、開きそうな気配を感じ取った。松の木立ちにさっと身を隠す。

ジョーが出てきた。ローワンが転がっていたところに行く。血の跡を残していなければいいが、とローワンは祈った。ジョーは腰に両手を当て、しばらくその場を見つめていた。が、あたりを見まわして叫んだ。「ディロン、悪あがきはよせ。逃げられると思うな。かならずおまえをあいつらに喰わしてやる。はらわたもなにもかも。まずは両手両足だ」ジョーはこぶしを振り上げた。「かならず見つけてやる！　おまえの大事な女をものにしたあとでな。彼女はもうおれのものだ」

ジョーは返事を待った。しかしやがて悪態をつき、小屋に戻りはじめた。

サムはあのなかにいる。

生きている。

いまのところは。

ローワンはもう待てなかった。

「動くなと言っておいたはずだ」ジョーが鋭く言った。

ドアがばたんとひらき、サムはその場に凍りついた。

マーニーを立たせようとしていたサムのところへ、ジョーが向かう。彼はふたりをじろりとにらみ、サムを手の甲で張りとばした。サムがよろめく。下に倒れたとき、マーニーのくずおれる音が聞こえた。間髪入れず、ジョーがサムにのしかかる。彼は両手でナイフを握っていた。

ナイフがサムに迫る。サムは絶叫した。

「いや、ジョー、やめて！」

「おいたがすぎるぜ、サム」

「いや！」

奇跡だろうか。悲鳴を上げるサムから、ジョーが離れた。引き剝がされた。ジョーは大男だ。がっちりしていて体重もある。それがまるで羽根のように、小屋のなかを飛んだ。

サムは呆然として転がっていたが、すぐにわけがわかった。ローワンがいた。光が外から差しこんでいる。ローワンはすぐさま彼女に駆け寄ってきた。しかし血だらけだ。顔色は真っ青。足がふらつき、いまにもひざをつきそうだ。「マーニーを連れて出るんだ」ローワンが怒鳴る。「ボートがある」

「だめよ！」サムが叫んで彼に手を伸ばす。「あなたを置いては――」

「あいつが来るわ！」マーニーが半狂乱になって叫んだ。

ジョーが立とうとしていた。よろけながらも、頭を振ってバランスを取る。ローワンが倒れずにいるのは、ショットガンで支えているからだとサムは見てとった。

「撃って！」マーニーが絶叫する。

「弾が入ってない」ローワンはそう言って顔をゆがめた。歯をくいしばり、苦しそうなうめき声を上げる。なんとか立ち上がって向きを変えた。転がるように突進してきたジョーの腹に、ショットガンの床尾をめりこませる。

ジョーはまたくずおれ、痛みにうなった。

だがローワンもふらついていた。倒れそうになる。サムはもう一度彼を支えようとした。ああ、でも彼もものすごく重い。

生きるか死ぬかの瀬戸際なのよ、生きるか死ぬかの……。私には力がある。母の介護をするとき、ちゃんと力をつけたはず。それにいまだって、毎日みんなにエクササイズを指導しているじゃないの！

サムはローワンをしっかりと支えた。そしてジョーがひざをついたのを見て、力いっぱい蹴り上げた。

ローワンがどうにかこうにか体を起こし、サムと目を合わせた。「たいしたもんだ。さあ、行け！」彼はサムに背を向け、全体重をかけてジョーにのしかかった。がっちりと床に押さえつける。「長くはもたない。行って人を呼んでくるんだ。沼にボートがある！」ローワンは歯をくいしばったまま言葉を絞り出した。

「殺してやる！」ジョーが怒鳴った。「きさまなんかひとひねり――」

ローワンが彼のあごを強く殴りつけた。

「ローワン、いっしょに来て！」サムがすがる。

「だめだ。こいつがすぐに追ってくる――」

「いや……いや！」サムは言った。「あなたを置いていくなんて！」

ジョーは押さえこまれている。ローワンが押さえこんでいる。でもローワンを置いてはいけない。サムは落ちていたショットガンをつかみ、ジョーの頭に力いっぱい振り下ろした。

「気絶したわ、ほら早く！　マーニー、手伝って。ロレッタを見つけて逃げるのよ！」

ローワンは歯を嚙みしめてわき腹を押さえた。サムの手を借りて立ち上がる。「ロレッタはどこだ？　生きてるのか？」

「奥の壁際だと思うわ」マーニーが言った。

ドアが開いたいま、サムにもなかの様子が見えた。ごく簡単なつくりの小屋で、高いところにパイプが通っている。窓には板が打ちつけてある。簡易ベッドがひとつに、トランクがひとつ。収納用ボックス。水の樽《たる》。ジョーは犠牲者たちを痛めつけながらも、かつて週末に遊びに来ていた男たちのように食料やらなにやらを備え、好きなだけ女たちを生かしておけるようにしていたのだ。

そして奥の壁際に……

くずおれた体と金髪が見えた。ロレッタだ。

ローワンはサムから離れ、ロレッタのところに行った。「生きてるの？」サムが不安げに訊いた。

「なんとか」ローワンが答えた。うめき声をもらしながら、ロレッタを抱え上げる。

「ローワン、そんな体でむり――」サムが言いかける。

「行け！」

だがサムは彼のそばに駆け寄り、彼を支えた。そしていっしょになって足を踏み出す。ローワンが後ろを振り返る。「マーニー？　行けるか？」

しかしマーニーは聞いていなかった。彼女はジョーを見つめていた。

そして、下に落ちているナイフを見た。

金切り声を上げ、ナイフに手を伸ばす。

ナイフをつかむと、マーニーははじかれたように動いた。うずくまったジョーに飛びかかり、彼を突き刺しはじめた。

何度も何度も。刃が肉を、骨を、突き破る音がサムの耳に聞こえる。ぞっとするような音。

「マーニー！」ローワンが言った。ロレッタをおろしてサムに預け、マーニーのところに行く。彼女はわれを忘れていた。ローワンまで刺そうとした。腕を振りまわし、泣きじゃくっている。

「マーニー、マーニー……」

彼女がローワンの腕に倒れこむ。

「マーニー、さあ……」

そのとき、モーターの音がサムの耳に飛びこんできた。

「ああ、応援だわ！」ほっと息をつく。ありがたい。ロレッタは全裸で、氷のように冷たい。なんとか助かってくれることを祈るばかりだ。

「応援？」マーニーがささやいた。「ああ……」彼女はローワンを押しやり、傾きかけた陽射しのなかにふらふらと出ていった。あわててサムがあとを追う。

本当だった。プロペラボートがこちらに向かっている。テディ、ロルフ・ランドン、そして制服姿の警官がふたり乗っている。

それからグレゴリーも。グレゴリーこそジョーとサムを見て悲鳴を上げ、指さして知らせてくれた当人だ。

サムは彼に向かって駆け出した。

「サム、ワニが！」テディが叫んだ。

遅かった。サムは浅瀬に飛びこみ、腰まで水につかっていた。だがどのワニよりも動きが速かった。テディにプロペラボートに引っ張り上げられたとたん、彼女はグレゴリーを抱き寄せた。そしてそのまま、長いこと抱きしめていた。騒然とした雰囲気のなかで、大声が飛び交う。警察が他の人間もボートに乗せている。サムはそれをぼんやりと聞いていた。やがてローワンがそばに来た。両手でふたりを抱きかかえる。グレゴリーが彼に体をあずける。グレゴリーは震えていた。ローワンがなだめてやる。それでようやく落ちついたが、彼はふたりのそばを離れようとしなかった。

サムとローワンは、ジョー・テイラーの遺体が運ばれていくのを見守った。さすがにワニの餌として置いていかれるようなことはない。そこはやはりテディも刑事なのだ。

「どうしてここがわかったの？」サムがテディにたずねた。

「そりゃ自然にぴんときたさ。ローワンがエイダンに、大声でジョーの名前を言った。それでエイダンがおれを呼んで……すぐにあとを追ってきたってわけだが、まあ場所が場所だ。沼地は大変だぜ。水路のちょっとした曲がりも、この小屋も……グレゴリーがいなかったら見つけられなかった。こいつは最高に頭のいい阿呆だよ」

「阿呆ですって！　テディ、この子は天才よ！」

マーニーがボートに乗っていた。切り傷とあざと虫の咬み傷だらけになり、指は血まみれで、服もろくにまとっていない。それでもかまわず、彼女はグレゴリーに手を伸ばして抱き寄せた。口ではあいかわらず強がりを言っていたが、すぐに涙でのどを詰まらせた。しゃくりあげながら、グレゴリーを抱きしめる。「あんたは命の恩人ね！」

グレゴリーがじっと彼女を見つめ、「マーニー」と言った。はっきりと、大きな声で。

グレゴリーは知っていたのだ。彼には初めからわかっていた。最初からずっと、彼はマーニーのために闘っていた。

ただまわりの大人たちが、聞く耳を持たなかっただけなのだ。

二日後の夜、サムの家に一同が集まった。ローワンのわき腹の銃弾も取り除かれていた。彼は一晩、入院させられ、サムが付き添った。なにがあろうと、彼女は片時も彼のそばを離れようとしなかった。少なくとも長い時間は。

マーニーには体温の低下、虫の咬み傷、脱水症状などがみられた。しかし彼女は、二十四時間以上は病院にとどまろうとしなかった。ロレッタのほうはあと数日は入院しなくてはならない。脱水症状がひどく、肋骨も何本か折れていた。ジョーについては、どうやらプライベートパーティの仕事を世話した女性が男の誘いを受けると、精神のタガがはずれて歯止めがきかなくなったという話だった。ロレッタの場合は、絶好の機会をじっくり狙っていたというわけだ。

関係者はみな事情聴取を受け、そのとき警察からも見返りに情報を明かされた。それぞれの知っていることをまとめ合わせた結果、事件の全容が明らかになった。

しかしそれも今夜で終わった。

テディはローラといっしょだった。ふたりはもとの鞘《さや》におさまったわけではないが、友情は育ちつつあるようだ。ふたりにとって、いまのところはそれがいちばん大切なことだろう。とにかくローラはサムにそう言った。けれどローラは、過去は水に流したとも言った。テディはまた何度か家に泊まり、それがなかなか楽しかったらしい。

エイダンもいた。ニューヨークから帰ったばかりのレイシーもいた。そして彼女の隣りには、警察から解放されたセイヤーがいた。彼はレイシーに腕をまわしている。そのレイシーは、帰ってきたときにすべてが丸くおさまったとわかって、幸せいっぱいだった。ニューヨーク旅行もすばらしかったが、セイヤーのおかげで人生が大きく変わったと彼女は言った。秘密のアルバイトのこともサムに打ち明けた。話を聞いたサムは、話さなければならないような状況にならないかぎり、レイシーの両親には話さないと約束してくれた。そしてあの日、レイシーが出たプライベートパーティに居合わせた。そしてショックを受け、失望し――けれど揺るぎない友情で彼女を支えてくれた。おかげでレイシーは、あの夜やっと目が覚めたのだ。「彼は車に乗せてくれて、長いことドライブしたの。とことん話し合ったあと、予定より遅い飛行機に乗ったのよ」

レイシーがサムに真実を打ち明けたのは、病院でローワンの手術を待っているときだった。そしてサムの家で、レイシーはみんなにこう言った。「ミュージカルの役はとれるかどうかわからないけど。でもいつかは手に入れてみせるわ」

ローワンがサムと目を合わせ、にっこり笑った。サムはレイシーから、ローワンが彼女の味方となって秘密を守ってくれたことを聞いていた。それに、レイシーのためにチャップマンと対決したことも。

セイヤーの疑いもすっかり晴れた。結局、彼はなんの問題もない立派な青年だった。逮捕されたことも、まったく根に持っていなかった。

弟に会ったマーニーは、それはもう心から喜んだ。セイヤーのほうも、姉を陶器の人形のように扱った。

サムの家でマーニーは、親友の顔を見つめてやれやれと頭を振った。「今回のことでは、自分の人生を振り返る時間が持てたわ。いやってくらいにね。あ、でも、やっぱりそれほどでもないかな。だって私は、いつ死ぬんだろうって怖がってばかりいたから。でもね、サム、本当に、あなたが友だちでいてくれて運がよかったと思うわ」

「サムは最初っから、なんかおかしいって言いつづけてたもんな」テディが言った。

サムがにやっと笑った。「マーニー、じつはね、あなたのヘンな癖のおかげで、なにかあったんだって確信したのよ。あなたの化粧品がきちんと並んでいなかったから」

「ジョーに襲われたとき、もみあいになったの。それで化粧品が散らばって。あいつはもとどおりに直したと思ってたんだろうけど……」

「でもそうじゃなかった」

「それに、きみの幼い友だちのグレゴリーのおかげもあるよ。彼はいつもきみの家を見ていたからね」ローワンが静かに言い添える。「そのおかげで僕たちは、ベッドの脚に少し血がついてるのを見つけたんだ」

「あの野郎は自分のことを完璧人間だと思ってたんだ！」テディが吐き捨てるように言った。

「たしかに、あと一歩ってところまでは完璧だったがな」

「あんなにおかしくなっていたのに……どうしてわからなかったのかしら」サムはさっきから何度も同じ疑問を口にしていた。

「わかるもんか。あんなにハンサムで男らしいやつが、まさかだよ」テディが言った。「だが今回は、それこそが問題だったんだな。あいつは完璧でなきゃ気がすまなかった。でも自分の作り上げた世界のなかだけで完結しちまって。本当の人間関係をつくることができなかったんだ」

「あいつは、人から崇め奉られてなきゃだめだったのよ」マーニーが言った。頭を後ろにもたせかけ、目をつぶる。「コールはいつも、あいつの体だけが目当てなんだって言ってたわ。本人に面と向かってね。私は――私はそこまでできなかった。しかも……」

「もうやつは死んだ。もう終わったんだ」セイヤーが言った。

「私は殺人の罪に問われるの？」マーニーがたずねた。以前の彼女とは様子がちがい、おとなしくなっている。

「それは絶対にないさ」テディが彼女を安心させた。

「そう。でもなんと言っても、命があるんだものね！」うれしそうにマーニーは息をついた。それから弟の頭をくしゃくしゃとした。「ねえ、セイヤー！　あんた、逮捕されたんですってね！」

「まあね」セイヤーが間をおく。「たしかにコールとは知り合いだったから。それにあのころ僕は、彼女にのぼせあがってた。見向きもされなかったけどね。でも、だから僕は彼女の絵を描いたんだ」

マーニーは弟の手をぎゅっと握りしめた。「もう私の家は見た？　セイヤー？」

「うん、ちょっとだけど――」

「あなたにあげる」

「えっ？」

「もうあの家にはいたくないの」

セイヤーはしばらく口をつぐんでいたが、やがて姉に微笑みかけた。「僕はそんな甲斐性なしじゃないよ、姉さん。僕の目指す道は、姉さんのとちがうだけなんだ」

マーニーはため息をつき、弟を見た。「そうね、あんたは甲斐性なしなんかじゃないわね。本当に甲斐性なしだったあの親父の面倒を見てきたのは、あんただもの。ごめんなさいね、セイヤー」

「大好きだよ、姉さん」

「私もよ。でもね、やっぱりあの家はもらってほしいわ。もうあの家ではくつろげないと思うの。それにここを離れたいし。旅に出たいのよ」

「どこへ？」サムが訊いた。

マーニーが顔をしかめる。「どこか寒いところ。すっごく寒いところ。沼のないところがいいわ」

その言葉に、ようやく一同から笑いがもれた。

エピローグ

フロリダ州マイアミ。

夕刻も迫るころ。気温は二十八度。

命か、とローワンはしみじみ考えた。とにかく命の一語に尽きる。ベスに対してこれほど穏やかな気持ちになれたのは、命の大切さをあらためて思い知ったからだろうか。

いや、それとも……エヴァグレイズでのあの死闘のあと、ベスと同じ病院に入院したせいかもしれない。

それに、サムのすすめもあったし……。

とにもかくにも、ローワンは一世一代の初インタビューをベスにまかせた。

気持ちのいい日だ。空は青く晴れわたり、雲ひとつない。湾の向こうから、やわらかな風が吹いてくる。

テレビカメラに報道陣、ほかのメディアも押しかけていた。だが今日のインタビュアーはベスだった。ツーピースのシルクのスーツが決まっている。パーティのゲストとして十分ドレッシーだし、カメラの前に立つ人間として十分折り目正しくもある。

音楽が流れ、花があふれ、シャンパンがふんだんにふるまわれていた。ケータリングサービスから来たタキシード姿のコンパニオンが、用心しながらも颯爽《さっそう》とプールサイドを歩きまわり、ローワンの家に招かれた大勢のゲストにごちそうのトレイを運んでいる。

「ローワン、まずお訊きしたいんですが」ベスが言った。「今日のご気分は？」

「最高だよ。こんなすばらしい気分は生まれて初めてだ」

「撃たれた傷はまだ痛みますか？」

「ともかく生きてる。それだけでもう十分だね」

「でも事件のあと、入院されてましたよね？」

「ああ、ミス・ニューキャッスルといっしょにね」

「彼女は今日ここにいらっしゃいませんが！　それに彼女は、サマンサ・ミラーの親友だそうですね。今日という特別な日に、どうしていらっしゃらないんですか？」

「ああ、それは。彼女とサムはいまでも大親友なんだけど――今日はミス・ニューキャッスルのほうも結婚式でね。彼女は前の上司にあたるミスター・デイリーと結婚して、ふたりでモンタナ州に新しく法律事務所をひらくそうだ」

「モンタナ州ですか？」

「ミス・ニューキャッスルは、ここよりもう少し涼しい土地で暮らしたいと思ったみたいだよ」

「彼女のすばらしいご自宅はどうなるんでしょう？」

「弟さんが引き継ぐそうだ。じつは彼は、サムの従姉妹の娘さんと婚約してね。あのふたりなら、あの家に残っているいやな空気をかならず追い払ってくれると思う」

「いやな空気……そうですね、ローワン、たしかにあなたはこのマイアミでいやな思いをなさってきましたよね！　大勢の人たちから疑われて……」ベスが言いよどむ。「とくに私があなたのお宅の庭で襲われたあとですね。私は犯人を見ていたんですが、意識不明で警察のお役に立てませんでした。なのにあなたはあの日、どうやってサマンサのあとを追うことができたんですか？　ジョーのようにハンサムで男らしい人物が精神異常の殺人犯だなんて、だれも想像もできませんよね？」

「それは消去法でね。でもじつは、彼がサムをさらいにくるまではよくわかっていなかったんだ。彼はずっと、完璧な人間であろうとしてきた。そしてそれを他人にも要求した。彼はストリッパーに執着していた。人間の肉体というものにね。で、自分が目をつけていた女性が自分の手配するプライベートパーティに出るのを承知すると、精神のタガが外れてしまったらしい。まあ、サムの場合はちょっと話がちがうんだが。彼女の場合は、彼にとって危険な存在になったから狙われたんだ。それで思うんだけど、彼は表面上はどんなにとりつくろっていても、キレるまでの期間がどんどん短くなってきてたんじゃないかな。だから運がよかった。本当に運がよかったとしか言いようがない」ローワンはそう言い、ふいにベスから少し視線をはずした。サムが近づいてくるのが見えたのだ。

サムはウエディングドレスから、しゃれた黒のパンツスーツに着替えていた。これからふたりは飛行機に乗る。ローワンの胸が高鳴った。美しい僕の妻。そう、サムは僕の妻になった。やっとここまできた。ここまでこれた。過去は疑惑と悲劇にまみれてずたずたになった。でも僕たちは、未来を手に入れた。すべてに対して、これほど前向きな気持ちになれたのは初めてだ。サムのまなざしがローワンのまなざしをとらえる。彼女の唇が微笑む。いまではもう、言葉がなくてもたくさんのことがわかりあえる。サムはあたたかい。その情熱と勇気――そして愛する者へのひたむきな想いも、彼女にしかないものだ。

この幸せ。この充実感。いままで生きてきて、これほどの気持ちを味わったことはない。

サムがローワンのところまでやってきた。ローワンが彼女を抱える。サムはベスににっこりと笑いかけた。じつはベスにインタビューのチャンスを与え、心の闇をぜんぶすっきりさせたらどう、とローワンにすすめたのはサムだった。

「サム、とうとうミセス・ディロンとなったご感想は？」

サムが満面の笑顔でローワンを見上げた。「最高よ」

ローワンも大きな笑みを浮かべる。

「その幸せを、ご家族やお友だちといっしょに嚙みしめられたんでしょう。ご両親もいらしてるんですか？」

「母が義理の父と来ています。それにローワンのお父さまも。ほら、あそこでアーティストのリリー・ヴィンセントの隣りに立ってる、ハンサムな紳士がそうよ」

「あら、じゃあ、よそでもロマンスの予感ありですか？」

「僕らの真似をしてるらしいね」ローワンが言った。

「それはそうと、バンドもすばらしいですね！」

「昔の友人も――新しい友人もね。エイダン・ヘンレーのグループと――ドラムにはグレゴリー・ラカータが座ってます」

「グレゴリー！　あの類いまれな男の子ですね。ああ、お子さんはどうなんですか？　ご自分のお子さんを持つご予定は？　何人くらい？」

「三人――」サムが言いかける。

「四人だ」ローワンが言った。

笑い声が上がる。

「じゃあ、三人半？」サムは肩をすくめた。「何人でもいいわ。時がたてばわかるでしょう。とにかく、ふたりとも子どもは大好きだし、ほしいです」

「明日にもできる？」ローワンがほのめかす。

「もちろん」

「じゃあ、そろそろ行かれたほうがいいですね。ハネムーンはどちらへ？」

「はっきりとした場所は教えられなくてね……」

「でも雪のあるところよ」サムが言い、ローワンに笑いかけた。

「それじゃあ、あなたがたも寒いところへ移るおつもりなんですか？」ベスが訊いた。「そうなったら、ここがどんなに寂しくなることか」

ローワンはサムに渋い顔をしてみせた。サムが代わりに答える。「いいえ、そんな。私たちは戻ってくるわ。ふたりとも、海も太陽もボートも――船着場に来てくれるモリーも大好きだし……エヴァグレイズだって好きだから。もうワニはちょっとご勘弁願いたいけど……」

「ここが好きだからね。ここから離れてしまうなんて考えられないよ」ローワンが締めくくった。「さてと、それじゃあそろそろ失礼して……」

スイスのアルプス山脈。

夕暮れどき。

気温は約零度。

美しい夕べだった。遠くの山に建つロッジも、ふたりのいる小さなスキーロッジの前に広がるなだらかな景色も——すべてが雪をかぶっている。一面の銀世界。そこに暮れゆく太陽が、ほんのりとしたパステルカラーの色彩を添えている。外は寒い。けれどなかでは炎が燃えていた。ワインクーラーのなかで冷えているシャンパン。湯気のあがる気持ちよさそうなジャグジー。部屋の真んなかにあるマンモスサイズのベッド。ふかふかの枕とカバーが、ぜいたくにしつらえられている。

サムがシャワーから上がってくる音がした。後ろから抱きついてくるのを感じる。そして彼女も、ローワンと同じように雪を眺めた。

「きれいね」そっとサムがつぶやく。

ローワンは彼女を抱えて向き合った。彼女のバスローブは前がはだけている。ローワンの胸に、むき出しの肌と胸が感じられる。それにおなかと……脚も。

「ああ、きれいだ」と賛成する。

ローワンはサムに口づけた。長く、深く、濃密な口づけ……やがてそれがもっと長く、もっと深く、もっと濃厚になっていく。

しばらくして彼は唇を離した。「こんなに幸せになれるなんて、思いもしなかった。こんなに……安らかなときが来るなんて。あんなになにもかも失いかけたのに……命も、なにもかも」

「でも失わなかったわ。あなたが私を助けてくれたのよ。そうでしょう？」

「でもきみが僕を助けてくれたとも言えるよ。僕は間抜けだった。撃たれたりして」

「間抜けなんかじゃないわ。あなたはグレゴリーの命を救ったのよ」サムが指摘する。

「あの子の命を失うわけにはいかなかった」

「あなたの命だって同じでしょ！」サムは冗談めかして言った。

「おかげで将来がひらけたね。まだまだこれからたくさんのことがある。決めなきゃならないことがたくさん。サム、きみはこれからどんなことがしたい？」

「毎朝あなたの隣りで目覚められたら、それでいいわ」

「僕がツアーに出たらどうする？　子どもができたら？　それに――」

「じゃあ、だいたい毎日できたらでいいわ！」笑いながらサムが言った。

「いや、絶対に毎日だ。きみなしではツアーには行かない――僕の知るかぎり、ドラムの腕はきみがいちばんなんだし。それに、きみが言ってた三人半の子どもを産むときだって、僕はかならず病院にいる。きみのそばに」

サムはかぶりを振って、ローワンを見上げた。「わからないの、ローワン。あなたはいつだって私のそばにいる。そして私はいつもあなたのそばにいる。たとえいっしょにいないときでもね！」

ようやくローワンは微笑んだ。そしてまたサムにキスをした。自分のものが大きくなって、彼女に当たるのが感じられる。炎のやさしいぬくもりも、彼女の味わいも伝わって……。

もうおしゃべりは終わりだ。将来のことはまたあとで考えればいい。

ローワンはサムをかき抱いた。

炎が暖炉のなかではぜる。

氷がワインクーラーのなかで溶ける。

ふたりの未来は、いま始まろうとしていた。

訳者あとがき

ロマンティック・サスペンスの傑作を、またひとつお届けすることになった。

本書『闇に潜む眼』Tall, Dark, and Deadlyは、《パブリッシャーズ・ウィークリー》のペーパーバック・ランキング・リストに初登場で第九位、《ニューヨークタイムズ・ブックレヴュー》のフィクション部門に初登場で第十五位にみごとランク・インした作品である。

著者のヘザー・グレアムは、作家歴が二十年近いベテランの書き手だ。これまでに七十冊以上もの著書があり、作家としてすでに評価も高く、ノーラ・ロバーツなどと肩を並べて確固たる地位を築いている。これまで、おもに歴史ロマンスものを発表してきた彼女だが、ときおりコンテンポラリー（現代もの）も書いており、最近ではその両方を並行させる形で精力的に執筆を続けているらしい。べつの筆名ではなんとヴァンパイアもののデビューも果たしたという。さまざまなジャンルが書けるということは、それだけ筆が立つということなのだろう。そんななかで本書は、昨年七月に出版されて大好評を博したロマンティック・サスペンスものである。その前年に発表されたDrop Dead Gorgeousも、やはり非常に評判がよかったようだ。

ロマンティック・サスペンスのジャンルは、ロマンスとサスペンスの両方ともがおもしろくなければならず、なかなかむずかしいと言われる。しかし、本作品はそのふたつの混ざり具合がほどよく、かつおもしろく、満足のいく仕上がりになっている。海外読者のコメントでも、〝読み出したら止まらない〟〝ストーリーに引きこまれた〟というような意見が数多く寄せられている。たしかに、勢いとパワーを感じさせる作家だ。

ヘザー・グレアムは、イリノイ州デプレイン生まれのフロリダ州育ち。現在もフロリダに暮らし、夫と子ども五人の七人家族で、しょっちゅう旅をしているらしい。フロリダに相当の愛着を持っているのだろう。これまでフロリダを舞台にした話をたくさん書いているし、本書の舞台もやはりフロリダだ。太陽がいっぱいで明るくて、エキサイティングな土地らしいということが、作品からも伝わってくる。しかしフロリダは明るいだけではない。マイアミに代表される大都市は犯罪天国でもあり、ストリップクラブなどの風俗産業も賑わっている。そして、南部に広がる広大なエヴァグレイズ国立公園——野生動物の宝庫である大沼沢地は、美しく、そして恐ろしい場所——。

ある日突然、隣りに越してきたばかりの親友が消えた。主人公のサム（サマンサ）・ミラーだけが、その異変をいち早く感じとる。親友のマーニー・ニューキャッスルは、不幸な生い立ちをはね返すかのように弁護士としてのしあがってきた女だ。相当危ない橋をわたって金と地位を手に入れ、サムの隣りに念願の屋敷を買い、大改装をすませたばかりだった。その自慢の家を放り出して、どこかへ行ってしまうわけがない——マーニーのことをよく知るサムだからこそ、確信を持ってそう思えた。

だが、ほかの人間はなかなかわかってくれない。男関係が激しかったマーニーのこと、男とどこかへ出かけたくらいにしか思ってくれない。サムの心配といらだちは、つのるいっぽうだった。

それと時を同じくして、マーニーの向こう隣りに新しい住人が越してくる。長身で黒髪のハンサムな男——かつての人気ロックバンドのリーダーであり、サムの恋人でもあった、ローワン・ディロン。五年以上も前、サムが彼との恋に落ちたとき、彼にはまだ妻がいた。しかしそれでもサムは、夫婦の危機に陥っていた彼を愛し、守り、信じようとした。なのに彼は、サムを突き放した——。

とうの昔にあきらめたはずの恋が、否応なしによみがえる。かつての恋人との再会と、親友の失踪事件——これまで控えめで堅実な暮らしを守ってきたサムは、いきなり混乱の渦に巻きこまれていく。はたして、サムの恋の行方は？　失踪事件の真相は？

さて、原題になっているTall, Dark, and Deadlyだが、Tall（長身）、Dark（黒髪、浅黒い）というのはもちろん、〝いい男〟の条件である。ふつうならこのふたつに、Handsome（ハンサム）だとかStrong（たくましい）だとかの条件が続くのだろう。実際、作品中には、そういう〝いい男〟がたくさん出てくる。が、そのなかのひとりだけが、Deadly（恐ろしい）男なのだ。

ヘザー・グレアムの描くキャラクターは、老若男女を問わず魅力的だ。控えめでやさしくて芯の強い主人公サムと、自由奔放な〝強い女〟でありながら、もろい内面を抱えているマーニー（このふたりがなぜか親友同士）。それからサムの従姉妹のローラと、彼女の別れた夫で刑事のテディ（この夫婦がまたいい味を出している）。そして、ローラとテディの息子でロックバンドをやっているエイダンと、ダンサーを目指す娘のレイシー。マーニーの弟で美青年画家のセイヤー。そしてそして、長身、黒髪、ハンサム、情熱的なロックスター……と〝いい男〟の条件がそろいまくりの、ローワン。さらに心惹かれるキャラクターなのが、自閉症の美少年グレゴリーだ。〝ふつう〟とちがう彼は誤解を受けることも多いが、それは周囲の見る目がくもっているからにほかならない。私事で恐縮だが、訳者にも体の不自由な姉がいる。しかし彼女は、うちの家族のだれよりも頭が切れる。そういうこともあって、グレゴリーやローワンの弟ユアン（彼にも障害があった）を描いたくだりには、とても共感した。このほかにも魅力的なキャラクターが大勢いるので、ストーリーの展開と合わせて、ぜひ楽しんでいただきたい。

二〇〇〇年七月

ザ・ミステリ・コレクション

闇に潜む眼

著者／ヘザー・グレアム　　訳者／山田香里
印刷／堀内印刷　　製本／明 泉 堂

発行　株式会社　二見書房
〒112-8655 東京都文京区音羽1—21—11
東京(03)3942—2311番　　振替／00170-4-2639番

落丁・乱丁本はお取替えいたします。
定価は、カバーに表示してあります。

ISBN4-576-00650-9